KB186884

만주망명과 가사문학 연구

고 순 희 저

박문사

　내가 가사문학과 씨름하기 시작한 지 어언 29년이 흘렀다. 나는 그 동안 박사학위논문을 포함하여 가사문학 관련 논문을 적지 않게 써냈다. 하지만 나는 늘 나의 논문에 성이 차지 않았다. 나의 논문이 자료 조사가 적당한 선에서 머물렀고, 깊이 있는 천착도 미진했으며, 문학사에 대한 통찰도 부족하여 알량하고 변변치 못하다는 생각을 떨쳐버릴 수 없었다. 그러기에 학회지에서 좋은 논문을 발견하면 경건한 마음이 들기도 하고, 학회장에서 논지전개가 치밀하고 깊이 있는 논문의 발표를 듣고 등골이 오싹해진 적도 한 두 번이 아니었다. 언제쯤이면 나도 호흡이 길고 통찰이 깊은 좋은 논문을 써낼 수 있을까가 나의 학문적 화두가 된 지 오래되었다. 그러나 나는 여전히 이 화두에서 벗어나지 못하고 있다. 이런 와중에 공론의 장에서든 사적인 수다의 장에서든 교수의 연구 성과가 질적 평가로 이루어져야 한다는 주장을 들으면 고개를 끄덕이면서도 속으로는 뜨끔해하곤 했다.

　이 책은 나의 첫 번째 연구 저서이다. 교재용 도서나 공저가 몇 권 나온 적은 있지만, 나의 단독 연구 저서는 이번이 처음이어서 감회가 남다르다. 1985년 박사학위과정에 들어와 가사문학을 전공한 지 29년만의, 그리고 1995년 가사문학 전공자로서 교수가 된 지 19년만의 일이다. 이제서야 오롯한 나의 연구 저서를 낸 것은 나의 논문에 대한 부끄러움을 과감히 떨치자고 용기를 낸 결과이다. 나이를 먹는다는 것은 한 편으로 좋은 점도 있는 것 같다. 나에게 주어진 분수를 인정하면 때론 무한긍정의 힘이 솟기도 하기 때문이다. 그래도 부끄러움은 남지만 나의 분수대로 일구어 온 그 간의 논문을 한 권의 책으로 내기로 했다.

나는 한 편의 논문을 꾸릴 때마다 내가 주제와 관련한 가사 작품이나 이본을 다 섭렵하지 못하고 쓰는 것은 아닌지 뒤가 늘 찜찜했다. 가사문학 자료를 차근차근 읽어야겠다는 것은 마음뿐이었고, 엄두가 나지 않을 정도로 많은 가사 자료의 양에 기가 질려 있었다. 10여년 전쯤인가 시간이 나는 대로 필사본 자료를 읽기 시작했다. 자료 읽기의 제일 큰 문제는 악필의 필사본에 있었다. 그러나 가사 자료에서 읽지 않은 작품이 있다면 결국 이 악필의 필사본이었기 때문에 이것들을 반드시 읽어내야만 했다. 악필의 필사본은 대부분 무명씨작 규방가사였다. 서로 비슷비슷하여 전체 내용을 파악하기도 전에 읽기를 포기하고 싶은 필사본들도 많았다. 한 두 구절에서 분명히 새로운 내용성을 지닌 것으로 파악되는 작품이 있어도, 악필이었기 때문에 전체 내용을 파악하는 데 시간이 많이 걸렸다. 품은 많이 드는데 별다른 성과가 없어서 초초한 마음이 쌓여만 갔다. 그런데 다행스럽게도 차츰 의미 있는 몇 가지 유형이 설정되었다. 그리하여 그 이후에는 설정된 몇 가지 유형에 집중하여 이본까지 찾아내는 일에 몰두하게 되었다. 만주망명과 가사문학은 이러한 작업의 결과 얻어진 주제이다.

이 책에서 다루고 있는 '만주망명과 가사문학'은 내가 가장 최근에 몰두해서 연구한 주제이다. 이 주제를 연구하면서 일제강점기에 우리 민족의 독립운동이 얼마나 치열했는지, 그리고 유림의 역할과 희생이 얼마나 숭고했는지 자세히 알게 되었다. 유림문중의 역사적 의미를 깨닫게 된 것은 이 주제를 연구하면서 얻은 큰 소득이라고 할 수 있다. 연구 과정에서 작가 추정의 단서가 작품 내용에 들어 있는 경우 작가를 추적하기 위해, 혹은 자세한 작가의 생애를 재구하기 위해 독립운동가 후손을 만나보기도 했다. 그 분들 중 〈위모사〉를 쓴 작가 이호성의 후손들도 있었다. 그 때 작가의 장손이 대구에 살고 계셔서 만나 뵈었는데, 당시 그 분으로부터 일제에 의해 감금되고 투옥된 기록이 없는 경우 독립운동 사실이 입증되기 어려워 부친이신 김문식씨가 독립운동가로 추서되지는 못했다는 이야기를 들은 적이 있다. 그런데 이후 2013년에 이호성의 남편인 김문식씨에 대한 독립운동가 추서 작업이 다시 진행되었다. 이때 나는 〈위모사〉의 연구자로서 기꺼이 김문식씨의 독립운동가 추서에 도움이 되는 서면의견서를 제출한 바 있다. 나의 연구가 늦게나마 김문식씨를 독립운동가로 추서하고자 하는 데에 도움을 준 것 같아 보람을 느꼈다.

그 동안 발표했던 연구 논문을 모아『만주망명과 가사문학 연구』로 엮었다. '만주망명과 가사문학'에는 크게 두 가지 유형이 있다. 하나는 '만주망명가사'이며, 하나는 '만주망명인을 둔 고국인의 가사'이다. 전자는 독립운동을 위해 만주로 망명한 작가가 만주에서 창작한 가사 유형이며, 후자는 남편, 아들, 부친 등의 만주망명 독립운동가를 둔 작가가 고국에서 쓴 가사 유형이다. 이 책에서는 두 유형의 개별 작품론을 1부에, 그리고 유형론을 2부에 실었다.

두 유형의 가사 자료들은 『만주망명과 가사문학 자료』로 엮었다. 이 책에서는 1부에 '만주망명가사' 자료를, 2부에 '만주망명인을 둔 고국인의 가사' 자료를 실었다. 여기에 실린 자료의 원텍스트는 필사본과 활자본 두 종류가 있었는데, 이 책에서는 모든 자료를 DB화하여 활자본으로 실었다. 자료집이기 때문에 필사본을 그대로 영인하여 엮는 방법도 생각해보았었다. 그런데 상당수 필사본이 읽기가 쉽지 않은 악필인 경우가 많아 그대로 영인해 싣는 것이 무책임할 수 있겠다 싶었다. 필사본을 정확하게 읽고 활자화해서 싣는 것이 관련 연구자에게 더 효용성이 있을 것이라고 판단했다. 악필의 필사본인 경우 흐릿하거나 잘 읽히지 않는 부분은 이본 간의 대조를 통해 어느 정도는 읽을 수 있게 되었다. 필사본의 출전을 정확하게 기록했으므로 관련 연구자는 미진한 부분이 있다면 직접 찾아보고 보완할 수 있을 것이다. 원텍스트를 읽으면서 오자나 탈자가 분명한 부분들이 많이 있었지만 원텍스트를 존중하여 수정하지 않고 그대로 실었다. 그리고 개별 가사 작품의 이본을 모두 싣고 이본명을 붙였는데, 유일본의 경우에도 다른 이본의 발견을 기대하며 이본명을 붙여놓았다.

처음 '만주망명가사'와 '만주망명인을 둔 고국인의 가사'가 각각

하나의 유형으로 설정될 수 있을 거라는 확신을 가진 날의 기억이 떠오른다. 그 날 나는 방금 읽은 필사본이 만주망명가사로 드러나자, 이제 하나의 유형을 설정할 수 있겠구나 하는 생각에 뛸 듯이 기뻤다. 곧바로 나는 옆 방 연구실로 달려갔다. 동료교수인 어학 전공 박영준교수는 만주망명가사에 대해 흥분해서 말을 늘어놓는 나를 뜬금없어 하면서도 인내심 있게 바라봐 주었다. 지금 이 기억이 새로운데, 가슴 한 구석이 스산하다. 그런 박영준교수가 이제 이 세상 사람이 아니기 때문이다. 박영준교수가 이 책의 출간을 하늘에서 보고 기뻐해주면 좋겠다.

이 두 책의 완성에 도움을 주신 분들께 감사의 말씀을 드리지 않을 수 없다. 우선 〈위모사〉를 쓴 작가의 장손이신 김시조선생님, 〈눈물 뿌린 이별가〉를 쓴 작가의 손자이신 권대근선생님, 〈감회가〉와 〈별한가〉를 쓴 작가의 손자이신 이규석전총장님과 종손부이신 유귀옥여사님께 감사의 말씀을 드린다. 귀한 시간을 내주시어 작가에 대한 이야기를 해주셨으며, 지니고 계신 소중한 자료를 선뜻 제공해주시기도 했다. 그리고 작가 후손과의 연결이나 자료 수집에 도움을 주신 안동독립운동기념관의 강윤정선생님, 내앞마을에 사시는 김시중선생님, 한국국학진흥원의 권대인선생님께도 감사의 말씀을 드린다. 절판된 자료나 희귀본 자료의 요청에 흔쾌히 응하시고 복사해서 보내주신 도서관과 각 지방 문화원 관계자분께도 감사의 말씀을 드린다. 이 모든 분들의 도움이 없었다면 나의 연구는 불가능했을 것이다.

이 자리를 빌어 필사본 DB 작업의 일차 입력을 도와준 김복희, 김승남, 박홍식, 박가율, 이현정 학생에게도 감사의 말을 하고 싶다. 학업 중에도 시간을 내어 생전 처음 보는 필사본을 읽고 입력해야 하는 고충을 감내한 노고가 대단했다.

끝으로 책의 출판을 권유해주신 박문사의 권석동이사님께 감사의 말씀을 드린다. 이사님의 끈질긴 출판 권유가 없었더라면 아마 이 책은 한참 뒤에나 출간되었을 것이다. 그리고 까다로운 편집에 수고를 아끼지 않으신 최인노선생님께도 감사의 말씀을 드린다.

일에 치이어 쩔쩔매는 이 엄마를 곁에서 의연하게 지켜봐준 나의 아들 길상이에게 이 책을 바친다.

2014년 2월 17일
새로 정착한 연구실에서
고 순 희

제1부

작품론

만주망명과 가사문학 연구

제1장
만주망명 여성의 가사 〈위모사〉 연구

01 머리말

규방가사는 주변문학으로서 생활문학적 성격을 지닌다. 생활에서 빚어지는 다양한 삶의 모습을 4음보 연속의 관습적 유형군의 틀속에 표현했다. 그래서 상투적인 작품들이 양산되었다. 그러한 현실에서 규방가사 연구는 유형 연구가 주로 진행되었고, 따라서 개별 작품의 독립적 의의가 사장된 경우도 있게 되었다. 그러나 가사문학의 글쓰기 관습 안에서 상투적인 제목으로 상투적인 내용을 다루고 있는 것처럼 보이는 작품들 가운데는 쓰는 이의 당대적 삶의 편린을 수용하여 독자적 작품세계를 구성하고 있는 작품들이 더러 존재한다.

근대기 가사문학은 역사 사회 현실에 대응하여 그 어느 시기보다 활발한 작품 활동을 보였다. 사회등가사와 같은 애국계몽가사,

의병가사, 그리고 개별 작가들의 우국경시가들이 쏟아져 나왔다. 그런데 이들 대부분은 남성의 작품인 경우가 많다. 여성의 경우 당대의 역사·사회 현실을 직접적으로 문제 삼아 가사화한 예는 그리 많지 않다. 다만 관습적 유형의 글쓰기 안에 자신이 처한 상황을 단편적으로 드러내는 경우가 대부분이다. 그리하여 여성 작 가사 작품들은 대부분 신세한탄류 유형이나 개화기 여성가사를 다루는 자리에서 짧게 다루어졌으며, 작품의 원문만 소개하는 경우도 많았다.

본고에서 다루고자 하는 〈위모사〉는 아직 소개되지 않은 작품으로 당대적 삶의 편린을 수용하여 독립된 작품으로서의 의의를 지니기에 충분한 작품이다. 이 작품이 가사문학 연구사에서 전혀 소개되지 않았던 것은 너무나 엉뚱한 이유에서 비롯되었다. 〈위모사〉는 『역대가사문학전집』 제50권, 작품 번호 2412번인 〈환선가〉라는 작품 안에 실려 있다. 실제로는 〈환선가〉에 이어 〈송교힝〉과 〈위모ᄉ〉가 연달아 실려 있었던 것이다. 『한국가사자료집성』에도 〈환선가〉라는 제목으로 동일한 필사본이 실려 있다[1]. 〈송교힝〉과 〈위모ᄉ〉는 어머니와 딸이 주고받은 규방가사이다. 모녀가 서로 주고받은 가사문학의 관습적 글쓰기 방식을 택했지만, 그 내용은 특수한 것이다. 한일합방 직후 독립운동을 위해 서간도로 망명해갔던 망

---

1 임기중 편, 『역대가사문학전집』 제50권, 아세아문화사, 1998, 74~87면. 59~67면까지 〈환선가〉, 67~74면까지 〈송교힝〉, 74~87면까지 〈위모ᄉ〉가 실려 있다.; 단국대 율곡기념도서관, 『한국가사자료집성』 제9권, 1997, 526~539면. 511~519면까지 〈환선가〉, 519-526면까지 〈송교힝〉, 526~539면까지 〈위모ᄉ〉가 실려 있다. 〈환선가〉는 禪的 취향이 물씬한 가운데 은거지를 읊은 내용이다. 〈환선가〉와 〈송교힝〉 사이에 작품 제목이 없는 가사가 필사되어 있는데, 〈송교힝〉의 일부 구절과 타 가사 작품의 일부 구절을 베끼다가 만 형태여서 독립된 가사 작품으로 보이지는 않는다. 원래의 작품명은 〈송교힝〉과 〈위모ᄉ〉이나, 이후 본 논문에서는 현대어인 〈송교행〉과 〈위모사〉로 대표 제목을 적고자 한다.

명인들의 민족사적 삶의 편린과 그것을 겪으며 변화해가는 한 여성의 당찬 목소리가 들어 있는 작품이다. 여기에서는 〈송교힝〉과 〈위모亽〉 가운데 딸의 작품인 〈위모亽〉를 중심으로 작품론을 전개하고자 한다.

먼저 2장에서는 작가를 추적 조사하고, 작가가 만주로 망명한 이유에 대해서 살펴보고자 한다. 작품 내용에 작가를 추적할 수 있는 실마리가 있었기 때문에 문중을 찾아 직접 조사하는 방식을 택했다. 3장에서는 어머니의 작품인 〈송교힝〉의 작품세계를 간단히 살펴본 후, 〈위모亽〉의 작품세계를 살펴보고자 한다. 서술단락을 따라서 작품 내용을 충실히 소개하는데 중심을 두었다. 4장에서는 〈위모亽〉의 작가의식을 '주체적 여성 인식'이라는 측면에서 살펴보고자 한다. 마지막으로 5장에서는 〈위모사〉의 가사문학적 의의를 논하고자 한다.

02 작가 李鎬性과 만주 망명 이유

〈송교행(送轎行)〉은 서간도로 떠나는 딸을 이별하면서 그 어머님이 지은 가사인데, 이 딸이 〈송교행〉에 답하여 어머니를 위로하고자 지은 가사가 〈위모사(慰母詞)〉이다. 〈위모사〉에는 작가의 실마리를 얻을 수 있는 단서가 없다. 반면 어머님이 쓴 〈송교행〉에는 작가에 대한 실마리가 들어 있다.

<u>쌀나하 남듀긔노 쳔만亽 듸륜이라 / 셩문화벌 녀압긤씨 영남의 듸셩이요 / 우리사회 김문식은 장부녕웅 골격이라 / 인물풍치 거록할亽</u>

하식도 조명하고 / 복기가 만면ᄒ니 제계공명 직졔복이라 / 삼성년분
응긔희논 우리쌀 비필일ᄉᆡ / 협동학교 졸업ᄒ여 명이가 자울ᄒ니 /
야희야 비곤집아 잘가서 즐잇거라[2]

위는 〈송교힝〉에서 딸을 시집보낼 때의 사실을 서술한 부분이다.
사위의 이름은 "김문식"이고 영남의 大姓으로 알려진 "녀압 김씨
(내앞 김씨)" 문중 사람이다. 내앞 김씨는 안동군 임하면 천전리[내
앞]에 세거하고 있는 義城 金氏를 말한다[3]. 김문식은 안동 내앞 의
성 김씨 문중의 사람으로 협동학교를 졸업하고 이제 서간도로 이
주하고자 한다는 사실을 알 수 있다.

필자는 위의 구절을 근거로 하여 안동군 임하면 천전리에 살고
있는 내앞 김씨 문중을 방문해 조사했다. 내앞 의성 김씨 문중을 방

---

2 여기서는 역대·집성본을 인용한다. 내방가사자료본(주13 참조)에는 이 부분
   이 "딸낳아 남주기난 천만고 대륜이라 / 성문화별 내압김씨 영남에 대성이요 /
   우리사회 김문식은 장부여운 골격이라 / 인물풍채 그럴ᄒᆞᆯ사 학식도 초정하고 /
   부저가 만년하다 재석공명 재물기라 / 삼생연분 넘겼으라 우리딸 배필일세 / 협
   동학교 졸입하여 연애가 자자하니 / 야희야 비꼴잡아 잘가서 잘있다가"로 되어
   있어 김문식과 관련한 사항이 거의 동일하다.
3 그런데 〈송교힝〉 전반부에 다음과 같은 구절이 있어 짚고 넘어갈 필요가 있다.
   "이ᄌᆞ일녀 상흌ᄒ여 샹샹자미 보올젹이 / 무남독여 늬일신도 종부지힝 못면그
   든 / 만금이녀 우리쌀을 군ᄌ호귀 지을쎠의 / 녜쳔금씨 틱셩차ᄌ ○○노 츌가하
   고 / 녹거장송 ᄒᆞᆯ옥적의 츌문ᄒ여 경기한말"(역대·집성본) "이자일녀 여생 생
   육하여 쌍쌍자미 보올적에 / 무남독녀 내일신도 종부지행 못면커든 / 만금의 여
   외 우리군자 혹에 새를때에 / 천진김씨 대성찾아 비교로 자고로 출가하고 / 노혀
   홍송 하올적에 출문하여 경계한말"(내방가사자료본) 위에서 인용한 두 이본에
   의하면 〈송교힝〉 작가의 딸, 즉 〈위모ᄉ〉의 작가가 시집을 간 곳이 "녜쳔금씨"와
   "천진김씨"로 나타난다. 그런데 영남의 대성으로 이름난 "내압김씨"는 '의성김
   씨'이다. 앞과 뒤의 사실이 달라 혼란스러웠으나, 일단은 표기상의 문제로 넘어
   가는 것이 좋을 듯하다. "녜쳔"은 '내앞'과 '천전'의 혼용에서 온 오류인 듯하다.
   '내앞'과 '천전'을 혼용해서 쓰는 가운데 같은 뜻인 '川'과 '내'의 조합이 사용된
   것으로 볼 수 있다. 내방가사자료본에서 "천진"은 '천전'의 오기로 볼 수 있다.
   '내앞'의 한자 표기가 '川前'이므로 이 부분은 쉽게 해결될 수 있다.

문해 조사해 본 결과 작가의 남편과 작가를 알 수 있었는데, 우선 작가의 남편 金文植(1892-1972)은 호가 致敬이다. 독립운동가 金大洛(1845-1914)의 從姪로 김대락의 옆집에서 살았다. 협동학교를 1회로 졸업하고[4], 김대락이 만주로 망명하자 그 뒤를 따라 만주로 망명했다. 김대락의『白下日記』에 기재되어 있는 방문자 명단[5]에 그 이름이 확인되어 만주로 망명하여 독립운동에 헌신한 것은 분명하지만, 안동의 독립운동가 700인[6]에는 속해 있지 않고 독립운동가로 추서되지는 않았다. 김대락은 만주 망명 이후에 독립운동자금을 마련하기 위해 고향의 재산을 처분해야 했는데, 그때 김대락의 고향 재산을 정리하고자 만주에서 안동으로 오고 간 사람 중에 김문식이 있었다고 한다[7].

〈위모사〉의 작가는 김문식의 아내로 족보에는 다만 "진성이씨"로 기록되어 있다. 다행히 필자는 대구로 나와 살고 있는 작가의 후손인 장손자[8]와 손녀분을 만날 수 있었다. 할머니께서 가사 두루마리를 많이 읽곤 했지만, 당신의 작품이 존재하는 줄은 몰랐다고 했

---

4 『안동의 독립운동사』(김희곤, 안동시, 1999, 113~114면)에 의하면 협동학교의 확인된 졸업생 명단 46명을 적고 있는데, 그 가운데서 김문식의 이름이 나온다. "金秉大·金基南·金聖魯·柳周熙·柳浚熙·<u>金文植</u>·裵在基·鄭顯謨·鄭春欽·柳圭元---"

5 김대락이 서간도로 망명한 1911년부터 1913년까지 겪었던 일을 일기 형식으로 쓴 글이『白下日記』이다. 이『白下日記』에는 그 당시 어른이신 김대락을 찾아왔던 방문객이 기록되어 있다. 김문식은 1912년 5월, 6월 8월, 10월, 11월, 12월과 1913년 1월, 3월, 8월, 10월 12월 등에 기록되어 있다(조동걸,「백하 김대락의 망명일기(1911-1913),『안동사학』제5집, 안동사학회, 2000, 179~190면).

6 김희곤,『안동 독립운동가 700인』, 안동시, 2001, 1~325면.

7 안동시 임하면 천전리에서는 김대락의 생가를 '백하구려'라 한다. 그 백하구려에에 기거하시는 내앞김씨 門中人 김시중 선생의 증언이다.

8 작가는 金承大·必大·光大 및 1女를 두었다. 김승대의 아들이자 작가의 장손인 김시오 선생님에게서 조모에 대한 이야기를 들을 수 있었다. 김시오 선생님은 초등학교 교장 선생님을 은퇴하시고 지금은 대구시 수성구 중동 357-19번지에 살고 계신다.

다. 평소 예전의 이야기를 잘 하지 않으셔서 할머님의 행적을 자세히 알고 있지는 못했다. 그러나 작가에 대한 이야기를 단편적이나마 들을 수 있었다.

작가의 이름은 李鎬性(1891-1968)이다. 이호성은 이황의 후손으로, 김문식에게 시집을 와 내앞으로 들어와 살았다. 남편과 함께 만주로 망명하여 얼마나 살았는지는 확실하지 않다. 만주에서 그리 오래 있지는 않은 듯한데, 얼마 지나지 않아서 다시 안동 내앞으로 돌아와 '닭실할매'로 불리는 시어머니를 모시고 3남 1녀를 두고 살았다. 그러다가 1941년경에 다시 만주 안동현으로 온 가족이 이주해 살았다. 그러나 이것도 얼마 가지 않아 해방 직전에 다시 안동 내앞으로 돌아왔다. 사망 전까지 줄곧 내앞에서 살았는데, 마을에는 '원촌할매'로 알려져 있었다. 인품이 '여중군자'라 할 정도로 덕이 많아 동네 대소사의 맡아놓은 의논대상이 되곤 했는데, 이로 보건대 지도력이 있는 여성이었던 것으로 보인다.

그러나 작가 개인의 삶은 그리 순탄하지 않았던 것으로 보인다. 아들 셋 가운데 두 아들을 병으로 먼저 보내야만 했다. 무엇보다도 맏아들인 金承大(1916-?)가 사회주의 노선을 지녔던 까닭에 6·25 전쟁 중에 월북하여 생사를 알 수 없었다. 말년은 아들들이 두고 간 손자, 손녀들과 함께 회한의 세월을 살았다. 맏아들의 생사를 알 수 없는 개인적 아픔 외에도 월북자 가족에 대한 냉대 분위기 속에서 말을 못하고 살아야 했던 고통이 말년을 괴롭혔을 것이다. 작가가 세상을 떠난 후 그 손자가 월북한 맏아들 김승대를 만나보기 위해 남북이산가족 상봉자 명단에 지원했는데, 북쪽에서 김승대의 흔적을 찾을 수 없었다고 한다. 그래서 후손들은 김승대가 6·25 당시 북으로 넘어가던 중에 사망한 것으로 생각하고 있다.

작가와 그 남편의 만주행은 문중의 어른이었던 독립운동가 金大洛의 만주 망명에 동참한 행보였다. 안동 천전리의 내앞 김씨 문중은 의성 김씨 靑溪 金璡의 후손들로 이루어진 전통 유림 명가였다. 그런데 내앞 김씨 문중은 일제의 강점이 노골화되는 19세기 말에 이르면 전통적인 보수유림에서 혁신유림으로 전환을 맞이하게 된다. 1894년부터 안동의병 봉기에, 1907년에 설립된 협동학교 교육에 깊이 관여했다. 1910년 나라가 망하자 김대락은 만주로의 망명길을 택했다. 해외에서 서간도에 터를 잡고 독립운동기지를 건설하고자 한 것이다. 김대락은 1910년 12월 24일 그 추운 겨울에 66세의 나이로 만주 망명길에 올랐다. 만삭 임산부인 손부와 손녀까지 낀 집안 모두를 거느리고서였다. 이후 천전리 김씨 문중에서는 1911년부터 13년까지 50명이 넘는 인원이 만주로의 망명길에 올랐다[9].

동생 孝洛(1849-1904)·紹洛(1851-1929)·星洛(1857-1881)이 있었는데, 정락은 출계하였다. 효락은 萬植·濟植 형제를 두었고, 소락은 祚植·洪植·政植 3형제를 두었고, 정락은 圭植을 두었다. 그 조카들이 백하의 망명을 도왔고 망명 후에도 그를 따라 서간도에서 활동하였다. <u>백하에게는 和植·文植·寧植 등, 종질(당질)들도 적지 않았는데 그들도 만주로 망명하여 백하를 도왔다.</u> 손자인 昌魯·正魯와 文魯·成魯 등의 종손자도 백하를 따라 망명하였다. 그 외에도 뒤에 소개하는 바와 같이 백하를 추종한 문중 청장년들이 肯植·聲魯 등, 수십 명이고 보면, 문중 내에서 백하가 남달리 추앙받았다는 것을 알 수 있다[10].

---

9 조동걸, 「전통 명가의 근대적 변용과 독립운동 사례 - 안동 천전 문중의 경우」, 『대동문화연구』 제36호, 성균관대학교 대동문화연구원, 2000, 373~415면.
10 조동걸, 「백하 김대락의 망명일기(1911-1913)」, 앞 논문, 154면.

　　위의 글에서 김대락을 따라 얼마나 많은 문중 사람들이 만주 망명길에 동참했는지를 알 수 있다. 백하를 추종해 서간도로 망명한 문중 청장년이 조카, 종질, 손자, 종손자 등 수십 명이었다. 서간도에서의 정착생활을 위해 가산을 정리하는 것은 물론, 독립운동 자금을 마련하기 위해 조상 전래의 전답도 처분할 수밖에 없었다. 이후 내앞 김씨 문중의 재산은 축소되고 동성촌락 또한 쇠락해 갔다[11]. 이러한 이유로 천전리는 안동 독립운동의 본거지로 알려져 있어서, 바로 그 마을에 안동독립운동기념관이 건립되었다. 밑줄 친 부분에서 '김문식'의 이름이 거론되고 있는 바와 같이 작가는 협동학교를 졸업한 남편의 아내로서, 문중의 며느리로서 김대락을 따라 만주 망명길에 오른 것이다.

　　작품의 창작 시기는 1912년 여름경으로 추정된다. 작품의 마지막에 만주 통화현에 도착한 내용이 보인다. 따라서 서간도 통화현에 도착한 시점에 창작한 것으로 볼 수 있는데, 통화현에 도착한 것이 1912년 여름경이기 때문이다. 『白下日記』에는 자신을 찾아온 방문객 명단을 상세히 적고 있는데, 남편 김문식은 1912년 5월부터 보인다[12]. 따라서 작가 일행은 1912년 봄에 고향 안동을 출발해 여름에 접어드는 무렵에 서간도 통화현에 도착했음을 알 수 있다. 이때 작가의 나이는 22살로 아직 아이가 없던 때였다.

---

11 김건태, 「독립·사회운동이 전통 동성촌락에 미친 영향 -1910년대 경상도 안동 천전리의 사례」, 『대동문화연구』 제54호, 성균관대학교 대동문화연구원, 2006, 41~74면.
12 조동걸, 「백하 김대락의 망명일기(1911-1913)」, 앞 논문, 222-229면.

03 〈위모사〉의 작품세계

〈위모사〉는 『역대가사문학전집』과 『한국가사자료집성』에 동일하게 실려 있는 것이 현재로는 유일본(4·4를 1구로 하여 총 269구)이다. 〈송교행〉의 이본으로는 역대·집성본 외에 내방가사자료본[13]이 하나 더 있는데, 역대·집성본(2음보를 1구로 하여 총 156구)과 대체로 유사하나 전반부의 구절이 다소 다르게 나타난다. 〈위모사〉는 〈송교행〉의 답가여서 그 작품세계를 이해하는 데 〈송교행〉의 작품세계를 간단히 살펴볼 필요가 있다.

1) 〈송교행〉의 작품세계

〈송교행〉의 내용은 크게 두 부분으로 이루어져 있다. 전반부(1-85구)는 "여보시요 세상사람 사람등의 부인동유 / 송교힝 더러 보소 쳔지가 무한하고"로 시작하여 어머니의 입장에서 딸을 낳아 시집보낸 일을 읊었다. 외동딸에게 부인의 대법을 가르쳐서 백행을 구비한 요조숙녀로 키워내 출등하다는 소문이 자자했다. 사위 김문식은 명문화벌 집안이며 협동학교를 졸업하여 그 이름이 유명할뿐더러 장부영웅 골격에 풍채도 좋고 복기가 얼굴에 가득했다. 시집을 보낼 때는 시댁이 칠십 리라 하루 만에 올 수 있고, 외가가 시댁에서 그리 멀지 않으니 그나마 위로가 되었다. 이후 딸의 소문

---

13 이화여자대학교 한국어문학연구회, 「내방가사자료-영주·봉화 지역을 중심으로 한-」, 『한국문화연구원논총』 제15집, 이화여대 한국문화연구원, 1970, 379~380면. 내방가사자료본은 『한국가사문학주해연구』 11권(임기중 편저, 아세아문화사, 2005, 66~68면)에 그대로 실려 있기도 하다.

이나 들을까 서신이나 올까를 기다렸다는 내용이다. 규방가사에서
흔하게 발견되는 〈귀녀가〉 계열의 내용성을 따르고 있다.

　후반부(86-156구)는 "계명이 졀못되고 시졀이 원슈로다 / 철석난
망 너늬위 셔간도가 무슨일고"로 시작하는데, 서간도로 떠난다는
말을 들은 후 딸에게 말하는 이별사에 해당한다. 서간도로 가다니
시절이 원수이다. 삼천 리나 멀고, 사람은 조수 같고, 춥고, 연명할
길도 막연한 서간도여서 어미 생각이 오죽하겠냐[14]. 고운 얼굴을
언제 볼 수 있느냐[15]. 그러나 한탄해도 소용없고 원망해도 소용없
는 것이 아니냐. 새터 잡아서 복 받아 살면 그것이 사업이요, 玉男을
낳아 기르게 되면 남의 가문을 이어주는 일이다. 그곳이 살기 좋으
면 우리도 따라가겠고, 그것이 안 되더라도 고국이 무사해지면 다
시 만날 수 있을 것이다. 風霜을 두루 겪는 것이 장래에는 좋은 일이
고, 남자도 못할 이역 구경을 하는 것도 좋다고 하는 내용이다. 처
음에는 이역만리 서간도로 떠나는 딸을 걱정하고 슬퍼하다가 나중
에는 이왕 서간도로 떠나기로 작정하였으므로 애써 좋은 쪽으로
생각하여 떠나는 딸을 위로하고 격려하려 했다. 끝으로 '세상동류'
를 향해 고국을 되찾는 봄날이 와 우리 딸이 還鄕하면 그때 태평연
회를 열자는 말로 고국과 딸의 무사 안녕을 기원했다[16].

14　"삼쳘이 멀고먼길 몃쳘이느 가즈말고 / 오랑키 스는곳의 인졋은 조슈갓고 / 풍셜
　　이 혹독ᄒ니 츕긔는 오죽ᄒ며 / 셔국밥 강냥쥭는 연명은 어이ᄒ노 / 산쳔은 젹막
　　ᄒ고 풍속은 싱소ᄒᄃᆡ / 너믐 철셕인들 어미싱각 오죽할가 / 슬푸도다 슬푸도
　　다 모녀이별 슬푸도다"
15　"월틱화용 고언얼골 어느시월 보즌말고 / 냥낭유음 연한슈족 어느시월 듯즌말
　　고 / 구ᄉᆫ듀령 몃겹닌고 유슈즁강 몃구빈고 / 헛쑤도다 헛쑤도다 / 달발쇼 바람
　　불쩌 그럭되고 빗쳐볼가 / 동지야 권권밤이 꿈의느 만느볼가 / 쳥쳔이 홍안되야
　　나릭로나 만나볼가 / 젼긔승 듈이되야 번긔로나 차즈갈가 / 쳘노에 윤츠도야 연
　　긔로나 차저갈가 / 아모리 싱각히도 속졀업시 이별이라"
16　"한탄히도 구쳐업고 원망한들 유익잇나 / 야히야 잘(가)거라 여힝이 이러하니 /
　　부모싱각 너모말고 식터잡아 복밧어면 / 그계역시 사읍이요 금동옥남 산싱하면

2) 〈위모사〉의 작품세계

〈위모사〉의 작품세계는 크게 두 부분으로 나눌 수 있다. 전반부는 어머니가 쓴 〈송교행〉에 대한 실질적 답가에 해당하며, 후반부는 작가가 서간도를 향해 떠나면서부터의 내용을 담았다. 그 서술 단락을 나누면 다음과 같다.

전반부 : ① 조선의 역사와 일제 강점의 현실(1-56구)
　　　　② 난세의 이주 사례(57-88구)
　　　　③ 서간도의 살기 좋음(89-109구)
　　　　④ 남녀평등의 시대(110-146구)
후반부 : ⑤ 고국 이별가(147-210구)
　　　　⑥ 서간도 통화현까지의 도착 과정(211-269구)

전반부는 어머님을 청자로 특정하여 지정하지는 않았지만, 어머님이 〈송교행〉을 통해 드러냈던 걱정과 우려를 불식시키려 하는 내용으로 구성되었다. 일제의 강점 현실이 닥쳐 서간도로 떠날 수밖에 없다는 것, 난세를 당해 타관으로 이주해 살았던 과거의 예가 있다는 점, 서간도가 걱정하는 것처럼 살기 어려운 곳이 아니라는 점, 그리고 이제는 남녀평등의 시대가 와서 아녀자도 서간도로 여행하고 자신의 일을 할 수 있다는 점 등을 어머니에게 말해줌으로써 걱

/ 남이시조 될그시요 그곳소문 드러보고 / 싱이가 좃타하면 우리역시 갈것이이 / 낙토가 아니되고 고국이 무슨ᄒ면 / 너이너외 볼것이니 아녀자이 간중으로 / 샹회랄 너무말고 열역풍샹 ᄒ고보면 / 쟝니익 조흔지라 너도너도 아녀즈로 / 심규의 싱쟝ᄒ여 봉황원앙 쌱을지어 / 말니를 유람한면 구경인들 오죽할가 / 남즈로 싱겨나도 제마다 못할구경 / 여보시요 세상동유 츈광이 화챵그든 / 서간도 우리김실 환고향 홀거시이 / 송교힝 한곡조로 틱평연회 ᄒ읍시다 ᄉᆞᆺ"

25

정하지 말라는 의도를 나타내려 했다. 후반부는 실제로 고국을 떠나면서 고국을 향해 부른 이별가와 서간도에 도착하기까지의 과정을 읊었다. 작품의 전체적인 구조는 어머니를 위로하는 '위모사'로 짜여 있지만, 전반부에서는 자신의 생각을 통해 어머니를 간곡히 설득하고자 했으며, 후반부에서는 고국에 대한 자신의 서정과 발언을 술회하고, 이어 서간도에 도착하기까지의 과정을 소략하게 기술한 것으로 마감했다.

불숭할수 우리동포 사라날길 전혀업소 / 가비안예 고기갓고 푸됴깐예 희성궂치 / 살시리고 빅골파도 셰금독촉 성화갓고 / 아니히도 증녁가고 다ᄒ즈니 굴머쥭고 / 학정이 니러ᄒ니 살ᄉ람 뉘가잇소 / 집집이 ○○계견 겨이라도 쥬제마난 / 져눈이 우리ᄉ람 즘싱만 못ᄒ여셔 / 겨됴ᄎ 아니쥬고 부리기만 엄을ᄂ이 / 수비디 한소리예 샹혼 실빅 놀나쥭고

①에서는 조선의 역사와 일제 강점의 현실을 읊었는데, 위는 일제 강점의 현실을 읊은 부분이다. 우리 동포가 푸줏간의 고기와 같아졌다. 살이 시리고 배가 고파도 세금 독촉이 성화같아 징역살이 아니면 굶어 죽는다. 집에서 키우는 닭과 개에게는 겨라도 주지만, 일본에게 우리나라 사람은 짐승만도 못하여서 겨조차 주지 않고 부리기만 한다. 수비대가 엄포를 놓으면 우리나라 사람들은 놀라서 죽는다고 했다. 가슴의 격앙된 분노가 구어적 일상어의 적나라한 사용으로 토로되었다. 문맥상 일제에 핍박받는 이러한 현실에서는 살 수 없기에 서간도로 망명해 간다는 것으로 파악할 수 있다.

이어서 ②에서는 난세를 당해 자국을 떠나 새로운 터전에 옮겨

살았던 과거의 예를 들었다. 箕子의 조선행, 진시황 때 동남동녀 오백 인의 蓬萊山 행, 작가의 선조 판서공의 예안행을 들어 한 곳에서 움직이지 않고 살았던 사람은 본래 없었다고 했다. 작가는 서간도로의 망명이 단순한 이주가 아니라 새터에서 나라의 훗날을 기약하기 위한 것임을 알고 있었다. 독립 쟁취라는 보다 나은 미래를 위해 떠나는 것임을 그 어머니에게 말하고자 한 것이다.

내친김에 작가는 ③에서 서간도가 살기 좋은 곳임을 말했다. 서간도는 단군이 나라를 세운 우리나라의 옛터이기도 하고, 강산도 그림 같이 아름다우며 기후도 적당하여 살기도 좋다. 처음 들으면 낯설고 생소하지만, 오백 년 태평세월을 보낸 곳이라 인심도 좋다고 했다. 삼천리나 멀고, 사람은 조수 같고, 춥고, 연명할 길도 막연한 서간도에 대한 어머님의 걱정에 답하여 좋은 쪽을 애써 강조해 말한 것이다.

> 하물며 신평심이 남녀가 평등되니 / 심규이 부인네도 금을 버셔쌸고 / 이목구비 남과갓고 지각경뉸 마챵인되 / 직분되로 사업이야 남여가 다르기소 / 극분할사 이젼풍속 부인닉 일평싱은 / 션악을 물논ᄒ고 압직밧고 구속ᄒ미 / 젼즁살이 그안니요 사름으로 삼겨나셔 / 흥낙이 무어시요 / 셰계을 살펴보니 눈ᄉᆞ억이 변젹ᄒ고 / 별별이리 다잇구나 구라파 주열강국 / 예여도 만흘시고 법국이 나란부인 / 딕쟝긔을 압셰우고 독입전징 성공ᄒ고 / ○○○○ ○○○○ ○○이 집을 써나 / 동셔양 뉴람ᄒ고 딕학교익 졸립ᄒ셔 / 천한월겁 봉식하니 여학교을 살펴보면 / 긔결한 직화들이 남즈보다 충포낫소 / 지못되고 민즈식이야 말홀굿도 업지마ᄂ / 발고발근 이셰샹이 부인예로 싱겨나셔 / 이젼풍속 직히다가 무슨죄로 고샹할고

④에서는 남녀평등의 시대를 말했는데, 위는 ④의 전문이다. 이제는 남녀가 평등한 시대가 되어 심규의 부인들도 금[쓰개치마나 장옷]을 벗어[17] 이목구비를 드러내고, 지각경륜이 남자와 다르지 않아 제 분대로 사업을 할 수 있다. 이전 여자의 일평생은 선악을 막론하고 압제받고 구속받아 감옥살이였으며, 사람으로 태어나 興樂을 누릴 수 없었으니 극분할 일이다. 세계를 살펴보면 별별 일이 다 있는데, 법국(프랑스)의 나란 부인[18]은 여자지만 집을 떠나 동서양을 유람하고 대학교를 졸업하였으며, 독립전쟁에 앞장섰다. 여학교를 살펴보면 남자보다 뛰어난 재원들이 많다. 마지막으로 밝고 밝은 이 세상에 부인네로 태어나서 왜 이전 풍속을 지키며 고생을 할 것이냐며 다시 한 번 강조했다. 〈송교행〉에서 어머니는 아녀자의 서간도행을 새터 잡아 아들 낳아 남의 가문을 이어주면 괜찮겠다, 남자도 못할 구경을 하는 셈 치자 하는 식으로 생각할 뿐이었다. 그러나 작가는 어머님의 걱정을 잠재우기 위해 애를 써서 남녀평등의 시대가 도래한 점을 강조해 말했다. 결과적으로 어머님을 위로하려 한 것에서 더 나아가 어머님에게 자신의 남녀평등론을 주장한 셈이 되었다.

---

17 "심규이 부인네도 금을 버셔쓸고"에 이어 "이목구비 남과갓고"가 이어져 있는 것으로 보아 '금'은 조선시대 부녀자가 외출할 때 얼굴을 가리기 위해 머리에서부터 내려 입은 쓰개치마(양반여성)나 장옷(서민여성)을 말하는 것으로 볼 수 있다.

18 나란 부인은 프랑스 혁명가 마리 잔 롤랑(1754-1793)을 말한다. 유복한 수공업자이자 동판 조각가의 딸로 태어난 마리 잔은 부모의 사랑 속에 교육을 받고 자의식 강한 여성으로 성장했다. 25세의 나이에 45세의 공화주의자이자 관료였던 장 마리 롤랑과 결혼했다. 1792년 남편이 내무부 장관이 되자 마리 잔은 남편의 배후 실세가 되어 프랑스 혁명기의 가장 영향력 있는 여성 중 한 사람이 되었다. 장관 부인으로, 지롱드당의 살롱 안주인이자 정신적 지주이며 중심인물로 활동했다. 그러나 자코뱅당과의 권력다툼에 의해 혁명재판소에서 사형판결을 받고 단두대에서 처형되었다(「냉철한 공화주의자 마리 잔 롤랑」, 『불멸의 여성 100』 리타 페터 지음, 유영미 옮김, 생각의 나무, 2006, 136~139면).

⑤는 서간도로 떠날 당시 작가의 서정을 담았다. "부모고국 원별
ᄒ고 만쥬로 건너갈계 / 만단회포 서린심곡 모도시러 덥퍼두고 /
위모ᄉ 한곡조로 이별가 지어닐졔"로 시작하여 이별할 대상을 하
나하나 호명하면서 그들을 향한 이별의 정서를 토로했다. "부모님
요 즐계시요"라 하면서 만수무강을 기원하고, "동긔친척 잘계시
오"라 하면서는 자제를 교육하여 조국 정신을 배양할 것을 권고했
다. "동포들아"라고 불러서는 개화문명을 흡수하고 차차로 전진하
여 하늘을 감동시키자고 했다. 이어서 "산아산아 잘잇거라", "물아
물아 즐잇거라", 그리고 "초목금슈 잘잇거라"를 통해서 환국하는
날까지 잘 있다가 환영해줄 것을 기원했다.

마지막 ⑥은 서간도 통화현까지 도착하는 과정을 읊었다. 먼저
경부선을 타고 한양에 도착했다. 왜인이 주인 된 번화한 거리풍경
을 보고서 '굶는 것은 우리 백성 죽는 것은 우리 동포 가는 것은 우
리 동행'이라 하여 울분의 심정을 토로했다[19]. 다시 경의선을 타고
의주에 내려 압록강을 거슬러 올라가 통화현에 안착했다.

> 경의선 지ᄎ타고 의쥬를 네리셔이 / 압녹강 만경창파 후탕후탕 흘
> 너가고 / 십삼도 고국산천 도라보고 도라보니 / 부싱의 이별회포 이
> 지경예 어렵쏘다 / 예안안동 우리집은 몃쳘이ᄂ 머럿ᄂ고 / 날갓치
> 어린간쟝 부모동긔 원별하고 / 바람바든 낙입갓치 이곳이서 싱각하
> 니 / 운ᄉ은 회포갓고 쟝강은 눈물갓다 / 요동이 화표쥬난 일모향관

---

19 "오ᄇᆡ년 ᄉ직종묘 예의동방 우리나라 / 본녕복은 어듸가고 호빈작쥬 어인일고
/ 전화줄 전긔등은 천지가 휘황ᄒ고 / ᄌ힝거 ᄌ동ᄎᄂ은 이목이 현요ᄒ고 / 삼층
양옥 각국젼방 물희진ᄉ 능ᄂᄒᆞ다 / 굼난거ᄉ 우리ᄇᆡ성 죽난거ᄉ 우리동포 / 가
난거신 우리동힝 / 닉비록 녀ᄌ라도 이지경을 살펴보니 / 쳘셕갓한 간쟝이도 눈
물이 절노난다"

29

어듸런고 / 황학은 불반하고 빅운만 뉴뉴ᄒ다 / 하날이 일천이라 소견이 싱소하니 / 뉴화현 통화현니 안동예안 녀기런가 / 두어라 나의 회포 즁빅산이 붓이되고 / 송화강니 별된들 심즁셜화 다할손가 / 이 다음 슌풍부러 환고국 하올적의 / 그리든 부모동싱 악슈샹환 할거시이 / 이밧게 다못할말 원근간 붕우님닉 / 닉입만 쳐다보소 독닙연회 계셜ᄒ고 / 일쟝연셜 하오리라 ᄭ솟

위는 〈위모사〉의 마지막 부분이다. 우리나라 의주에서 서간도 통화현에 이르기까지의 노정과 결사가 서술되었다. 작가는 신의주에서 통화현까지 압록강을 따라 배를 타고 올라갔다. 통화현에 도착하기 전의 서술에서 "운슨은 회포갓고 쟝강은 눈물갓다 / 요동이 화표쥬난 일모향관 어듸런고"라 하였으므로 '쟝강'을 '화표주'에 몸을 싣고 올라가 통화현에 도착했음을 알 수 있다[20]. 통화현에는 김대락이 독립운동기지로 결정한 三源浦 지역이 있다[21]. "예안안동

20 이 길은 이 가사의 작가와 마찬가지로 만주 망명 여성이 지은 〈원별가라〉에서 택한 길과 같다. 〈원별가라〉에서는 안동현에서 뱃삯을 정하고 압록강을 따라 북상하여 회인현 홍도촌에 도착하는 과정을 비교적 자세히 서술했다. 도중에 광풍과 파도를 만나 위험하기도 한고비를 넘기기도 하는데, 회인현에 도착하기까지 십여 일이 걸렸다. 〈원별가라〉에서 회인현에 도착하기까지의 구절을 소개하면 다음과 같다. "그노릭을 끈치고 통변ᄉ 선가을 작졍하고 / 즁유에 빅을노아 둥실둥실 써나가니 / 광경이 찰난ᄒ다 ᄒ로가고 잇흘가니 갈길이 망연하다 / 슬푸다 우리들이 지향이 어듸민가 / 남쳔을 바라보니 운산이 쳡쳡ᄒ고 / 셔산을 바라보니 강슈가 만만ᄒ다 / 졍쳐업시 가난힝쟝 힝식도 쳐량ᄒ다 / 셔산에 ᄒᆡ가지고 동역에 달이뜬다 / 삼경의 돗틀다라 범범즁유 써나갈ᄭᅵ / 광풍이 딕작ᄒ야 파도가 이려나니 / 빗쟝이 움지기며 살갓치 다라나니 / 위틱한 지경이라 명쳔은 감동ᄒᆞᄉ / 인명을 살피시고 광풍을 물여 쥬옵소셔 / 지셩으로 비난소릭 명쳔이 감동ᄒᆞᄉ / 바람이 잠을즈고 빗쟝이 종용ᄒ니 / 졍신을 겨우츠려 십여 일만에 / 회인현 홍도촌 완북산 동의 근근이 득달ᄒ여"
21 백하 김대락은 망명지로 삼원포를 결정하였다. 삼원포 일대는 원래 통화현 이도구·삼도구·사도구·오도구 지방이다. 현청 소재지가 아니면서 인구가 적고 몇십 리 이어진 광활한 평야를 가진 지방인데, 통화에서 거기에 가자면 높은 준령을 넘어야 하는 은신하기에 적절한 곳이었다(조동걸,「백하 김대락의 망명일

우리집은 몃쳘이느 머럿는고"에서 '예안'은 작가의 친정을, '안동'
은 작가의 시댁을 말한다. 고향을 그리워하는 마음과 더불어 새로
운 정착지를 자신의 고향이나 마찬가지로 알고 살겠다는 의지를
표현한 것이다. 결사에서는 환고국하여 부모동생과 악수할 것이
며, 붕우님네를 향해서 독립연회를 開設하여 일장연설을 할 것이니
자기 입만 바라보라고 하면서 끝을 맺었다. 〈송교행〉에서 '세상동
류'를 향해 고국을 되찾는 봄날에 우리 딸이 還鄕하면 그때 태평연
회를 열자고 끝맺었는데, 그에 대응한 발언이라고 할 수 있다.

04 주체적 여성 인식

〈위모사〉의 전반부 작품세계 ①②③④는 어머님을 안심시키기
위한 의도로 말한 내용들이다. 그런데 주목할 만한 점은 이러한 내
용을 서술하는 태도가 논리성에 기대고 있다는 점이다. 작가는 어
머님에게 일제 강점 현실에서 서간도로 갈 수밖에 없는 당위성, 타
국으로의 이주가 지니는 미래의 전망, 서간도의 살기 좋음, 남녀평
등의 시대성 등을 때로는 예를 들어가며, 때로는 격앙된 어조로 힘
주어 설명했다. 말하고 있는 사실들이 이치에 맞든 맞지 않든 간에
자신이 아는 지식을 총동원하여 논리적인 설명으로 어머님의 걱정
을 안심시키고자 했다. 어머님이 딸의 서간도행을 감성적 차원에
서 슬퍼하고 걱정했다면, 딸은 논리적 차원에서 자신의 서간도행
을 설명하려 한 것이다. 이와 같이 감성보다 논리에 기대어 어머님
을 위로하고자 한 글쓰기 방식이 시사하는 바는 작가가 주체적 시

기(1911-1913)」, 앞 논문, 160~161면).

각으로 자신이 처한 세계를 바라보고자 했다는 점이다. 비록 어설
픈 논리이긴 하지만 자신의 논리를 통해 자신이 처한 상황을 설명
하려 한 주체적 여성 인식이 드러나는 지점이다.

> 부모님요 드러보소 위모스 한곡조로 / 송교힝 화답하여 이별회포
> 말흐리다 / 북걱성이 놉하시니 우쥬가 삼겨잇고 / 지구성이 회젼흐니
> 동식물이 거셥흐고 / 싱존경징 흐온후이 유인이 취귀흐다 / 건칭부
> 곤칭모는 고셩인이 말삼이라 / 아람소미 강싱흔후 싱즈싱녀 오날까
> 지 / 십이형졔 만팔여이 시듸로 발단듸이 / 녕웅호걸 만흘시고 셩쥬
> 현신 만을시고 / 우리나라 조선국도 희동이 반도강순 / 단군셩조 긔
> 긔흐와 슈쳔녀연 유젼한니 / 국가이 흥망흐문 운긔쇠왕 짜라가니 /
> 약육강식 공예듸로 역수가 송년흐고 / 이천만 남녀노소 신셩민국 즈
> 지흐니 / 세계를 슬펴보소 바다문 여러노코 / 젼긔승 번기불이 육쥬
> 오양 연낙흐와 / 오빅연 녜의풍속 일조이 업서지고 / 우리나라 종묘
> 사직 외인이게 사양하고 / 강순은 의구흐듸 풍경은 글너시니 / 불승
> 할수 우리동포 사라날길 젼혀업소

위는 ①의 시작 부분이다. 인류의 역사와 조선의 건국을 단계적
으로 서술했다. 먼저 우주가 생기고 다음으로 동식물, 인간, 부모,
자녀가 차례로 생긴 것을 읊었다. 그리고 이들이 대대로 이어져 영
웅호걸과 성주현신도 많아지고 드디어 단군이 開基하여 조선을 건
국하고 사천여 년이 내려왔다고 했다. 역시 소박하지만 논리적인
태도가 서술의 기저에 자리한다. 그런데 위의 서술 내용에서 드러
나듯이 작가의 사고가 근대계몽주의의 개화문명의식과 사회진화
론에 상당히 견인되어 있음을 알 수 있다. 지구성이 회전하고, 동식

물의 생존경쟁 속에 인간이 최귀한 존재가 되었다는 자연과학적·
진화론적 사고, 약육강식의 公例에 따라 세계의 역사가 진행된다는
사회진화론적 사고, 전기 문명에 의해 세계가 소통된다는 문명개
화사상 등이 작가의 사고를 지배하는 것으로 나타난다. 이러한 사
고나 사상이 작가의 세계관에 체계적인 수준으로 갖추어져 있었다
고 보기는 어렵다. 하지만 짧은 구절 가운데 드러나는 이러한 편린
들에서 당대 계몽주의의 사상적 영향 안에 들어가 있는 작가의 모
습을 발견하게 된다. 작가는 근대계몽주의 사상의 자양분을 흡수
하여 세계를 자신의 시각으로 바라보고자 하는 주체적 인식을 형
성하고 있었다고 판단된다.

　위에 인용한 구절에서도 드러나듯이 〈위모사〉의 내용과 표현은
"天地 肇判 후에"로 시작하여 인류와 역사를 서술한 다른 전통적 가
사 작품과는 상당히 이질적이다. 작가는 전통적 어휘와 근대적 어
휘를 혼용해 사용하면서 동시에 구어적 일상어를 즐겨 사용했다.
위에서 '乾稱父 坤稱母' '聖主賢臣' '運氣衰旺' '宗廟社稷' 등의 전통적
어휘들과 '생존경쟁' '약육강식' 등의 근대적 어휘들을 혼용해 사
용하면서 전체적으로는 구어적 일상어를 지배적으로 사용했다. 앞
서 일제 강점의 조선 현실을 읊은 대목에서도 구어적 일상어의 표
현이 두드러졌음을 알 수 있다. 이러한 언어 표현은 작가가 가사문
학의 정통적 어휘에 익숙하지 않아서이기도 했겠지만, 무엇보다도
작가 자신의 주체적 인식에서 기인되었다고 할 수 있다. 자신이 처
한 상황을 자신의 생각으로 표현하고자 했기 때문에 근대적 용어
와 구어적 일상어가 대폭 수용되었던 것이다. 어머니와 딸이 주고
받는 가사라는 관습적 글쓰기 방식을 택하여 전통적 어휘가 수용
될 수밖에 없었으나, 자신이 바라본 세계를 자신의 사고로 표현하

고자 하는 주체적 인식으로 말미암아 근대적 용어 및 구어적 일상어가 자연스럽게 수용되었다.

> 동긔친척 잘계시오 다각각 본심듸로 / 지리실화 마르시고 ᄌ계을 교양하여 / 조국정신 비양ᄒ면 독닙긔휘 두른쎠 / 졔셰국민 그안니요 / 동포들아 이젼관습 계혁ᄒ고 / 신공긔을 흡슈ᄒ여 영웅ᄌ여 산싱하며 / 학교졸립 시긔시요 타국풍도 살펴보면 / 일슌문명 진보듸야 우승열믜 저공예가 / 거울갓치 발가이소 잠시ᄅ도 노지말고 / 추추로 젼진하오 무ᄉ한 져쳔운이 / 인심을 짜ᄅ가이 우리나라 이광경이 / 모도다 ᄌ취로다 회과ᄒ고 계량ᄒ면 / 하날인들 엇지ᄒ리

위는 서술단락 ⑤에서 동기 친척과 동포들을 향해 부른 이별가 대목만을 인용한 것이다. 동기 친척들에게는 자제를 교육하여 조국정신을 배양해서 조국의 독립을 이루게 하자고 했다. 동포들에게는 이전 관습을 개혁하고 신문물을 받아들이자, 자제를 교육시키자, 타국의 예를 보면 문명의 진보가 우승의 열매를 맺었으니, 차차로 전진하여 하늘을 감동시키자 했다. 작가의 현실적 처지는 남편과 문중 어른들을 따라 혹은 모시고 서간도를 향해 가는 것에 불과하였을 것이다. 그러나 그 의식만큼은 쟁쟁한 혁신유림들이 지니고 있었던 독립운동가로서의 의식과 마음가짐을 지니고 있었다. 작가는 고국을 등지고 서간도로 떠나는 마당에 이미 애국계몽주의자와 독립운동가가 되어 있었던 것이다. 가사를 끝맺는 마지막 발언에서도 "이밧게 다못할말 원근간 붕우님늬 / 늬입만 쳐다보소 독닙연회 게셜ᄒ고 / 일쟝연셜 하오리라 삿"라 하여 독립투사로서의 자아 정체성을 확실히 하고 있었다. 수동적으로 독립운동가를 따

라가는 일개 부녀자가 아니라 동기 친척, 동포, 그리고 붕우들을 향해 권고와 선동의 발언을 당당히 할 줄 아는 독립운동가로서의 자아 정체성을 지니고 있었다.

개화근대 사상, 사회진화론, 국민적 민족주의 등으로 이루어진 근대계몽주의는 독립운동의 사상적 기반이 되었다[22]. 작가의 시댁인 내앞 김씨 문중의 경우도 근대계몽주의의 영향을 받아 혁신유림으로 전화하고 독립운동의 선봉에 섰던 대표적인 경우에 해당한다. 내앞 김씨 문중은 1895년부터 일어난 안동의병봉기에 직간접으로 관여하여 항일의지를 다지고 있었다. 이러한 내앞 김씨 문중이 근대적인 변용을 겪게 된 것은 협동학교 설립에서부터이다. 안동에서는 東山 柳寅植이 1904년부터 개화 계몽주의를 제창하여 안동의 향중이 계몽주의적으로 변화하기 시작했다. 그리하여 1907년 봄에 천전리(내앞)에 협동학교를 설립하여 신문화를 수용하고 애국계몽운동을 본격화했다. 초기에 내앞 김씨 문중의 어른인 김대락은 협동학교를 반대했다. 그러나 1908년 弟夫인 石洲 李相龍이 의병봉기를 단념하고 계몽주의자로 전환하게 됨에 따라 김대락의 사상도 급전환을 맞이하게 되었다. 신교육에 찬성할 뿐만 아니라 자신의 저택을 협동학교 교실과 기숙사로 내놓고 자신은 小屋으로 물러날 정도로 신교육에 적극적이었다. 의병당사자가 방략을 바꾸어 계몽운동을 전개하게 된 것이다. 이후 협동학교는 내앞은 물론 안동 향중 자제를 교육하였다. 1910년 나라가 망하자 안동의 김대락을 포함한 혁신유림들은 일본 신민이 되는 것을 거부하고 서간도로 망명하는데, 협동학교 학생들의 망명 동반이 줄을 이었다. 협동

---

22 조동걸, 「한말계몽주의의 구조와 독립운동상의 위치」, 『한국학논총』 제11호, 국민대학교 한국학연구소, 1988, 47~98면.

학교가 독립운동의 산실이 된 것이다. 근대적 독립운동의 논리는 선비의식에서 얻은 바도 있겠지만, 협동학교의 근대적 계몽주의 교육 속에서 얻은 바가 적지 않았다[23].

작가가 근대계몽주의사상의 자양분을 흡수하여 세계를 자신의 시각으로 바라보고자 하는 주체적 인식을 형성하고 독립운동가로서의 자아 정체성을 확립할 수 있었던 것은 이러한 독립운동가 집안의 사상적 분위기에서 자연적으로 체득할 수 있었던 것이다. 사실 작가는 협동학교를 졸업한 남편과는 달리 정식으로 학교 교육을 받지 않았다. 그러나 작가는 비록 여성이었지만, 당시 근대계몽주의와 독립운동의식으로 치열하게 사상 무장을 준비하고 있던 내앞 김씨 문중의 사상적 그늘에서 벗어날 수는 없었던 것으로 보인다. 교육을 받은 남편도 사실은 내앞 김씨 문중의 사상적 영향을 절대적으로 받은 것이다. 이렇게 〈위모사〉의 작가는 김대락을 중심으로 하는 내앞 김씨 문중 전체 구성원의 근대계몽주의와 독립운동의식을 수용하여 주체적 여성 인식을 키울 수 있었다.

그런데 〈위모사〉의 작가는 근대계몽주의와 독립운동의식을 수용한 주체적 인식을 보다 확장하여 남녀평등사상을 주장했다. 작가는 이제는 남녀평등의 시대가 되어 부인네들도 "직분ᄃᆡ로" 남자와 마찬가지로 일을 할 수 있다고 하여 자신의 서간도행이 주체적인 여성의 활동임을 강조했다. 여성의 한평생이 압제받고 구속받아 감옥살이와 같았다, 사람으로 생겨나서 興樂이 무엇인지 알고 살아야 한다, 여학교를 보면 남자보다 훌륭한 인재들이 많다, 이전 풍속을 지키면서 고생할 필요가 없다는 발언에서 작가가 본질적

---

23 조동걸, 「전통 명가의 근대적 변용과 독립운동의 사례 -안동 천전 문중의 경우」, 앞 논문, 380~403면.

의미의 남녀평등론을 받아들이고 있음을 알 수 있다. 작가가 계몽과 구국의 대열에 여성의 참여를 유도하기 위해 대한매일신보사에서 1907년 발행한 여성위인전인 〈羅蘭婦人傳〉[24]을 실제로 읽었는지, 혹은 들어서 알고 있는 것인지는 확실하지 않다. 어쨌든 작가는 프랑스 혁명을 위해 선도적으로 활동한 나란 부인처럼 되고 싶었다. 그러나 작가는 나란 부인이 여성이지만 독립운동[25]에 참여했다는 사실에만 주목한 것이 아니었다. 여성이었지만 가정살이에 한정되었던 감옥살이와 같은 생활에서 벗어나 구국을 포함한 사회적 활동에 주체적으로 참여한 점에 더 주목했다. 따라서 작가는 남녀평등을 여성도 구국의 대열에 참여해야 한다는 소극적 의미로서가 아니라 삶의 양식 변화 전체를 포함하는 본질적 의미로서 이해했다. 독립운동을 하기 위해 떠나는 마당에 동포나 붕우들에게 한 발언이라면 독립운동에의 참여에는 남녀가 따로 없다는 제한적 의미로 받아들일 수 있는 것이다. 그러나 작가는 어머님을 향한 발언에서 남녀평등론을 전개해 진정한 의미의 남녀평등론에 상당히 경도되어 있음을 알 수 있다.

애국계몽주의에서의 남녀평등론은 계몽과 구국의 대열에 남녀가 구분 없이 참여해야 한다는 것이었기 때문에 여자도 독립운동에 헌신해야 한다는 사고는 내앞 김씨 문중의 사고이기도 했다. 내

---

24 〈나란부인전〉은 1907년 대한매일신보사에서 발행했다. 총 41면의 순한문본인데, 청나라 양계초의 〈近世第一女傑 羅蘭婦人傳〉을 번역한 것으로 보인다. 본문 마지막에 '부인은 법국에셔 불과시 흔낫 시졍의 녀인이로되 오히려 큰 스업을 쳔츄에 세윗스니 흐믈며 이재 이 나라의 션비와 녀인들이랴'라 하여 우리나라 여성들의 각성을 촉구했다(김봉희, 「개화기 번역서 연구」, 『근대의 첫경험 -개화기 일상 문화를 중심으로』, 홍선표 외, 이화여자대학교 출판부, 2006, 73면).

25 엄격히 말하면 나란 부인, 즉 마리 잔 롤랑(1754-1793)은 프랑스 혁명기의 혁명가이다. 작가가 나란 부인을 독립운동가로 여기고 있는 것은 국가의 '역사적 중대사'라는 관점에서 같이 본 것이라고 할 수 있다.

앞 김씨 문중에서 남녀평등론의 본질적 의미를 완전히 수용했는지의 여부는 주어진 연구 성과가 없어서 알 수 없지만, 그럴 가능성은 그리 많지 않다고 본다. 그러나 〈위모사〉에서 작가가 어머니에게 말한 남녀평등의 논리는 진정한 의미의 남녀평등론이었다. 정통 유림 집안의 며느리로서는 매우 위험한 사고였음이 틀림없다.

〈위모사〉의 작가 이호성은 22살의 나이로 만주 독립운동을 위해 망명길에 오른 여성이다. 작가의 만주행은 남편이나 집안 어른의 뜻에 따라 독립운동의 길에 오른 것이어서 작가에게 '망명 여성'이라는 용어를 붙일 수 있느냐 하는 의문을 품을 수 있다. 자신의 신념과 의지에 따른 행동이 아니기 때문이다. 그러나 작품을 통해 나타나듯이 작가는 미숙하지만 근대계몽주의 사상을 받아들이고 투철한 독립운동의식을 지녔음은 물론 진정한 의미의 남녀평등사상에 경도되어 주체적 여성 인식을 소유한 인물로 드러난다. 작가의 행보는 자신의 '분'대로 이루어진 의지적 행보로서 '망명 여성'에 당당히 해당한다고 할 수 있다.

한편, 이 가사에서 드러난 의식이 제대로 내면화한 것이 아닐 것이라는 추단도 있을 법하다. 만주 망명까지 결행한 작가의 행보를 보면 독립운동의식의 치열성과 진정성은 의심할 나위가 없을 듯하다. 그리하여 독립운동의식의 내면화는 철저하게 이루어졌다고 할 수 있다. 그런데 근대계몽주의와 남녀평등의식이 제대로 내면화한 것인지는 알 수 없다. 실제로 작자는 기차를 처음 타보고, 난생 처음 한양에 도착해서 문명의 번화함과 휘황함을 경험해 보았을 가능성이 많다. 그리고 작가는 자신의 서간도행과 서간도 삶의 미래적 구상을 남녀평등의 실제적 내용으로 오인했을 가능성이 많은 것도 사실이다. 후손이 본 작가 이호성은 철저한 여필종부의 삶을 살았다고 하는데, 이후 작가의 남녀평등의식은 다시 회귀노선을 겪은 것으로 보인다. 그러나 이 가사를 쓸 당시만 해도 작가의 남녀평등의식은 진정성을 지닌 자기 내면의 목소리였다. 독립운동이라는 절대절명의 사명을 지니고 서간도로 떠나는 인생 최대의 경험이 새로운 사고를 스펀지처럼 수렴하게 했다는 점을 감안하면 작가의 남녀평등의식은 작가 내부에 상당한 깊이로 자리 잡고 있었을 것이다.

05 맺음말

20세기 초 일제의 강점이 노골화되자 신문 지면의 애국계몽·개화가사, 의병진영의 의병가사, 그리고 개별 작가들의 우국가사 등은 일제의 노골적인 침략 야욕을 비판하고 항일의 의지를 고취했다. 이들 가사가 수적으로 만만치 않은 양이어서 이 자리에서 일일이 거론할 수 없는데, 의병가사만 해도 유홍석의 〈고병정가사〉, 민용호의 〈회심가〉, 전수용의 〈격가〉, 정용기의 창의가사 3편, 이석용의 〈격중가〉, 김두만의 〈대한복수가〉, 신태식의 〈신의관창의가〉 등 상당수가 된다. 그런데 이러한 역사 사회에 정면으로 대응한 가사 작품들은 주로 남성 작가에 의해 창작되었다. 그런 의미에서 〈위모사〉는 역사 사회 현실에 대응한 여성의 가사 작품이라는 점에서 주목할 만하다. 개인이나 가족에 한정하였던 규방가사의 관심 영역에서 벗어나 국가나 민족의 현실에까지 그 관심 영역을 확장하게 된 규방가사의 한 양상을 보여준다는 가사문학사적 의의를 지닌다.

〈위모사〉의 작품세계는 일제 강점 현실에서 독립운동기지 건설을 위해 서간도로 망명해가는 한 독립운동 집안의 역사적 행보를 배경으로 하고 있다. 어머니와 딸이 주고받는 형식을 취하였지만, 그 작품세계는 개인적 감회에 머무르지 않고 당대의 역사 사회 현실이 커다란 편폭으로 들어와 있다. 그리하여 한 집안의 며느리로 살았던 일개 아녀자가 역사의 격동기를 만나 당대 현실을 치열하게 맞닥뜨리고 역사를 바꾸는 일에 몸담고자 했던 주체적 인식이 잘 드러난다. 이렇게 〈위모사〉는 단순히 역사 사회 현실을 수용한 것에서 나아가 역사에 의해 굴곡을 겪는 한 개인의 삶을 담고 있다는 점에서 보다 의의를 지닌다. 〈위모사〉는 조국의 비극적 운명과 그에 따른 개인 삶의 인생역전을 서술했다. 여타 역사사회 현실을 정면으로 문제 삼은 가사 작품의 경우 역사사회 현실이 전면으로 부각되어 개인의 인간적인 삶의 모습은 찾아볼 수 없는 것과는 다른 작품세계이다. 이러한 점은 작가가 생활인이자 여성이었기에 가능했던 것이다. 이와 같이 〈위모사〉는 근대기 전통적 교양과 신학문의 영향을 받아 국가와 민족에 대한 성찰과 의식을 담은 규방가사의 한 양상을 드러내 주면서, 동시에 역사의 격동기를 살아갔던 생활인으로서의 인간적 작품세계를 구현하고 있다는 점에서 가사문학사적 의의를 지니는 작품으로 평가된다.

머리말에서 거론한 만주 독립운동과 관련하고 여성이 창작한 가사 작품으로 〈눈물 뿌려 이별사〉, 〈조손별서〉, 〈답사친가〉, 〈감회가〉, 〈원별가라〉, 〈신세타령〉 등이 있다. 이들 작품들은 작품에 따라서 서정적 진술과 서사적 진술의 비중이 다르게 나타난다. 그러나 이들 규방가사 작품들은 모두 본인이나 가족이 서간도로 망명해 있는 상황을 배경으로 한다. 그리하여 이별을 하려 하거나 이별해 있

는 상황에서 고국, 손녀, 조모, 남편, 부모 등을 향한 그리움과 슬픔
을 서술했다. 규방가사의 관습적 전통에 따라 이별의 상황을 읊은
것인데, 모두 개인의 삶이 역사 사회 현실에 의해 굴곡을 겪게 됨으
로써 빚어지는 그리움과 슬픔을 읊었다. 이들 작품들은 작가가 모
두 여성이라는 점에서 비극적 역사 속의 개인 삶이라는 民衆事的
의미를 지닌다. 그 가운데 〈위모사〉는 또 다른 만주 망명 여성의 가
사 〈원별가라〉[26]와 함께 개인의 삶과 의식을 풍부하게 구현하고 있
다는 의의를 지닌다.

한편, 〈위모사〉는 주체적 여성 인식하에 남녀평등론을 당당하게
전개한 작품이라는 점에서 의의를 지닌다. 작가의 남녀평등론은
근대계몽주의자들의 구호적 남녀평등론은 아니었고, 여성이기에
생래적으로 받아들였던 작가 내면의 목소리였다. 비록 작가는 후
에 남녀평등과는 거리가 멀게 철저한 여필종부의 삶을 살았지만,
당시로써는 진정성을 지닌 것이었다. 어쩌면 〈위모사〉의 작가 이호
성이야말로 계몽정신, 개화문명의식, 국가적 민족의식, 남녀평등
의식 등의 근대정신을 총체적으로 지녔던 한 개인이었을지도 모르
겠다.

---

26 〈위모사〉는 여러 면에서 〈원별가라〉와 유사하다. 가사를 지을 당시가 20대 초반
의 여성이라는 점, 독립운동기지 건설을 위해 서간도로 떠나는 문중의 대열에
합류한 점, 가사문학의 관습적 글쓰기 방식을 통해 표현한 점, 역사적 현실에 따
른 작가 개인의 삶이 커다란 편폭으로 수용되어 있는 점, 그리고 모두 독립투사
의 자아 정체성을 확고히 하고 있다는 점 등이 공통적으로 드러난다. 〈원별가라〉
는 그 제목의 상투성으로 인해 독립적 의미를 부여받지 못한 대표적 작품에 속
한다. 시집을 가 멀리 떨어진 부모님이나 형제를 그리워하는 유형에 속하지만,
작품을 면밀히 읽어보면 그 작품세계는 서간도로 망명해 떠나가는 한 여성의 삶
과 당찬 목소리로 가득 차 있다.

만주망명과 가사문학 연구

제2장
만주망명 여성의 가사 〈원별가라〉 연구

01 머리말

규방가사에 관한 연구[1]는 여성 생활문학으로서의 본질적 특징, 여성 글쓰기의 성격과 다양성, 여성 담론의 성격과 변화, 의미 있는 개별 작품들의 문학적 성취 등에서 괄목할 만한 성과를 얻었다. 그러나 아직 규방가사의 전모가 밝혀졌다고 하기에는 무리가 있다. 유형적 접근에 함몰되어 개별 작품의 독립적 의의가 제대로 파악되지 못하고 있는 가운데, 아직도 읽히지 않은 상당수의 작품들이

---

1 주요 연구성과를 단행본만 소개하면 다음과 같다. 이재수,『내방가사연구』, 형설출판사, 1976. ; 권영철,『규방가사연구』, 반도출판사, 1980. ; 권영철,『규방가사각론』, 형설출판사, 1986. ; 서영숙,『한국여성가사연구』, 국학자료원, 1996. ; 이정옥,『내방가사의 향유자연구』, 박이정, 1999. ; 나정순 외,『규방가사의 작품세계와 미학』, 역락, 2002. ; 정길자,『규방가사의 사적 전개와 여성의식의 변모』, 한국학술정보, 2005. ; 박경주,『규방가사의 양성성』, 월인, 2007.

있기 때문이다. 규방가사 필사본 영인 자료는 『역대가사문학전집』 전 50권, 『한국가사자료집성』 전 12권, 『영남내방가사』 전 5권, 그리고 『국문학연구자료』 제 1·2권² 등에 실려 있다. 한국가사문학 홈페이지에도 엄청난 양의 자료가 올라와 있다. 활자본으로 『규방가사 1』과 「내방가사자료」³, 그리고 각 지자체에서 발간한 가사모음집 등이 있다. 개인 소장의 자료는 차치하더라도, 이러한 막대한 양의 규방가사 자료 중에는 아직 연구자의 손이 닿지 않은 작품들이 존재한다.

대부분의 규방가사는 기본 유형에서 작가 개인의 정서나 체험을 수용해 변이된 양상을 지닌다. 그 변이 양상이 소폭이어서 단지 이본으로 처리해야 하는 작품도 많지만, 독자적인 작품세계를 구성해 전혀 다른 작품세계를 구성하는 경우도 있다. 본고에서 다루고자 하는 〈원별가라〉는 아직 읽히지 않은 작품이지만, 독자적인 작품세계를 갖추고 있는 규방가사 작품이다. 현재 이본으로는 역대본과 가사문학관본 두 편이 확인된다⁴. 역대본의 경우 2음보를 1구로 계산하여 총 546구로 비교적 긴 장편에 속한다. 이 작품은 그동안 탄식가류 규방가사와 거의 같은 내용의 작품세계를 지녔을 것이라는 생각에 주목을 받지 못했던 것으로 보인다. 그러나 한 여성이 만주 망명지에서 친정부모와 고국을 그리워하면서 만주망명의

---

2 임기중 편, 『역대가사문학전집』 전 50권, 아세아문화사, 1987~1998.; 단국대율곡기념도서관 편, 『한국가사자료집성』 전 12권, 태학사, 1997.; 조동일 편, 『국문학연구자료』 제 1·2권, 박이정, 1999.; 이정옥 편, 『영남내방가사』 전 5권, 국학자료원, 2003.
3 권영철 편, 『규방가사 1』, 한국정신문화원, 1979.; 이종숙, 「내방가사자료 -영주·봉화 지역을 중심으로 한」, 『한국문화연구원논총』 제 15집, 이화여대 한국문화연구원, 1970, 367~484쪽.
4 역대본 - 임기중 편, 『역대가사문학전집』 제43권, 아세아문화사, 1998, 373~393쪽.; 가사문학관본 - 한국가사문학관 홈페이지.

동기와 과정, 만주 도착 노정, 만주생활 등을 술회하여 특수한 내용성을 지닌다.

〈원별가라〉는 멀리 떠나온 고국과 부모를 그리워하며 탄식하는 탄식류 가사를 기본으로 한다. 탄식류는 규방가사의 가장 보편적이고도 핵심적인 유형이어서 규방가사 연구의 초창기부터 이재수와 권영철에 의해 자세히 다루어졌다[5]. 이후 이정옥, 이동연, 박경주, 박춘우, 양태순 등에 의해 작가의식이나 이별과 관련하여 논의되어[6], 탄식의 양상이 정리되고 그 본질이 파악되었다. 이와 같은 탄식류에 관한 기존의 많은 논의에도 불구하고 본고에서 다루고자 하는 〈원별가라〉는 언급되지 않았다. 이희숙이 〈형제원별가〉를 다루는 자리에서 이본으로 비교한 〈원별가라〉도 본고에서 다루는 작품과 제목은 같지만 다른 작품이다[7].

필자는 〈원별가라〉의 작품세계가 독립된 텍스트로 따로 다루어질 필요성이 있는 작품이라고 판단했다. 이 작품은 탄식류 규방가사의 관습적 글쓰기 방식을 통하면서도 한일합방 직후 서간도로 망명해 떠나가는 한 여성의 삶의 역정과 자아 정체성의 변화상을

5 이재수, 「탄식류 및 여자자탄가 연구」, 『내방가사 연구』, 앞의 책, 26~34쪽. ; 권영철, 「신변탄식류」, 『규방가사각론』, 앞의 책, 9~99쪽.
6 이정옥, 「내방가사의 작가 의식과 '탄'」, 『내방가사의 향유자 연구』, 앞의 책, 51~83쪽. ; 이동연, 「가사」, 『한국고전 여성작가 연구』, 이혜순 외, 태학사, 1999, 331~345쪽. ; 박경주, 「남성화자 규방가사 연구」, 『한국시가연구』 제12호, 한국시가학회, 2002, 253~282쪽. ; 박춘우, 「가사에 나타난 이별의 양상」, 『한국 이별시가의 전통』, 역락, 2004, 147~191쪽. ; 양태순, 「규방가사에 나타난 '한탄'의 양상」, 『한국시가연구』 제18호, 한국시가학회, 2005, 241~297쪽.
7 이희숙, 「규방가사 〈형뎨원별가〉 연구」, 『사림어문연구』 제11집, 사림어문학회, 1998, 107~133쪽. 『역대가사문학전집』 제26권에는 〈원별가라〉라는 제목으로 작품번호 1277번(519-542쪽)과 작품번호 1278번(543~561쪽) 두 편이 실려 있는데, 본고에서 대상으로 하는 작품과는 다르다. 이 작품은 한 남성이 서울에 시집가 살다 친정에 온 여동생에게 이별의 슬픔을 전하고 그간의 형제 일을 술회한 〈형제원별가〉의 이본이다.

보여준다. 일제 강점 직후 독립운동 기지를 건설하기 위해 만주로 망명했던 한 여성 독립운동가의 삶과 의식이 규방가사의 글쓰기 관습을 통해서 드러난 점은 주목을 요한다.

논의의 순서는 우선 2장에서 작가의 만주 망명 이유에 대해 살펴보고자 한다. 일제 강점 직후 독립운동 기지 건설을 위해 서간도로 망명해 갔던 당시의 역사적 상황을 통해 작가의 만주 망명 이유를 상세히 알아볼 필요가 있다. 3장에서는 서술단락에 따라 작품세계를 살피는데, 그에 따른 글쓰기 방식을 함께 분석하는 논의의 방식을 택하고자 한다. 이어서 4장에서는 여성인 작가의 자아 정체성이 어떻게 변화해가는지를 분석한다. 그리고 마지막 5장에서는 이상의 논의를 집약해 이 작품의 가사문학적 의의를 규명해보고자 한다.

02 작가와 만주 망명 이유

작품 내용에 의하면 〈원별가라〉의 작가는 "亽동촌 평ᄒᆡ 황씨가"[8]에 시집을 간 여성이다. '사동촌 평해 황씨가'는 울진군 기성면 사동리에 세거하였던 평해 황씨가를 말한다. 작가는 시집을 가서 자주 친정을 오고 간 점[9], 시댁을 떠나 만주로 가는 길에 친정에 들러 이별하는 점[10] 등으로 미루어 보아 시댁에서 그리 멀지 않은 곳에

---

8 "곳곳이 미파노아 명문거죡 구혼할싴 / 亽동촌 평ᄒᆡ 황씨가에 쳔졍연분 ᄆᆡ젓고나"
9 "시부모 실하에도 亽랑으로 지ᄂᆡᆫ다가 / 일연가고 잇ᄒᆡ가셔 귀령부모 ᄒᆞ리로다 / 반졍맛촤 친졍가고 몃날지나 시가오고 / 가고오고 논일젹에 무삼걱졍 잇션든고"
10 "원근친쳑 동ᄂᆡ사람 면면이 이별할졔 / 손목을 셔로잡고 졍신이 캄캄ᄒᆞ야 / 고국에 싸인말을 다못하고 잘이시쇼 / 죽기젼 만납시다 계우하는말이 그뿐이라 / 한심으로 썩나서서 셔쳔을 바라보니 지향이 망망ᄒᆞ다 / 싱이亽별 될터이니 우리

서 출생하고 성장한 것으로 추정된다. 그런 작가가 만주 서간도로 이주하게 된 배경은 무엇일까?

> 관즁하신 우리ᄉ량양반 남면여 삭발ᄒ고 / 평희듸흥학교 싱도되야 불고가사 불고쳐즈ᄒ고 / 일단졍신을 반하야 다니드니 찬찬삼연이 다못되여 칙보을 둘너메고 집으로 드러오믜 / 어두운 여즈소견은 방약이 되엿는가 ᄒ엿드니 / 삼경쵸에 한심을 기리짓고 죵용이 하는 말이 / 못살깃늬 못살깃늬 우리민쥭 삼쳘이 안에는 못살깃늬 / 원슈놈의 졍치상이 엇지 혹독한지 / 사람의 싱활계는 져가다 상관ᄒ고 / 쳥연들 학교과장 책도다 쎈아셧스니 / 장츠잇스면 츌입도 임의로 못ᄒ고 / 그놈의 꼬라지을 볼슈 업스오니 / 죠흔구쳐 잇스니 엇절난가 / 늬말듸로 힝할난가 은밀이 하는말이 / 쳥국에 만쥬란 짱은 세계 유명한 짱이요 / 인심이 슌후하고 물화가 풍죡하고 / 사람살기 죳타ᄒ니 그리로 가자ᄒ늬

위에 인용한 구절에 의하면 작가의 만주행은 순전히 남편 때문이었다. 당시 남편은 평해대흥학교 학생이었다. 대흥학교를 다니던 남편이 어느 날 집에 돌아왔다. 작가는 방학이 되어서 돌아왔나 생각했지만, 실은 그것이 아니었다. 남편이 원수 놈이 구속하는 이 땅에는 살 수 없으니 살기 좋은 만주로 가자고 제안한 것이다. 남편의 말에서 일제의 압박에 대한 울분과 저항이 강하게 드러난 것은 사실이지만, 이것만으로는 남편의 만주행을 망명이라고 하기는 곤란하다. 오히려 문면상으로만 본다면 만주로 가자고 하는 이유로

부모 친졍가셔 / 멧칠유하여 가는거시 인즈졍 이여ᄉ라 / 친졍집을 차자드니 우리 부모동긔 / 듸문을 을풋나셔 누슈로 ᄒ는마리"

만주의 살기 좋음을 내세우고 있어서 '생활형 이주'에 가깝고, 독립운동과의 연관성을 확인할 수는 없다.

그러나 평해대홍학교와 한일합방을 전후로 한 당시의 민족독립운동 진영의 움직임을 자세히 살펴보면 작가와 그 남편의 만주 이주는 '생활형 이주'라기보다는 '정치적 망명'임이 드러난다. 평해대홍학교는 황만영이 1908년 4월에 애국계몽의 일환으로 설립한 학교이다. 그러나 1910년 8월 29일 한일합방이 되고 나서 일본에 의해 강제 폐지되었다[11]. 따라서 위에 인용한 구절의 상황은 평해대홍학교가 일제에 의해 강제 폐지되자 남편이 집에 돌아온 상황이다. 그런데 작가가 시집을 간 사동촌 평해 황씨가는 바로 독립운동가 황만영 선생의 고향이었다. 즉 작가의 남편은 평해황씨의 세거지인 사동촌에 살면서 같은 마을 종친인 황만영 선생이 세운 평해대홍학교에 다니고 있었던 것이다. 따라서 작가와 그 남편의 만주행은 독립운동가 황만영의 만주행과 그 행보를 같이 하는 것임을 알 수 있다.

1910년 8월 대한제국이 일제의 식민지로 완전히 전락하게 되자, 국내의 민족독립운동가들은 종래의 애국계몽운동이 불가능해졌음을 인식했다. 그리하여 신민회를 중심으로 하는 민족독립운동가들은 집단적으로 서간도 지방에 이주하여 독립운동 기지를 창건하는 사업을 수행하기로 결정하고 발 빠르게 움직였다. 1910년 11월에 서간도에 독립군 기지 후보지를 선정하고, 회인현 횡도천에 임시 연락지를 만들어놓고, 각 도 대표들은 서간도로의 이주민을 모집하였는데, 상당한 성과를 거두게 되었다. 유하현과 통화현을 중심으로 한 서간도에 1910년 12월경부터 서울, 안동, 선산, 울진 등

---

11 『蔚珍郡誌 中』, 울진군, 2001, 289쪽.

각지에서 이주가 시작되었다. 한 가족, 한 문중, 심지어 한 마을 주민이 재산을 모두 팔아서 집단으로 이주하는 현상이 벌어지게 되었다. 이러한 서간도 독립군 기지 건설계획에 황만영은 적극적으로 개입하였다. 黃灝・黃萬英・黃道英 일가 전체가 이주함은 물론[12], 고향 주민 100여 세대를 이주・정착시켰다.

〈원별가〉의 내용에 의하면 작가는 전래 전답과 살림살이를 모두 팔아 고향을 떠나는데, 시부모를 포함해 전 가족이 만주로 떠난 것으로 보인다[13]. 따라서 작가의 가족은 황만영이 이주시켰던 황만영의 문중으로 100여 세대 마을 주민에 속했다. 황만영의 영향을 받아 그 취지에 동조하여 집단으로 이주하는 대열에 함께 끼어서 만주로 건너간 것이다. 만주로 집단이주해 신한민촌을 만들고 기회를 보아 독립전쟁을 일으켜서 국권회복을 도모하고자 했던 만주 망명자의 일원인 것이다. 작가 일행이 만주에 도착해 처음으로 정착한 곳은 회인현 횡도천(작품 중에는 '홍도촌'으로 표기되어 있다)이었고, 통화현에 1년간 살고, 이어서 유하현으로 들어가 살았다. 한일합방이 되자마자 신민회가 마련한 만주 망명인들의 임시

---

12 신용하, 『한국민족독립운동사연구』, 을유문화사, 1985, 109~113쪽. "유하현 통화현 등을 중심으로 한 서간도에 1910년 12월경부터 서울과 그 부근에서 이석영 철영 회영 시영 등 이회영 6형제와 그 가족 대소가, 이동영 이장녕 일가, 장유순 김창환 이관식 윤기섭 여준 등, 경북 안동과 그 부근에서 이상룡 이준형 부자와 이상룡의 아우 이봉희 이문형(이광민으로도 불림) 부자 등 대소가, 김대락 김형식 부자 대소가와 김동삼 일가 및 그들이 이끈 문중 청장년과 그 지방 청년들, 황호 황만영 황도영 일가, 이원일 일가, 이희영 일가 등, 경북 선산 임은에서 허위의 중형인 허로(겸, 환, 혁으로 불림)와 허위의 부인과 그 자제 등 대소가, 허위의 사촌인 허형 부자 등 대소가, 권팔도 일가 등과 다른 지방 사람들이 이주하였다"(서중석, 「청산리전쟁 독립군의 배경」, 『한국사연구』 제111호, 한국사연구회, 2000, 4쪽).

13 "의논한 그잇훗날부터 가장지물 방미하고 / 졀늬젼답 방미하야 힝장을 단속ㅎ고 / 슈십티 사든가장 일됴일셕 쩌나가니 / 눈물이 졀노나고 한심이 졀노난다 / 원근친쳑 동이사람 면면이 이별할졔"

연락지가 회인현 흥도촌이었고, 이들의 활동 무대는 서간도 통화현과 유하현이었다. 이렇게 작가 일행이 서간도에서 머문 곳은 정확히 독립운동기지 건설을 위해 독립운동가들이 설정한 신한민촌과 일치한다[14].

이와 같이 작가의 서간도행은 독립운동을 위한 집단 망명임을 알 수 있다. 작가 일행은 한일합방이 되자 고향의 원로인 황만영 선생을 따라 서간도행을 결정하고 1911년 봄에 고국을 떠났다. 서간도 회인현에 도착해 그해 농사를 지으며 첫겨울을 보내고, 이어 통화현에서 1년을 지내다 다시 유하현으로 옮겨 삼사 년을 지냈다. 〈원별가라〉는 바로 이 시점인 1916년경에 창작되었다. 이때 작가의 나이는 20대 후반 정도였을 것으로 추정한다. 16세에 시집을 가서 2년 만에 귀령부모한 후 친정을 몇 번쯤 오갔던 점, 한일합방 전에 2년 반 정도 남편이 학생의 신분이었던 점 등으로 미루어 볼 때 한일합방 당시 작가의 나이가 20대 초반쯤으로 추정되기 때문이다[15].

---

14 신민회의 국외 독립군 기지 창건 사업의 선발대는 1911년 1월 횡도천의 연락지를 거쳐 유하현에 신한민촌을 건설하고 4월 봄에 경제적 자립을 위한 농업경영을 위해 경학사를 조직하고 사관양성기관인 신흥강습소를 창설함으로써 제1의 독립군기지를 만들었다. 이어 1912년 가을부터 1913년 이른 봄에 걸쳐 근거지를 통화현으로 옮겨 제2의 독립군기지를 만들고 부민단을 조직하였다. 신흥강습소도 1913년 5월에 통화현으로 옮겨 이름도 신흥(무관)학교로 고쳤다. 신흥무관학교는 1919년 3·1 운동 이후 찾아오는 청년들이 많아 다시 유하현으로 옮겼다(신용하, 앞의 책, 113~119쪽).

15 한편, 가사의 말미에 다음과 같은 기록이 덧붙여 있다. "경축 츈이월 하순에 등셔ᄒ엿시되 졈잔은 양반 오셔 낙자와 글시 넉넉지 못ᄒ오나 졀문ᄉ람 일너보되 관즁이 두손으로 읍ᄒ고 공손한 틱도로셔 보아야지 만일 웃다가 빗두러지면 셔울 가도 약이 업고 결국 가쟝이 입과 눈이 될터이니 미리 명심불망ᄒ기 바릭압ᄂ니다" "경축년(1937년) 이월 하순에 謄書했다"고 한 것으로 보아 이 기록은 창작 당시 작가에 의해 쓰인 기록이 아니라 향유자가 필사를 마치고 쓴 기록으로 보인다. 젊은 사람들에게 두 손을 읍하고 공손한 태도로 보라고 하면서, 만약 웃으며 보다가 입이 비뚤어지면 서울 가도 약이 없고 가자미 입과 눈이 될 거라고 말한 대목이 재미있다. 서울을 운운한 것으로 보아 만주 지역에서라기보다는 작가의 고향인 울진군에서 필사·향유되었던 것으로 보인다.

03 〈원별가라〉의 작품세계와 글쓰기 방식

〈원별가라〉의 형식은 4·4조 연속의 가사체 형식이 지배적이지만, 4음보 연속의 정형적 틀을 벗어나는 경우가 빈번하다. 3음보 내지 5음보로 끊어지는 경우가 많고, 한 음보 내에서의 자수도 2자나 6자가 자주 사용되었다. 본고에서는 편의상 1음보를 1구로 계산[16]하여 작품의 서술단락을 정리하면 다음과 같다.

① 서사 : 1구 - 84구
② 성장 및 결혼 : 85구 - 249구
③ 한일합방 : 250구 - 303구
④ 만주망명 결심 : 304구 - 392구
⑤ 시댁 출발 : 393구 - 430구
⑥ 친정 식구 이별 : 431구 - 615구
⑦ 만주 도착 여정 : 616구 - 855구
⑧ 만주생활 : 856구 - 987구
⑨ 결사 : 988구 - 1092구

---

16 이 작품은 4음보 연속의 정형적 틀을 벗어나는 경우가 빈번하다. 그래서 전체 구수를 계산하거나 서술단락을 나눌 때 가사문학에서 일반적으로 계산하는 2음보를 1구로 혹은 4음보를 1구로 하는 방식을 사용할 수 없는 측면이 있다. 따라서 〈원별가라〉의 구수는 특별히 1음보를 1구로 계산하였다. 〈원별가라〉는 1음보를 1구로 계산하여 총 1,092구(2음보를 1구로 계산하면 총 546구)이다.

울울한 이닉마음 쌀쌀부는 찬바람에 / 문박글 쮜여나가 고국강산을 바라보니 / 나의 부모동기 면목이 히미ᄒ고 희천이 망망하다 / 빅운은 무심히 이러나고 청유슈는 무정하게 흘너간다 / 그립도다 우리부모 보고겨라 우리동기친척 / 느린다시 바려두고 무엇하려 예을왓나 / 원창취이 ᄉ고무친척이요 묘창히지일속이라[17] / ᄉ향하는 이닉심회 비길곳 젼혀업다 / 슬푸다 부모임아 불효한 이ᄌ식을 싱각마라 글역에 허비한다 / ②남다른 ᄌ의와 특별한 ᄌ졍으로 일ᄌ일여을 나으시고 / 만실기화 이르시고 ᄉ랑으로 기를젹에 / 장즁에 보옥이요 안젼에 구살이라 / 츈하츄동 ᄉ시졀에 명들셰라 상할셰라 / 이지즁지 키울젹에 빅연이나 쳔연이나 / 부모실하 ᄶ너지 마잣더니 쳐량ᄒ다 여ᄌ몸이 / 원부모 형계는 뉘라셔 면할손가 / 무졍한 져광음이 ᄉ람을 짓촉ᄒ여 이닉나이 이팔이라 / 곳곳이 미파노아 명문거족 구혼할시 / ᄉ동촌 평히 황씨가에 쳔졍연분 미졋고나

위는 서술단락 ①, ②의 연결부분을 인용한 것이다. ①에서는 만주에서 고국강산을 바라보며 친정부모와 고향을 그리워하는 마음을 격정적으로 술회했다. 그리고 ②에서는 친정에서 고이 자라다가 16세에 평해 황씨가에 시집을 간 사실, 어머님의 소원대로 남동생과 합동 결혼을 한 사실, 그리고 근행도 다니며 행복한 시절을 보낸 사실을 술회했다. 탄식가류에서 보편적으로 다루고 있는 "혼전교육 - 혼인 - 근행"의 순차적 삶의 행로가 그대로 답습되는 가운데 부모와 고국을 그리워하는 서정이 격정적으로 술회되었다.

---

17 遠暢取邇(? : '먼 데나 가까운 데를 다 보아도'라는 뜻일 듯) 四顧無親戚이요 滄滄海之一粟이라

실푸다 국운이 망극ㅎ니 민졍도 가련하다 / 이쳔만 우리민죡 무삼 죄로 하인의 노예되고 / 사쳔연 젼뇌하든 죵묘스직 압쥼의 드럿난가 / 쳔운이 슌환ㅎ고 인심이 회기ㅎ야 국젹을 회복할걸 / 엇지하야 우리민죡 슈하노예 왼일인고 / 이국자의 츙셩과 의리ㅈ의 열심히 / 각도열읍 고을마다 학교을 셜입ㅎ야 / 인직을 보랏더니 지독한 원슈놈이 / 삼쳘이 금슈강산 소리업시 집어먹고 / 국뇌에 모든거슬 졔임의로 폐지ㅎ고 / 학교죠츠 폐지하니 가련ㅎ다 이쳔만의 쳥연ㅈ졔 / 학교죳츠 업셔지미 무어스로 발달되리

③에서는 한일합방이 된 우리 민족의 현실을 격앙된 어조로 읊었다. 어찌하여 우리 민족이 원수의 노예가 되었느냐, 애국자들이 학교를 설립하여 인재를 키우고자 했으나 "지독한 원수놈"이 국내의 모든 것을 폐지하여 학교조차 없어지게 되었다고 했다. 일제의 압박 현실에 대한 개탄과 인재 육성을 위한 학교 교육의 중요성에 의식이 경도되어 있어 20세기 초 애국계몽가사의 어조가 나타난다.

이어서 ④에서는 대흥학교에 다니던 남편이 학교가 폐지되자 어느 날 집으로 돌아와 만주로 갈 것을 제안하고 작가가 이것을 받아들인 사실을 서술했다. 남편의 말은 "삼경쵸에 한심을 기리짓고 죵용이 하는말이(5구)"로 시작하여 일제의 압박 속에서는 못 살겠다는 취지의 말이었다. 남편은 중간에 다시 "죠흔구쳐 잇스니 엇졀난가 뇌말뒤로 힝할난가 은밀이 하는말이(7구)"라 하여 만주가 좋다고 하니 가는 것이 어떻겠냐고 긴하게 제안한다. "규즁여ㅈ 동서을 모르거든 무어슬 관계하리(5구)"로 연결되어 화자의 개관적 진술로 잠깐 이어지다가, 다시 작가의 말 "우스며 뒤답하야 여필 죵부라니 어뒤가면 안싸르리 / 부모님 의향드려 가ㅈㅎ면 뉘아니가리"

로 이어진다. 이렇게 이 단락은 밑줄 친 부분에서도 드러나듯이 두 사람 사이에서 오고 간 말을 사실적으로 전달하고자 대화체를 수용한 글쓰기 방식이 쓰였다. 남편이 말하고 자신이 답한 사연을 대화체로 전달했기 때문에 위의 괄호 안에 표시한 바와 같이 그 율격도 가사체의 정격에서 많이 벗어나 마치 소설 산문체의 진술과 같아졌다.

⑤에서는 남편과의 말이 있었던 그 다음 날부터 논답과 가장지물을 팔아 행장을 꾸려 수십 대 살던 고향 집을 떠난 사실을 술회했다. 친척과 동네 사람들이 모두 나와 손목을 붙잡고 이별하는데 정신이 캄캄하여 고국에 쌓인 말을 다 못하고 다만 "잘이시쇼 죽기젼 만납시다"가 겨우였다. 집을 나서 가야 할 "셔쳔을 바라보니 지향이 망망ᄒ다"고 하여, 만주망명을 결심하고 길을 떠나야 했던 한 가족의 비장함과 망망함을 담담하게 술회했다.

⑥에서는 시댁을 떠나 도중에 친정집을 들러 친정식구들과 이별하는 것을 술회했다. 시댁 고향을 이별하는 서술단락 ⑤가 불과 38구(2음보를 1구로 하면 19구)인 점에 비하면 이 단락은 185구로 매우 장황하게 길어졌다. 친정 식구와의 이별은 주로 대화체로 나타냈다.

> 가)친정집을 차자드니 우리 부모동기 / 딕문을 을픗나셔 <u>누슈로</u> <u>ᄒ는마리</u> / 너을보니 반가우나 이별할일 싱각하니 / 미리한심 졀노난다 원망으로 하신말슴 / 윈일이냐 너일이야 만쥬로 간단말이 졍말인가 / <u>스회 이리오계</u> 주네가 엇지 무졍한고

> 나)눈물노 겨오 삼수오일 유련ᄒ야 / 힝장을 ᄎ리여셔 큰길을 써나셔니 / 잇쩨는 어나쩐고 신희삼월 호시졀이라 / 화초만발 할시로다

엄엄ᄒ신 어문님은 / 용아을 등에업고 오리만곰 ᄯᅡ라나와 / <u>가마치을</u>
<u>틀어잡고 ᄒ난말이</u>

    다)<u>오냐오냐 어마야</u> 불효한 이ᄌ식을 / 너모 싱각ᄒ야 셔려마라
글역이 픠ᄒᄂ니 / 불효로다 불효로다 이ᄂ몸이 불효로다 / 그전에
먹은마암 부모실하 가직이잇셔 / 오고가고 인졍잇게 사잣더니 / 죠물
이 시기ᄒ야 이지경이 되얏스니 이셰상불효 나쑨이라 / <u>졔남아 말드</u>
<u>러라</u> 너난 실하에 / 지셩으로 효도하야 지극히 봉양ᄒ여라

    먼저 가)는 친정집을 들어섰을 때의 장면이다. 친정부모는 눈물
을 흘리며 작가에게 만주로 간다는 말이 정말이냐고 묻고, 사위를
불러서는 수십 대 살던 곳마저 던져두고 창해원로로 떠나다니 "마
음도 쳘셕갓고 인정도 무정하다"고 했는데, 말한 것을 그대로 술회
했다. 나)는 친정에서 삼사일을 머물다가 신해년(1911년) 삼월에
길을 떠나며 이별하는 장면이다. 친정엄마가 오리 밖에까지 마중
나와 가마채를 틀어잡고 작가에게 하는 말이 장장 55구에 달한다.
우리 모녀가 전생에 무슨 죄가 있어 이생에서 생이별을 하게 되었
느냐, 일본 저 원수를 어떻게 물리칠까, 멀고 먼 길 어찌 찾아갈까,
죽기 전에 서로 모여 살기를 천신게 축수한다는 말이었다. 친정 엄
마의 말에 작가는 다)의 "오냐오냐 어마야"라는 대화체로 답한다.
근력[기력]이 상하니까 이 자식을 너무 생각하여 서러워 말라는 말
이었다. 이어 잠시 자신이 불효라는 객관적 술회가 이어지다가 다
시 남동생에게 말한 것이 대화체로 이어진다. 너는 지성으로 효도
해라, 나는 여자 몸으로 어쩔 수가 없다, 부디 편지나 자주 하라는
말이었다. 대화체로 이어져 장면성이 살아나면서 이별의 비극성이

55

강조되었다. 앞서와 마찬가지로 오고 간 말을 대화체로 전달해서 율격의 파괴가 심하게 나타났다.

⑦에서는 울진군을 출발해 만주 회인현 홍도촌에 도착하기까지의 노정을 술회했다[18]. 거의 한 달이나 소요된 노정에 비하면 그 서술이 구체적이지는 못했다. 시간적·공간적 순서에 따른 서사적 글쓰기의 중간중간에 작가의 감회를 담은 서정적 글쓰기가 길게 서술되어 전체적으로 총 240구나 되었다.

작가는 울진에서 삼사일을 남하해 영천에 도착했다. 물화가 번화해 규중에서 자라난 작가로서는 구경하기조차 어지러웠다. 왜놈들을 본 작가는 소리 없는 총이 있으면 몇 놈 죽이고 싶은 심정이었다. 기차에 올라 일주야를 달려 신의주에 도착했다. 객주에서 사오일을 유숙한 후 배를 타고 압록강을 건너 만주 안동현에 도착했다. 만주 땅을 밟으면서 작가는 긴 감회를 읊었다. 한반도, 부모, 청년들을 향해 다시 만날 것을 기약했다. 작가의 만주 망명은 해외에서 독립군을 키워 독립을 쟁취하기 위한 것이었다. 가족애와 조국애로 가득 찬 서정적 글쓰기가 이루어지는 이면에 희망을 잃지 않는 독립쟁취 의지가 피력되었으며, 마지막 구절에서는 청년들을 향해 희망의 메시지를 전달했다. 안동현에서 작가는 뱃삯을 정하고 압록강 물길을 따라 북상했다. 도중에 광풍과 파도가 일어 뱃장이 흔들리고 위험하기도 했지만 십여 일 만에 회인현 홍도촌에 무사히 당도할 수 있었다.

⑧에서는 만주 생활을 술회했다. 시간적·공간적 순서에 의한 자

---

18 작품에서 기술한 노정은, 동해안 가를 따라 삼사일 간 남하 → 영천 도착 → 기차
    승차 → 일주야 만에 신의주 도착 → 사오일 유숙 후 압록강 도강 → 만주 안동현
    도착 → 승선 북상 → 십여 일만에 회인현 홍도촌 도착이다.

기 삶을 술회하는 서사적 글쓰기를 하면서 동시에 감회와 독립계
몽을 술회하여 서사, 서정, 독립계몽이 교차하는 글쓰기 방식을 쓰
고 있다. 회인현 홍(횡)도촌은 독립군 기지를 창건하기 위해 만주
로 건너오는 사람들의 임시 연락지였다. 회인현에 내린 작가 일행
은 동포가 인도해주는 농장으로 가서 그해 여름을 농사를 지으며
살았다[19]. 만주의 매서운 추위를 처음으로 경험한 작가는 자신을
추스를 겸 만주땅에 건너온 동포들을 향해 참고 참아 전진하여 無
家客을 면하자고 독립계몽의 목소리를 높였다. 이어 작가는 동(통)
화현으로 이주해 일 년을 살다 유하현으로 옮겨 삼사 년을 지내게
되었다.

마지막 결사 ⑨에서는 보고 싶은 부모님에 대한 감회, 하나님에
게 비는 조국 광복에의 기원, 만주에 오는 여성들에게 향한 독립계
몽적 발언 등으로 이루어져 있다.

이상으로 〈원별가라〉의 서술단락을 따라 작품세계를 살펴보면
서 글쓰기 방식을 분석해 보았다. 부모와 고국을 그리워하는 탄식
가류 가사를 기본 틀로 하고 있어, 부모와 고국을 그리워하는 한탄
의 서정적 글쓰기가 작품 전체를 주도한다. 그러면서 성장과 결혼,
고향 이별과 만주 망명 노정, 만주 생활 등 자기 삶을 술회하는 서
사적 글쓰기가 병행되었다. 지난 일을 핍진하게 전달하고자 하여
오갔던 말을 대화체로 그대로 술회하여 소설 산문체가 수용되기도
했다. 그리고 중간중간에 애국·독립계몽적[20] 글쓰기도 쓰였다. 이

---

19 독립군 기지 창건을 위해 집단으로 이주해와 신한민촌을 건설한 만주망명 가족
    들은 농사를 지으며 살았다. 토지를 개간하고 농업 경영을 통해 경제적 자립을
    꾀하고자 했다. 그러나 추운 대륙성 기후와 재정 궁핍은 만주망명민들을 괴롭히
    는 주요 요인이었다. 특히 1911년 농사를 짓기 시작한 첫해에는 극심한 흉작이
    들었으며, 水土病이라는 괴질이 유행하여 많은 생명을 앗아갔다(신용하, 앞의
    책, 113~114쪽).

와 같이 〈원별가라〉의 글쓰기는 서정, 서사, 계몽을 골고루 사용한
혼용적 양상을 드러낸다. 작품 전체는 서정과 서사가 주도하면서
후반부로 갈수록 독립계몽적 진술이 두드러지게 많아지는 경향을
보인다.

04 경험의 확대와 자아 정체성의 변화

앞서 살펴보았듯이 〈원별가라〉는 후반부로 갈수록 독립계몽적
진술이 두드러지게 많아지는 경향을 보인다. 이러한 글쓰기는 작
가 자신의 자아 정체성이 변화해가는 과정과 밀접하게 관련해 있
다. 고향을 떠나 만주를 향해 여행하고, 만주에 도착하여 생활하는
경험의 확대에 따라서 작가는 여성으로서의 자아 정체성을 변화시
켜갔다.

---

20 본고에서는 '애국계몽'과 '독립계몽'을 구분하여 사용하였다. '애국계몽'은 국
권 상실 이전에 풍미했던 사상담론의 총칭이라고 할 수 있다. 한말 애국계몽주
의의 사상구조는 개화근대사상, 사회진화론, 국학적 민족주의로 구성되었다.
애국계몽주의의 구국운동은 대한제국이 1894년부터 반식민지화되고 1904년
부터 준식민지화되었음에도 불구하고 그 현실인식이 정확하지 못하였고, 근대
자본주의나 제국주의에 대한 논리적 이해가 부족하였으며, 민중민족주의와 만
날 수 있는 여지가 적은 한계를 지녔다. 그럼에도 불구하고 한말 애국계몽주의
는 "시민민족주의를 성장시키는 데에 일정한 공헌이 있었던 것이 사실이다. 그
것이 1910년대 독립운동에서 공화주의 이념이 성장하는 기초가 되어 대한광복
회나 조선국민회를 탄생시켰으며 아울러 독립운동 방략을 새롭게 발전시켜 해
외 독립운동의 방향을 정착시켜 간 것이라고 할 것이다."(조동걸, 「한말계몽주
의의 구조와 독립운동상의 위치」, 『한국학논총』 제11호, 국민대학교 한국학연
구소, 1988, 47~98쪽) 그러나 국권 상실 이후에는 구국의 주제가 독립 쟁취로 일
원화되고 그것에 집중되고 있어서 20세기 초 일제 강점 이전의 애국계몽과 구분
하여 독립계몽이라는 용어를 사용하였다.

②쳐량ᄒ다 여ᄌ몸이 / 원부모 형계는 뉘라셔 면할손가 ---(중략)--- 바든날이 당하오니 물이치리 뉘잇스리 / 연약한 분여마음 붓그럼이 압흘마가 / 병든모친 하직할셔 말한마듸 못엿쥬고 / 누슈만 흘엿스니 여ᄌ마음 잔약하다

④규즁여ᄌ 동서을 모르거든 무어슬 관계하리 / 우스며 듸답하야 여필 죵부라니 어듸가면 안짜르리 / 부모님 의향드려 가ᄌ하면 뉘아니가리

⑤졔남아 말드러라 너난 실하에 / 지셩으로 효도하야 지극히 봉양ᄒ여라 / 나는 여ᄌ몸이 되엿스니 / 엇지할슈 업ᄉ오니 부듸부듸 잘 잇거라

위는 작가가 만주로 떠나기 이전에 자신의 정체성을 어떻게 생각하고 있었는지를 보여주는 구절들이다. ②의 "쳐량ᄒ다 여ᄌ몸이", "연약한 분여마음", "여ᄌ마음 잔약하다", ④의 "규즁여ᄌ 동서을 모르거든", "여필 죵부라니", ⑤의 "나는 여ᄌ몸이 되엿스니 / 엇지할슈 업ᄉ오니" 등에서 알 수 있듯이 작가는 여성의 삶을 순응하여 받아들이고 살아간다. 친정부모, 남편, 그리고 시댁이 요구하는 당대의 여성상 안에서 성실하게 적응하며 살아가고자 한다. 그렇다고 그러한 자신의 삶이 처량하고 구속받는 삶이라는 사실을 모르는 것은 아니다. 그 시대가 요구하는 순응하는 여성상으로 살아가면서 그러한 여성의 삶에 한탄하는 여성상은 규방가사에서 가장 흔한 것으로서 당대 보편적 여성상이라고 할 수 있다.

그러나 이러한 작가의 여성상은 한일합방을 계기로 변화하기 시

작한다. 서술단락 ③에서 한일합방이 된 사실을 술회하는 작가의
어조는 매우 격앙되어 있고 애국계몽적이었다. 이제 작가의 관심
은 여성의 일상사와 개인사에 한정되지 않고 객관적인 조국 현실
로까지 확장되었다. 그러나 이러한 작가의 애국계몽적 사상은 작
가 자신의 것으로 충분히 내면화한 단계의 것은 아니었고 남편의
애국계몽적 사상에 영향을 받은 것이라고 할 수 있다. 그리고 작가
가 순응하는 여성상을 포기한 것도 아니었다. 만주로 가자는 남편
말에 작가는 서슴없이 "여필종부"라는 말을 내세우는데, 그러한 자
신을 자랑스럽게 생각했다. ⑤의 "나는 여즈몸이 되엿스니 / 엇지
할슈 업ᄉ오니" 라는 남동생에게 한 말에서 작가는 여성으로서 친
정부모를 모시지 못하는 것을 기정사실로 받아들인다. 친정 부모
도 갑작스러운 딸과의 이별 현장에서 가지 않았으면 좋겠다는 말
을 할 수 없을 정도로 남편의 뜻을 따르는 딸을 당연시했다. 그런데
이렇게 작품의 전반부를 지배했던 순응하는 여성상은 이후 표면적
으로는 나타나지 않고 이면화한다.

⑦북문밧 정거장 오고가고 ᄒ는 왜놈들 / 동졍을 살피노라 가작이
드러서서 치보고 네려보니 / 분여의 간장이나 분심이 졀노나고 쌀짐
이 졀노썰여 / 소리업난 총잇스면 몃놈우션 죽이겟다 / 열심으로 겨
우참고 화ᄎ에 올나안ᄌ

영천 기차역에서 행인들을 검문하는 왜놈 순사들에 대한 작가의
반응이 흥미롭다. 분한 마음에 살이 절로 떨렸고, 소리 없는 총이
있으면 몇 놈을 우선 죽이고 싶었는데 참았다고 했다. '처량하고',
'연약하고', '어찌할 수 없고' 하던 수동적 여성은 어디 가고, 비록

마음뿐이긴 하지만 대단히 과격하고 충동적인 여성 전사가 현재한
다. 만주로 망명길에 오른 지 불과 얼마 되지 않았지만 벌써 민족독
립운동가의 일원이 되어가고 있는 것이다. 살던 곳의 모든 재산을
다 팔아서 오직 독립운동을 위해 가족 모두가 길을 떠나던 참이라
그 비장함의 내면에 저항성과 투쟁성의 폭발적 힘이 자라나기 시
작한 것이다.

> ㉠슬푸다 고국쌍은 오날부터 하직이라 / 이곳이 어듸미냐 부모면
> 목 보고져라 / 부모국을 하직ᄒ니 이싱에 죄인이라 / 한심이 노릐되
> 야 노릐가 졀노난다 / 화려강산 한반도야 오날날 이별ᄒ면 / 언제다
> 시 맛늬볼고 부듸부듸 잘잇거라 / 오날우리 써나갈쎡 쳐량하게 이별
> ᄒ나 / 이후다시 상봉할쎡 틱평가로 맛나리라 / 어엽부다 우리부모
> 보고져라 우리부모 언제다시 맛나볼고 / 부듸부듸 긔체만슈 강영 ᄒ
> 압시면 다시볼날 잇나니다 / 나라가는 져까마구는 비록 미물이나 반
> 포지심 착ᄒ고나 / 흘너가는 져강슈야 너엇지 흘너가면 다시오지 못
> ᄒ느냐 / 가고가는 져셰월은 너엇지 무졍ᄒ야 스람을 직촉ᄒ나 / 우
> 리쳥연 늘지마소 독입국 시졀바릭 춤을츄고 노라보식

위는 역시 서술단락 ㉠ 가운데서 만주땅에 도착하자마자 조국을
떠나는 감회를 술회한 부분이다. 작가는 뒤로하는 부모와 고국에
대해 다시 만날 것을 약속한다. 한반도에게는 다시 만날 때는 태평
가를 불며 만날 것이라고 하고, 부모님께는 부디 몸조심하시어 살
아계시면 다시 볼 날 있을 것이라고 했다. 그리고 청년들에게는 늙
지 말고 독립국을 바라면서 춤을 추고 놀아보자고 했다. 작가는 만
주 벌판에 당도하자마자 고국을 등지는 슬픈 현실에서 다시 오기

61

위한 것이라는 희망을 노래한다. 한반도에게, 부모에게, 그리고 청년들에게 당당하게 술회하는 작가의 독립계몽적 목소리에서 작가 자신이 당당한 독립군이 되어 있음을 발견하게 된다. 단지 보름여를 걸쳐 만주 땅에 망명해왔을 뿐인데, 작가의 자아 정체성은 일대 전환점을 맞게 된 것이다. 재산까지 다 팔고 살던 고향을 등지고 망명하는 극적인 경험으로 인해 자아 정체성도 극적으로 변화한 것이다.

⑧만쥬짱 건너오신 우리동포 이닉말숨 드러보소 / 산고 곡심한 이곳을 엇지왓나 / 다졍한 부모동기 이별ᄒ고 / 분결갓흔 삼쳘이 강산을 하직ᄒ고 / 찬바람 씰씰불고 찬눈은 쌀쌀소리 치눈되 / 되국짱 만쥬지방 무어시 ᄌ미잇나 / 여보시요 동포님 젼졍을 싱각ᄒ여 / 고싱을 낙을삼고 참고참기 미양ᄒ야 / 월왕구쳔 이상신삼²¹ 쏀을바다 / 인닉역 힘을써셔 익국의 ᄉ승두어 / 어셔어셔 젼진하야 육쳘이 동삼셩에 무가긱을 면합시다

위는 서술단락 ⑧에서 처음 당도한 회인현 홍도촌의 추위에 놀라면서 술회한 부분이다. 만주땅에 있는 동포들을 향해 부모와 삼천리강산을 하직하고 무엇하러 이 추운 곳에 왔느냐고 반문한다. 그리고는 고생을 낙으로 삼고 참고 참아 애국의 사상으로 전진하여 무가객을 면하자고 했다. 만주독립군 기지 건설을 위해 같이 만주로 건너온 동포들에게 독립의지를 고취시키는 독립계몽의 발언이다. 실제로 작가가 동포들을 계몽할 수 있는 위치에 있었는지와

---

21 越王句踐 이[臥]嘗薪膽 : 오나라 夫差와 월나라 句踐 사이의 고사에 나오는 와신상담을 말한다. '이'는 '와'의 오기인 듯하다.

상관없이 만주 땅 회인현에서 첫해 겨울을 보내는 작가의 자아 정체성은 독립계몽가의 위치로 확장되어 있었던 것이다. 아마도 독립군 기지 건설을 위해 만주 땅에 들어온 당시의 동포들은 거의 같은 생각이었을 것이다.

⑨고당의 빅발부모 죤안이 히미ᄒ니 / 보고져라 보고져라 부모동기 꿈갓치 이별한후 / 천이지각 삼쳘이라 엇지하야 보잔말가 / 펼펼 나는 식가되야 나라가셔 보잔말가 / 핑핑부난 바람되야 부러가셔 보잔말가 오미불망 못잇깃닉 / 비나니다 비나니다 하나님씌 비나니다 / 우리민족 ᄉ랑ᄒᄉ 권능만이 쥬압시고 / 모든일 힝할ᄯ에 실슈업시 되게ᄒ고 / ᄎᄎ 젼진ᄒ야 일심 단체되야 독입권을 엇게ᄒ소 / 못잇겟닉 못잇겟닉 우리고국 못이질식 / 못잇겟닉 못잇겟닉 우리부모 못이질식 / 닉가비록 여ᄌ오나 이목구비 남과갓고 / 심졍도 남과갓히 힝ᄒ든 못ᄒ오나 싱각이야 업슬소냐 / 우리여ᄌ 만쥬에 거름ᄒ는 여러형졔 / 어리셕은 힝위 다바리고 지금 이시틱 이십셰기 / 문명한 빗 흘어더 남의뒤을 쌀치말고 / 만쥬일틱 부인 왕셩ᄒ여 독입권을 갓치 밧고 / 독입기 갓히들고 압녹강을 건너갈계 / 승전고을 울이면셔 죠흔 노틱 부을졕에 / 틱한독입 만만세요 틱한 부인들도 / 만세을 놉히 부르면셔 / 고국을 ᄎᄌ가셔 풍진을 물이치고 / 몃몃히 그리든 부모동기와 / 연아쳑당 상봉ᄒ고 그리든졍회 셜화ᄒ고 / 만세영낙 바라볼가

위는 작품의 결사인 서술단락 ⑨의 전문이다. 부모님을 그리는 감회가 상당히 축소되었는데, 작가에게 부모님은 고국과 동일한 것이어서 부모님을 그리는 마음이 희석되어 버린 것은 절대로 아니다. 부모님에 대한 감회의 서술이 적어진 것은 결사로서 해야 할

다른 말이 많아졌기 때문이다. 만주에 도착해서 이미 5, 6년이나 지나 작가의 생활이나 사고는 이전의 것과 상당히 달라지게 되었다. 독립운동가들의 아지트에서 그들과 생활했던 작가는 이미 수동적인 누구의 아내가 아니라 자신도 당당한 독립운동가였다. 조국의 독립을 갈망하는 마음은 하나님께의 간절한 기도에서 잘 나타난다. 우리 민족에게 권능을 많이 주고, 모든 일을 실수 없이 되게 하고, 한마음이 되어 독립권을 얻을 수 있게 해 달라는 기원에서 작가가 이미 독립투쟁의 한복판에서 행동하는 독립운동가가 되었음을 알게 한다. 부모를 잊는 못하는 것처럼 고국을 잊지 못하겠다는 작가의 말은 독립운동가의 절규처럼 느껴진다. 작가는 마지막으로 만주에 들어오는 여성들을 향해 발언을 하면서 끝을 맺는다. 어리석은 행위들은 다 버리고 남의 뒤를 따르지 말고 독립을 쟁취하는 날 같이 승전고를 울리면서 고국으로 돌아가자는 것이다. 작가는 자신을 독립운동의 당당한 주체로 인식하고 있으며, 다른 여성에게도 이러한 삶을 권고하고 있다.

이상에서 경험의 확대에 따른 자아 정체성의 변화를 살펴보았다. 작가는 친정에서 고이 자라다가 16살에 시집을 가서 며느리로 살던 보통 여성이었다. 그러한 작가의 인생에서 한일합방과 만주 망명은 일대 전환점을 주는 계기가 되었다. 일제 식민지로의 전락이라는 객관적 민족 현실 상황에서 작가가 진술한 애국계몽적 발언은 남편에게서 영향을 받은 것으로서 작가 자신의 진정한 내면의 목소리로는 보이지 않는다. 그러나 가산을 정리하여 만주로 여행하면서 작가의 여성성은 일대 전환점을 맞게 되었다. 저항성과 투쟁성이 마음속에 자리하게 되고, 만주 땅에 들어서서는 희망찬 조국의 미래를 다짐하는 독립운동가가 되어 있었다. 그리고 독립군 기지에서의 생활은 독립운동의 주체로서 당당한 자아 정체성을 확고하게 자리 잡게 하였다. 만주 망명과 그로 인한 공간 경험 및 역사 경험의 확대는 여성으로서의 자아 인식을 확장하게 하였다. 남성을 따르는 수동적인 보통의 여성에서 독립운동의 주체인 당당한 여성으로 극적인 전환을 이룬 것이다.

그렇다면 한 여성의 자아 정체성이 어떻게 이렇게 극적인 전환을 하게 된 것인가? 혹은 이것이 가능한 일인가? 의문이 들지 않을 수 없다. 집안 모두가 의병운동 및 독립운동에 참여하여 자신도 적극적인 활동을 보였던 윤희순처럼, 작가가 독립운동에 참여한 것은 문중과 남편의 뜻에 따른 결과였다. 그래서 영남의 보통 며느리였던 작가가 만주에서 독립운동가가 될 수 있었다. 이렇게 구국의 길에 여성도 동참해야 한다는 생각은 당시를 풍미했던 계몽사고의 하나였다. 그렇다고 해서 작가의 당당한 자아 정체성을 내면화하지 못한 것이라고 단정 지을 수는 없다. 독립운동가로서 행동하고 남을 향해 독립계몽의 발언을 당당히 진술하고 있는 것은 새로운 여성의 변화상임이 틀림없다. 특히 작가 스스로 지니고 있었던 자아 정체성은 의심할 나위가 없이 당당한 독립운동가였고, 역사의 주체자였다. 당시로써는 작가 스스로 분명 역사의 주체로서의 여성상을 당당히 내면화하고 있었다. 다만, 과거의 순응하는 여성상과 새로운 여성상 사이에서 빚어질 수 있는 갈등 상황을 아직 체감하지 못했던 것으로 볼 수 있다. 주체로서 당당한 여성상과 남성에 순종하는 여성상 사이에서 후자를 포기하는 단계로 가기에는 시대의 요구가 너무나 급변했다. 작품에 의하면 순종하는 여성상과 역사 주체로 선 여성상 사이에서 빚어질 수 있는 갈등은 전혀 나타나지 않는다. 어쩌면 작가는 철저히 순종했기 때문에 역사 주체로서

의 여성상을 획득할 수 있었던 것이라고 할 수 있다. 이 둘은 아이
러니컬하지만 작가의 내면에 절묘하게 조화를 이루고 있다. 이러
한 조화는 독립권 쟁취라는 국가적 위기 상황이 마련해준 절충점
이었다고 보인다.

05 맺음말 : 가사문학적 의의

〈원별가라〉의 가사문학적 의의는 우선적으로 이 작품이 일제 강
점 직후 만주에 망명해 독립운동을 하던 한 여성의 작품이라는 데
서 찾을 수 있을 것이다. 작가는 생활인이자 민초에 불과한 한 여성
이었다. 이 작품은 이러한 여성의 시각에서 일제 강점 초창기에 만
주로 망명한 독립운동가들의 망명 동기와 과정, 망명노정, 만주생
활상, 독립운동의 열기 등을 표출해 보여준다. 만주에서 독립운동
에 투신하다 죽어간 이름 없는 사람들이 많이 존재하지만, 이들의
사고나 생활상은 역사 속에 묻혀버리고 말았다. 이 작품은 역사의
현장을 지켰지만 역사에서 묻혀버린 이름 없는 사람들의 기록이라
는 점에서 의의를 지니기에 충분할 것이다. 민족의 역사에 뛰어든
생동감 넘치는 한 인간의 인생 역정과 생각을 가감 없이 담고 있다
는 점에서 가사문학사적 의의를 충분히 지닌다고 하겠다.

〈원별가라〉의 작품세계는 탄식가류 규방가사의 전통적 글쓰기
관습이 있었기에 가능한 것이었다. 탄식가류 규방가사의 글쓰기
전통이 당대 역사 사회 현실을 흡수함으로써 이루어낸 성과라고
할 수 있다. '원별'은 의미상 '遠別'과 '怨別' 두 가지가 다 가능하다.
멀리 떨어진 슬픔을 탄식하거나 이별을 한탄하는 내용을 지닌다.

'원별'의 모티브는 규방가사에서 가장 흔하게 사용되는 것이다. 생이별, 사별, 특수 사정에 의한 이별 등 이별의 사연은 많다. 그리하여 〈사친가〉, 〈사향가〉, 〈원별가〉, 〈석별가〉 등의 규방가사가 쏟아져 나와 이별의 아픔과 그리움을 표현했다. '원별'의 주제와 제목을 갖춘 규방가사 작품으로는 〈원별가〉, 〈원별가라〉, 〈붕우원별가〉, 〈형제원별가〉 등이 있는데, 부모자식, 부부, 붕우, 형제간에 공간적·시간적으로 멀고 긴 이별을 탄식하는 내용으로 구성된다. 필자는 아직 이러한 '원별' 모티브의 가사 작품들을 정리할 능력이 없다. 다만, 이 자리에서는 〈원별가라〉가 규방가사의 이러한 관습적 글쓰기 전통 내에서 멀리 떠나온 부모와 고국을 그리워하고 탄식하는 것을 창작의 기반을 삼았다는 점을 강조하고자 한다. 가사의 개방성은 자신의 만주 망명 노정 및 만주 생활은 물론 자신이 하고 싶은 말도 얼마든지 수용할 수 있어서 이러한 작품세계를 창작할 수 있었다.

〈원별가라〉는 서정적, 서사적, 산문 소설체적, 그리고 계몽적 글쓰기 방식을 골고루 갖추고 있다. '여성들에게 있어 친정은 다시는 그 집단의 일원으로 돌아갈 수 없는 영원한 이탈의 공간이며 과거의 공간이기에 그리움의 깊이'[22]가 훨씬 깊게 느껴졌다. 더군다나 작가는 친정부모와 고국을 동일시하였으므로, 친정부모에 대한 사친의 서정과 갈 수 없는 조국강산에 대한 사향의 서정이 겹쳐져 한탄의 비극적 정서[23]가 전체를 관통하여 극대화되어 나타났다. 한

---

22 박경주, 「남성화자 규방가사 연구」, 앞 논문, 267쪽.
23 양태순은「규방가사에 나타난 '한탄'의 양상」(앞 논문)에서 계녀가류, 화전가류, 탄식가류에 '한탄'이 나타나는 양상을 살폈다. '보편성, 전형성, 확장성, 비극성'의 측면에서 '한탄'의 성격을 살폈는데, 〈원별가라〉에서의 서정적 정서도 '한탄'의 네 가지 성격을 기반으로 하면서 '조국'이라는 주제를 덧붙인 것이라고 할 수 있다.

편, 〈원별가라〉는 역사 사회 현실에 의해 규정받아 굴곡이 많았던 작가 개인의 삶을 술회하여 서사적이다. 극적인 대화체의 수용으로 소설적 문체를 형성하기도 하면서 자신의 지난 삶을 술회하여 작품 안에 서사성이 만만치 않게 발현되었다. 그리고 이 작품에는 독립운동의 사상적 기반이 되는 애국계몽적 담론과 독립의지를 고취하는 독립계몽적 담론도 적지 않게 술회되어 있다.

대부분의 규방가사는 서정적인 것에 작가 개인의 체험을 가미하거나 교훈적인 것에 작가 개인의 삶을 수용하거나 교훈적인 것에 작가 개인의 서정을 토로하여 글쓰기 방식의 혼용 양상을 보인다. 그런데 〈원별가라〉는 각각의 글쓰기 방식을 극대화하여 혼용했다. 애국계몽·독립계몽적 담론은 교훈과 상통하는 진술이다. 보통 규방가사에서는 교훈의 글쓰기가 윗사람에 의해 실현되었다. 그런데 이 작품에서는 나이가 어린 여성 작가에 의해 애국계몽·독립계몽 글쓰기가 실현되었을 뿐이다. 가사가 서정, 서사, 교훈의 진술 양식을 얼마든지 혼용하고 극대화하여 활용할 수 장르로서의 특성을 지닌다고 할 때 〈원별가라〉는 그것을 전형적으로 보여주는 한 작품이라는 점에서 가사문학사적 의의를 지닌다고 하겠다. 일제 강점 직후 역사의 격동기는 진술양식의 극대화된 혼용을 요구했는지도 모르겠다.

규방가사는 여성의 자아 정체성의 면에서 다양한 스펙트럼을 형성한다. 〈원별가라〉는 한일합방 직후 보통의 여성이 독립운동가가 되어가는 과정을 보여줌으로써 한 작품 안에서 당시 여성의 다양한 여성 인식의 스펙트럼과 여성 인식의 변화 과정을 반영해 보여준다는 의의를 지닌다. 전반부에서 보여준 작가의 자아 정체성은 규방가사에서 흔하게 발견되는, 구속받는 것을 알지만 순응해 사

는 여성상이다. 그리고 한일합방을 진술하는 애국계몽적 진술은
20세기 초 근대계몽기 여성작가의 시가에서처럼 진정으로 내면화
한 것은 아니었다[24]. 그러나 만주 이주 후의 작가는 역사의 주체로
서 당당한 한 여성이었다. 이때 작가의 자아 정체성은 독립운동가
로 생활했던 경험값에서 우러나온 것으로 그 진정성을 의심할 수
없는 내면화된 것이었다고 할 수 있다.

---

24 이형대는 근대계몽기 시가 중 여성 작가의 작품들이 "개명진보, 보국안민, 여성
교육, 남녀동등"과 같은 "계몽적 열망을 강렬한 주제의식과 함께 격렬한 어조에
실어 담아내고 있"음에도 불구하고, "궁극적인 지향은 계몽지식인들의 근대국
가 기획과 동일 선상에 있으며," "개인의 내재적 가치나 개성의 실현, 진정한 여
성해방과는 거리가 있다"고 보았다(이형대, 「근대계몽기 시가와 여성 담론」,
『한국시가연구』 제10호, 한국시가학회, 2001, 297~298쪽).

만주망명과 가사문학 연구

제3장
만주망명 가사 〈간운ᄉ〉 연구

01 머리말

　20세기 초 우리의 근대 풍경은 급격한 변화를 겪는다. 애국계몽주의, 국가주의, 남녀평등론 등의 근대담론이 대두되자마자 곧바로 지식인 사이에서 주류 담론을 형성했다. 학교·병원·기차·자동차·도로·은행·단발·서양복장·신문 등의 제도 및 문명이 빠른 속도로 정착되어갔다. 일본을 통한 서구 문화문물의 유입은 문학·음악·공연예술·미술 등 한국문화를 구성하는 제반 분야의 실질적 내용을 가히 전복적이라고 할 수 있을 정도로 변화시켰다. 문학적 측면에서 보면 전통시대의 시조·가사·한시·한문장·고전소설 등의 장르가 빠르게 퇴화해갔으며, 새로운 현대문학 장르가 급속하게 그 자리를 대체했다. 이러한 풍경들은 현대사회로 나아가는 발전적 계기로 작용하였다. 그러나 근대의 풍경은 이런 것들만으로 구성된 것은 아니었다. 엄밀히 말해 20세기 초는 공시적 관점에서 볼 때 전통과 근대의 공존 시기라고 할 수 있다. 국권상실 이후 3·1운동은 근대적 계기만으로 추동된 것이 아니라 전통과 근대의 통합적 에너지가 분출된 결과라고 할 수 있다. 그러므로 3·1운동의 직전 시기인 1910년대의 전통과 근대의 양상을 살펴보는 것은 중요하다. 진정한 근대화 과정과 현대사회로의 진입과정을 살피기 위해서 전통이 근대를 수용한 양상은 물론 전통과 근대의 길항 작용이 빚어낸 제양상을 탐색해야 한다.

그런 의미에서 가사문학은 전통적 장르로서 전통이 근대에 대응한 제양상을 보여주어 의미를 지닌다. 주지하다시피 가사문학, 특히 규방가사는 20세기에 들어와서도 왕성하게 창작되었다. 지식인이 주도했던 근대 담론·제도·문명·문화와 격절되어 있었던 전통 여성들은 그들만의 관습대로 가사를 창작하면서 근대에 대응했다. 본고에서 다루고자 하는 〈간운수〉는 1914년경에 60세의 여성이 독립운동가인 남편을 따라 만주로 망명하여 고국에 있는 형제자매를 그리워하는 탄식가류 가사이다. 작가는 19세기 중반에 태어나 20세기 초의 근대를 살아가는데, 국권상실이라는 근대사회의 충격을 생애의 중요 국면으로 받아낸 전통 여성이다. 관습적 문구로 '탄식'이라는 전통적 주제를 다룬 작품세계이지만, 만주망명이라는 특수한 상황하에서 근대에 대응한 제양상을 보여준다.

〈간운수〉는 권영철에 의해 텍스트만이 소개된 자료이다.[1] 이 작

---

1 권영철, 『규방가사 - 신변탄식류』, 효성여대출판부, 1985, 568~573면. ; 최근 그간에 수집·발간한 자료를 선별하여 주해한 『한국가사문학주해연구』 제1권(임기중 편저, 아세아문화사, 2005, 56~59면)에도 실려 있다.

품에 대한 논의는 권영철이 작품을 싣기 전에 가사의 전반적인 내용을 짧게 정리해 소개한 이래[2], 규방가사를 다루는 연구에서 짧게 언급하고 지나가는 정도만 있었고[3], 독립적인 작품론은 없었다. 이러한 실정에서 이 작품의 구체적인 작가는 모르는 채로 지나쳐왔다. 규방가사 작가는 미상인 경우가 대부분이었기 때문에 작가 추적 작업에 인색했던 학계의 관행 탓도 있었다. 그러나 만주로 망명한 독립운동가는 상대적으로 제한된 인원이었기 때문에 작가 추적이 여타 규방가사보다는 쉬운 일면이 있다. 특히 〈간운ᄉ〉의 내용에는 작가를 추적할 수 있는 단서가 많이 들어 있다. 사회적 지위를 지니지 못한 무명의 여성이라고 해서 작가를 밝히는 작업이 소홀히 취급되어서는 곤란하다. 구체적인 작가를 알 때 텍스트의 문맥적 해석이 가능하여 작품세계를 이해하는 시각의 지평이 넓어질 수 있다.

본고에서는 〈간운ᄉ〉를 대상으로 하여 우선 2장에서는 기초 작업으로 작품내용의 단서를 통해 작가를 추적하여 구체적인 작가를 밝힌다. 다음 3장에서는 작품세계를 이해하고 분석하는데, 만주망

---

2 "나라를 잃고 중국에 가 살면서 고국에 있는 형제자매들에게 동기의 정을 그리워하며 지은 가사이다. 경술년 국난으로 거국의사단에 참가한 남편을 따라, 아름다운 조국을 버리고 낯설고 물 선 이국땅에 와서 어렵게 사니 천륜지정이 더욱 그립다. 아이 적 놀던 일과 부모님 은덕을 생각하고, 생사조차 모르는 친정 권속을 그리워하며, 어찌타 자신이 타국에 와 있는지 한탄하는 노래를 부르니, 남편조차 시끄럽다고 면박을 준다. 비록 만날 수 없는 곳에 떨어져 살지만, 희망을 잃지 말자고 아우들을 격려하고 서신으로라도 자주 만날 것을 소원하는 내용이다"

3 백순철, 「규방가사의 작품세계와 사회적 성격」, 고려대학교 대학원 박사학위논문, 2000, 85~86면. 서간체 규방가사의 예를 드는 가운데 〈간운ᄉ〉도 들었다. 가사를 서간체로 쓰는 것은 상당히 보편적인 문학행위의 하나였으며, 독백도 하다가 대화도 하다가 하면서 여성이 '자기 경험을 얘기하는 행위'가 '말 같은 글'로 정착된 것이 바로 규방가사라고 했다. ; 백순철, 「규방가사에 나타난 여성의 가족인식」, 『한민족문화연구』 제28집, 한민족문화학회, 2009, 12~13면.

명지 노년 여성의 한탄과 만주생활이라는 측면에서 다루고자 한다. 이를 바탕으로 4장에서는 전통 여성의 여성인식과 근대 대응 양상을 종합하고자 한다.

02 〈간운ᄉ〉의 작가 고증 : 金宇洛(1854-1933)

〈간운ᄉ〉의 텍스트에는 작가를 추적할 수 있는 단서들이 들어 있는데 다음과 같다.

> 가) 칠 남매 중 두 남매가 만주로 망명해 왔다.
> 나) 같이 망명해온 가형[집안의 맏이]은 학행으로 명망이 높다.
> 다) 60세 경의 노년의 여성이다.
> 라) 망명 전에는 칠십여 칸 집에서 하인들을 부리며 존경을 받으며 살았다.
> 마) 경술국치 후 남편, 아들 내외, 손자 등 전 가족이 중국으로 망명했다.

그런데 텍스트 말미에 첨기된 다음의 기록은 작가 고증에 결정적인 단서를 제공해 준다.

> 아히들아 인편이 급하여 촉하의 안혼긴기 안부도 못한다
> 사라잇ᄂ 줄이ᄂ 아리니 여기 와셔 한 한심슈란 ᄒ여서 가ᄉ 여럿
> 을 지라 히도 교계ᄉᄂ 내 평싱 경역으로 기록ᄒ여 너히들 보이고져
> 우ᄂ 너모만하 가지고 가기 어렵다 하니 못 보인다

<u>내압 호야가 벗것다 흐던이</u> 가지고 간동 모른다마는 모도 그릇 셧
느니라 보고 부대부대 영천 너 형의게 보느여라
불각체촉하니 간단이 급급히 두어줄 민드러 소회도 십일도 모흐
고 그만즛.

작가는 만주에 와서도 마음의 위로를 삼아 가사를 짓곤 했는데,
그중 〈교계스〉는 자신의 평생 경력으로 지었으나, 너무 많아서 가
지고 들어가기 어렵다고 했다. 그리고 "내앞 호야가 베꼈다고 했는
데, 너희에게 가지고 갔는지 모르겠다. 모두 잘 쓴 것은 아니지만
보게 된다면 영천 사는 너희 형님에게도 보내어라"라는 기술 부분
은 〈간운사〉에 해당한 것으로 보인다. 밑줄 친 부분의 '내앞 호야'에
서 '호야'가 문중인은 분명하나, 구체적으로 누구인지는 알 수 없
다. 다만 '내앞'은 '川前里'의 우리말 표현으로 안동시 임하면 천전
리이다. 여기서 일단 작가는 내앞마을과 관련한 인물일 수 있다. 내
앞마을은 만주독립운동 가문으로 유명한 의성김씨 집성촌이다. 따
라서 우선 내앞마을에서 위의 사실에 부합하는 독립운동가가 있는
지 찾아보는 것이 효율적이다. 그런데 필자는 작품 내용에 드러난
사실들과 부합하는 인물을 어렵지 않게 찾을 수 있었다.
내앞마을은 독립운동가 白下 金大洛(1845-1914)의 고향이다. 김
대락의 가계도를 조사한 결과 김대락의 형제자매는 모두 4남 3녀
였다[4]. 7남매 가운데 장남인 김대락과 장녀인 김우락이 만주로 망
명했으며, 다른 형제자매는 고국에 남아 있었다. 따라서 김우락은

---

4 안동청년유도회, 『백하 김대락 선생 - 추모학술강연회』, 도서출판 한빛, 2008,
   12면. 金大洛(1845-1914)이 장남이고 이어 金孝洛(1849-1904), 金紹洛(1851
   -1929), 金宇洛(1854-1933), 金呈洛(1857-1881), 金順洛(1860-1937), 金洛(1862
   -1929)이다.

작품 내용의 가), 나), 다)의 사실에 부합한다. 장녀 김우락은 남편인 石洲 李相龍(1858-1932)과 함께 만주로 망명했다. 이상룡은 고성이씨 종손으로 99칸 임청각의 주인이다. 이상룡은 경술국치 후 부인은 물론 아들 李濬衡(1875-1942) 내외와 손자 李炳華(1906-1952)등과 함께 전가족이 만주로 동반 망명했다. 텍스트에 기술된 라), 마)의 사실에 부합한다. 따라서 〈간운수〉의 작가는 바로 경술국치 직후 만주로 망명하여 활동했던 독립운동가 백하 김대락의 여동생이자 석주 이상룡의 부인인 의성김씨, 즉 김우락 여사라고 분명하게 밝힐 수 있다.

65세의 노구로 만주로 망명한 김대락과 대한민국 임시정부의 초대 국무령을 지낸 이상룡은 혁신유림으로서 이들의 의병활동, 애국계몽활동, 만주망명, 만주에서의 독립운동 활동상, 독립운동사적인 의의, 가계, 학풍 등이 사학계에서 활발하게 논의되었다[5]. 본고에서는 이들의 활동상은 작품의 내용을 이해하는 데에 도움이

<hr>

[5] 김대락과 이상룡에 관해서는 다음의 연구도서와 논문을 참조했다. : 김희곤,『안동의 독립운동사』, 안동시, 1999, 1~451면. ; 김희곤,『안동 독립운동가 700인』, 안동시, 2001, 1~325면. ; 김희곤,『안동사람들의 항일투쟁』, 지식산업사, 2007, 1~612면. ; 이현희,『우리나라 근대인물사』, 새문사, 1994, 1-641면. ; 신용하,『한국민족독립운동사연구』, 을유문화사, 1985, 1~532면. ; 채영국,『(서간도 독립군의 개척자) 이상룡의 독립정신』, 역사공간, 2007, 1~261면. ; 김건태,「독립·사회운동이 전통 동성촌락에 미친 영향 -1910년대 경상도 안동 천전리의 사례」,『대동문화연구』제54호, 성균관대학교 대동문화연구원, 2006, 41~74면. ; 조동걸,「전통 명가의 근대적 변용과 독립운동 사례 - 안동 천전 문중의 경우」,『대동문화연구』제36호, 성균관대학교 대동문화연구원, 2000, 373~415면. ; 조동걸,「백하 김대락의 망명일기(1911-1913)」,『안동사학』제5집, 안동사학회, 2000, 143~227면. ; 박영석,「석주 이상룡 연구-임정 국무령 선임 배경을 중심으로」,『역사학보』제89호, 역사학회, 1981, 133~165면. ; 박원재,「석주 이상룡의 현실인식과 유교적 실천론-정재학파의 유교개혁론(1)」,『오늘의 동양사상』제11호, 예문동양사상연구원, 2004, 381~403면. ; 박원재,「후기 정재학파의 사상적 전회의 맥락-이상룡과 유인식의 경우를 중심으로」,『대동문화연구』제58호, 성균관대학교 대동문화연구원, 2007, 419~448면.

되는 측면에서만 관심을 두고, 〈간운수〉의 작가인 김우락의 생애에 초점을 맞추고자 한다. 김대락과 이상룡은 본인뿐만 아니라 문중 전체를 독립운동에 가담하게 한 것으로 유명하다[6]. 김우락 여사의 생애는 알려진 것이 거의 없지만, 두 유명 독립운동가에 관한 그간 의 연구논문이나 증언실기가 있어서 단편적이나마 알 수 있었다.

金宇洛은 1854년 안동군 임하면 천전리에서 金鎭麟(1825-1895) 과 함양 박씨(1824-1877, 예천 맛질, 부친 朴得寧) 사이에서 4남 3녀 중 장녀로 태어났다. 김진린은 의성 김씨 30世 孫으로 내앞마을 입 향조 靑溪 金璡의 둘째 아들 龜峰 金守一의 후손이다. 62세 때 금부 도사를 지냈기 때문에 마을에서는 이 집을 '도사댁'으로 불렀다. 세 칭 '사람 천 석, 글 천 석, 살림 천 석, 삼천 석댁'으로 불릴 정도로 경제력과 학문을 두루 갖춘 명문집안이었다. 김진린이 43세 되던 해의 호구단자를 살펴보면 도사댁은 솔거비와 외거노비 30여 명을 거느리고 있었다. 이들 노비들이 일직 · 선산 · 풍기 · 순흥에 거주 하고 있는 것으로 보아 이 지역에 상당수의 토지를 지니고 있었다.[7] 내앞마을의 의성김씨 명문대가에서 성장[8]한 김우락은 역시 안동의

6 김대락의 경우 자신의 둘째 아들 金衡植, 둘째 동생 김효락의 두 아들인 金萬植 · 金濟植, 셋째 동생 김소락의 세 아들인 金祚植 · 金洪植 · 金政植, 넷째 동생 김정 락의 아들인 金圭植과 손자 金成魯가 독립운동을 위해 만주로 망명했다. 이 가운 데 독립유공자 포상을 받은 사람은 김대락, 여동생 김락, 조카 김만식 · 김정 식 · 김규식 등이다. 이상룡의 경우 본인과 아들 이준형, 손자 이병화, 동생 李相 東(1865-1951)과 그 아들 李衡國(1883-1931) · 李運衡(1892-1972), 동생 李鳳羲 (1868-1937)와 그 아들 李光民(1895-1946) · 李光國(1903-1978), 그리고 당숙 李 承和(1876-1927) 등이 독립유공 서훈을 받았다.
7 『백하 김대락 선생 - 추모학술강연회』, 앞 책, 10~11면.
8 현재 안동 천전리에는 안동독립운동기념관이 건립되어 있다. 이 마을에 김대락 의 집 '白下舊廬'가 있어 일반인에게 널리 알려져 있다. 백하구려는 경상북도 기 념물 제137호로 지정되었으며, 국가보훈처는 현충시설(관리번호 31-1-63)로 지정하여 관리하고 있다. 김대락이 1885년에 건축한 집으로 김우락은 이미 시집 을 간 후이기 때문에 이곳에서 살지는 못했다.

명문대갓집 종손인 石洲 李相龍(1858-1932)에게 시집을 갔다. 그리하여 고성 이씨 가문의 임청각 종가댁 맏며느리가 되었다. 종갓집의 종부로서의 생활은 알려진 것이 없어 알 수 없으나, 99칸이나 되었다는 임청각⁹의 규모로 미루어 볼 때 짐작하기 어렵지 않다. 작품 내용에서도 말했듯이 "슈천다족 두목으로 칠십여칸 쥬인되여" 일족의 존경을 받는 생활이었다. "별째갓흔 흥인들이" 집안을 건사한 것은 물론이었다.

이러한 김우락 여사의 생활은 일제 강점이라는 나라의 운명과 함께 점차 변화를 겪게 되었다. 남편 이상룡이 의병활동과 계몽활동에 가담하게 되자 불안한 생활이 계속되었다. 그리고 결정적으로 경술국치 후 만주로 망명하기로 결정함에 따라 인생의 일대 역전이 일어났다. 임청각과 모든 것을 버리고 고국을 떠나가야 했던 것이다. 1911년 1월 5일 남편 이상룡이 먼저 홀로 떠나고 김우락 여사는 아들 내외, 손자 등과 1월 25일에 떠나 압록강 가에서 남편을 만나 국경을 넘었다¹⁰. 김우락 여사의 친정인 김대락 일족은 이보다 앞선 1910년 12월 24일 안동을 떠나 1월 15일 만주 회인현 항도촌에 도착했다¹¹. 나이 57세 때의 일이었다.

---

9 安東 臨淸閣 正枕 君子亭은 설립연도가 1519년 기묘년으로 안목이 무척 까다롭다던 일본인들로부터 국보지정(303호)까지 받았으며, 1963년 1월 21일에 국가보물 제182호로 지정되었다. 세칭 99칸 기와집으로 알려진 이 집은 안채, 중채, 사랑채, 사당, 행랑채 등으로 구성된 살림집과 별당인 군자정, 그리고 사당 및 정원까지 조성된 조선시대의 전형적인 상류주택이다. 현재의 모습은 일제시대 때 중앙선 철도를 부설하면서 50여 칸의 행랑채와 부속건물을 철거하여, 원래의 규모가 상당히 훼손된 형태이다. 2002년 8월에는 후손들이 국가 헌납을 신청해 둔 상태에 있다. 현재 임청각은 일반인의 안동관광 코스로 잘 알려져 있다.
10 안동독립운동기념관 편, 『국역 석주유고』 하권 〈西徒錄〉, 경인문화사, 2008, 11~55면. 〈서사록〉은 이상룡이 안동을 떠나 만주에 도착하여 정착하기까지의 과정을 일기체로 기록한 것이다.
11 조동걸, 「백하 김대락의 망명일기」, 앞 논문, 162면.

만주 도착 이후 김우락 여사 앞에는 이전의 생활에서는 상상조
차 할 수 없었던 생활상이 펼쳐졌다. 『아직도 내 귀엔 서간도 바람
소리가』[12]에 의하면 남편과 아들은 외지에 나가 있는 날이 많았으
며, 남자들이 집에 있을 때는 그들 뒷바라지로 여념이 없었고, 황무
지를 개간하여 농사일도 해야 했으며, 그리고 시도 때도 없이 이사
를 다녀야 했다. 열악한 환경 속에 살다 보니 손자 둘을 잃기도 했
다. 처음 서간도에 도착해서 횟배를 앓던 여섯 살 난 손녀를 잃고 2
년 뒤 어린 손자를 홍역으로 잃고 말았다. 경제적으로도 어려움이
많았는데 군자금을 마련하기 사재를 털어야 했다. 1912년 6월에 외
아들 李濬衡이 임청각과 주변의 부동산을 매각하기 위해 고향 안동
으로 귀국했다. 그러나 문중에서 매각을 반대하며 500원을 마련해
주어 군자금에 대신했다. 그러나 이후 20여 년의 오랜 만주생활로
지녔던 재산을 하나하나 헐어가며 독립운동을 이어갔다. 무엇보다
노년의 김우락 여사를 괴롭힌 것은 남편, 아들, 손자의 안위에 대한
걱정이었다. 서란현에서 정해붕의 밀고로 손자가 일경에게 붙잡혀
갔을 때는 매일 심야에 정화수를 떠놓고 축원을 올리곤 했다.

　　첫날부터 부엌에 들어가 조석장만 하려니까 장이 없었다. 사방을
둘러봐도 땔나무도 없고, 식량도 없었다. 간장이나 된장이 없기는 친
정에서와 마찬가지였다. (중략) 매일 같이 회의를 했다. 3월 초 이 집
이사 오고부터 시작한 서로군정서 회의가 섣달까지 했다. (중략) 통
신원들이 보따리를 싸 짊어지고 춥고 덥고 간에 밤낮으로 우리 집을

12　허은 구술, 변창애 기록, 『아직도 내 귀엔 서간도 바람소리가』, 정우사, 1995,
1~250면. 이상룡의 손부인 허은 여사가 쓴 회고록인데, 1922년 시집온 이후의
회고지만, 들어 알고 있는 그 이전의 사실들도 적고 있어 이를 통해 김우락 여사
의 생애를 재구할 수 있다.

거쳐 다녔다. 전 만주 정객들도 전부 내왕했다. 그 정객들 조석은 집
에서 해드릴 때가 많았고, 가끔 나가서 드실 때도 있었다. (중략) 김동
삼 씨는 자상한 면이 있어서 여가 있으면 할머님 붙들고 자주 말씀
나누었다.[13]

위는 손부가 1922년 당시를 회고한 글이다. 장과 소금이 없을 정
도의 궁핍, 매일 집에서 이루어지는 회의, 독립운동가들의 식사까
지 해결해야 했던 살림살이 등이 잘 드러난다. 마지막에 金東三
(1878-1937)씨가 자상하게도 여가 있으면 말씀을 자주 나누었다는
'할머님'이 김우락 여사이다. 일명 '만주벌 호랑이'로 유명한 독립
운동가 김동삼[14]은 내앞마을 의성김씨 일족으로서 김우락 여사의
친정 쪽 일원이었으므로 자주 들러 말을 나눈 것 같다.

김우락 여사의 만주생활은 1932년 5월 12일 남편 이상룡이 사망
하자 막을 내렸다. 남편의 관을 싣고 환국하려 했으나 실패하고, 만
주에 남편을 묻어야만 했다. 5월 말 다시 오른 환국길에 김우락 여
사는 수족에 난 습종 때문에 손자에게 업혀왔다. 일경의 감시를 피
해 밤에만 걸어 국경에 도착했을 때 김우락 여사는 금의환향하지
못하고 無面渡江의 길을 어찌 가겠는가 하며 비통해했다고 한다.
석 달 만에 서울에 도착하여 안동으로 내려가 예전에 살던 임청각
에 들어가 살 수 있었으나, 일경의 감시 속에 사는 감옥 같은 생활
이었다. 그러나 그마저도 잠시, 김우락 여사는 남편이 사망한 지 1
년도 안 된 1933년 4월 19일 79세를 일기로 파란만장한 생애를 마
감했다.

---

13 앞 책, 105~107면.
14 김희곤, 『만주벌 호랑이 김동삼』, 지식산업사, 2009, 1~235면.

〈간운ᄉᆞ〉에 서술된 김대락은 생존해 있는 모습이다. 김대락이
1914년 12월 10일 사망하였으므로[15], 가사의 창작은 그 이전에 이
루어졌다. "이쌍이와 ᄉᆞ오연의 음신이 돈절ᄒᆞ니"와 "어와 우습도
다 육십경역 우습도다"라는 구절들을 종합해볼 때 〈간운ᄉᆞ〉의 창작
년도는 작가가 환갑을 맞이한 해인 1914년 말경이 된다. 1911년 1
월에 만주로 들어왔으므로 '사오 년'이라는 표현은 대충 가능하다.

03 만주망명지 노년 여성의 한탄과 만주생활

〈간운ᄉᆞ〉[16]는 만주에서 생활하는 노년의 작가가 고국의 형제자
매, 특히 여형제들을 다시는 볼 수 없다는 절망적 상황인식 속에서
그들과의 만남을 절실한 심정으로 희구한 가사이다. 살 날이 얼마
남지 않았기도 하지만, 돌아갈 수 없는 고국이기에 화자의 고뇌는
더욱 배가되었다. 그리하여 만날 수 없는 한탄의 정조가 작품 전체
를 관통하고 있는 탄식가류에 속한다. 특히 작품의 전반부는 형제
자매와 이별할 수밖에 없었던 과정을 회고하면서 자신의 심정을
고백했다. "슬푸다 아예들아 형의소회 드려셔라"로 시작하는 서두
는 먼저 '형'의 지위에서 '동생들'을 호명한다. "현실적으로 맏이의

---

15 안동청년유도회, 앞 책, 42면.
16 작품 제목 〈간운ᄉᆞ〉를 한자어로 표기하면 〈看雲詞〉가 된다. 권영철에 의해 활자
본으로 소개된 것이 유일본이어서 그대로 따랐다. 작품 내용에 "비쳑한 심회로
셔 운ᄉᆞ을 조망ᄒᆞ니/도로는 삼쳔리요 검슈도ᄉᆞ 몃겹이냐"라는 구절이 있다. 밑
줄 친 부분의 뜻이 가사의 제목이 되었음을 알 수 있다. 그런데 '운ᄉᆞ을'이라는
구절은 문맥상 '운ᄉᆞ(雲山)을'이어야 맞다. 혹시 필사본 읽기에서 'ᄉᆞ'을 'ᄉᆞ'로
읽었던 것이 아닐까 하는 의심이 든다. 그러나 가사에서 제목을 붙이는 일반적
인 관행을 염두에 두고 볼 때, 제목은 '간운ᄉᆞ'보다는 '간운사'가 더 적절하다고
본다.

81

역할을 수행하지 못하는 작자에게 이러한 편지글을 통한 호명은 가족 내에서의 자신의 지위를 회복 내지는 확인하려는 행위에 가깝다"[17]. 그리고 부모의 자애와 엄한 교육으로 귀하게 자랐다는 관습구적 성장생활이 이어지는데, 이후 단란했던 어린 시절의 회상은 거듭 되풀이된다[18]. 그런데 작가는 삼강오륜과 여필종부가 마땅하므로 결혼을 하지 않을 수 없었고, 그리하여 눈물로 서로 흩어진지 삼십 년이 되었다고 했다[19].

　　　갑오년후 십여연을 비손비야 은거ㅎ니 / 연비가 업ㄴ곳의 셔신조츠 희소터니 / 경술연 츄칠월의 세ㅅ가 망츙ㅎ긔 / 즁국의 고심혈셩 건국의ㅅ단 졍ㅎ니 / 무식흔 여ㅈ소견 튱의열심 잇기스랴 / 마음의ㅅ 불합ㅎㄴ 삼종지의 셧셧ㅎ니 / 아니가고 엇지ㅎ리 살림젼틱 다바리고 / 금슈갓흔 우리조국 동은하량 호가ㅅ를 / 헌신갓치 던져주고 속졀업시 쩌날시예 / 셔신이나 붓쳐볼걸 초목심장 아니어든 / 철윤지졍 업슬손야 마음잇ㅅ 잇것마ㄴ / 사셰부득 엇지ㅎ노

위에서는 갑오년 이후의 생활과 만주망명 사실을 회고하며 자신의 심경을 고백했다. 이상룡의 《行狀》에 의하면 갑오년은 조부의 상

17　백순철, 「규방가사에 나타난 여성의 가족인식」, 앞 논문, 12~13면. 이정옥은 「내방가사의 청자호명의 기능과 사회적 의미-영남의 내방가사를 중심으로-(『어문학』제78호, 한국어문학회, 2002, 441~466면)에서 호명의 기능을 '통과제의적 행위의 문학적 구조화', '공동체 지향 의식', '자기 존재성의 확인' 등 세 가지로 정리한 바 있다. 이 작품의 호명도 이정옥이 정리한 기능을 모두 지닌다.
18　"칠남미 ㅈ라날젹 부모님 놉흔은덕 / 긔화갓치 넘놀젹의 형례는 일긔로셔 / 우이도 돈후ㅎ여 빅연으로 아랏더니"; "칠남미 한당이셔 북당슬하 즐길젹의 / 흰초갓치 넘노던일 어졔련듯 그졔련듯 / 아시의 노년일이 빅슈인 경경ㅎ다"
19　작가가 친정을 떠난 것은 사십 여년이 되지만 8년 연하의 막내 여동생까지 친정을 떠나 뿔뿔이 흩어진 시점부터 말한 듯하다.

을 당한 해이다. 다음 해 동학이 일어나고 일본과 청나라가 교전을 시작하자 임청각을 떠나 陶谷의 先齋로 은거한 사실을 말한다[20]. 남편 이상룡의 의병활동으로 불안한 생활이 계속되자 서신이 더 뜸했던 것이다. 그런데 설상가상으로 1910년 추칠월 경술국치를 당하자 남편은 건국의사단을 결성하기 위해 만주로의 망명을 결심했고, 작가는 마음에 들지는 않지만 삼종지도를 좇아 남편을 따라 급하게 만주로 들어와야 했다. 조국과 좋은 집을 헌신 같이 던져두고 오는 사세부득한 상황이어서 서신도 보내지 못했다. 그런데 밑줄친 부분에서 작가는 그 이별이 자의에 의한 것이 아님을 토로했다. 형제자매를 향한 사적이고도 은밀한 진술이라는 측면에서 볼 때 그들과 이별하고 싶지 않았던 진심을 다소 과장해서 말하는 것으로 해석할 수도 있다. 그러나 독자들에게 읽힐 때를 생각해보면 사실 이 진술은 독립운동가의 아내로서 떳떳하지 못한 것임이 분명하다. 작가도 이것을 모르지 않았을 것이다. 더군다나 독립투쟁의 현장에서 독립운동의식이 없는 것이 아닌데도, 만주로의 이주가 자신의 마음과는 맞지 않았지만 남편을 따라야 하는 삼종지도가 있어서 온 것이라는 진술은 노년 여성의 솔직한 막말 정도로 치부할 수 없는 면이 있다. 그러나 작가는 독자들에게 읽힐 때 이것이 어떻게 보일지 개의치 않았던 것 같다. 다만, 독립운동가의 아내이기 전에 한 인간으로서 자신의 심정을 근원적으로 살폈다. 이렇게

---

20 『국역 석주유고』 하권 〈行狀〉, 앞 책, 151면. "甲午年(1894)에 조부 忘湖공의 상을 당했는데, 守喪을 매우 고되게 하였다. 師門(서산 김흥락)에게 여쭈어 承重孫의 아내도 남편 복인 삼년복을 따르는 것으로 확정하였다. 이윽고 또 先儒의 여러 학설들을 고증하여 세속의 本服만을 입는 잘못을 밝혔다. 이에 東學이 일어났다. 이윽고 일본과 청나라가 교전하였다. 공은 난리가 바야흐로 시작되었다는 것을 알았다. 조용하고 외진 곳을 택하여 几筵(망호의 영위)를 모시고 陶谷의 先齋로 거처를 옮겼다."

한 인간으로서 자신에게 정직하고 솔직할 수 있었던 것은 노년의 여성이 지닐 수 있는 생에 대한 관조의 시선에서 비롯된 측면이 있다. 명분, 남의 눈, 혹은 남편의 체면보다 자신에게 솔직한 인간적인 고백이 노년기의 생에 대한 달관의 경지에서 가능했다고 할 수 있다. 그리고 인간적인 고백은 여성의 겸손 혹은 정직성에서 비롯될 수 있다. 독립운동은 남성들이 주도했으므로 자신은 독립운동의 대의를 떳떳하게 내세울 수 있는 입장은 아니었기 때문이다. 그러나 그 무엇보다도 가족과 그 일상을 중요시하는 여성의 입장에서 그 내면을 솔직하게 들여다보고 그것의 표현에 당당했기 때문이라고 할 수 있다.

중반 이후의 서술은 만주에서의 생활근황과 그에 따른 감회나 다짐을 형제자매들에게 알려주려는 의도가 깔려 있다. 〈간운사〉는 "십일도록 초를줍아 폐아들게 붓치오니 / 안면을 듸한다시 눈물로 반긴후이 / 답셔ᄒ여 보ᄂ여라"라 하여 편지글 형식을 취하고 있다. 실제로 이 가사는 고국으로 가는 인편이 있어서 열흘이나 공들여 지어 편지로 대신하고자 한 것이다[21]. 가사 창작에 익숙한 작가로서는 편지글을 대신하여 평소에 잘 짓던 가사를 창작하여 보냈던 사정을 알 수 있다.

---

21 백순철은 「규방가사에 나타난 여성의 가족인식」(앞 논문)에서 "편지글 형식을 취하고 있다"고 하면서 "이 역시 독자인 아우들에게 어떤 메시지를 전달하기 위한 것은 아니다. 여기서 가사는 형제와의 육체적 재회를 대신하는 정서적 매개체의 역할로서 기능한다. 독자인 아우들에게 작자는 가사의 내용보다 정서적 공감을 요구하면서 답신을 요청하고 있다"고 했다. 답신 여부에 상관없이 창작되었다는 점에서 이 가사는 메시지를 전달하기 위한 편지글이 아닌 독립된 한 편의 가사 작품임에는 틀림없다. 그러나 이 가사 작품의 경우 매우 특수한 상황에서 자신의 근황과 심정을 알려주려는 편지로서의 역할도 수행했다고 본다.

선학풍도 우리가형 산두갓흔 학힝명망 / 씌를엇지 못ᄒ여셔 속졀
업ᄉ 허슌이니 / 봉황이 나릭업고 뜻글즁이 옥이로다 / 객이경과 ᄀ
이업고 노약심회 과도ᄒᄉ / 넘넘ᄒ신 긔력이요 의태ᄒᆫ 신관이라 /
가이업고 통곡이야 장ᄒ실ᄉ 항ᄉ션싱 / 위츙고졀 늠늠ᄒᄉ 문문산
과 ᄉ쳡산 / 일모비행 뜻뜻ᄒᄉ

위는 같이 망명해온 큰오빠 김대락의 근황을 서술한 것이다. "산
두갓흔 학힝명망"을 지녔지만 때를 얻지 못했다, 그러나 여전히 기
력이 늠름하고 신관이 태연하다고 했다. 독립운동의 가시적 성과
가 보일 수 없는 상황에서 형제의 시선으로 포착한 한 노년 독립지
사의 인간적 모습이 엿보인다. 가족은 물론 문중과 마을 주민이 오
로지 김대락을 믿고 만주로 망명해온 사실을 감안할 때 김대락에
대한 이러한 서술은 찬양적 태도는 아니다. 자세의 의연함을 서술
하면서도 때를 만나지 못한 안타까움을 함께 서술함으로써 독립운
동가 가족만이 느낄 수 있는 연민의 정이 엿보인다. 다음으로 響山
李晩燾(1842-1910)의 순절을 서술했다. "항ᄉ션싱²²"은 '향ᄉ션싱'
을 잘못 읽은 것으로 보인다. 향산 이만도는 경술국치를 당하자 24
일간 단식하다가 순절한 인물이다. 그래서 작가는 그의 죽음을 통
곡하고 그의 장한 위츙고절을 죽어서도 나라를 위한 '문문산과 사
첩산'에 비유하고 있는 것이다. 향산 이만도의 순절은 안동 지역의
항일의지를 고취시키는 기폭제 역할을 한 유명한 사건이었다. 그
러나 여기에서 화자가 특별히 이만도의 순절을 찬양한 것은 개인
적으로 작가의 친정 여동생인 김락이 이만도의 며느리이기 때문이

---

22 호가 '항산'인 독립운동가로 김규성(1908-1974)과 구익균(1908-현재 생존)이
   있으나, 모두 작품 내용의 사실과는 맞지 않는다.

었다[23]. 같이 망명해온 친정 오빠의 근황을 말하면서, 고국에서 이 가사를 보게 될 여동생을 생각하여 그의 시아버지의 행적을 기억하여 존경을 표한 것이다. 그리고 이로 인해 만주에 있거나 고국에 있거나 항일독립의지를 공유한다는 공감대를 마련하고자 했다.

> 어와 우습도다 이몸이 엇지ㅎ여 / 타국인와 구는거시 고이ㅎ고 이
> 상ㅎ니 / 비희상반 ㅎ계구나 빅여리식 보힝ㅎ나 / 즈역이 강강ㅎ니
> 이들쏘한 천운인가 / 이왕으로 보계되면 슈천다족 두목으로 / 칠십여
> 칸 쥬인되여 여긔가도 호가스요 / 져긔가도 호가스라 반셕긔계 아니
> 련가 / 사름마다 앙시ㅎ여 심리츄립 ㅎ자ㅎ면 / 벌째갓흔 ㅎ인들이
> 일영거힝 츌츌ㅎ스 / 거마쥰총 슈솔이라 뉘가아니 흠앙ㅎ리 / 어와
> 우습도다 육십경역 우습도다 / 슈양손 치미가을 우리먼져 간심ㅎ여 /
> 비사지심 먹지말고 활대흔 심스로셔 / 희망붓쳐 지내리라

위는 만주에서의 생활을 과거 자신의 삶과 대비해서 읊은 것이다. 화자는 노구를 이끌고 백여 리씩 보행을 하지만 몸이 튼튼하니 천운이라고 했다. 김우락 여사가 직접 독립전투에 참여한 것은 아니었지만, 이상룡 일가는 처음 도착한 회인현 항도천에서부터 통

---

23 향산 이만도는 퇴계 이황의 11대손이다. 도산면 토계동 하계마을 진성이씨 일가도 독립운동 가문인데, 향산 이만도의 순절 이후 아들 李中業(1863-1921), 손자 李棟欽(1881-1967)·李棕欽(1900-1976) 3대가 독립운동에 헌신했다. 김락은 남편 및 아들들과 함께 독립운동의 전선에 직접 뛰어들었는데, 여성으로서 독립운동유공 포상을 받은 몇 안 되는 인물이다. 1919년 3월 안동지역에서 일어난 3·1만세 시위에 참가했다가 일제경찰에 끌려가 모진 고문을 당해 두 눈을 모두 잃고 11년 동안 고초를 겪다가 1929년 2월에 사망했다. 2001년 건국훈장 애족장을 추서받았다. 향산고택은 안동시 안막동(원래는 도산면 토계동 하계마을)에 있다. 향산 이만도 가족의 항일투쟁에 대해서는 『터를 안고 仁을 펴다-퇴계가 굽어보는 하계마을』(안동대학교 안동문화연구소 편, 예문서원, 2005, 245~291면)을 참고할 수 있다.

화현 영춘원·유하현 삼원포·통화현 합니하 등으로 계속 옮겨 다니는 생활을 했다[24]. 이어서 작가는 자신의 과거 삶을 회고했다. 작가가 두고 떠났던 임청각은 우리나라에서 현존하는 살림집 중에서 가장 큰 규모로 500년간의 유구한 역사를 지닌 안동 고성이씨의 대종택이다. 數千多族 두목으로 칠십여 칸 주인 되어 벌떼 같은 하인들을 거느리고 존경을 받으며 살았다는 김우락의 서술은 전혀 과장이 아니다. 작가는 이러한 양반 가문의 기득권적 삶을 포기하고 현재의 고달픈 삶을 선택했다. 과거와 현재의 삶이 극단적으로 대조적이었기 때문에 현재의 삶을 '우습다', '고이하고 이상하다'라고 표현했다. 여기서 작가가 이미 포기한 과거의 삶을 지향하거나 그것을 포기한 것에 대해 후회하고 있는 것으로 보이지는 않는다. 백 여리씩 보행해도 체력이 튼튼하여 이것 또한 천운이라고 한 서술에서 알 수 있듯이 작가는 만주생활의 고달픔과 처절함을 달게 감수하는 태도를 보여준다. 고국에서 걱정할 형제자매에게 자신의 근황을 설명하는 자리이기 때문에 애써 고달픔을 희석시키고자 하는 배려가 깔려 있다고도 할 수 있겠으나, 자신의 현재 삶을 과거의 삶과 아울러 모두 수용하고자 하는 담담한 태도에서 비롯된 것이다. 뒤에 자신의 만주망명생활을 수양산에 들어가 고사리를 캐 먹고 사는 것으로 비유하면서, 그렇지만 희망을 잃지 않고 살겠노라고 다짐한 서술에서도 현재의 삶을 담담하게 수용하는 자세를 엿볼 수 있다.

　　슬푸다 내일이야 진몽인가 / 이짜이 어대련고 아마도 꿈이로다 / 즁천이 져기력이 너난엇지 나라가노 / 이몸이 남즈린들 세계각국 두루노라 / 쳔ᄒᆞᆞᆷ 다ᄒᆞᆯ거슬 무용여ᄌ 이들도다

24 『국역 석주유고』 하권 〈行狀〉, 앞 책, 153~156면.

위는 후반부의 서술 부분 중 하나이다. 만주에 와 있는 자신의 처지가 꿈은 아닌지 믿지 못할 현실이라고 했다. 그런데 작가는 자유롭게 날아가는 기러기를 보게 된다. 그리고는 자신이 남자라면 세계 각국을 두루 돌아다니면서 천하사업을 다할 수 있으련만, 아무것도 할 수 없는 여성이어서 애달프다고 했다. 만약 남자였다면 자신도 독립운동 사업에 힘을 보탰을 것인데 그러지 못했다는 의미에서 '무용여자'임을 애달파 한 것으로 해석할 수 있다. 작품 전체의 문맥상 날아가는 기러기를 보고 자신도 훨훨 날아 고향의 형제를 보고 싶다는 쪽으로 전개될 수 있는 부분이다. 하지만 작가는 여성의 정체성과 연관하여 기러기를 바라보았다.

> 원이한 우리남미 싱수간의 잇지마라 / 일싱일수 은일인의 상시어든 / 빈들엇지 면ᄒ깃나 천당의 도라가셔 / 부모슬하 다시모혀 손잡고 눈물샏려 / 쳡쳡소회 다한후의 요지연 견여중의 / 우리도 함긔모혀 희소담락 ᄒ오리다 / 비사고어 고만두고 히망부쳐 말ᄒ리라 / 천긔이슈 알깃드냐 나도나도 귀국ᄒ여 / 고거을 다시ᄎᄌ 잇째천상 회셜ᄒ고 / 열친정화 ᄒ리로다 지금와셔 이셰월의 / 와신상담 뉘ᄒ던고

위는 가사를 마쳐갈 즈음에 고국에 있는 형제자매에게 당부하고 다짐하는 부분이다. 죽든 살든 잊지 말자고 하는 말에 재회의 가능성이 차단된 체념이 엿보인다. 그리고 "천당"에서 "쳡쳡소회"를 풀고 즐기자고 했다. 작가가 기독교를 믿었는지는 확인되지 않는다. 어쨌든 작가는 살아서 고국에 갈 수 있다는 생각은 없었던 듯하다. 그러나 작가는 다시 '희망'을 가지고 말하노라 하면서 와신상담하는 마음으로 있다가 후에 귀국하여 열친정화하자고 다짐하였다.

드러내어 서술하지는 않았으나, 자신의 만주생활이 독립을 위한
와신상담의 상태이고 고국의 형제자매와의 재회가 곧 독립임을 암
시적으로 말하면서 독립 희망에 대한 공감을 요청하고 있다.

04 전통 여성의 여성인식과 근대 대응 양상

김우락 여사는 〈간운사〉를 창작할 당시 환갑의 노년 여성이었다.
근대적 삶의 한가운데서도 전통적 삶의 방식을 고집해나간 것이
있는데 바로 가사 창작이었다. 앞서 살펴보았듯이 작가는 만주에
서 생활하면서도 마음이 울적할 때면 가사를 창작하곤 했다. 자신
에게 익숙했던 가사라는 장르로 늘상 써왔던 관습적인 문구와 규
방가사의 글쓰기 방식을 동원하여 자신의 서정을 표현했다. 〈간운
사〉의 전반부는 혼인으로 서신만은 가능하여 곧 모일 준비도 하고
있었으나 → 갑오년 후 서신조차 희소하다가 → 급기야 만주망명으
로 서신이 돈절되어 사생존망마저 알 수 없게 된 사정을 읊었다. 형
제자매와의 이별과 그에 따른 그리움의 고통을 시간적 순서대로
읊은 것인데, 화자의 생애에서 중요 국면, 즉 성장 → 결혼 → 이별
→ 망명 → 이별을 기억하고 회상하며 자신의 심정을 고백하였다.
삶의 중요 국면을 들어가며 탄식의 심정을 술회하고, 회고와 고백
이 교차하는 서술방식은 규방가사에서 흔하게 발견되는 것으로 여
성적 글쓰기 방식의 특징 중의 하나이다[25]. 〈간운사〉에서는 생의 중

---

25 김수경은 「신변탄식류 규방가사 〈청숭가〉를 통해본 여성적 글쓰기의 의미」(『한
국고전여성문학연구』 제9집, 한국고전여성문학회, 2004, 85~116면)에서 과거
를 기억하고 재현하는 방식 면에서 여성적 글쓰기의 특성을 파악하고 있다. 그
하나는 '자신의 삶의 경험 가운데 중요한 사건들을 하나씩 시술해가면서 틴

요 국면이 시기적으로 매우 벌어졌을 뿐이다. 가사 창작이 일상적이고 보편적이었던 안동 양반 여성이었으므로, 이러한 규방가사의 특징적인 글쓰기 방식이 자연스럽게 드러나게 되었다.

> 일등명순 주진들은 동동촉촉 효순ᄒ고 / 명문슉여 나의효부 입문지초 그그로다 / 산슈두고 자을짓고 졀졔두고 글을지어 / 심심홀젹을퍼내여 잠젼으로 위로ᄒ니 / 존즁ᄒ신 노군ᄌ는 시쓰럽다 증을내고 / 긔화보벽 손아들은 노릭한다 조롱ᄒ니 / 단인ᄒ던 내마음이 취광거인 되엇구나 / 어와 우슙도다 세상번복 우슙도다 / 상뢰홀씨 무어시냐 빅셰히로 ᄒ다가셔 / 천명일월 보오리라

작가는 같이 간 가족들의 소식을 겸하여 한때의 일상을 서술했다. '孝順한 子姪들'은 같이 망명해 간 아들 李濬衡과 조카 李衡國, 李運衡, 李光民, 李光國 등을 말한다. '존중하신 老君子'는 이상룡을, '奇貨寶璧 孫兒들'은 손자 李炳華와 그의 동생들을 말한다. 며느리가 글[가사을 지어 심심할 때 읊곤 하여 자신을 위로했는데, 그러면 남편은 시끄럽다고 짜증을 냈다고 했다. 뒤에 서술된 '노래한다고 조롱하는' 손자들의 반응으로 볼 때 화가 난 짜증이라기보다는 당시의 비장한 삶의 방식과는 어울리지 않는 품새여서 보여준 객쩍은 반응이었을 것이다. 이러면 작가는 미칠 것 같다고 하고, 세상번복이 우습지만 相雷할 것이 없다고 했다. 며느리의 큰소리 낭독, 남편의 짜증, 손자들의 조롱, 화자의 광기 반응 등의 장면은 코믹하

식의 심정을 나타내는' 주관적인 시간성의 구획이고 다른 하나는 회고와 고백이 교차한다는 것이다. 이러한 여성적 글쓰기의 특징들이 이 가사에도 드러나 있다.

기까지 한데, 이런 의미에서 단란한 한때의 일상이라고 할 수 있다. 작가가 서술한 일상 속에서 뒤에 대한민국 임시정부 초대 국무령이 될 독립운동가 이상룡은 그저 일개 남편일 뿐이다. 작가는 전통여성으로서 가사 창작에 익숙했다. 작가에게 가사 창작은 문화적 관습이었고, 따라서 고국을 떠난 이국생활에서 자아 정체성을 확인하는 수단이기도 했다. 그러나 이런 전통적 문화행위는 만주의 투쟁생활이나 당대의 현지 문화와는 전혀 어울리지 않았던 듯하다. 이제 가사를 짓고 향유하는 일조차 조롱거리가 되어버린 변화된 현실에서 작가는 당황하지만, 마음 쓰지 않고 자신의 낙을 당당하게 이어 나가겠다고 했다. 작가의 가사 창작·향유와 가족의 반응 속에서 가사를 둘러싼 전통과 근대의 길항 작용을 엿볼 수 있다.

작가는 평생 숙명처럼 형제자매를 만나지 못하고 그리워하고만 살았다. 작가는 그런 고통의 근본적인 원인을 여성의 처지에 두었다. 우선 1차적인 원인으로 여성의 혼인을 들었는데, 작가는 여성이기에 '군자호구'와 '여필종부'가 당연하여, '遠父母 離兄弟'를 운명으로 받아들였다. 2차적으로는 남편의 만주행 결정을 들었는데, 역시 여성이기에 삼종지도에 따라 남편의 만주행에 동반하지 않을 수 없었다. 작가는 여성으로서 여필종부와 삼종지도가 자신에게 주어진 사명이라는 사실을 분명하게 인식하고, 이것을 떳떳하게 구현하며 살고자 했다. 이렇게 〈간운ᄉ〉의 여성인식은 전통적 여성인식의 자장 안에 있다.

그런데 〈간운ᄉ〉에서는 전통적 여성인식을 향한 강력한 구심력이 위력을 발휘하고 있지만, 미세하게나마 근대적 여성인식을 향한 원심력의 작용이 아울러 감지된다. 우선 여성의 일상적 현실에 기반을 둔 솔직한 내면 고백을 당당하게 표현하고 있다는 점에서 근대성의 한 면모를 엿볼 수 있다. 〈간운사〉의 작품세계는 독립운동의 현장과는 어울리지 않게 형제자매를 그리워하는 한탄의 서정으로 이루어져 있다. 가정적 일상에 종사하는 여성의 입장에서 개인의 내면을 중시한 결과이다. 혁혁한 독립운동가 이상룡은 그저 일상적 남편으로 그려졌다. 그리고 일상성의 연장선상에서 작가는 앞서 살펴보았듯이 혁혁한 독립운동가의 아내로서 떳떳하지 못할 수 있는 발언조차 당당하게 드러냈다. 민족 현실이 개인의 희생을 요구할 때 그에 대처하는 각 개인의 자세는 남녀가 다르게 나타난다. 대외적 명분이 주어지지 않는 여성의 경우 개인의 일상적 현실이 보다 더 중요한 문제가 된다. 작가는 대의와 명분을 쫓는 남성의 의식과 행동을 전통적 여성인식을 바탕으로 전폭적으로 추수했다. 그러면서도 개인적 일상을 중시하는 여성의 입장에서 정직하고 솔직하게 자신의 내면을 고백했다. 이러한 인간적인 고백은 대의와 명분을 중시하는 남성의 작품 세계에서는 일반적으로 찾아볼 수 없는 것이다.

한편, 남자가 되고 싶다고 한 그 실질적 내용이 달라져 있다는 점에서 근대를 수용한 면모를 보인다. 남자가 되고 싶다는 것은 전통시대 규방가사에서 흔하게 발견되는 여성의 욕망 가운데 하나로, 일반적인 관습구로 표현되었다. 전통 여성이 여필종부하는 여성의 운명을 수용했다 하더라도 여성의 욕망을 완전하게 잠재울 수 있는 것은 아니었다. 여성의 운명을 수용한 순간 친정 권속과의 자유로운 만남이나 바깥일이라는 남성 영역에의 참여는 억제되었다. 하지만 그러한 욕망은 여성의 심리 기저에 있게 된다. 규방가사의 신세한탄은 이렇게 현실 수용과 욕망 사이의 간극을 비집고 유형화한 형태로 봇물처럼 터져 나오게 된 것이다. 작가는 모든 기득권

을 버리고 만주에서 고달픈 생활을 감내하고 있는 독립운동가의 아내였기에 실제적으로는 천하 사업에 참여하고 있는 셈이다. 그러나 남녀의 이분법적 역할 분담이 공고했던 시대에 여성의 사회 참여 욕구는 남성이 되고 싶다는 선에서 이루어졌다. 다만 〈간운ぐ〉에서는 그 실질적 내용이 달라져 있다. 작가는 만주로 이주해 와 독립운동의 현장에 몸담고 있으면서 이전에는 겪지 못했던 많은 경험을 지니고 있었다. 독립운동의 현장 한가운데서 몸소 겪고 얻은 시각을 바탕으로 세계적 관점의 천하사업을 하고 싶어 했기 때문에 그 실질적 내용이 보다 확장되었다고 할 수 있다. 19세기 중반에 태어나 20세기를 살아가는 한 노년 여성이 일제침략과 만주망명이라는 근대사의 충격에 의해 근대를 수용하지 않을 수 없었고, 그로 인해 여성인식의 외연이 확장되어 간 것이다.

만주망명과 독립운동은 전통적 방식으로는 항일운동(의병활동)에 한계가 있다는 것을 절감한 혁신유림이 당대의 민족 현실에 대응한 근대적 사고의 산물이었다. 특히 여성으로서 만주생활 자체는 이전의 전통적 생활방식과 전혀 다른 근대적 삶의 하나였다. 국경을 넘는 해외 경험, 세거지 정착생활에서 독립운동기지 떠돌이 생활로의 전환, 신한민촌의 건설과 공동체 생활, 독립운동 인사와의 잦은 교류, 권력의 감시와 비밀 생활 등은 근대적 삶의 방식이었다. 이렇게 〈간운ぐ〉의 창작 환경은 바로 근대적 삶에 있었다. 〈간운ぐ〉가 형제를 그리워하는 한탄의 서정세계 안에서 주관적·개인적·일상적 삶을 주로 드러내고 있다 하더라도 이러한 창작환경이 작품에 드러나지 않을 수 없었다. 비록 하루 백 리씩 보행한다는 짤막한 발언에 불과하지만, 이 한마디 속에는 고달픈 독립운동가 가족의 생활상이 역설적이게도 전폭적으로 담겨 있다고 할 수 있다.

그리고 자신의 만주생활을 와신상담의 상태로 표현해 고국의 형제자매와의 재회가 곧 독립임을 암시적으로 말한다든가, 남자라면 독립운동에 힘을 보탤 텐데 그러지 못한 '무용여자'임을 애달파 한다든가, 자신의 고달픈 만주망명 생활을 망한 나라를 위해 수양산에 들어가 고사리를 캐 먹는 것으로 비유한다든가, 그리고 거듭해서 희망을 내세우며 만남을 다짐한다든가 하는 데에서 작가의 독립운동의식을 알 수 있다. 이렇게 독립운동가 가족의 생활상과 독립투쟁의식은 근대를 수용한 양상으로 적극적인 의의를 부여할 수 있다.

한편, 작가의 가문의식은 독립운동이나 순국과 같은 숭고한 가치와 결부하여 나타난다. 19세기 중엽에 태어나 양반 종갓집의 맏며느리로 살아왔던 작가의 자아 정체성에서 가문의식은 무엇보다도 중요한 요소로 자연스레 작품에 나타날 수밖에 없다. 그러나 작품세계에서는 가문을 내세우거나 자랑하는 것이 절제되어 있다. 어릴 적 성장생활을 행복했던 기억으로 곳곳에서 회고하고는 있지만, 친정 가문에 대한 치사의 말은 거의 보이지 않는다. 큰오빠의 근황에 대한 서술에서도 그의 학행명망과 의연함을 표현했지만 동시에 가족만이 느낄 수 있는 안타까움을 감추지 않았다. 향산 이만도에 대한 서술은 사돈댁 어른의 순국에 대한 존경심 때문이지 가문 그 자체에 대한 것은 아니었다. 임청각에서의 이전 삶을 말한 것도 현재의 기막힌 생활을 강조하기 위한 대조의 효과를 기대한 것이지 과거의 삶을 자랑하거나 지향한 것은 아니었다. 실제로 이상룡은 만주로 망명해 갈 때 집안의 노비를 모두 양민이 되게 하고 떠났다[26]. 모든 기득권을 버리고 떠난 비장한 만주행이었기 때문에

26 『국역 석주유고』 하권 〈行狀〉, 앞 책, 153면. "到滿에 앞서 집안일을 먼저 처리하

기존의 가문의식은 퇴색해 버리고, 대신 항일충절 의식과 조국 독
립에 대한 희구가 가문의식을 대체했다고 보인다. 이와 같이 〈간운
소〉는 국권상실이라는 역사적 조건하에서 '노블레스 오블리주'의
실체를 보여준다는 점에서 가사문학사적 의의를 지닌다고 하겠다.

05 맺음말

이 논문에서는 〈간운소〉의 작가를 밝히고 작품세계를 분석하는
데 집중하였다. 〈간운소〉는 〈분통가〉, 〈위모사〉, 〈원별가라〉, 〈조손별
서〉, 〈눈물 뿌린 이별사〉, 〈신세타령〉 등의 작품과 함께 만주망명자
의 가사유형을 형성한다. 만주망명 가사는 만주망명과 독립투쟁이
라는 근대의 경험을 가사로 수용한 작품이라는 면에서 가사문학사
적 의의를 지닌다.

〈간운소〉의 작가 김우락은 〈조손별서〉의 작가이기도 하여, 만주
로 망명한 여성 가운데 가장 많은 규방가사 작품을 지은 작가가 된
다. 〈조손별서〉는 만주에 있던 김우락이 고국에 있을 때 시집 보낸
장손녀에게 보낸 가사이다. 이에 대한 손녀의 답가로 〈답사친가〉가
따로 있다. 본고에서는 〈조손별서〉를 전혀 다루지 못하였다. 별도
의 논의를 통해 화답형 가사인 〈조손별서〉와 〈답사친가〉를 다루고
자 한다.

였으니, 논 몇천 평으로 누대의 제사비용에 충당하게 하였고, 밭 몇천 평으로 堂
親의 생활을 돕게 하였으며, 돈 몇백 냥을 義庄에 출연하여 이를 증식해서 흉년
이 들었을 때 종족을 진휼할 수 있는 밑천으로 삼게 하였다. 그리고 노비 문서를
다 불태워서 모두 양민이 되게 하였다."

만주망명과 가사문학 연구

제4장

일제강점기 가일마을 안동권씨 가문의 가사 창작
- 항일가사 〈꽃노래〉와 만주망명가사 〈눈물 뿌린 이별가〉 -

01 머리말

　전통유림은 구한말과 일제강점기에 이르면 일제에 항거하는 데 앞장서는 '노블레스 오블리주' 정신을 발휘하여 혁신유림으로 전화하게 된다. 의병에 참여하고 애국계몽운동의 일환으로 교육기관을 설립하고, 한일합방 후에는 만주로 망명하여 독립운동의 기반을 마련했다. 이러한 혁신유림 가문의 독립운동활동은 그 가문의 여성에 의해 규방가사로 수용되어 만주망명가사를 형성했다.

　본고에서 다루고자 하는 〈꽃노래〉와 〈눈물 뿌린 이별가〉도 안동 가일마을 혁신유림 가문에서 창작한 것이다. 필자는 〈눈물 뿌린 이별가〉의 내용에 기술되어 있는 '가일'을 단서로 작가를 추적·조사하던 중 이 작품이 〈꽃노래〉와 무관하지 않다는 사실을 알게 되었다. 〈꽃노래〉의 작가가 독립운동을 위해 만주로 망명하고, 이후 〈눈물 뿌린 이별가〉의 작가가 아들을 따라 만주로 들어간 것이다. 그리하여 본고에서는 母子가 지은 두 가사를 함께 다룰 필요가 있다고 판단했다.

〈꽃노래〉는 안동 지역에서는 매우 널리 알려진 가사지만 연구되지는 않았다. 〈눈물 뿌린 이별가〉는 박요순에 의해 비교적 자세히 다루어진 이래, 조동일이 간단하게 언급했다.[1] 박요순은 시상의 전개구조에 따라 내용을 살핀 후 "정국을 보는 시점이 넓고, 상당히 비판적"이어서 "격변하는 세태에 대응한 새로운 의식"을 보여준다고 했다. 그러나 작가를 "학봉 김성일의 후예인 의성김씨로 풍천면 가곡동으로 출가하여 살던 이"라고만 했으며, 창작 시기를 개화기 이후 한일합방 시기 정도로 보았고, 만주로의 이주를 망명으로 규정하지는 못했다. 여성이기 때문에 '의성김씨' 정도로만 둘 것이 아니라 구체적인 작가를 규명하고, 작품의 창작 시기를 명확히 할 필요가 있다. 이러한 기초연구작업은 작품세계를 해석하고 이해하는 데 필수적이다.

본고에서는 두 작품을 대상으로 그 작가, 작품세계, 그리고 가사문학사적 의의를 규명하는 데 목적을 둔다. 먼저 2장에서는 일제강점기 가일마을의 성격을 알아보고, 작가를 규명하여 그 생애를 자세히 재구하고자 한다. 기록상 남겨진 것이 부족한 두 작가의 생애는 후손과의 인터뷰를 통해 보충했다. 3장에서는 두 작품의 작품세계를 살피고자 한다. 그리고 이상의 논의를 통해 4장에서는 두 가사의 가사문학사적 의의를 규명하고자 한다.

---

1 박요순, 「근대문학기의 여류가사」, 『한국시가의 신조명』, 탐구당, 1994, 291~322쪽. ; 조동일, 『한국문학통사 4』, 지식산업사, 1986, 109쪽.

02 가사 창작의 배경과 작가

1) 일제강점기 안동 가일마을

안동 가일마을은 '안동의 모스크바' 혹은 '모스크바 동네'라 칭해진다[2]. 일제 강점기 사회주의 운동가로 순국한 權五卨(1897-1930)의 고향으로 그의 영향하에 많은 사회주의 운동가를 배출했기 때문이다. 안동권씨는 '가일 권문'이라는 칭호를 받는 명문거족으로서 경제력도 1910년대 초 가곡동의 토지 가운데 56%를 차지할 정도로 좋았다[3]. 이렇게 전통유림인 가일권문은 일제강점기에 이르러 혁신유림으로 전화하게 되는데, 특히 1920년대부터는 사회주의 노선의 독립운동활동을 활발하게 전개해나갔다.

일제강점기 가일마을의 본격적인 독립운동은 1915년경 '가일마을 8부자'에 소속된 權準義 · 權寧植 · 權準興 등의 광복회 가담과 군자금 지원 활동에서 시작되었다. 특히 권준희(1849-1936)는 당시에 학문으로도 이름이 높았다. 1913년 蔡祺中과 庾昌淳 등이 풍기에서 조직한 광복단에 협력하여 활동하다가 1918년 朴尙鎭 의거에 연루

---

2 가일마을에 대한 본고의 논의는 특별히 각주를 다는 몇 군데를 제외하고 김희곤의 「안동의 모스크바, 가일마을」(『안동 가일마을-충산 들가에 의연히 서다』, 안동대학교 안동문화연구소, 예문서원, 2006, 205~232쪽)의 논의에 전적으로 힘입었다. 권오설에 대한 논의는 장석흥의 「권오설의 민족운동 노선과 성격」(『한국근현대사연구』 제19집, 한국근현대사학회, 2001, 207~234쪽)도 참조했다. 요약 진술이 많아 두 논문의 구체적인 인용 면수는 생략한다.

3 원래 가일마을은 안동권씨 參議公派 27세 屛谷 權榘(1672-1749)의 후손들이 주민의 절반가량을 차지하는 동성반촌이었다. 1910년대 초 가곡동 토지조사부에 의하면 권준희의 맏아들과 맏손자가 71,885평, 권영식이 66,994평, 권준흥과 그 맏아들이 30,977평을 소유했다. 강윤정, 「한말 · 일제강점기 가일마을의 사회경제적 양상과 정치적 동향」, 『천혜의 땅 의연한 삶, 가일마을』, 민속원, 2007, 52쪽.

되어 공주 감옥에 수감되었다가 석방되기도 했다.[4] 그러나 이 사건으로 1917년 가을부터 이듬해까지 권준희를 비롯한 마을 주역들이 몽땅 잡혀가는 시련을 겪어야만 했다.

가일마을의 역사를 바꾸어 놓은 것은 3·1운동 이후 사회주의 운동가 권오설의 귀향이었다.[5] 가일마을로 돌아온 그는 가일마을 8부자의 한 사람인 권준흥의 도움으로 원흥학술강습소를 세우고 마을 청년들을 교육하기 시작했으며, 농민운동과 청년운동을 펼쳐나갔다. 1923년 11월 풍산소작인회를 결성하여 본격적인 농민운동을 시작하기 전 '풍산하기강습회'를 개최하는데, 거기에 수강생으로 가일마을 안동권씨 집안 형제들이 대거 참여했다. 이후 권오설은 서울에서 조선노농총동맹과 화성회에서 활동하다가 1925년 조선공산당 중앙집행위원에 선출되었다. 권오설이 안동과 서울을 오르내리는 동안 가일마을 사람들이 풍산소작인회를 끌어나갔으며, 가일마을 8부자 집안의 자제들은 서울로 유학을 떠났다. 1926년 6·10만세운동은 권오설이 처음부터 기획하고 투쟁을 지휘했는데, '권오설과 안동그룹'이라고 할 정도로 서울로 올라갔던 가일마을 학생들이 주도적인 역할을 담당했다.

---

4 권준희는 노령에 추위와 더위를 참고 심문을 당하여도 조금도 당황하지 않아 일경도 '참으로 군자다운 사람이다'라며 석방했다고 한다. 그의 문집 『友巖集』에는 공주 감옥에서 석방 되고 난 뒤에 지은〈공주 감옥에서 나오다〉라는 한시가 있어 나라를 걱정하는 그의 고통을 이해할 수 있다.〈공주 감옥에서 나오다(出公州監)〉: "봄비는 소소히 밤이 새도록 울고 / 객창에서 뒤척이며 더욱 고뇌하는데 / 편안한 곳에 어찌 위험이 있으랴만 / 끝끝내 낮잠조차 이루지 못하네"(春雨蕭蕭徹夜鳴 / 旅窓輾轉更煩情 / 安處何如危處處 / 終敎黃媧未爲成)정의우, 「조선후기 가일마을의 문학」, 『천혜의 땅 의연한 삶, 가일마을』, 앞 책, 210쪽.

5 권오설은 양반이지만 빈농에 가까워 가난했다. 남명학교, 동화학교, 대구고등보통학교를 거쳐 상경해 중앙학교와 경성부기학교에 입학했으나, 가정형편 때문에 학교를 그만두고 전남도청에 취직을 했다. 취직한 지 5개월 만에 3·1운동의 배후 인물로 지목되어 경찰에 체포된 후 6개월 형을 언도받고 1919년 11월 가일마을로 귀향한 것이다.

그러나 권오설은 만세시위 직전에 체포되어 5년형을 선고받아 1930년 4월 17일 서대문형무소에서 갑자기 순국했다. 권준희의 손자 權五尙(1900-1928)은 6·10만세운동으로 체포되어 옥고를 치르다가 고문 후유증으로 1928년 6월 순국했으며, 역시 권준희의 손자 權五雲(1904-1927)[6]도 6·10만세운동 직후에 구속된 뒤 고생하다가 1927년 순국했다. 이후 가일마을의 사회주의 운동은 권오설의 친동생 權五稷(1906-1953)이 이끌어 나간 것으로 보인다. 그는 해방 후 1946년 북한으로 넘어갔는데, 이때 그를 따라간 가일마을 청년들이 적어도 30명이 넘는다고 알려진다. 그 외 가일마을 출신 사회주의 운동가로 조선노동총연맹 중앙집행위원을 지낸 안기선, 해방 후 강동정치학원 1기생으로 학가산 유격대를 이끌었던 권영남 등이 있다.

이와 같이 일제강점기 가일마을은 전통유림에서 혁신유림으로 전화한 가일권문의 적극적인 지원과 권오설의 영향하에 사회주의 독립운동을 활발하게 펼쳤던 곳이다. 〈눈물 뿌린 이별가〉의 작가 김우모는 혁신유림으로 가일마을 초창기 독립운동의 중심이었던 권준희의 며느리이며, 〈꽃노래〉의 작가 권오헌은 권준희의 손자이자 권오설과 함께 사회주의 운동가의 길을 걸었던 인물이다.

2) 작가 金羽模와 權五憲

김우모의 생애는 알려진 것이 없으며, 권오헌은 소략한 독립운

---

6 권오운은 족보상 권준희의 손자로 되어 있지 않다. 권준희의 셋째 아들 權東浩가 문중인 權準誠에게 입적되었기 때문이다. 生祖父는 권준희이다. 『안동 가일마을 -충산 들가에 의연히 서다』(앞 책, 340~341쪽. 가계도 참조)

동 활동만이 알려져 있을 뿐이다. 그런데 다행하게도 권오헌의 아들 權大勤(1942-)씨가 서울에 생존해 있어서 인터뷰를 통해 두 작가의 생애를 보충할 수 있었다[7]. 두 작가는 모자간이므로 따로 생애를 적지 않고 함께 기술하는 방식을 택하고자 한다.

金羽模(1874-1965)는 안동 서후면 금계마을에서 의성김씨 명문가의 딸로 태어났다. 유배가사 〈北遷歌〉의 작가로 유명한 金鎭衡(1801-1865)의 손녀로 부친은 金世洛(1828-1888)이다.[8] 명문가에서 성장한 김우모는 가일마을 권준희의 아들 權東萬(字 會一, 號 耻菴, 1873-1951)과 혼인을 했다. 권동만은 어려서부터 금계마을의 西山 金興洛에게 글을 배운 제자로, 학연을 통해 혼반으로까지 이어진 것이다. 결혼 이후 김우모의 생애는 일반적인 양반집 며느리의 생활에서 그리 벗어나지 못했던 것으로 추측이 된다. 그런데 권동만은 결혼 이후 18세 때 소아마비를 앓아 지팡이를 짚고 다닐 정도로 다리가 불편했다고 한다. 김우모는 김동만과의 사이에 2남 2녀를 두었는데, 1899년에 첫아들 權五潤을, 1905년에 둘째 아들 權五憲을 낳았다.

일제강점은 김우모의 생애를 송두리째 바꾸어 놓았다. 먼저 김

---

7 권오헌의 둘째 아들 權大勤(1942년 만주 하얼빈에서 출생)씨가 서울 면목동에 살고 계신다. 권대근 씨의 인터뷰는 2010년 6월 5일 서울에서 집중적으로 이루어졌다. 인터뷰에 흔쾌히 응해 주신 권대근 씨에게 감사드린다.

8 김세락은 김진형의 맏아들로 슬하에 3남 2녀를 두었는데, 김우모는 김세락의 셋째 부인 초계 변씨와의 사이에서 출생한 막내딸이다. "字而建生純廟戊子辛戊子四月初三日墓先考墓下辰向 配韓山李氏父秀懋大山玄孫生己亥辛乙卯十二月十五日墓金溪東茂地良向 配安東權氏父適度玉峯后生辛卯辛丙寅六月初八日墓佳樹川西麓午向 配草溪卞氏父海龍春堂后生辛亥忌十二月十二日墓金溪扶老谷午向"『義城金氏大同譜』卷之二 1222~1223쪽.
"配 의성김(義城金)씨 父통덕랑세락(世洛) 祖승지진형(鎭衡) 曾祖현감종수(宗壽) 外祖통정초계변해룡(卞海龍) 갑술(1874)生 을사(1965)十월二十일후 享九十二 묘소 붉은데기 해좌 쌍분"『안동권씨참의공파세보』 160쪽.

우모의 친정 식구들이 항일의병에 투신하기 시작했다.[9] 숙부 金繪洛은 김흥락을 도와 의병에 가담했다 체포되어 총살되었다. 이때 큰오빠 金養模는 의병 김募의 일을 맡았다. 그는 3·1운동 직후에 있게 되는 '파리장서'에 서명하기도 했다. 조카 金璉煥(김양모의 아들)은 1912년 만주로 망명해 활약했다[10]. 둘째 오빠 金元植(1865-1940)은 3·1운동 이후에 만주로 망명했으나 돌아오지 못했다[11]. 시댁 식구들의 항일독립운동은 이보다 조금 늦었다. 앞서 살펴본 바와 같이 시아버지 권준희, 시댁 조카 권오상과 권오운 등이 독립운동에 투신했다.

김우모의 아들 權五憲(字 由煥, 號 野香 : 1905-1950)[12]은 사촌인 권오상·권오운과는 5살, 1살 연하로, 이들과 함께 사회주의 운동가로서의 자신의 행보를 이어갔다. 그의 이름은 1922년 무렵 풍산하기강습회의 참가자 명단에서부터 등장하는데, 사촌형들과 마찬가지로 四從兄인 권오설의 영향을 받으며 성장했음을 알 수 있다. 그는 이즈음인 19살에 결혼했으나, 2년 후 상처하고 말았다. 그런데 권오헌은 경성으로 유학을 가지 않고, 1926년경 동경으로 유학

---

9 금계마을은 안동 인근에서 가장 신망이 두터운 서산 김흥락이 기거한 곳으로 그의 문하에서 공부한 제자들 가운데 독립유공 훈장을 받은 사람이 이상룡, 김동삼, 이중업, 김대락 등 60여 명에 이른다. 안동 금계마을에 대한 본고의 논의는 안동대학교 안동문화연구소의 「퇴계 학맥의 마지막 봉우리 - 서산 김흥락」(『안동금계마을: 천년불패의 땅』, 예문서원, 2000, 135쪽, 155쪽, 163~164쪽)을 전적으로 참고했다.

10 김회락은 순국하기 직전에 아내에게 "報讎를 가르쳐라"고 외치고, 또 "이 피가 어떤 피인데 흘릴 수가 있다는 말인가?"라고 절규하며 도포자락으로 흐르는 피를 받으면서 장렬하게 순국했다고 전한다.

11 "字繼緒生乙丑卒庚辰墓未詳己未年以後救國運動次渡滿未還國"『義城金氏大同譜』卷之三 136쪽.

12 "字유환(由煥) 號야향(野香) 고종을사(一九0五)生 경인(一九五0)六월十六일卒"『안동권씨참의공파세보』184쪽.

을 떠나 2년 정도 수학하고 돌아왔다. 일본 유학을 마치고 고향에 돌아온 그는 1928년 24살 때 재혼했다고 한다[13].

이후 그의 움직임이 신간회와 안동청년동맹 풍산지부에서 드러난다. "그는 1928년 5월 13일 열린 신간회 안동지회 제6회 간사회에서 수금위원 10인 가운데 한 사람으로 뽑혀 활약했다. 捐年金, 곧 기부금을 모으는 것이 그에게 주어진 임무였다. 그러는 와중에 사촌 형 권오상마저 고문 후유증으로 사망하게 되었다. 그러다가 1929년 8월, 그는 '불온축문' 사건으로 구속되어 곤욕을 치렀다. 그의 직업은 잡화상이고, 본적은 가곡동 614번지, 당시 주소는 422번지였다. 1929년 8월 10일에 열린 신간회 안동지회 임시대회를 앞두고, 그는 문경군 마성면 外於里 李丙祥의 집에서 임시대회에 보내는 '축하문'을 작성하였다. 그 내용이 '압제와 박해를 헤쳐나갈 투사가 필요하며, 필사적으로 싸울 작전계획을 수립하자'는 내용을 담았다. 이 글을 임시대회에 보냈는데, 일제는 축하문이 대단히 선동적인 불온문서라는 이유를 내걸고 그를 구속하였다. 안동경찰서에 이어 대구지방법원 안동지청 검사국으로 옮겨져 예심감방에서 고생하던 끝에 10월 31일 그는 보안법위반으로 징역 8개월에 집행유예 2년형을 받았다."[14]

권오헌은 안동형무소에서 복역하고 석방된 후 폐병을 얻어 의성 고운사에 요양차 들어가게 되는데, 이때 〈꽃노래〉를 창작했다.[15] 이

---

13 "配진주하(晋州河)씨 父참봉재형(在衡) 병오(一九0六)生 갑자(一九二四)四월八일卒 配수원백(水原白)씨 父태흠(泰欽) 祖하규(廈圭) 曾祖희성(熙星) 기유(一九0九)生"『안동권씨참의공파세보』184쪽.

14 김희곤, 「가일마을과 민족운동」, 『장산자락에 드리운 절의』, 한국국학진흥원·한국유교문화박물관, 2009, 189~190쪽.

15 소책자본 〈꽃노래〉를 편찬한 권대근은 다음과 같이 적고 있다. "이 꽃노래는 저의 선친께서 1929년 25세 되시던 해 봄 의성 고운사에서 신병으로 요양하시면서

후 그는 외지로 나가 돌아다니기만 하여 집에 가끔씩만 들렀다고 한다. 31년에 큰아들 權大一이, 35년에 큰딸 權大奎가 태어난 것도 그런 이유에서라고 한다.

그러던 그는 1935-6년경 만주 유하현 삼원포로 망명했다. 유하현으로 형 권오윤의 가족을 불러들인 것은 1년쯤 뒤이고, 그곳에서 그는 유하통운회사에 다녔으며, 형네 가족은 농사를 지었다. 이후 김우모 부부는 1940년에 자식들이 있는 만주로 들어가는데, 이때 〈눈물 뿌린 이별가〉를 창작했다. 그녀의 나이 67세, 남편의 나이 68세였다. 이어 권오헌은 1942년 하얼빈 송화강 가로 이사하는데, 농사를 짓던 형네 식구는 유하현에 남고, 김우모 부부는 권오헌을 따라갔다. 이곳에서 권오헌의 셋째 아들 권대근이 출생했으며, 권오헌은 北滿藥草株式會社를 다녔다. 29년 불온축문사건 때 그의 직업이 잡화상이었던 점으로 볼 때 유하현과 하얼빈에서의 회사생활은 생활과 은신을 위한 방편이었고 주활동은 독립운동이었을 것으로 추정된다.

해방이 되자 김우모와 권오헌은 가족과 함께 가일마을로 돌아왔다. 이때 김우모의 경제 사정은 형편이 없어서 가일마을 종친에서 내준 집에서 겨우 기거할 수 있었다. 해방공간에서 권오헌의 행적은 드러나지 않다가 사망하기 직전의 행적만이 전해진다. 그는 치안유지회 선전부장을 하다가 49년 말에서 50년 초에 대구형무소에 잡혀 들어갔다. 그런데 미결수로 있던 중 6·25가 발발했다. 인민

고향 가일에 계신 부모님과 그 당시 내방 문학의 주류인 가사를 많이 읽고 외우기를 좋아하던 딸네들 부탁으로 지으신 것입니다. (중략) 여러 집의 두루마리를 취합하여 보니 행이 서로 빠진 것이 많은 것은 서로 베낄 때 한 줄씩 빠진 것이 있지 않나 생각되었습니다" (야항 권오헌, 『꽃노래』, 소책자본, 1992, 29쪽). 그러나 권대근 씨는 인터뷰에서 창작시기가 1929년 봄이 아니라 출옥 후라고 정정했다.

105

군이 무서운 속도로 남하하자 대구형무소에서는 인민군이 닥쳐오기 전에 네 차례에 걸쳐 수감자를 사형시키는 만행을 저질렀으며, 7월 30일 미결수 헌병대 인계 기록에 그의 이름이 올라가 있는 것이 확인되었다.[16] 오랜 기간이 지난 후 집단학살의 진실이 드러나면서 후손은 권오헌이 경산시 코발트 광산에서 3,000여 명이 집단학살을 당할 때 같이 죽임을 당한 것으로 보고 있다. 재판을 했다면 기껏해야 2년 정도의 언도만을 받았을 것인데, 억울하게 죽임을 당한 것이다. 그리고 이 당시 권오헌의 큰아들 권대일과 큰딸 권대규는 서울시 인민위원회 부위원장을 하고 있었던 종친 권경혁의 집에 머물러 있었다. 6·25가 발발하자 큰아들은 인민군으로 들어가 전사했다고 하며, 큰딸은 월북했다[17].

6·25 직후 김우모는 아들과 손자를 잃었으며, 손녀는 월북하여 생사를 알 수 없는 상태에서 1951년에 남편마저 잃게 되었다. 아들이 억울하게 죽임을 당했지만 공산당 활동으로 인해 그에 관해 언급조차 할 수 없는 세월을 살아야만 했다. 김우모는 대학이나 시편을 외울 정도로 한문을 잘했으며, 옥루몽이나 가사를 읽곤 했는데, 안경 없이 읽을 정도로 건강했다고 한다. 쓸쓸하게 가일마을에서 말년을 보내던 김우모는 92세를 일기로 사망했다.

---

16 7월 1일 사형수, 7월 13일 강력범, 7월 23일 기결수, 7월 30일 미결수를 사형시켰다고 한다.
17 현재 권오헌의 아들 권대근 씨에 의해 부친의 억울한 죽음이 국민권익위원회에 진정되어 있는 상태이며, 독립운동 활동은 입증자료와 함께 독립유공자 추서 신청을 한 상태로 있다. 권오헌의 큰딸은 북한으로 넘어간 후 8년 간 인민군 생활을 하다가 현재 평양에 거주하고 있다. 권대근 씨가 남북이산가족 상봉 때 큰 누이를 만나 보았다고 한다.

03 〈꽃노래〉와 〈눈물 뿌린 이별가〉의 작품세계

1) 〈꽃노래〉 : 詠物을 통한 계몽·항일가사

〈꽃노래〉는 비교적 장편에 해당하는 총 548구[18]이다. 필자가 확인한 이본은 세 편이다. 권씨 문중에서 여러 이본을 참고해 현대어로 고쳐 소책자로 만든 소책자본, 『한국역대가사문학전집』에 필사본 형태로 실린 역대본, 봉화문화원의 『우리고장의 民謠와 閨房歌詞』에 실려 있는 봉화본이 있다. 본고의 논의에서는 소책자본을 인용한다.[19]

〈꽃노래〉는 12종의 봄꽃과 2종의 가을꽃을 차례로 읊은 가사이다. 전반부에서는 꽃과 관련한 대중적 교양 수준의 중국 인명이나 관습구를 총동원하여 장황하게 읊었다. 매화, 도화, 배꽃, 연꽃 등은 주로 중국 고사의 세계를 끌어들여 묘사했고, 목단화는 花中王의 관습적 문학 장치를 그대로 답습해 묘사했다. 해당화는 명칭 및 생태와 관련하여 읊었다. 해당화의 고국 시름을 망국민의 시름과 동일시하면서부터 가사의 정조는 변하기 시작하여 중반부 진달래와 박꽃에 이르면 작가의 계몽담론이 피력된다.

---

18 〈꽃노래〉와 〈눈물 뿌린 이별가〉의 구수는 2음보를 1구로 계산한 것이다.
19 소책자본 - 야향 권오헌, 『꽃노래』, 앞 책, 1~29쪽.; 역대본 - 임기중 편, 『역대가사문학전집』 제8권, 동서문화원, 1987, 62~81쪽. 여기서의 제목은 〈꼿노뤼〉이다. 봉화본 - 『우리고장의 民謠와 閨房歌詞』, 奉化文化院, 1995, 231~242쪽. 소책자본에서는 순 한글 표기 밑에 한자를 병기했다. 이 논문에서는 편의상 순 한글 표기를 인용하되, 명확하게 의미를 전달할 필요가 있다고 판단되는 경우에 한해서 한자 표기를 했다.

　　여보시오 세상사람 진달래 웃지마소 / 소박맞은 아낙네가 인간에
도 있을지니 / 무도한 이세상에 설음받기 일반이라 / 아들딸 못낳는
이 인간에도 없을손가 / 이게모다 세상사라 마음데로 못할지니 / 하
필코 진달래랴 웃지말고 동정하소 / 꽃이라 찾아가니 슬픈신세 뿐이
로다 / 화바람에 돌아서서 농촌을 바라보니 / 오박조박 초가지붕 박
꽃이 웃는고나 / 白頭老人 같으길래 그모양 웃었더니 / 꿈틀꿈틀 그심
성은 착하기 짝이없어 / 저녁에 피었다가 아침에 진다마라 / 심덕이
報福있어 有子有孫 한량없고 / 가난한 우리농가 소용이 요긴하고 / 놀
부같이 악한놈을 징계하니 쾌할시고 / 이러므로 유덕군자 그사랑 고
이찮네 / 여보아라 소년들아 명심하고 들어보게 / 미인은 박명이고
行樂은 春夢이라 / 부듸꽃을 사랑하되 미색을랑 취치말고 / 복스럽고
德氣있고 요긴하고 자손많은 / 박꽃을 사랑하되 그심덕 본받으소

　　위는 진달래꽃의 마지막 부분과 박꽃을 읊은 것이다. 열매가 없
는 진달래의 생태를 자식 못 낳아 소박당한 아낙네의 신세와 연결
했다. 자신의 의지가 아닌 일로 설움을 당해야만 하는 여성에 대한
동정과 애정 어린 관심에서 신교육을 받은 작가의 휴머니즘적 여
성관을 엿볼 수 있다. 이어 모양은 예쁘지 않지만, 가난한 농가에
요긴한 박을 생산하는 박꽃을 주목했다. 박꽃의 선택은 농민의 생
활상에 관심이 많았던 작가의 사회주의사상에서 연유한 것으로 해
석할 수 있다. 그러나 놀부 이야기를 살짝 곁들이면서 결국 미색보
다는 심덕을 본받으라는 계몽적·교훈적 담론으로 수렴되었다.
　　부평초부터는 작가의 항일의식이 뚜렷하게 드러난다. 부평초는
국망의 한을 지닌 채 만주로 떠돌아다니는 조선사람의 신세와 연
결했다.[20] 사꾸라꽃에서는 그만 고국으로 돌아가라면서 일본인을

직접 겨냥했다.[21] 그리고 다음으로는 의도적으로 우리 고유의 벚꽃을 배치했다. 친구의 우정과 연결하면서 자기는 "나쁘고 좋은 것을 물 타 놓고 살 수 없"다고 하여 변함없는 독립투쟁의지를 맹세했다.[22] 버들꽃은 도연명, 백제의 낙화암, 민요 〈천안삼거리〉, 대동강변 세버들 등과 연결했다. 〈천안삼거리〉와 연결한 "천안(天安)이라 삼거리에 십리장제 줄버들은 / 경부선(京釜線) 철도날제 흔적없이 사라지니 / 우리강산(江山) 자연경(自然景)이 이다지도 파괴(破壞)되네"라는 구절에서는 일제의 철도부설에 따른 민족자연유산의 멸실을 한탄했다. 노화초에서는 나라 잃은 국민의 정조를 표현하려 애썼다.

> 국화야 네아느냐 오늘세상 인심들은 / 사욕을 채우고져 국토를 팔아먹고 / 이해에 정신잃어 동족을 속여내고 / 권문세가 집을찾아 아첨하기 힘을쓰고 / 눈꼽만한 치욕보면 뼈에삭여 갚아내고 / 동기친척

---

20 "지금으로 이를지면 흰옷입은 조선사람 / 國破國亡 한연후에 披髮左衽 못견뎌서 / 북간도 서간도로 남부여대 흩여가니 / 조선사람 만있으면 피눈물 금할손가 / 부평같은 뜬생애는 이를두고 일음이라 / 우리동포 생각하고 부평초 박대마소 / 우리본래 뜻있어서 강개오열 마잖더니 / 이노래 듣고나니 흥중이 터지누나"
21 "사꾸라야 왜왔느냐 네고향은 왜국이라 / 금수강산 탐이나서 살아보자 건너왔나 / 현해탄 건널적에 네마음 어떻더냐 / 네자질 연약하니 害人之心 없을지며 / 네모양 곱소하니 고향시름 있으렷다 / 하오리 펄렁펄렁 네입던 의복이야 / 불안때는 마루바닥 네살던 살림이라 / 포구에 날저무면 갔던배도 돌아오고 / 산기슭에 禽鳥들도 집을찾아 들건마는 / 만리타향 사꾸라야 돌아갈줄 왜모르노 / 이강산에 고운꽃들 많고도 넉넉하다 / 봄바람이 후덕하야 꿈을실어 준다하니 / 네동무 너찾는다 고국으로 갈지어다"
22 "친구찾는 마음으로 벚꽃이나 찾아보자 / 벚꽃아 너세계랴 넓은들 끝이없다 / 날저물어 나울치고 미친바람 몰아칠때 / 인적이 적적하니 친구없다 한을마라 / 내 直心 불변하니 사랑하리 있으리라 / 우정은 술에있어 술마시면 좋다하고 / 사랑은 돈에있어 돈있으면 즐겁다네 / 한평생 살아가도 똑같은 인생이요 / 모로보나 세로보나 간사하고 약은인생 / 아모리 내생애가 짧다고 말하여도 / 나쁘고 좋은 것을 물타놓고 살수없네 / 昔者에 顏淵이는 친구사귐 도리있어 / 久而敬之 하였으니 내충정 다를손가 / 술친구 돈사랑을 부끄러워 못하겠네"

109

죽어가도 구할생각 한점없고 / 남의눈치 먼저보아 거짓체면 시침떼고 / 어둔방에 누웠으면 제발명 생각하고 / 양심이 일어나면 눌러두기 애를쓰고 / 희로애락 때가없어 의리를 불문하고 / 잘난사람 미워하며 못난사람 학대하고 / 백성은 죽어가도 청루출입 일삼으니 / 슬프다 우리조상 덕행절개 높건마는 / 그자손 우리들이 이럴줄 누가알랴 / 조상님네 살던땅이 魑魅魍魎 굴이되니 / 피없는 자손들아 국화보기 부끄럽다

위는 마지막으로 국화를 읊은 것이다. 국화의 절개와 의리라는 관습적 상징에 기대어 당대의 세상을 한탄했다. 지도층 인사의 매국노적·이기적 행태를 나열하며 국망의 조국 현실을 한탄하고 지식인의 반성을 촉구했는데, 일제의 강점을 '이매망량의 굴이 되었다'고 하여 비교적 점잖게 표현하려 애썼다. "피 없는" 우리들이 부끄럽다고 하여 25살 혈기 넘치는 작가의 현실개탄과 독립투쟁의식을 드러냈다.

〈꽃노래〉는 꽃을 노래한 詠物歌[23]이다. 그런데 꽃과 관련한 전통 시대의 심상을 읊는 데 그치지 않고 당대 현실과 조응한 근대적 심상을 담아내어 계몽·항일가사의 성격을 아울러 지닌다. 후자의 성격은 중반 이후부터 꽃의 선택과 그 내용 면에서 뚜렷이 드러난다. 진달래, 박꽃, 부평초, 사꾸라꽃, 벚꽃, 버들꽃, 노화초 등은 작가의 계몽의식과 항일의식을 드러내기 위해 선택된 꽃들이다. 그리하여 계몽·항일가사의 성격은 중반 이후 후반부로 갈수록 강하

---

23 〈花柳歌〉나〈花鳥歌〉 등의 제목으로 전승되는 가사류는 모두 봄날의 꽃과 함께 주변의 경치를 감상하는 탐승 모티브를 담고 있다. 〈꽃노래〉는 꽃 자체를 나열하여 읊은 것으로서 영물가에 해당한다.

게 드러난다. 이에 따라 작가의 정조도 봄의 흥취를 만끽하며 즐겁
게 시작한 것이 '슬픈 신세뿐이구나'(진달래) → '흉중이 터지누나'
(부평초) → '시름만 자아낸다'(버들꽃) → '쌍루가 흘러내려 옷깃을
적신다'(국화)로 진전되면서 변화를 겪게 된다. 중국 인명이나 고
사를 인용한 관습구적 문어 문체가 빈번하게 구사되었으나 전통
시대 교양의 수준에서 이해가 가능한 정도이며, 명사십리 해당
화 · 영변의 약산 동대 진달래 · 놀부의 박꽃 · 정처 없는 부평초 ·
왜국의 사꾸라꽃 · 천안 삼거리의 버들꽃[24] · 초라한 나그네 노화
초 등과 같이 익히 알려진 화소에 기댄 대중적인 문체를 구사했다.

2) 〈눈물 뿌린 이별가〉 : 민요적 탄식의 만주망명가사

〈눈물 뿌린 이별가〉는 총 164구이다. 박요순이 다룬 박요순본 〈눈
물 뿌려 이별사〉가 있으나 텍스트를 구해볼 수가 없었고, 필자가 확
인한 이본은 낭송가사집본 1편뿐이다[25].

〈눈물 뿌린 이별가〉는 가일마을과 이별하며 지은 신변탄식류 가
사이자 만주망명가사이다. 서언에 이어, 조선 말의 정치현실과 일
제 강점 → 망국 백성의 간도 이주와 작가 부부의 만주망명 → 朋友
와의 이별 → 고향 가일마을과의 이별 → 가족과의 해후 기대 등을
차례로 서술했다. "어와 벗님내야 내말쌈 들어보소"로 시작하는 서

---

24 버들꽃에서는 그 외에도 "천만사(千萬絲) 디룬실로 잡아매지 못하였나"라는 민
요 구절, 부여성 낙화암의 버들, 대동강변 세버들 등과 같이 널리 알려진 대중적
화소나 구절을 사용했다.
25 낭송가사집본 - 이대준 편저, 『낭송가사집』, 세종출판사, 1986, 179~183쪽. 이
이본은 『한국가사문학주해연구』 제1권(임기중 편저, 아세아문화사, 2005,
245~249쪽)에도 주해와 함께 실려 있다. 박요순이 다룬 이본의 제목은 〈눈물 뿌
려 이별사〉로, 또 다른 이본임이 틀림없으나 구해볼 수 없었다.

언은 이 가사를 보고 자기를 잊지 말라고 했다. "날본듯이 보압소서", "나도생각 할줄아소", "소식이나 전해주소" 등과 같은 청유형 어미는 민요 문체에서 흔하게 발견되는 것으로, 이러한 민요 문체는 작품 전반에 걸쳐 나타난다. 이어 조선의 건국과 치세, 당파 싸움, 한 당파의 득세, 인재 등용의 문란, 탐관오리와 백성의 피폐함, 그 틈을 탄 왜놈의 강점, 오적과 칠적의 매국, 도탄에 빠진 백성[26] 등의 순서로 읊었다. 1940년인데도 '백성'이라는 단어를 사용하고 있는 데서 알 수 있듯이 19세기에 태어나서 성장한 봉건적 인식의 틀을 그대로 지니고 있다. 또 작가는 조선말 당파싸움과 한 당파의 득세로 인한 정치의 문란상을 국망의 원인으로 술회했다. 이러한 시각은 일제가 조장하고 교육한 전형적인 식민사관의 하나로 작가가 이것을 그대로 수용하고 있음이 드러난다.

서럽도다 서럽도다 망국백성 서럽도다 / 아무리 살려해도 살수가 바이없네 / ①忠君愛國 다팔아도 먹을길 바이없고 / 孝友를 다팔아도 살아날길 바이없고 / 서간도나 북간도로 가는사람 한량없네 / ②가자가자 나도가자 애국하는 사람따라 / 가자가자 너도가자 돈골병든 사람아 / 고국을 떠나가니 그심사 어떠하리 / 백발노인 두노인도 그중에 끼었구나 / ③저른막대 드던지고 두손을 서로잡고 / ④간다간다 나는간다 그어데로 가난길고 / 箕山穎水 別乾坤에 巢父許由 찾아가나 / 首陽山 깊은곳에 採薇하로 가난길가 / 子孫昌盛 기대하여 명당찾아

---

26 "한양조선 삼길적에 三角山下 서울에다 / 터를닦아 궁궐짓고 만호장안 되었세라 / 억만세를 누리려고 좋은정치 하려하나 / 나라에는 골육상쟁 조정에는 소인많아 / 치세는 드물었고 난세는 허다하다 / 당파싸움 시작해서 한당파 득세하니 / 타당인재 제쳐놓고 상놈인재 빼어놓고 / 그중인물 많다한들 얼마나 많은손가 / 탐관오리 들석대니 백성이 피폐하다 / 물건너 왜놈들이 그틈타서 건너오네 / 五逆과 七賊들과 합세하여 나라뺏어 / 정치를 한다는게 백성이 도탄이라"

가난길가 / 부모墳墓 다버리고 속절없이 가는구나 / 동기숙질 다버리고 눈물겨워 어이갈꼬[27]

위는 망국백성의 만주 이주와 작가 부부의 만주 망명을 읊은 부분이다. ①에서는 대구 및 병렬구를 배치해 형이상학적 관념과 형이하학적 현실의 팽팽한 긴장을 표현함과 동시에 숭고한 이념의 부재와 망국민의 피폐함을 나타냈다. ②에서는 만주로 가는 두 부류, 독립운동형 만주망명자 부류와 생활형 만주이주자 부류를 말했다. 작가는 1940년경의 형편이 후자에서 벗어나는 것은 아니지만, 기본적으로는 전자에 해당한다. ③은 작가 부부의 늙은 형상을 상징적으로 말하면서 동시에 지팡이[28]보다는 서로의 의지가 더 절실한 만 리 여정임을 강조했다. ④ 이후는 이 가사에서 중국고사나 관습구가 인용된 유일한 부분인데, 소부와 허유, 백이와 숙제를 인용하여 자신의 만주행이 망국에 대한 의리와 절개를 지키고자 한 것임을 간접적으로 표현했다. 그리고 ④의 밑줄 친 부분은 전형적인 상여소리의 문체이다. 이후 "- 찾아가나", "- 가난길가", "- 가난길가", "- 가는구나", "- 어이갈꼬"로 이어지는 표현은 상여소리에서 망자가 죽어서 가는 곳을 나열하는 관습적 표현 틀과 일치한다. 자신의 만주행을 망자의 저승행과 동일시함으로써 상여소리 문체가 자연스럽게 사용되었다.

위의 인용구절에서도 드러나듯이 〈눈물 뿌린 이별가〉는 4 · 4조, 3 · 4조, 4 · 3조 등이 연속된 정형적 4음보의 문체가 구사되었다. 그

---

27 낭송가사집본은 순 한글 표기이되, 괄호 안에 한자 표기를 했다. 본고에서는 순한글 표기를 위주로 하되, 의미 전달상 필요한 경우 한자를 표기했다.

28 실제로 작가의 남편 권동만이 다리를 절어 지팡이를 짚고 다녔기 때문에 나온 표현이기도 하다.

리고 ①②③의 밑줄 친 부분에서와 같이 대구 및 병렬구의 배치를
통해 상황을 대비하거나 압축해 드러내는 표현미가 돋보인다. 이
러한 문체는 가사문학의 문체이기도 하지만, 이 가사에서는 상여
소리 문체와 AABA형 구절의 사용과 결합하여 민요 문체를 구성한
다고 할 수 있다. 이러한 민요 문체는 경쾌하고 발랄한 정서를 환기
하는 특징을 지닌다. 위의 인용 구절에서 다루고 있는 내용은 서럽
고 눈물 나는 나라와 작가 개인의 현실이다. 그러나 이렇게 사무친
이별의 정서에도 불구하고 민요 문체의 작용으로 슬픔의 정서에
함몰하지 않고 그 슬픔과 일정한 거리감을 유지한다. 신변탄식류
규방가사가 분출하는 한탄의 정서에 함몰되어 정서의 과잉상태에
있는 것과는 대조적이라고 할 수 있다.

이어 작가는 붕우 및 가일마을과의 이별을 읊었다. 기왕에 고조
되었던 상여소리의 정조는 여기에서도 그대로 지속된다. 망자가
화자가 되어 이승의 사람들에게 발언하는 상여소리의 문체처럼 떠
나가는 작가가 남아 있는 고향 붕우들에게 말을 건넨다. "재미나게
살자더니 오늘이 왠일이냐 생사를 같이하자 철석같이 믿었더니"
나 "이별별자 누가낸고 못할것이 이별일세"와 같은 구절은 상여소
리에서 망자를 보내는 산자들의 발언과 흡사하다. 가일마을과의
이별에서도 "가일아 잘있거라 다시볼수 있겠느냐"면서 가일마을
의 낙낙장송, 못, 정산 등을 들러본다. 그리고 상여의 구체적인 묘
사까지 등장하기에 이른다[29]. "가일동네 저못뚝에 行喪위에 높이누
어 / 너화넘차 소리듣고 先塋階下 가렸더니"라 하여 상여를 메고 소

---

[29] "가일동네 저못뚝에 行喪위에 높이누어 / 너화넘차 소리듣고 先塋階下 가렸더니
/ 이어디로 간단말가 北國나라 간다하네 / 간다간다 하였으나 참갈줄은 내몰랐
다 / 꿈이런가 생시인가 분별할수 바이없네 / 가기야 가지마는 오기도 할것인가"

리를 하는 장면을 그리고, "가기야 가지마는 오기도 할것인가"라고 하여 상여소리의 구절을 변형하여 표현했다.

이와 같이 〈눈물 뿌린 이별가〉는 만주로 망명해가면서 가일마을 과 이별하는 탄식의 서정을 담은 신변탄식류 가사이면서 만주망명 가사이다. 작품 전체는 이별하는 서정이 주를 이루지만 아들의 독립투쟁 때문에 떠난 망명길이었으므로 국망의 현실을 개탄하는 등 '자기 신변에 대한 관심을 넘어서'[30] '대담하게 현실과 맞서'[31]는 작품세계로 확장되어 있다. 가사에서 일반적인 관습구의 사용도 적은 가운데 평이한 일상어로 쉽게 표현하고, 대구나 병렬구를 통한 집약적 표현, AABA형의 민요문체, 상여소리의 표현 틀을 따라 민요 문체가 특징적으로 드러난다. 이러한 민요 문체의 사용은 그 경쾌함으로 인해 정서의 환기에도 영향을 미쳐, 한탄의 정서에 함몰되지 않고 객관적인 거리감을 유지하고 있다.

04 가사문학사적 의의

19세기 후반에 출생하여 평생을 전통유림 문중에서 살아온 전통 여성 김우모는 가사 창작의 관습에 익숙했다. 권오헌도 20세기에 출생하여 일본 유학을 하고 사회주의사상을 지닌 현대 지식인이었음에도 불구하고 가일마을의 가사창작 관습이 낯설지 않았다.

① 이 가사는 안동군 풍천면 가곡동 權景龍의 祖母 義城金氏께서 지

---

30 조동일, 앞 책, 109쪽.
31 박요순, 앞 논문, 306쪽.

금부터 66年前 庚辰年에 滿洲로 移民을 떠나는 처절한 심회를 금치 못하여 지었다. 金氏夫人은 검제金초산영감님의 손녀이다.[32]

② 내본래 병골이고 행동에 임의없고 / 心禍도 풀어낼겸 웃기를 돕기위해 / 이노래를 쓴것이니 드릴곳이 두곳이라 / 하나로 말하자면 노동에 계신엄마 / 집외로이 앉아계셔 병든나를 생각하심 / 태산하해 같으길래 이노래 드리오니 / 젊으실때 노신흥취 老來에 회상하사 / 자미로 보옵시면 심심풀이 되올께요 / 또하나로 말하자면 우리집안 몇몇딸네 / 부탁이 있었기로 이노래 선물하니 / 가엾은 규중신세 지독한 시집살이 / 혹시나 틈있어서 고향생각 나거들랑 / 이노래 부른 후에 알뜰한맘 자아내어 / 흐르는 구름에다 그맘실어 보내주렴 / 나의소원 이것이니 잊지말면 만족하오

①은 〈눈물 뿌린 이별가〉의 관련기록으로 가일마을에 사는 권경룡의 조모 의성김씨가 庚辰年(1940)[33]에 만주로 떠나면서 가사를 지었음을 기록했다. "검제金초산영감님의 손녀"라는 기록에서 '검제'는 안동 서후면 '금계마을'을, "金초산영감님"은 〈북천가〉의 작가 김진형을 말한다. 1986년 기록인데도 '김초산영감님'이 누구를 말하는지 대부분의 사람들이 아는 것을 전제로 한 기술이다. 〈북천가〉가 안동을 중심으로 한 영남지역에서 매우 인기가 있었음은 주지의 사실이다. 이렇게 조부의 영향을 받은 김우모가 평생에 걸쳐 가사를 적극적으로 창작하고 향유했음은 ②에서도 드러난다. ②는

32 이대준 편저, 앞 책, 179쪽.
33 權景龍(1917-1988)은 김우모의 손자로 권오헌의 형 즉 權五潤(1899-1974)의 맏아들이다. "지금부터 66年前 庚辰年에"라는 기록은 기록상 오류인 것으로 보인다. 이 기록이 86년에 써겼으므로 '66년 전'은 '46년 전'이 되어야 한다.

〈꽃노래〉의 마지막 부분인데 가사를 지은 동기를 말했다. 노동[34]에 계신 어머니를 위해 지었으니 젊었을 때 가사를 보고 즐겼던 흥취를 살려 재미와 심심풀이로 보라 했다. 그리고 집안 딸네들이 부탁해서 지었으니 시집살이의 고통과 친정 생각을 가사를 불러 실어 날려 버리면 좋겠다고 했다. 권오헌이 말한 '흥취, 재미, 심심풀이'는 가사의 말미에서 흔하게 말하곤 했던 전통적인 가사문학의 기능이다. 그런데 두 번째로 말한 '시름 해소'는 권오헌이 새롭게 파악한 규방가사의 기능이라고 할 수 있다. 신학문을 배운 지식인의 시각으로 전통장르인 규방가사를 바라봄으로써 포착된 가사의 종합적 기능이라고 할 수 있다. 이렇게 지식인에 의해 가사라는 전통 장르가 새롭게 인식될 수 있었던 것은 그가 여성의 처지를 이해하는 휴머니즘적 여성인식을 지녔기 때문이기도 하지만, 규방가사를 활발하게 향유하는 문화적 환경 속에 처해 있었기 때문이다. 이와 같이 〈꽃노래〉와 〈눈물 뿌린 이별가〉는 1930~40년 일제강점기 말까지도 가사를 창작하고 향유하는 전통이 강력하게 지속되는 가운데, 신학문을 배운 한 남성 지식인이 전통 장르인 규방가사를 새롭게 인식하여 그것을 계승한 양상을 보여준다는 가사문학사적 의의를 지닌다.

　권오헌은 20세기에 출생하여 사회주의 운동가로 활동한 현대적 인물이었지만, 명문 유림가문에서 성장하며 체득한 전통적 요소를 자신의 정체성 안에 지니고 있었다. 그의 작품으로 〈꽃노래〉 외에 〈弔莫難兄〉(1930), 〈二毛生〉(1936) 한시 두 편이 확인된다. 전자는 형

34　가일마을은 크게 큰마, 웃마, 아랫마, 논동골 네 영역으로 나뉘어 있다. 노동은 논동골(노동골)을 말한다. 정명섭, 「안동권씨(참의공파) 집성마을 공간의 얼개와 한옥마을」, 『안동 가일 마을 - 풍산 들가에 의연히 서다』, 앞 책, 307쪽.

무소에서 순국한 권오설의 죽음을 애도한 것이고[35], 후자는 32살 때 울분의 시대에 고달프게 만주에서 떠도는 심정을 토로한 것으로[36], 모두 시대의 아픔과 고뇌를 담았다. 행동을 우선하는 인물이어서 저작물을 거의 남기지 않았지만, 시대의 아픔을 표현할 기회가 있다면 현대문학 장르보다는 전통 장르를 택한 것이다.

전통과 근대의 혼효는 〈꽃노래〉에서도 드러난다. 〈꽃노래〉는 영물가사나 영물한시의 전통을 이어 창작했다. 보통 詠物歌는 영물 그 자체에 몰두하여 치열한 시대 현실을 담기에는 부적절한 성격을 지닌다. 그러나 권오헌은 전통적 방식의 영물을 통해 꽃을 읊으면서도 꽃의 선택이나 내용 면에서 근대에 대응한 자신의 현실관과 세계관을 반영했다. 권오헌은 꽃의 선택에서 똑같이 14수를 읊은 조부 권준희의 〈林居庭實吟〉[37]라는 한시를 염두에 두었다고 보인

---

35 "재능과 지혜와 의리와 용기를 / 지금 세상에는 공이 홀로 겸했도다 / 장한 뜻은 천추에 늠름하였고 / 피로 맺은 맹서는 만세에 빛났도다 / 뭇 영웅들이 날카로운 기운을 떨침에 / 열강의 노회한 간담이 서늘했도다 / 생전에는 세상 사람들이 시원하다 하더니 / 죽은 후엔 사람들이 눈물을 머금네 / 세상살이는 이치를 어김이 많고 / 혼탁한 물결은 아직도 맑지 못하네 / 아우가 있어 비록 뜻은 잇겠으나 / 아들이 없으니 후사를 어찌 할고 / 청산에 길이 분노를 묻으니 / 백골이 오직 한스러울 따름이로다 / 슬픈 노래를 몇 마디 부르노니 / 하늘과 땅이 캄캄한 듯하구나 (才智與義勇 今世公獨兼 壯志天秋凜 血盟萬世光 群英銳氣振 列强老膽寒 生前世稱快 死後世含 淚世道多逆理 濁浪尙不淸 有弟雖承志 無兒奈可嗣 靑山永埋憤 白骨惟餘恨 悲歌歌數闋 天地欲晦冥)" 권대용,『國譯 巢谷世稿』, 대보사, 2009, 891쪽.
36 "학문을 좋아하였으나 돈독지 못하였고 / 울분의 시대인져 구할 수 없구나! / 가난에 마음 아프나 집 한 칸 얻지 못하고 / 고달픈 나그넷길 집도 돌볼 수 없이 / 어느덧 오늘이 이모생이로구나(好學而不自篤 憤時而不能救 傷貧而不求住(필자 仕) 羈旅而不顧家 忽焉今朝二毛生)" 二毛生은 흰 머리가 나기 시작하는 32세를 말한다. 이 한시는 〈꽃노래〉가 실린 소책자본에 서문과 가사 사이에 그의 사진 영인과 함께 활자본과 수필본 영인이 실려 있다. 이 한시는 그가 만주 삼원포에 간 1936년에 지은 것이라고 한다. 제목이 없는 것을 필자가 임의로 〈二毛生〉이라 붙였다. 그런데 밑줄 친 '住'는 수필본 영인에 의하면 '仕'가 맞을 듯하다. 그렇게 될 때 이 구절의 번역은 '가난에 마음 아프나 벼슬 하나 얻지 못하고'가 된다. 일단 본고에서는 외종손 李必善이 번역하여 실어놓은 것을 그대로 인용했다.
37 『友巖集』卷之一. 꽃과 식물에 대한 14수의 연작 한시인데, 盆梅, 梔子(치자나

다. 그러나 꽃의 선택은 조부의 것과 다르게 진달래, 박꽃, 부평초, 버들꽃, 蘆花草 등 흔하면서도 소박한 꽃들을 선택했다. 단순히 꽃의 아름다움과 전통적 가치의 세계만을 읊은 것이 아니라, 자신의 민중적 세계관과 현실인식에 의거하여 계몽담론과 항일투쟁의식을 담고자 했다. 그래서 고전적·전통적 미학의 세계와 현실주의적·근대적 미학의 세계를 동시에 지닐 수 있었다. 문체 또한 전통시대에 일반화한 고전 교양의 수준에서이지만, 관습적인 중국고사를 인용하여 전통적인 가사 문체를 구사하는 동시에 당대인과의 소통이 원활한 대중적인 문체를 구사했다.

〈눈물 뿌린 이별가〉는 신변탄식가류의 전통을 이어 창작한 만주망명가사이다. 작품 전체는 이별의 아픔을 탄식하는 서정을 주로 표현하면서도 국망의 현실을 개탄하고, 소략하긴 하지만 만주망명자의 가족사를 수용하여 근대에 대응한 가사문학의 양상을 보여준다. 주목할 것은 이 가사가 문체적 측면에서 신변탄식류 가사의 변모양상을 보여준다는 점이다. 평이한 일상어를 통한 민요 문체의 사용은 한탄의 서정에 함몰되지 않도록 하여 작품 전체의 정서 환기에도 영향을 미치고 있다. 1940년경 가사문학이 역시 전통 장르인 민요와 습합하여 변모된 양상이라고 할 수 있다[38].

무), 芭蕉, 碧梧, 蜀葵(접시꽃), 百日紅, 牧丹, 玉梅花, 芍藥, 菊, 竹, 檜, 柏, 海棠 등을 읊었다.
38 그런데 한 가지 짚고 넘어가야 할 사항이 있다. 이 가사의 이본으로 본고에서 논의한 〈눈물 뿌린 이별가〉 외에 박요순이 논의한 〈눈물 뿌려 이별사〉가 있다. 그런데 박요순이 논문에서 인용한 구절들만으로 볼 때 〈눈물 뿌린 이별가〉와 〈눈물 뿌려 이별사〉의 문체는 다소 차이가 남을 알 수 있었다. 전체를 볼 수 없어서 단언하기 곤란한 점은 있지만 〈눈물 뿌려 이별사〉는 가사 문체에 더 근접해 있다는 판단이다. 그럴 경우 이본의 유통 과정에서 민요 문체가 강화되는 쪽으로 변개가 이루어진 것으로 추정할 수 있다. 그렇다 하더라도 민요 문체의 사용에 따른 가사문학의 변모 양상이라는 전체적 의미는 변하지 않을 것이라고 본다.

　이렇게 〈꽃노래〉와 〈눈물 뿌린 이별가〉는 영물가와 신변탄식류 가사의 전통을 계승하면서도 가사문학이 근대 일제강점기에 대응한 양상과 그 변모 양상을 보여준다는 가사문학사적 의의를 지닌다. 특히 〈눈물 뿌린 이별가〉는 만주망명 규방가사로서 1910년대의 〈위모사〉, 〈원별가라〉, 〈간운스〉, 〈조손별서〉와 1920년대의 〈신세타령〉에 이어 1940년에 창작된 일제 강점기의 마지막 만주망명가사라는 의의를 지닌다.

　한편, 가일마을 권씨문중과 자신의 사회주의사상 및 독립운동에도 불구하고 권오헌은 〈꽃노래〉에서 사회주의적 투쟁사상을 뚜렷하게 드러내지 않았다. 14수 꽃의 선택이나 '동무'라는 용어를 사용하거나 박꽃이 농민의 생활상에 중요하다거나 시집살이에 고통 받는 여성의 처지를 이해하고 동정하거나 하는 등에서 그의 사회주의 사상을 엿볼 수는 있다. 하지만 이러한 점들은 모두 계몽담론과 항일의식 안에서 수용할 수 있는 부분들로서 특별히 사회주의 사상과의 직접적인 연관성은 없다. 〈눈물 뿌린 이별가〉에서도 사회주의 사상이라고 할 만한 것은 드러나지 않는다. 오히려 김우모는 '백성'이라는 용어를 사용하여 봉건적 인식의 역사관을 그대로 노정하고, 일제에 의해 조장된 식민사관에 의거해 현실을 파악하기도 했다. 김우모의 이러한 면은 1940년 당시 연로한 일반인의 대중적 현실인식이기도 한데, 당대 대중인식의 현주소를 반영해준다는 의미가 있다. 이와 같이 두 작품은 사회주의사상을 직접적으로 드러내지 않고 계몽담론, 항일의식, 조국현실에 대한 우려와 비판 등과 같은 보편적인 민족문제만을 담는 데 그쳤다. 사회주의사상이 위험시되는 현실 탓도 있었겠지만, 사회주의사상을 수용하기에는 규방가사의 장르적 성격이 견인하는 관습적 구속력이 너무 강했던 것이 아닐까 생각된다. 어쨌든 두 작품은 사회주의 독립운동을 배경으로 창작된 것은 분명하다. 〈꽃노래〉와 〈눈물 뿌린 이별가〉는 사회주의 운동을 작품의 배경으로 지닌 작품이라는 가사문학사적 의의를 지닌다. 가사문학사에서 6·25전란 때 좌우갈등의 세계를 보여주는 〈추월감〉[39]과 함께 우리 민족사의 한 축을 담당했던 사회주의를 반영하는 보기 드문 가사 작품들이라는 의의를 지닌다.

05 맺음말

본고는 〈꽃노래〉와 〈눈물 뿌린 이별가〉의 작가, 작품세계, 그리고 가사문학사적 의의를 규명하는 데 목적을 두고 논의를 진행했다. 두 작품은 안동 혁신유림 문중이 사회주의 독립운동을 전개해나가던 과정에서 창작된 가사이다. 두 작품은 역사에 의해 왜곡될 수밖에 없었던 개인의 삶을 반영한다. 우리 역사의 중요 국면을 몸소 겪고 있는 일반 대중의 시각을 진솔하게 담고 있는 것이다. 일제강점기 당대인의 진솔한 표현을 담고 있다는 점은 생활문학의 성격을 지닌 가사문학이 이루어낸 성과라고 할 수 있다. 특히 김우모는 여성으로서 역사의 주역에 가려 흔적 없이 사라져 버린 무명의 민초들을 대변한다. 본고에서는 아들을 따른 만주행이고 그 어디에도 독립운동의 행적을 남기고 있지 않지만, 〈눈물 뿌린 이별가〉를 만주망명가사로 유형화하여 적극적인 의미를 부여하고자 했다.

그런데 두 작품의 가사문학사적 의의를 논하면서 지면 관계상

---

39 고순희, 「규방가사 〈추월감〉 연구 : 한 여인의 피난생활과 좌우 갈등」, 『고시가연구』 제10집, 한국고시가문학회, 2002, 21~48쪽.

다른 만주망명가사나 좌우갈등을 다룬 〈추월감〉과의 문학적 비교가 이루어질 수 없었다. 그리고 20세기 규방가사문학의 사적 흐름 가운데서 두 가사 작품의 위상을 규명하는 작업도 해내질 못했다. 아직은 20세기 규방가사의 사적 전개가 통합적 시각에서 이루어지기에는 개별 작품에 대한 각론이 부족하다는 입장이다. 추후 통합적 시각에서 논의가 이루어지기를 기대한다.

제5장

〈조손별서〉와 〈답사친가〉의 고증적 연구

01 머리말

〈조손별서〉와 〈답사친가〉는 비교적 최근에 알려진 가사이다. 이동영이 처음으로 두 가사의 작품 세계를 간단히 소개했는데, 이 자리에서 〈조손별서〉가 이상룡의 부인인 김씨부인의, 그리고 〈답사친가〉가 이상룡의 장손녀인 이씨부인의 작품이라는 사실이 언급되었다.[1] 그런데 이 논의를 참고한 이후의 논의에서부터 두 가사의 기본적 사실에 혼동이 발생하기 시작했다. 특히 거의 모든 논의에서 만

---

1 이동영은 '일제 失國에 쫓기면서 광복을 도모하여 중국으로 망명 간 애국지사의 가족들이 내 고향, 내 조국을 버리고 이산하는 육친의 슬픔을 표출한 가사'의 예로 〈조손별서〉를 들고 그에 대한 손녀의 답가인 〈답사친가〉를 같이 논의했다. 이동영, 「개화기 가사의 일고찰」, 『가사문학논고』(증보판), 부산대학교출판부, 1987, 157~160쪽. 「개화기 가사의 일고찰」은 『가사문학논고』의 초판본(1977년 출간)부터 실렸다.

주에서 창작된 〈조손별서〉를 만주로 떠날 때 창작된 것으로 파악했다[2]. 이런 실정에서 작자나 창작 동기에 대한 오류도 간간이 빚어지곤 했다[3]. 이렇게 두 가사의 기본적 사실에 대한 혼동이 오랫동안 지속되어 온 근본적인 이유는 남아 전하는 필사본 텍스트가 난해하여 그 읽기 자체가 매우 어렵다는 점에서 찾을 수 있다. 특히 〈조손별서〉의 경우 필사본 텍스트가 매우 난삽하고, 활자화된 것도 없어 텍스트를 읽은 연구자가 드물었던 점도 근본 이유로 작용했다.

최근 '만주망명가사'의 하나로 〈조손별서〉가, 그리고 '만주망명인을 둔 고국인의 가사'의 하나로 〈답사친가〉가 다루어졌다. 이 논의들을 통해 작가의 구체적 생애가 재구성되었으며, 작품세계도 다루어졌다[4]. 그런데 두 가사의 작품세계에 대한 최근의 논의는 개

---

2 조동일, 류연석, 권영철 등은 〈조손별서〉의 창작시기를 망명 당시로 파악했다. 조동일,『한국문학통사4』, 지식산업사, 1986, 108쪽. ; 류연석,『한국가사문학사』, 국학자료원, 1994, 412~413쪽. ; 권영철,『규방가사연구』, 이우출판사, 1980, 100~101쪽.

3 권영철은 內簡類를 다루는 자리에서 〈조손별서〉의 축약 형태인 〈뉴실 보아라〉를 다루었는데, 이 작품을 부친이 중국 땅에 가 있어 부친 없이 안동 유씨댁으로 신행을 가는 손녀에게 조모가 써준 계녀가계 가사로 보았다(권영철,『규방가사각론』, 형설출판사, 1986, 572쪽). 한편 〈답사친가〉는 신변탄식류가사의 하나로 다루었는데, "일제시대에 일제의 탄압으로 남편이 옥고를 겪고 만주땅으로 망명길에 오르는데 작자는 남편을 따라 떠나면서 부모와 고국산천을 하직하고 그 슬픔을 탄식한" 작품이라고 하여 작가, 창작시기, 작품의 내용 등에서 오류를 범했다(권영철,『규방가사각론』, 앞 책, 49~50쪽). 그러나『규방가사Ⅰ』에 이 작품을 실으면서는 "만주로 망명한 독립투사의 손녀 작이다"라고 다시 정정하여 언급했지만, 친정 부모의 편지를 받고 답한 가사라고 파악하여 역시 오류가 있었다(권영철,『규방가사 1』, 한국정신문화원, 1979, 189쪽).

4 〈조손별서〉 작자 '김우락'의 생애는「만주망명가사〈간운亽〉연구」(고순희,『고전문학연구』제37집, 한국고전문학회, 2010, 107~134쪽)와「일제 강점기 만주망명지 가사문학 - 담당층 혁신유림을 중심으로」(고순희,『고시가문학연구』제27집, 한국고시가문학회, 2011, 37~68쪽)에서 다루었다. 〈답사친가〉 작자 '유실이'의 생애는「만주망명인을 둔 고국인의 가사문학-자료 및 작가를 중심으로」(고순희,『고시가연구』제29집, 한국고시가문학회, 2012, 33~66쪽)에서 다루었다.

별 구절에 대한 구체적인 고증이 따로 이루어지지 않은 채 작품 전체의 큰 구도 안에서 이루어진 것이었다. 두 가사 작품은 작자의 개인적 사정을 내용 가운데 많이 수용하고 있다. 따라서 작자의 생애, 문중인의 족보, 문중인의 행적 등을 알지 못한 채 텍스트를 읽으면 텍스트의 구절이 누구에 대한 사연인지, 어떤 사연을 말하는지 알 수 없는 경우가 많다. 그리하여 필자는 두 가사의 작품세계를 온전하게 이해하기 위해서는 우선 텍스트에 대한 면밀한 읽기와 고증이 선행되어야 한다는 문제의식을 지니게 되었다. 그런데다가 이전의 논문에서 〈답사친가〉 작자 '유실이'의 사망 연대를 잘못 추정한 점이 있어 고증을 통해 옳게 고칠 필요성이 있게 되었다.

〈조손별서〉의 작자는 1910년 경술국치 직후 독립운동을 위해 만주로 망명한 독립운동가 石洲 李相龍(1858-1932)의 부인인 金宇洛(1854-1933)이다. 〈답사친가〉의 작자는 김우락의 장손녀로, 하회마을 柳時俊(1895-1947)[5]에게 시집을 간 固城李氏(1894-1927) '유실이'이다. 만주에 있는 조모가 서찰을 대신하여 써서 안동에 사는 손녀에게 보내자, 그것을 읽은 손녀가 그것에 답하여 쓴 것이 두 가사이다. 따라서 〈조손별서〉와 〈답사친가〉는 화답형 가사로서 그 창작 배경이 서로 같으며, 작품 안에 등장하는 인물이나 펼쳐진 사연을 서로 공유한다. 그리하여 두 가사에 대한 구체적 고증을 한 자리에

---

5 류시준은 독립운동가로 추서되지는 못했지만,『안동 독립운동가 700인』에 그의 독립운동활동이 기록되어 있는 인물이다. "1920년 2월경 柳時彦·柳性佑 등과 함께 임시정부 지원을 위한 군자금 모집 활동을 벌였다. 그는 임시정부 군자금 모집요원으로 국내에 들어와 활동하던 유시언·유성우와 함께 1920년 2월 문경군 산복면 서중리의 張守學으로부터 군자금을 모집하여 임시정부로 보냈다. 이 사실이 일본경찰에게 발각되어 유성우는 옥사하였으며, 유시언은 1921년 11월 29일 대구지방법원에서 징역 10년형을 언도 받았으나 탈출하여 만주로 떠났다."(『안동 독립운동가 700인』, 김희곤, 영남사, 2001, 195쪽).

서 논의하는 것이 효율적이라고 판단했다.

이 연구의 목적은 〈조손별서〉와 〈답사친가〉의 내용을 구체적으로 고증하는 것이다. 2장에서는 우선 '유실이'의 사망연대를 고증한다. 그리고 3장의 논의를 위해 두 가사의 서술 단락을 분석한다. 다음으로 3장에서는 두 가사 작품의 내용을 구체적으로 고증한다. 두 가사가 사연을 공유하기 때문에 작품별로 고증하기보다는 주로 인물을 중심으로 하여 주제별로 고증하는 방법을 택하고자 한다.

〈조손별서〉의 이본은 5편[6]이, 〈답사친가〉의 이본은 6편[7]이 확인된다. 그간에 수집 발간한 자료를 선별하여 주해한 『한국가사문학주해연구』에는 〈답사친가〉만이 실려 있다[8]. 이 연구에서는 『가사자료집성』 제2권에 실린 이본을 인용한다. 이 이본은 국한문 혼용으로 다른 이본과 비교해 볼 때 가장 원전에 가깝다고 보기 때문이다[9]. 『가사자료집성』에 실린 제목은 〈죠손별셔가〉와 〈답사친가〉이

---

6 역대본 - 임기중편, 『역대가사문학전집』 45권, 아세아문화사, 1989, 300~313쪽 (〈조손별서라〉).; 집성본 - 단국대율곡기념도서관편, 『한국가사자료집성』 2권, 태학사, 1997, 131~141쪽(〈죠손별셔가〉).; 가사문학관본1 - 한국가사문학관 홈페이지(〈조손별서〉); 가사문학관본2 - 한국가사문학관 홈페이지(〈조손별셔〉).; 권영철본 - 권영철, 『규방가사각론』, 앞의 책, 569-572쪽(〈뉴실보아라〉).

7 규방가사본 - 한국정신문화연구원 고전자료편찬실, 『규방가사Ⅰ—가사문학대계③』, 1979, 189~195쪽(〈답사친가〉).; 역대본 - 임기중 편, 『역대가사문학전집』 제23권, 여강출판사, 1992, 74~87쪽(〈답사천가〉).; 집성본 - 단국대율곡기념도서관편, 『한국가사자료집성』 제2권, 태학사, 1997, 142~154쪽(〈답사친가〉).; 가사문학관본1 - 한국가사문학관 홈페이지(〈답사친가〉); 가사문학관본2 - 한국가사문학관 홈페이지(〈답ㅅ친가〉); 가사문학관본3- 한국가사문학관 홈페이지(〈ㅅ답가ㅅ친가〉)

8 임기중 편저, 『한국가사문학주해연구』 제1-20권, 아세아문화사, 2005. 이것을 DB로 구축해 놓은 『한국역대가사문학집성』(KRPIA http://www.krpia.co.kr 소재)을 참고할 수 있다.

9 『역대가사문학전집』에 실린 〈조손별셔라〉와 〈답사천가〉는 영인 과정에서 착오가 있었다. 45권에 실린 〈조손별셔라〉의 영인 가운데 304면에 실린 부분은 307면의 것과 동일한 것이다. 다른 이본과 대조해 볼 때 원래 304면에 실려야 할 것이 실리지 못한 것이다. 원래 이 부분은 손녀가 귀령부모하여 다시 만난 즐거움과

지만, 대표 제목인 〈조손별서〉와 〈답사친가〉를 쓰기로 한다.

02 '유실이'의 사망연대 고증 및 서술 단락

이전의 논문[10]에서 '유실이'의 생몰연도는 1894년에서 1937년으로 추정되었다. 추정은 '유실이'에 대한 족보기록과 자식들의 출생연도에 근거한 것이었다. '유실이'에 대한 족보기록은 "字耕山一八九五乙未生丁亥十二月二十九日卒 配鐵城李氏父濬衡臨淸閣后甲子生丁卯三月二十二日卒四子 墓玉溜洞入口合窆"[11]이다. 여기에는 작가의 탄생 연도가 "甲子(1864년)"로 기재되어 있으나, 이것은 명백히 잘못 기재된 것이다. 〈東邱李濬衡先生年譜〉에는 1894년으로 되어 있으므로 "甲午(1894년)"가 맞다[12]. 그리하여 사망 연도로 기재된 "丁卯(1927년)"도 "丁丑(1937년)"의 誤記로 보았는데, 1937년 넷째아들을 낳고 사망한 것으로 본 것이다[13]. 그런데 다음의 기록을 보면 '유실

그 후의 이별을 읊은 것이 와야 한다. 23권에 실린 〈답사친가〉의 영인 가운데 76면 다음에 79면과 80면이 와야 한다. 올바르게 정리하면 다음과 같다. 74~76쪽 → 79~80쪽 → 77~78쪽 → 81~87쪽.

10 고순희, 「만주망명인을 둔 고국인의 가사문학-자료 및 작가를 중심으로」, 앞의 논문, 47~51쪽.

11 『豊山柳氏世譜』 卷之三, 234~235쪽.

12 〈東邱李濬衡先生年譜〉는 유실이의 부친인 이준형의 생애 연보이다. "1894년(십구세) ○부공 석주선생을 도와 병학을 연구하는 등 이때부터 부공의 제반사업 추진에 깊이 참여하다. ○장녀 출생"(이준형, 〈東邱李濬衡先生年譜〉, 『東邱遺稿』, 석주이상룡기념사업회, 1996, 518~519쪽).

13 족보를 근거로 작가의 사망연대를 추정한 이전의 논의는 다음과 같다. "위의 기록에는 작가가 1864에 태어나 1927년에 사망한 것으로 되어 있으나, 이 기록의 생몰년 간지에 誤記가 있었던 듯하다. 작가 부친의 연표에 작가의 탄생은 1894년으로 되어 있으므로 '甲子(1864년)生'은 '甲午(1894년)生'의 오기가 분명하다. 그리고 '丁卯(1927년)--卒'도 '丁丑(1937년)--卒'의 誤記로 보아야 할 것 같다. 작가가 '四子'를 두었다고 했는데, 넷째 아들의 출생연도가 1937년이고, 남편

이'의 사망 연대는 족보에 적힌 그대로 "丁卯(1927)년"이 맞는 것으로 드러난다.

> 하늘이 우리 집에 재앙을 내려 신해[1911]년 王考께서 돌아가셨으니, 이때 오직 선생께서 기미를 밝혀 만주로 떠나신 해입니다. 3년이 번개처럼 지나고 망령되이 분수가 아닌 생각을 하여 중도에서 죽던지 살던지를 맡길 요량으로 먼저 西州의 적막한 물가에 도착한 지 몇 년이 되었는데, 마침내 인사가 뜻대로 되지 않아 따라가고 싶은 소원을 이루지 못하였으니, 진퇴가 의거할 데가 없다고 할 만합니다. 소자의 부족한 견해로 新潮流가 마구 휩쓰는 가운데서 잘못 미끄러져, <u>아내를 데리고 한성에 우거한 지 몇 년 만에 하늘이 재앙을 거두지 않음으로써, 아내가 해산 후 곧 죽었으니,</u> 소자의 덕이 박하고 복이 없는 것은 이미 논할 수 없다 하더라도 ---.[14]

위는 1932년 이상룡이 사망했을 때 '유실이'의 남편 유시준이 적은 〈읍혈록〉이다. 위에서는 장인과 함께 만주로 망명하지 못한 내막과 아내의 죽음을 말했다. 장인이 만주로 망명할 당시 王考의 죽음으로 함께 가지 못했다, 3년 상을 치른 후에 서주[신의주?]까지

류시준이 後配를 들이지 않았기 때문이다. 이로 보건대 작가는 1937년에 44세를 일기로 생을 마감했다. 시부모보다 먼저 사망한 것인데, 40이 넘은 나이에 넷째 아이를 출산하여 그 후유증으로 사망한 것이 아닌가 추정된다."(「만주망명인을 둔 고국인의 가사문학-자료 및 작가를 중심으로」(고순희, 앞의 논문, 51쪽) 그리하여 작자의 생애도 다음과 같은 사실이 덧붙여졌다. "이렇게 세월을 보내던 중 조부가 1932년 만주에서 사망하자 조모와 부친 등 친정 식구가 조부의 시신과 함께 고향 임청각으로 돌아오게 되었다. 친정집은 일경의 감시 속에서 감옥 같은 생활을 하면서도 독립운동을 계속했다. 그러던 중 1933년에는 작가를 애지중지하던 할머니마저 사망하고 말았다."(앞의 논문, 50~51쪽)
14 이상룡, 『국역 석주유고 상』, 안동독립운동기념관 편, 2008, 318쪽.

가서 살기도 했지만 결국 망명하지 못했다, 그러던 중 서울에 몇 년
을 살게 되었는데, 해산을 한 아내가 그만 사망했다고 했다. 유시준
의 네 아들은 1912, 1915, 1927, 그리고 1937년에 출생했다. 따라서
'유실이'의 사망연대는 이상룡이 사망한 1932년 전으로, 셋째아들
을 낳은 1927년임을 알 수 있다. 넷째 아들은 유시준의 후배 소생으
로 보인다.

〈조손별서〉의 서술단락은 다음과 같다[15].

  ① 처음 ~ 102구 : 손녀의 성장, 결혼, 신행, 귀령부모
  ② 103구 ~ 151구 : 남편의 망명 결심과 손녀와의 이별
  ③ 152구 ~ 170구 : 1년 후 망명 권유 사연
  ④ 171구 ~ 222구 : 만주 가족의 손녀 생각
  ⑤ 223구 ~ 245구 : 경계의 말
  ⑥ 246구 ~ 273구 : 사위와 외손자에 대한 덕담
  ⑦ 274구 ~ 297구 : 아들의 귀향과 고향인에 대한 고마움
  ⑧ 298구 ~ 315구 : 결어

〈조손별서〉는 편지글을 대신한 가사여서 그런지 그 서술이 언제
나 손녀를 향한 발언으로 되어 있다. 작자는 ①에서 손녀의 성장,
결혼, 신행, 귀령부모 등을 차례로 읊었다. 귀령부모한 손녀를 보낼
때 심정이 섭섭했지만, 다시 만날 날이 있을 거라 굳게 믿었다는 것
이다. ②에서는 이상룡이 망명을 결심하고 갑작스럽게 떠나오느라
손녀와 만나보지도 못하고 이별한 사연을 읊었다. ③에서는 보고
싶어 하는 마음에 손녀에게도 망명을 권유했던 사연을 읊었다. ④

---

15 이 논문에서 두 가사 작품의 구수는 2음보를 1구로 하여 계산한다.

에서는 만주에서 손녀를 그리워하는 가족들의 모습과 심정을 차례로 읊었다. 그리고 ⑤에서는 시댁 어른을 모셔야 할 손녀를 향해 경계의 말을 전하고 ⑥에서는 사위와 외손자에 대한 덕담을 이어 나갔다. ⑦에서는 아들이 안동으로 귀향했을 당시 있었던 사연과 그 고마움을 말했다. 마지막으로 ⑧에서는 가사를 짓게 된 동기와 손녀 부부에 대한 기원을 적었다.

〈답사친가〉의 서술단락은 다음과 같다.

① 처음 ~ 30구 : 조모의 하찰에 대한 감회와 부모 생각

② 31구 ~ 51구 : 일제 강점의 나라 현실

③ 52구 ~ 102구 : 조부의 망명 결심과 부모 이별

④ 103구 ~ 125구 : 성장과 결혼 및 이별

⑤ 126구 ~ 181구 : 가을날의 부모 생각과 마음 다짐

⑥ 182구 ~ 235구 : 계절의 순환과 감회

⑦ 236구 ~ 263구 : 부친의 환국과 이별

⑧ 264구 ~ 311구 : 시아버지의 위로

⑨ 312구 ~ 349구 : 조모와 남동생 생각

⑩ 350구 ~ 363구 : 결어

작자는 ①에서 조모의 가사를 받은 감회를 서술하여, 이 가사가 조모의 가사에 대한 화답가임을 분명하게 드러냈다. 그런데 작가는 곧이어 "父母존당 자이이로所身이 生出시초"라 하여 부모의 양육지은을 생각하고 부모와 원별한 심정을 표현했다. 이렇게 〈답사친가〉는 〈조손별서〉에 대한 답가임에도 불구하고 조모를 향해 발언하는 서술 방식을 택하지 않았다. 오히려 작자의 의식은 부모에게

중점적으로 향해 있었다. 이어 ②에서 일제가 강점한 나라의 현실을 읊었다. ③에서는 조부의 망명에 의한 친정 식구, 특히 부모와의 이별을 읊었다. ④에서는 자신의 성장 및 결혼에 이어 부모와의 이별을 기술했다. 이어 ⑤에서는 가을날의 부모 생각을 서술하고, ⑥에서는 계절의 순환에 따른 숙모와 부모에 대한 그리움을 읊었다. ⑦에서는 잠시 귀향했던 부친이 환국하자 그 이별의 아픔을 노래했다. 그리고 ⑨에 와서야 조모의 환갑날을 떠올리고, 남동생의 앞날을 기원했다. 마지막으로 ⑩에서 나라의 독립을 기원했다.

03 〈조손별서〉와 〈답사친가〉의 내용 고증

1) 叔姪

〈조손별서〉는 서두에서부터 "숙질"이 언급되며, 이후 두 가사에는 종종 '숙질'이 언급되곤 한다. '숙질'이 등장하는 구절을 인용하여 '숙질'이 구체적으로 누구인지를 고증하는데, 인용 구절 중 고증이 필요한 부분을 아울러서 논의한다. ①, ②와 같은 숫자는 인용구가 속한 각 가사의 서술단락 번호이다.

> ① 어엿분 이아히야 할미소회 드러셔라 / 네어미 은덕으로 금옥갓흔 너이몸을 / <u>가) 갑오년에 탄생ᄒᆞ니 작인이 기이할분</u> / 자손즁에 쳐음이라 남여경즁 잇다해도 / 우리난 <u>나) 너에슉질 차등업시 길너닉니</u> / --- / 佳郎을 광구ᄒᆞ니 교목셰가 어딕련고 / ○上에 <u>다) 柳氏門中 경향갑족 안이련가</u> / 어엿분 <u>라) 二八兩年 郞闈가 상젹ᄒᆞ니</u> / --- / 新行

날 定日ᄒ여 힝장을 슈습ᄒ니 / --- / 마) 너의祖父 갓치가니 / 광경도
좃컨이와 위우도 더욱장타 / 入門한 三五朔에 홍은혜틱 밧잡다가 /
바) 三月何時 好時節에 귀령父母 반가와라 / --- / 사) 너희슉질 쌍을지
어 우리슬하 다시오니 / 만실리 화기련니 사돈닉 셩덕으로 / 사랑을
못이기어 오란명영 나려시니 / 아) 庚戌년 冬十月에 너희叔姪 보낼젹
에 / 연약한 이닉심장 셥셥하여 하난모양 / 손잡으며 읍○○○ 손아손
아 잘가그라 / 時春에 다시보자 쳘셕갓치 언약한이 / --- /((조손별서))

위는 손녀의 성장, 결혼, 그리고 귀령부모를 차례로 서술한 것이
다. 가)의 "갑오년"은 손녀가 태어난 1894년으로 매우 정확한 기술
이다. 다)의 "유씨문중 경향갑족"은 손녀사위 류시준이 명문거족
인 풍산류씨 문중인이기 때문의 나온 표현이다. 라)의 "二八兩年"
은 실제로는 유시준이 손녀보다 한 살이 적었기 때문에[16] 개략적
표현으로 봄이 좋을 듯하다. 마)에서 "너의祖父"는 이상룡으로 손
녀의 신행날에 사돈댁까지 동행한 사실을 서술한 것이다. 바)에서
아)까지는 손녀의 귀령부모 사실을 서술한 것이다. 손녀는 신행 간
지 몇 달 만인 "庚戌년(1910년)" "三月"에 친정에 왔다가 그 해 10월
에 다시 시댁으로 돌아갔다.

그런데 나), 사), 아) 등에 나오는 "너희叔姪"은 '너희들 숙질'로
작자의 딸과 손녀를 말한다. 두 사람의 관계가 숙질이 되기 때문에
"너희叔姪"이라고 표현한 것이다. 그러면 여기에서 말한 작자의 딸
은 누구일까. 작자의 소생은 1남 1녀인데, 그 딸은 독립운동가 姜南

---

16 "子時俊 字耕山一八九五乙未生丁亥十二月二十九日卒 配鐵城李氏父濬衡臨淸閣后
甲子[甲午의 오기 : 필자 주]生丁卯三月二十二日卒四子 墓玉溜洞入口合窆"(『豊山
柳氏世譜』卷之三, 234~235쪽).

鎬(1894-1950)에게 출가한 '강실이'이다[17]. 이상룡이 강남호에게 보낸 편지 〈강덕재(남호)에게 보내다〉에 의하면 이상룡은 나이 50에 사위를 보았다[18]. 이로 볼 때 강실이는 작자가 늦은 나이에 낳은 늦둥이로서 손녀와 거의 같은 연배임을 알 수 있다. 이렇게 작자의 딸과 손녀가 동시에 성장했으므로, 나)에서 "너에슉질 차등업시 길너 닉니"라는 표현이 나올 수 있었던 것이다. 강실이는 1907년경에 시집을 간 것으로 추정되는데, 유실이보다 결혼은 먼저 했지만 귀령부모는 늦게 한 것으로 보인다. 그래서 사)는 두 사람이 동시에 귀령부모한 사실을 읊은 것이다. 이렇게 동시에 귀령부모한 "너히슉질"이 약 7개월을 머무르다 그해 10월에 다시 시댁으로 가게 된 사실을 아)에서 서술한 것이다. '슉질'은 〈답사친가〉에도 등장한다.

---

17 "아들 하나 딸 하나를 두었다. 아들은 곧 불초 준형이고, 딸은 출가하여 강남호의 아내가 되었으며, 천성과 행실이 단정하고 개결하였는데 불행하게 일찍 죽었다"(〈先府君遺事〉, 이상룡, 『국역 석주유고 하』, 안동독립운동기념관 편, 2008, 613쪽).
姜南鎬(이명 : 강덕재, 강호석)의 공식 이름은 姜好錫(1894-1950)이다. "경북 상주 출신이며, 석주 이상룡의 사위이다. 그는 1919년 가을 중국 안도현 내도산에서 성준용 등과 독립군의 병영지를 물색하였다. 그 뒤 1924년 8월 반석현에서 개최된 한족노동당의 발기인으로 참여하였다. 1926년 10월에는 한족노동당 대표회의에서 검사위원으로 활약하였다. 2011년 건국훈장 애족장이 추서되었다."(안동독립운동기념관 편, 『국역 백하일기』, 경인문화사, 2011, 123쪽) 강호석은 이상룡 선생 가문에서 독립운동유공자로 훈장을 받은 10번째 인물이 되었다.
18 "나이 50에 사위를 본 것만으로도 기쁘기가 마치 絕世에 드문 경사를 만난 것 같은데, 하물며 사위의 훌륭함이 내가 자나 깨나 갈망하던 바로 그 사람이에랴 ---"(이상룡, 『국역 석주유고 상』, 안동독립운동기념관 편, 2008, 478~479쪽). 작자가 손부에게 "아이고 가엾어라. 우리도 강실이, 유실이 열여섯, 일곱 살 될 때 그렇게 먼 데 시집보내 떨쳐 두고 왔더니, 그 보복이 너한테로 돌아왔구나"(허은 구술, 변창애 기록, 『아직도 내 귀엔 서간도 바람소리가』, 정우사, 1995, 101쪽)라고 한 말에서 강실이는 16살에 시집을 간 것으로 보인다. 이렇게 통상 여자 나이 16살에 결혼을 하는 예로 미루어 보아 강실이는 1892년경에 태어난 것으로 추정할 수 있다.

⑥ 잇써가 어나씐고 / 춘풍을 못이기여 가지가지 춤을추고 / 송이
마다 나부길적 가) 우리슉질 부모젼에 / 응셕ᄒ며 질기더니 추셩이
은은ᄒ고 / 낙엽이 분찬할제 안심잔연 둘띄업다 / 쳔외을 창망ᄒ니
어안이 돈졀ᄒ다 / 그리워라 부모조상 나) 보고져라 우리슉모 / 용봉
명쥬 몃남믹가 음용이 이히ᄒ다 하일 하시에 기려기 쥴을이어 / 소식
이나 아라볼고 쳔슈만한 이닉회포 / 몽혼이나 가고져라 부모슬하 가
고져라 / 자손지명 다가면서 나난엇지 못가난고 / --- / 인싱天地 万
物中에 친하고 가즉ᄒ니 / 母女밧게 쏘잇난가 유한졍졍 우리자당 /
봉친지도 골물ᄒ여 多事無暇 ᄒ온中에 / 불초여랄 싱각ᄒ사 몃번이나
늣기신고 / 여즁요슌 우리왕모 삼초사덕 겸젼ᄒ여 / 쳔품자이 슈명ᄒ
사 쳘륜에 자별지회 / 다) 의강슉모 귀령마다 ○소손을 싱각ᄒ사 / 비
회 병쳘ᄒ사 몃번이나 늣기신고 / 그려그려 광음이 여류ᄒ여 / 다섯
가을 되얏도다(〈답사친가〉)

〈답사친가〉 서술단락 ⑥은 계절의 순환에 따라 친정 식구를 보고
싶어 하는 작자의 감회를 읊은 것이다. 가)는 어릴 적 부모 앞에서
응석받이로 지내던 일을 회상한 것인데, 이때 강실이 숙모와 같이
자랐으므로 "우리슉질"이 등장한 것이다. 나)는 강숙모를 보고 싶
어 하면서 조카들의 모습을 눈에 떠올리는 장면이다. "용봉명쥬 몃
남믹"는 강숙모가 낳은 자제를 말한다. 강숙모는 1남 1녀를 두었는
데, 아들의 이름은 '龍求'이다[19]. "용봉명쥬"에서 첫음절 '용'은 '용
구'의 첫 글자이다. 작자가 조카 둘에 대해 아들은 "용봉"으로 딸은
"명주"로 표현한 것으로 볼 수 있다. 그런데 이 부분에 대한 다른 이

---

19 "강남호의 아들은 龍求이고, 딸은 孫景麟에게 출가하였다"(〈先府君遺事〉『국역
석주유고 하』, 앞의 책, 613쪽)

본의 기록이 "인봉명쥬 몃남믹(역대본)", "인봉명주 네남매(규방가
사본)", "인본명주 넷남매(가사문학관본1)", "인봉명국 옛낫믹(가
사문학관본2)" 등으로 되어 있어, '용', '봉', '명', '주' 등 '네 남매'로
볼 수 있는 여지는 있다. 당시에는 자제가 더 있었던 것은 아닌가
생각할 수 있으나 모를 일이다.

강남호와 그의 부친 姜信宗의 이름은 김대락의 망명일기 1911년
7월 1일 자에 처음 등장한 이래 이후 1912년과 1913년에도 간간이
보인다[20]. 강남호가 만주로 망명하여 장인 이상룡을 보좌했으며,
강숙모도 시아버지, 남편, 그리고 아이들과 함께 만주에서 생활하
고 있었음을 알 수 있다. 그렇기 때문에 작자는 나)에서와 같이 만
주에 있는 강숙모와 그의 아이들을 그리워한 것이다. 다)의 "의강

---

[20] 『국역 백하일기』(안동독립운동기념관 편, 경인문화사, 2011)에서 남편 강남호
와 그의 부친 강신종에 관한 기록이 등장한 것만을 정리하면 다음과 같다.
『西征錄』[1911년 기록] - 7월 1일, "저녁에 상주에 살던 강신종·강호석과 조하
기·이형국, 대구 사람 윤지환이 와서 잤다." ; 7월 3일, "저녁에 황병일·강호
석·이형국·윤지한이 와서 잤다." ; 7월 4일, "강신종·강호석·이형국이 모두
영춘원으로 떠났다."(122~123쪽) ; 12월 23일, "강남호가 와 보았다."(186쪽)
『壬子錄』[1912년 기록] - 1월 3일, "한낮 무렵에 강남호와 이정언(법흥 살던 사
람)이 생질 이 아무가 쓴 乞米帖을 가지고 와서 그의 며느리와 안식구의 기별을
전한다. 쌀이 옥보다 귀하다는 탄식이 이 지경에 이른 것인가? 독을 다 비워 쌀
닷 되와 벼 한 말을 보냈다."(203~204쪽) ; 6월 10일, "이형국·강남호가 와 보았
다."(257쪽) ; 8월 8일, "그대로 누이 집에 머물렀다. 아이와 손자들은 강남호의
집에서 자고, 남호와 함께 왔다."(273~274쪽) ; 8월 12일, "만초와 함께 강남호의
집에 가서 잤다."(274쪽)
『癸丑錄』[1913년 기록] - 3월 6일, "강남호가 그 아들의 병으로 의원을 찾아가는
길에 들렀다."(370쪽) ; 3월 7일, "이형국·황의영·강남호와 東三이 와 보고, 손
진구가 와서 잤다."(374쪽) ; 4월 27일, "이형국·강남호와 윤규천(평안도에 살
던 사람)·김천용이 지나다 들렀다."(390쪽) ; 5월 8일, "저녁에 이상룡과 강신종
이 와서 잤다."(394쪽) ; 5월 10일, "이상룡·강신종과 함께 이만영의 집에 그대
로 머무르며, 시를 짓고 내기바둑을 두었다."(394쪽) ; 5월 16일, "강신종의 집에
가서 그대로 잤다."(396쪽) ; 5월 17일, "길을 나서 누이의 집으로 돌아왔더니, 그
사위 강남호가 또 나를 위해 지팡이를 잡고 앞에서 인도해 주어 오후에 집에 돌
아왔다."(396쪽) ; 12월 11일, "강남호가 입적하는 일 때문에 그의 장인 편지를 가
지고 와서 점심을 먹었다."(484쪽)

슉모 귀령마다 ○소손을 싱각ᄒ사 비회 병쳘ᄒ사"에서 "의강슉모"
는 강숙모를, "○소손"은 '유실이'를 말한다. 만주에 있었던 강숙모
는 그의 친정어머니를 자주 찾아 본 것 같다. 그래서 작자는 강숙모
가 귀령부모할 때마다, 조모께서는 딸을 보아 기뻤지만, 한편으로
는 딸과 같이 자란 자기(손녀)가 생각나 "悲喜 병쳘"했으리라고 생
각한 것이다.

　　　② 진옥갓흔 <u>너에叔姪</u> 토목갓흔 父母싱각 / 훌젹훌젹 하난모양 심복
　　에 버려스니 / 三千里 만슈쳥산 고상고상 차자오니 / <u>너에叔姪</u> 바려두고
　　진몽인가 가몽인가 / 이일이 윈일인고 万山深處 차자와셔(〈조손별서〉)

　위는 〈조손별서〉의 작가가 "너에叔姪"을 이별하고 만주에 도착
했을 때의 심정을 읊은 것이다. 그런데 앞서 살펴본 바에 의하면 강
숙모는 만주에 와 있었다. 그런데 여기에서는 작자가 고향을 떠나
올 때 "너에叔姪"을 버려두고 온 심정을 나타냈으므로 이상하다.
그런데 이것은 강숙모의 만주 출발이 〈조손별서〉의 작가보다는 조
금 늦었기 때문에 발생한 것이다. 앞서 살펴본 바와 같이 김대락의
망명일기에 강남호라는 이름이 1911년 7월 1일 자에 처음 등장하
는 것은 강숙모 가족이 작자보다 늦게 만주에 들어왔음을 말해준
다. 따라서 〈조손별서〉의 작가가 망명할 당시에는 "너에叔姪"과 이
별을 하고 떠나온 것이다.

　2) 아자비

　〈조손별서〉에는 '너아자비'가 거론되곤 한다. '네아비'와 음이 서

로 유사한 데다 두 사람이 만주와 안동을 오간 사연을 지니고 있기 때문에 두 사람을 같은 사람으로 오인하기에 십상이다. '네아비'는 두말할 것 없이 李濬衡(1875-1942)²¹이다. 간단히 살펴본다.

　⑦ 네아비 歸國하여 몃달을 게우잇셔 / 볼일이 분쥬ᄒ니 --- 권권ᄒ신 여러분ᄂ 비잡고 건너와셔 / 연연한 마암으로 손잡고 셧슬ᄯ에 / 장부에 간장에도 참아작별 어려워라 / 그날에 미진하미 지금까지 밀아드니 / 감사하기 그지업다 이역에 뭇친몸이 / 신편얻기 어려워라 즁심에만 싸여두고 / 보낼도리 업셔스니 무심한 이바람을 / 여러분게 엿쥬리라(〈조손별서〉)

　⑦ 가) 직작동 우리엄친 괴국향산 하엿구나 / 황홀ᄒ고 신기ᄒ다 하날인가 쌍이온가 / 그사이 이친지정 한말삼도 엿잡지못 / 퇴산갓흔 자이밧고 하희ᄃ은 인정바다 / 사오삭 기한즁에 날가는줄 모라더니 / 시로운 이별이야 아심이 최졀일식 / 나) 夏六月 念六日은 父女相別 되앗셔라(〈답사친가〉)

위는 〈조손별서〉와 〈답사친가〉의 서술단락 ⑦의 구절이다. 밑줄

21　이준형은 부친의 사망 이후에는 국내에서 활동을 이어가던 중 해방을 얼마 남기지 않고 자결한 비극적인 독립운동가이다. 독립기념관(http://i815.or.kr) 한국독립운동사 정보시스템에 기록된 것만 간단히 소개한다. "이명 : 在燮 · 東皐 · 文極. 경북 안동 사람이다. 1908년 2월 부친인 石洲 이상룡이 조직한 대한협회 안동지회와 협동학교 설립운영의 실무를 맡아 구국사상을 고취시키는 한편 인재양성 교육에 힘썼다. 1911년 1월 5일 부친을 따라 중국 동삼성으로 건너간 후 유하현 고산자에서 경학사의 설립을 도우면서 보조적 역할을 담당하였다. 또한, 1919년 11월에는 서로군정서의 독판이던 부친의 활동을 보좌하며 활동하였고, 1925년 1월 정의부가 조직됨에 길림성 화전현을 중심으로 활동하였다. 1932년 7월 19일 부친의 반혼제(返魂祭)를 드리기 위하여 귀향한 후 국내에서 구국운동을 전개하다가 1942년 9월 2일 국운을 비관하여 자결하였다. 정부에서는 고인의 공훈을 기리어 1990년에 건국훈장 애국장을 추서하였다."

친 "네아비"와 "우리 엄친"은 이준형을 말한다. 〈조손별서〉의 구절
은 이준형이 안동에 들른 사연과 관련한다. 이준형은 부친과 함께
만주로 망명했다. 망명 후 이상룡은 독립운동자금이 필요해 고향
집 임청각을 매각하려고 아들을 안동으로 귀향시켰다. 그때 이준
형은 屛山書院에서 문중인들과 시주풍류를 가진 적이 있었는데, 당
시 문중인들이 "연연한 마음으로 손잡고" 이별을 했다고 했다. 작
자는 손녀에게 그 고마운 마음을 대신해서 전해달라고 한 것이다.
이 서술에는 직접 대고 말할 수 없는 저간의 사정이 있다. 이 당시
문중에서는 유서 깊은 임청각의 매각을 반대하면서 대신 돈 500원
을 만들어 주었다[22]고 한다. 직접 말할 수 없는 사연이라 다만 시주
풍류 때 벌어진 사연으로 돌려서 표현한 게 아닐까 한다. 〈답사친
가〉의 구절은 부친이 안동에 귀향했을 때의 감회를 읊은 것이다. 이
에 의하면 이준형은 "직작동" 즉 1912년 겨울에 안동으로 귀국했다
가 몇 달을 지낸 후 1913년 6월 26일에 귀국했다.

③ 가) 万山深處 차자와셔 一年이 되듯마듯 / 千万意外 너아자비 놀
납고 반가온줌 / 너이을 싱각ᄒᆞ여 비희상반 하릿구나 / 청할마암 간
졀ᄒᆞ나 흥망이 달인일을 / 권극키 어려우니 나) 너아비 회귀할젹 / 이
사을 써보와서 갓치오라 당부ᄒᆞ고 / 은연즁 미든거시 난맥심사 갈밧

---

22 "석주어른께서는 당신의 450년 된 고택인 '임청각'을 매각해서 독립사업에 쓰
려고 외아들인 나의 시아버님[이준형 : 필자 주]을 한국으로 들여 보냈다. ----문
중에서 임청각 매각을 반대했다. 또 일본의 눈치도 봐야 하는 난관도 있었다.
문화재라 그랬던가 봐. 어떻게 해서든 팔아 보려고 중간에 사람도 놓아 보았으
나 뜻대로 되지 않았다. 문중에서 할 수 없이 돈 500원 만들어 주었다. 그래서
지금도 매각 대신 돈해 주었다고 임청각을 내 집이 아니고 문중 집이라고 생각
하는 집안사람들도 더러 있다."(『아직도 내 귀엔 서간도 바람소리가』, 앞의 책,
109쪽)

업고(〈조손별서〉)

가)에 "너아자비"가, 그리고 나)에 "너아비"가 등장한다. '아자비(아자미[23])'는 '아저씨' 혹은 작은아버지를 가리키는 말로 '유실이'의 작은아버지, 즉 이상룡의 조카가 되는 인물임을 알 수 있다. 가)에서 작가는 만주에 도착한 지 일 년쯤 되던 때[1912년 초]에 천만의외로 "너아자비"가 찾아와 놀랍고 반갑기도 하면서 한편으로 고향에 있는 손녀가 생각나 슬펐다고 했다. 그런데 그 아자비가 안동으로 돌아가게 되었다. 작가는 '너아자비' 편에 손녀를 만주로 "청할마암"이 간절했다. 그러나 만주망명은 죽고 사는 문제가 달린 중대한 일이라 그때는 말하기 어려웠다[24]. 그런데 얼마 가지 않아 1912년 겨울에 나)에서와 같이 "너아비"가 안동을 가는 일이 있게 되었다. 작자는 아들에게 만주로 돌아올 때 손녀가 만주로 같이 갈 의사가 없는지 떠보라고 당부했다. 작자는 그 부탁을 해놓고 혹시나 손녀가 같이 오지나 않을까 내심 기대했지만 결국 손녀가 오지 않아 서운했다는 것이다. 따라서 "너아자비"는 이상룡의 조카 중 한 사람이며, 고향 식구를 생각나게 하는 중요 인물이고, 1912년 초 즈음에 만주에 처음 방문한 인물임을 알 수 있다.

그러면 "너아자비'는 구체적으로 누구일까. 다음에 인용한 서술

---

23 다른 이본에서 이 두 사람에 대한 표기는 "너이아어, 니아비"(역대본), "네아자미, 네아비"(가사문학관본1), "네아즈미, 네아비"(가사문학관본2) 등으로 되어 있다. 본래 '아자비'는 '아저씨'를 '아지미'는 '아주머니'를 가리킨다. 하지만 필사본의 특성상 '비'자를 '미'자로 읽고, 이 오류가 지속되었을 가능성이 많다. 혹시 '아자비'가 만주에 방문할 때 '아자미'가 동반했을 수도 있으나, 당시 일시적인 만주 방문에 아내를 동반했을 가능성은 거의 없다고 보아야 한다.

24 "청할마암 간절ㅎ나 홍망이 달인일을 / 권극키 어려우니"는 앞뒤의 문맥으로 볼 때 앞과 뒤 모두에 걸리는 것으로 해석할 수 있다.

단락 ④의 구절에서 그 실마리를 찾을 수 있다.

④ 가) 철업신 어린것들 / 보고접다 노릭하야 심회을 도아닉고 /
나) 절윤한 네아자비 왕닉마다 회포로다((조손별서))

서술단락 ④는 손녀를 보고 싶어하는 만주 식구들의 모습을 차
례로 서술한 것이다. 먼저 가)에서 말한 '철없는 어린 것들'은 '유실
이'의 어린 동생들인 李炳華(1906-1952)[25]와 그 밑의 동생들을 말한
다. 증언에 의하면 이병화 밑으로 여동생과 남동생이 있었으나 만
주 생활 초기에 횟배와 홍역으로 잃었다[26]고 한다. 이 동생들이 누
나가 보고 싶어 보챌 때마다 작자는 손녀가 보고 싶었는데, 거기다
가 나)에서와 같이 "절윤한 네아자비"가 고국에서 찾아올 때마다
손녀에 대한 회포가 더욱 일어난다고 했다. 그런데 "절윤한"이라는

---

25 역시 독립운동가이다. 독립기념관 한국독립운동사 정보시스템에 기록된 것만
    간단히 소개한다. "이명:대용(大用), 주오(柱五). 경북 안동 사람이다. 1911년 조
    부인 이상룡을 따라 부친 이준형과 함께 중국 동삼성으로 망명하였다. 1921년
    무장투쟁단체인 통의부가 조직되자 그는 이에 가입하여 활동하면서 동년 의주
    군 청성진 경찰주재소를 습격하여 순사를 살해한 뒤 귀영하였다. 1927년 5월 길
    림성 반석현에 기반을 둔 한족노동당에 가입하여 사무집행위원으로 활동하였
    으며 1928년에는 재중국한국청년동맹에 가입하여 활동하였다. 1934년 5월 청
    성진 경찰주재소의 습격과 관련하여 신의주경찰서에 피체되어 1934년 6월 25
    일 신의주지방법원에서 징역 7년형을 언도받고 옥고를 치렀다. 정부에서는 고
    인의 공훈을 기리어 1990년에 건국훈장 독립장을 추서하였다."
26 "처음 서간도에 도착해서 회인현에 살 때 남편[이병화: 필자 주]의 동생을 둘이
    나 잃어버린 이야기도 들었다. --- 여동생이 여섯 살 때였다. 늘 횟배를 앓았단
    다. 그날도 갑자기 회통이 시작되어 통증이 심해 할머니가 업어서 배를 꼭 눌러
    주면 좀 괜찮을 거라고 업었다. 그런데 업혀서도 딩구는 바람에 애가 땅에 뚝 떨
    어졌다. 다시 안아 보니 벌써 명이 떨어졌다. 떨어진 아이 배를 만져 보니 회가
    아른아른하게 겉으로 내비치더란다. 또 그 동생은 남자아이인데 그 2년 뒤에 홍
    역을 했다. --- 어렵사리 구한 약을 써 보지도 못하고, 애는 그날 밤에 죽어 버렸
    다. 그래서 삼 남매이던 것이 졸지에 외아들만 남았지."(『아직도 내 귀엔 서간도
    바람소리가』, 앞의 책, 111~112쪽)

수식구는 주목을 요하는데, 다른 이본에는 대부분 '천연한'으로 기재되어 있다. '천연'의 한자로는 '天然[자연 그대로], 天緣[하늘이 맺은 인연], 囅然[껄껄 웃는 모양], 遷延[물러감, 망설임, 오래 끎, 연이음]' 등이 있으나, 이 가운데 분명하게 들어맞는 한자를 확정하기는 어렵다. 일단 '아자비'는 이상룡의 조카 가운데 고향에 있으면서 자주 만주에 오고 간 인물로, "절윤한" 혹은 "천연한"이라는 수식구가 붙을 수 있는 인물이다.

그리하여 필자는 이상룡의 조카인 이형국, 이운형, 이제형, 이광민, 이광국 가운데 여기에 합당한 인물이 누구인지를 조사했다. 그 결과 "너아자비"는 李衡國(1886~1931)[27]으로 확인되었다.

ㄱ 從子 衡國은 근실하여 至性이 있기에, <u>지난번 내가 나라를 떠나서 서쪽으로 오면서 누대 선영의 香火와 家藏의 서적을 그에게 부탁했었다.</u> 형국은 貧窮이 심하여 거의 조석을 잇지 못할 지경이었는데도, 매번 霜露가 내리는 계절이면 성묘를 정성껏 하였다.[28]

---

27 이형국도 역시 독립운동가로 추서된 인물이다. 독립기념관 한국독립운동사 정보 시스템에 기록된 것을 소개하면 다음과 같다. "이름 : 이형국(李衡國). 출신지 : 경북 영덕. 훈격 : 애족장(1990). 운동계열 : 만주·노령방면. 1886. 12. 12~1931. 3. 27. 號 : 滄海. 경북 안동(安東)사람으로 석주(石洲) 이상룡(李相龍)의 조카이다. 1911년 백부(伯父) 이상룡을 따라 만주로 망명하여 신흥무관학교를 졸업하였다. 1913년 만주에 흉년이 들어 경학사(耕學社) 및 광업사(廣業社) 등이 어려움을 겪게 되자 신흥학교 운영자금을 조달하기 위하여 국내에 파견되었다. 경기·충청·경상도 지방에서 군자금을 모집하고 신흥사(新興社)라는 비밀단체를 조직, 활동하다가 일경에게 체포되어 1915년 9월 20일 경성지방법원에서 7월형을 받고 옥고를 치렀다. 출옥한 후 다시 만주로 건너가 부민단(扶民團)·한족회(韓族會) 등에 가입하여 활동하였으며, 이상룡과 행동을 함께하였다고 하나 기록은 발견할 수 없다. 정부에서는 그의 공훈을 기리기 위하여 1968년에 대통령표창을 추서하였다. ※1990년에 건국훈장 애족장을 추서받음." 그런데 이 기록은 정확하지 못한 것 같다. 출신지도 경북 영덕으로 틀리게 기재되어 있다. 뒤에서 언급하겠지만 위의 기록대로 이상룡이 망명할 때 이형국이 함께 갔다면 이상룡이 이형국을 종손 대행으로 삼지 않았을 것이다.
28 이상룡, 『국역 석주유고 상』, 앞의 책, 567쪽.

ⓛ 절기로 상로가 되었는데 여러 선영들을 누가 돌보고 있느냐? 생각하니 가슴만 아프구나. 너가 지금은 향리에 머무르고 있으니 이번 가을은 아마도 제사를 폐하지 않았을 것이나, <u>그러나 네 아버지가 꾸짖지 않더냐? 내 말 좀 네 아버지한테 전해다오. 기독교를 믿는 것은 자유지만 선조를 굶기고 천당에 들어간다면 양심에 어찌 송구스럽지 않겠느냐고.</u>[29]

ⓒ 석주어른께서는 망명 떠나 올 때 종손 대행을 예수 믿는 이 동생[이상동 : 필자 주]에게 시킬 수가 없었다. 그래서 동생의 장자, 즉 장조카 이형국에게 종손을 대행하게 했다. 그 양반은 그 책임 때문에 가족들은 다 교회 다니는데도 자기는 철저한 유교인으로 한평생 살았다. 그리고 신간회의 간부 일도 하면서 고향에서 독립운동을 진두지휘하였다. 그의 아들도 예수교회 장로였었는데 그 자신만은 가문을 지키는 일에 최선의 노력을 다했다.[30]

㉠의 밑줄 친 부분에 나타나듯이 조카 이형국은 이상룡이 망명할 때 집안의 중요사인 제사와 서적 일을 맡기고 떠났던 인물이다. ⓛ은 이상룡이 이형국에게 쓴 편지글이다. 이상룡은 조카가 지금은 고향집에 있으니 제사를 지냈을 것이라고 보았다. 그런데 밑줄 친 부분에서처럼 이상룡은 조카가 기독교를 믿는 그 아버지 때문에 고초를 겪는 것은 아닌지 걱정이 많았다. 그래서 조카에게 그의 부친에게 예수를 믿는 것은 좋지만 제사만은 지내달라는 말을 꼭 좀 전해달라고 한 것이다. 여기서 "네 아버지"는 이상룡의 동생 李相東[31]을 말한다. 이상동은 유림이었음에도 불구하고 일찍부터 기

29 이상룡, 『국역 석주유고 하』, 앞의 책, 448쪽.
30 허은, 『아직도 내 귀엔 서간도 바람소리가』, 앞의 책, 157~158쪽.

독교를 믿어, 실질적으로는 가문을 등진 인물이다. 이형국, 이상동, 그리고 이상룡의 관계는 ⓒ에 보다 잘 정리되어 있다. 이상룡은 망명할 때 기독교를 믿는 동생한테 제사를 맡길 수가 없어서, 그의 장자인 이형국에게 종손을 대행하게 했다. 이형국은 가족 모두가 예수를 믿는 가운데서도 자신만은 유교를 신봉하고 가문을 지키는 데 최선을 다했다고 했다. 이와 같이 이형국은 이상룡이 종손 대행으로 삼을 만큼 신뢰한 인물로, 이상룡의 수족처럼 안동과 만주를 오가며 문중의 일을 도맡아 했음을 알 수 있다. "너아자비" 이형국은 1912년 초쯤 처음으로 만주를 방문한 이래 자주 안동과 만주를 오가며 이상룡의 일을 보좌했기 때문에 〈조손별서〉에 등장한 것이라고 할 수 있다. 그리고 기독교를 믿는 자기 부친과 인륜을 끊었기 때문에 "절윤[絶倫]한"이라는 수식구가 붙여진 것이다.

⑧ 어엽불사 이아히야 무도한 너할미난 / 일분자정 걸여잇셔 억울한 이소회을 / 여산여히 하다만은 <u>네자비</u> 졸졍ᄒ여 / 홀홀리 쩌나오니 황황한 이마암이 / 불셩인사 되엿구나 두어줄 초을잡아 / 너에게 붓치나니 귀귀이 남스럽다(〈조손별서〉)

---

31 역시 독립운동가이다. 독립기념관 한국독립운동사 정보시스템에 기록된 것만 간단히 소개한다. "이름 : 이상동(李相東(李健初)). 출신지 : 경북 안동. 훈격 : 애족장(1990). 운동계열 : 3·1운동. 1865~미상. 이명 : 健初. 경상북도 안동(安東)사람이다. 1919년 3월 13일의 안동읍 장날을 이용하여 독립만세운동을 주동하였다. 그는 평소 조국의 독립을 갈망하여 오던 차에, 때마침 전국적으로 독립만세운동이 전개되고 있음을 알고, 동포들의 궐기를 촉구하는 격렬한 격문을 작성하고 또 종이로 '대한독립만세'라고 쓴 대형 태극연을 제작하였다. 3월 13일 오후 5시 30분경, 격문과 태극연을 가지고 장터에 나온 그는 공신상회(共信商會) 앞에서 태극연을 날리며 독립만세를 외쳤다. 이때 장꾼들이 이에 호응하여 독립만세를 외쳤으나, 긴급 출동한 일본 경찰에 의해 체포되었으며, 이해 4월 12일 대구(大邱) 복신법원에서 소위 보안법 위반 혐으로 1년 6월형을 받고 옥고를 치루었다. 정부에서는 그의 공을 기리어 1968년에 대통령표창을 추서하였다. ※1990년에 건국훈장 애족장을 추서받음."

위는 〈조손별서〉 서술단락 ⑧의 구절이다. 할 말은 많지만 "네자
비"가 안동으로 떠날 날을 급히 잡는 바람에 인사불성으로 두어 자
초를 잡아 가사를 지어 보낸다고 했다. 여기서 "네자비"는 "네아자
비"의 탈기가 아닐까 생각된다[32]. 이형국이 만주로 들어와 있다가
갑자기 안동으로 들어가게 되자, 작자가 손녀에게 보낼 편지를 대
신하여 급히 가사를 지어 보낸 것을 서술한 것이다.

3) 여타 인물

두 가사에는 식구들에 대한 언급이 종종 나타난다. 하나하나 차
례로 살펴본다.

> ② 고상한 너에祖父 甲午年후 十餘年을 / 혼탁세게 보기슬어 은벽
> 쳐사 되엿셔라 / 세사가 창망ᄒ나 너에조부 구든마암 / 더욱이나 장
> 렬ᄒ니 나ᄂ본듸 무식ᄒ여 (〈조손별서〉)
> ③ 우리왕부 학힝도덕 겸견하사 / 위국편심 업살손야 己酉年 冬十
> 月에 / 낙미지익 당ᄒ시고 무옥고초 되어구나 / 듸장부에 충분으로
> 감기지심 참진난가(〈답사친가〉)

먼저 〈조손별서〉 서술단락 ②에서 "너에祖父"는 이상룡이다. 이
상룡은 갑오년(1894년)에 조부가 사망해 삼년복을 입게 된 데가 동
학전쟁과 청일전쟁이 일어나자, 도곡으로 우거하여 농사를 짓고

---

32 다른 이본에는 이 구절이 없어 참조할 것이 없다. 그런데 "네자비"의 행위를 "쪄
나가니"가 아니라 "쪄나오니"라 한 점은 이상하다. 그러나 이 부분은 문맥상 '만
주를 떠나가니'가 되어야 맞다. "네자비"에서 "자"字가 너무나 분명하게 필사되
어 있기 때문에 '아'자의 탈기로 봄이 합당할 듯하다.

살았다. 게다가 1902년부터는 모친이 아파 7년간이나 병수발을 들
어야 했다. 밑줄 친 부분은 이상룡이 갑오년 이후 10여 년을 앞에
나서서 일을 하지 않았던 사실을 서술한 것이다[33]. 다음 〈답사친가〉
서술단락 ③에서 "우리왕부"도 이상룡을 말한다. 밑줄 친 부분은
이상룡이 기유년(1909년)에 감옥에 투옥된 사실을 말한다. 1909년
2월에 안동경찰서는 匪徒와 연결되었다는 명목으로 이상룡을 잡아
들였다. 경찰의 고문에도 불구하고 별다른 단서가 나오지 않던 차
에 시민의 석방 시위까지 일어나자 이상룡은 3월에 풀려났다. 그런
데 여기에서 이 사건이 '冬十月'에 있었다고 적고 했는데, 〈先府君遺
事〉에 의하면 2월에 있었던 사건[34]으로 기록되어 있다. 창작 혹은
향유과정에서 오류가 발생한 것으로 보인다.

　　⑤ 장중에 일기금동 금상첨화 되엿스니(〈조손별서〉)
　　⑥ 남천보옥 우리정하 일최월장 자라나셔(〈조손별서〉)

　밑줄 친 "장중에 일기금동"과 "남천보옥 우리정하"는 같은 사람
으로 '유실이'의 맏아들인 柳正夏(1912년생)[35]를 말한다. 작자가 이

---

33 "갑오년에 忘湖府君(석주의 조부)이 세상을 떠나자 ----. 이해(1894)에 동학이
매우 熾盛하고 이어서 청일전쟁이 있었다. 부군은 난리가 바야흐로 시작됨을 미
리 예측하고, 살고 있는 곳이 府와 가까워서 번거롭고 소요스럽다 하여 几筵을
모시고 도곡의 선재로 옮겨 우거하여 날마다 농사를 짓고 어린아이들을 가르치
는 것으로 일과로 삼았다. --- 임인년(1902)에 어머니가 병이 들었다. 부군은 7년
동안 약을 달이고 밤에는 옷을 벗고 자지 않았다. 상을 당하게 되자, 몹시 슬퍼하
여 본성을 잃을 지경에 이를 뻔하였다."(〈先府君遺事〉), 이상룡, 『국역 석주유고
하』, 앞의 책, 597~598쪽)
34 "己酉年(1909) 2월 본군(안동) 경찰서에 구인되었는데, 경찰서에서는 匪徒와 연
결하였다 하여 누차 고문을 시행하였다. 부군은 답변이 조용하고 착오가 없으
니, 경관이 단서를 잡지 못하였다. 얼마 뒤에 시민이 물결처럼 동요하고, 경찰서
문 앞에서 부르짖어 곡하는 사람이 있기에 이르렀다. 경찰서에 구류된 지 한 달
남짓 지나서 석방되었다."(〈先府君遺事〉『국역 석주유고 하』, 앞의 책, 599쪽)

가사를 지을 당시 손녀에게는 아들 하나만이 있어, ⑤에서 "일ㄱ
금동"이라 한 것이며, ⑥의 '우리정하'에서 '정하'는 외손자의 이
름이다.

　　⑨ 다) 금년갑인 춘이월은 우리왕모 갑일일싯 / 즐겨온중 이달ㅎ다
종쥬달야 전전불미 / 엇지하야 불참인고 소산듸랄 농사ㅎ여 / 셔슉갈
고 감자심어 남산갓치 쎡을ㅎ○ / 한강슈로 술을비○ 삼각산을 ○어
○○ / 라) 우리야야 남미분○ 두쌍으로 헌작할젹 / 노릭자에 아롱오
시 춘풍에 나붓기여 / 남산에 슈을빌고 셔강에 복을빌어 / 만당열좌
제아드련 초기발월 춤추난가 마) 여룡여호 나에남졔 손쑵아 나을혜
니 / 방연이 구셰로다((답사친가))

　　위의 다)에서 "우리왕모"는 작자의 조모 즉, 김우락을 말한다.
1914년 2월에 조모의 환갑날이 있었지만 작자는 그 잔치에 갈 수
없었다. 그리하여 안타까움을 표한 뒤 수연잔치의 모습을 상상해
축하한 것이다. 라)의 "우리야야 남미분"은 '우리 아버지 남매분'으
로 서로 남매 사이인 이준형과 강숙모를 말한다. 작자는 이들이 환
갑을 맞이한 조모에게 술잔을 올리는 장면을 상상하고 있는 것이
다. 마)의 "나에남졔"는 '나의 남동생' 즉 李炳華로 작자가 이 가사
를 창작할 당시 겨우 9세였다. 작자는 장녀로서 집안의 장손인 남
동생에게 남다른 기대를 가지고 덕담을 하고 있는 것이다.

35　"子正夏 一九一二壬子生 室眞城李氏父源國己未生三子"(『풍산류씨세보』卷之三,
　　234~235쪽)

4) 기타

② 가) <u>七十餘間 傳來祭宅</u> / 동누하량[36] 죠은각쳐 헌신갓치 바려두고 / 통곡으로 써날시에 나) <u>고기너머 만은유솔</u> / <u>一時에 登達</u>ㅎ니 골난이 이슬기다 / <u>左右</u>로 말이거날 北便에 졍한길노 / 월옥도망 ㅎ듯ㅎ니 너을다시 못본거시 / 쳘쳔지한 될듯ㅎ다 다) <u>九潭酒店 다다르니</u> / <u>난봉갓흔 우리손서 몽즁갓치 만나보고</u> ((조손별서))

우선 가)의 "七十餘間 傳來祭宅"은 임청각을 말한다. 임청각은 우리나라에서 현존하는 살림집 중에서 가장 큰 규모로 알려진 안동 고성이씨의 대종택이다. 나)는 작자가 망명할 때 손녀를 보지 못하고 떠나온 서운한 심정을 읊은 것이다. 작가 일행은 남편보다 나중인 1월 20일에 길을 나섰다. 그런데 많은 사람들이 한꺼번에 길을 나서면 일경의 감시를 피할 수 없었으므로[37] 일행이 흩어져서 가기로 했다. 손녀가 사는 하회마을은 임청각이 있는 안동 법흥동에서 남쪽에 위치해 있다. 그런데 작자는 북편길을 택했기 때문에 손녀를 만날 수 없었던 것이다. 다)는 손녀를 보지 못했으나 다행히 사위가 구담까지 와서 작자를 전송한 사실을 서술했다. 구담은 하회에서 그리 멀지 않은 곳[38]이다.

---

36 冬溫夏凉 : 겨울에는 따뜻하고 여름에는 시원하다는 뜻이다.

37 "18일. 집 회신 전보가 비로소 도착하였다 한다. 20일에 발행하려 하는데, 사방에 감시가 깔려 있어 빠져나가기가 쉽지 않을 것이다. 많은 사람들이 이사하는 일이니 걱정이 놓이지 않는다."〈西徙錄〉(이상룡, 『국역 석주유고 하』, 앞의 책, 20쪽) 이상룡과 작가 일행은 1월 25일에 신의주에서 만나 1월 27일에 압록강을 건넜다.

38 이상룡은 1월 6일 고향집을 나서서 1월 7일에 손녀가 사는 하회마을 사돈댁에 도착했다. 하루를 유숙하고 그 이튿날 다시 길을 떠났다. "8일 아침 먹은 후 출발하려고 하는데 柳室이 정에 약하여 눈물을 흘린다. 동전 여섯 꿰미를 주며 달래

① 遠別한지 얼마련고 <u>얼푸시 六年光陰</u>(〈답사친가〉)

④ <u>신힝연 春正月</u>에 난딕업는 이별이야 / 싱이사별 된듯ᄒ다(〈답사
친가〉)

먼저 ①의 "얼푸시 六年光陰"은 작자가 결혼한 지 6년이 지난 것
을 말한다. 이 당시에는 햇수로 계산하는 것이 일반적이었으므로
유실이가 결혼한 1909년에서 가사를 창작한 1914년까지는 6년이
된다. ④의 "신힝연 春正月"은 다른 이본에 모두 '신해년'으로 기재
되어 있으므로[39] '신히년 春正月'으로 보는 것이 좋을 것 같다[40]. 이
상룡 일가가 만주로 망명한 신해년(1911년) 1월(춘정월)을 말하는
것이다.

04 맺음말

이상으로 〈조손별서〉와 〈답사친가〉의 내용을 구체적으로 고증
했다.

이전의 논문에서 '유실이'의 사망연대는 1937년으로 추정되었

었다. 종기씨와 천천히 걸어 재 넘어 九潭에서 잠시 쉬었다."(이상룡, 『국역 석주
유고 하』, 앞의 책, 17쪽) 1월 8일 아침에 하회를 떠난 이상룡이 그날 낮에 구담에
도착했으므로 하회에서 그리 멀지 않은 곳이다.

39 "신히연(역대본)", "신해년(규방가사본)", "신해년(가사문학관본1)", "신히연
(가사문학관본2)" "신히년(가사문학관본3)"

40 「만주망명인을 둔 고국인의 가사문학-자료 및 작가를 중심으로」(앞의 논문, 48
쪽)에서는 "신힝연"을 있는 그대로 보고 무리한 해석을 시도했다. 다음의 구절
은 시정을 요한다. "〈답사친가〉의 내용에 "신힝연 春正月에 난딕업는 이별이야
"라는 구절이 나온다. 결혼 후 1년 정도를 친정에서 보내다가 신행을 떠났고, 얼
마 안 가 친정 식구들의 만주행이 있었는데, 이때 '신행년 춘정월'은 신행이 있고
난 후 정월로 생각하는 것이 합리적일 듯하다."

다. 추정은 '유실이'에 대한 족보기록과 자식들의 출생연도에 근거
한 것이었다. 그런데 1932년 남편 유시준이 적은 〈읍혈록〉에 의하
면 '유실이'는 그 당시 아들을 낳고 사망한 후였다. 따라서 '유실이'
의 사망연대는 이상룡이 사망한 1932년 전으로, 셋째아들을 낳은
1927년임을 알 수 있다.

두 가사에는 '叔姪'이 종종 언급되곤 했다. 〈조손별서〉의 "너희叔
姪"은 작자의 외동딸인 '강실이'와 장손녀인 '유실이'를 말한다. 강
실이는 작자가 늦은 나이에 낳은 늦둥이로서 손녀 유실이와 거의
같은 연배였다. 이 둘은 동시에 성장했으므로 "너에슉질 차등업시
길너닉니"라는 표현이 나올 수 있었다. 이 두 사람은 결혼을 비슷
한 시기에 했으며, 귀령부모를 동시에 할 수 있었다. 그런데 강실이
는 유실이와 달리 남편과 함께 만주에 망명하여 살고 있었다. 한편,
〈조손별서〉에는 "너아자비"가 등장하는데, "아비(이병화)"와는 다
른 인물로서 손녀에게 "아자비"가 되는 이상룡의 조카 중 한 사람
이다. 이상룡의 조카들을 조사한 결과 "아자비'는 이형국인 것으로
확인되었다. 이형국은 이상룡이 망명하면서 종손 대행으로 삼은
인물로 안동과 만주를 오가며 문중의 일을 도맡아 한 것으로 보인
다. 그리고 기독교를 믿는 자기 부친과 인륜을 끊었기 때문에 "절
윤[絕倫]한"이라는 수식어가 붙여질 수 있었다.

그 외 "너에祖父"와 "우리왕부"는 李相龍(1858-1932)을, "장중에
일기금동"과 "남쳔보옥 우리정하"는 유실이의 장남 柳正夏(1912년
생)를, "우리왕모"는 〈조손별서〉의 작자 金宇洛(1854-1933)을, "우
리야야 남믹분"은 유실이의 부친과 숙모인 李濬衡(1875-1942)과 강
실이를, "나에남제"는 유실이의 남동생 李炳華(1906-1952)를 말한
다. 이들 인물과 관련한 각 구절의 사연을 아울러 고증했으며, 기타

149

망명과정과 연도에 관한 사항도 구체적으로 고증했다.

　사실 두 가사의 고증이 비교적 구체적으로 이루어질 수 있었던 것은 이상룡이 워낙 유명한 독립운동가였기 때문이다. 사학계의 연구 성과는 이상룡의 행적은 물론 가계도까지 잘 정리하고 있었기 때문에 두 가사를 고증하는 데에 많은 도움이 되었다. 그럼에도 불구하고 이상룡에 대한 학계의 연구는 모두 남성을 위주로 한 것이었기 때문에 여성과 관련한 정보는 따로 조사해야 하는 어려움도 있었다. 이렇게 유명한 독립운동가와 관련한 규방가사를 고증하는 일에도 어려움이 많이 따랐다고 할 수 있다. 이런 마당에, 대다수 이름 없는 집안에서 창작된 규방가사의 내용 고증이란 '모래밭에서 바늘 찾기'나 마찬가지로 매우 어려운 일이라고 할 수 있다.

　많은 필사본 자료를 앞에 두고 있는 현시점에서 고증이 어렵다고 아주 포기하고 말 일은 아니라고 본다. 비록 이름 없는 작가들의 가사에 불과하지만, 이들 가사들도 엄연히 우리 고전문학의 훌륭한 유산이기 때문이다. 여성 작가들이 쓴 규방가사에 대한 고증 작업이 이후 활발하게 이루어졌으면 하는 바람이다.

제6장

만주망명인을 둔 寒洲宗宅 宗婦의 가사문학
- 〈感懷歌〉와 〈별한가〉 -

01 머리말

    19세기 말에서 일제강점시기까지를 근대기[1]라고 할 때 근대기 문학은 현대 장르가 빠르게 발생·정착되면서도 전통 장르의 지속·변용이 병행되어 다양한 양상으로 전개되었다. 근대기에 들어서도 전통시대의 시가 장르인 가사문학이 여전히 왕성하게 창작되고 향유되었음은 주지의 사실이다. 근대기 문학의 총체적 실체를 바탕으로 한 문학적 본질의 규명과 문학사의 재구성을 위해서는 전통장르인 가사문학의 지속과 변용 양상을 구체적으로 규명하는

---

1 여기서 근대기란 일반적으로 통용되는 시기를 말한다. 조동일은 『한국문학통사 5』(지식산업사, 2005)에서 "근대문학 제1기"를 1944년까지 다루고 있으며, 강준만도 『한국근대사 산책』(전 10권, 인물과 사상사, 2008)에서 '근대사'를 해방기까지 다루고 있다.

다양한 연구가 선행되어야 한다. 그동안 수많은 근대기 가사 자료
가 정리·출간되었고, 최근에는 의미 있는 근대기 작품들에 대한
연구가 활발히 진행되고 있는 것은 매우 고무적인 사실이다. 그러
나 아직도 필사본의 형태로 방치되어 읽히지 않거나 알려지지 않
은 근대기 작품들이 연구자의 손을 기다리고 있는 형편이다. 근대
기 가사문학에 대한 작품론적·유형적 연구가 절실히 필요한 시점
이다.

　필자는 근대기에 창작된 필사본 중 만주망명인을 둔 고국인의
가사 자료를 조사하면서 〈感懷歌〉와 〈별한가〉라는 작품을 알게 되
었다. 〈감회가〉는 간단한 내용과 작가에 대한 사실을 덧붙여 작품
전문이 활자로 소개된 작품이다.[2] 소개 당시 寒洲 李震相의 子婦, 즉
독립운동가 李承熙의 부인으로 작가가 이미 알려져 있었다. 그리고
〈별한가〉는 무명씨 작으로 유통된 작품인데 이본이 4편이나 될 정
도여서 〈감회가〉보다 향유가 활발했던 작품이다. 그런데 〈별한가〉
를 면밀하게 읽어본 결과 작품 내용에서 서술하고 있는 사연이 〈감
회가〉의 것과 동일하다는 사실을 알게 되었다. 즉 〈감회가〉와 〈별한
가〉는 모두 독립운동가 이승희의 부인이 쓴 가사였던 것이다. 곧바

2　이휘 편저, 조춘호 주석, 『견문취류』, 2003, 이회, 92~103면. 조춘호는 〈감회가〉
　를 소개하면서 작품에 대해 다음과 같이 적고 있다. "檀紀 4250년대(西紀 1920년
　대) 星州人 寒洲先生(諱震相)의 子婦가 그의 夫君이 亡國의 한을 품고 畢子를 데리
　고 잠적(北間島)하자 그를 간절히 그리며 젊은 子婦의 애절한 심회 등을 그림 歌
　辭로 국운흥망이 한 가정, 한 여인에게까지 미치는 애통을 나타낸 글이다. 이 가
　사를 지은이의 夫君은 끝내 이국 만주에서 망국한을 품은 채 별세하니 그의 畢子
　가 棺柩를 모시고 환국하였다. 畢子는 야밤에 부친이 가출하는 것을 알고 뒤를
　밟다가 父子가 동행하게 되었다는 것을 후일 알게 되니 즉 父는 忠을 위함이며,
　子는 孝를 위해 盡忠竭力한 것이라 하겠다. 이 막내아들의 큰 형은 광복 후 노쇠
　함에도 北山書堂에 계속 왕래하였다. 退溪先生의 학통을 이어받은 寒洲先生은 郭
　俛宇선생의 스승이고, 俛宇선생은 朗山(諱壴)선생의 스승이니 이 세 문중은 내
　왕이 많았다."(『見聞聚類』, 앞의 책, 92면). 여기서 이 작품의 창작연대를 1920년
　대로 말하고 있는데, 2.2에서 논의하겠지만 이것은 잘못된 것이다.

로 작가의 생애 구성이나 다른 이본의 소장 여부에 대한 도움을 청하기 위해 이승희의 후손과 연락을 취했다. 연락이 닿은 작가의 손자[3]는 조모의 작품으로 〈감회가〉만을 지니고 있었고, 〈별한가〉의 존재는 모르고 있었다.

두 작품은 만주로 망명한 남편과 막내아들을 그리워하는 내용으로 '만주망명인을 둔 고국인의 가사'에 해당한다. 1910년대에 독립운동과 만주망명이라는 특수한 상황에서 망명인을 둔 고국인이 두 편이나 가사를 창작한 것은 드문 경우라고 할 수 있다. 그런데 두 작품을 창작한 작가의 생애에 대해서는 유명한 독립운동가의 아내라는 사실 외에 거의 알려져 있는 것이 없다. 규방가사 연구에서 일반적으로 그렇듯이 여성 작가이기 때문에 작가의 구체적 생애에 대한 관심이 없었던 것이다. 이 두 작품은 여성의 시각에서 근대기 우리 역사의 중요 국면을 작품 안에 수용하고 있어 그 작가의 중요성이 부각될 필요가 있다. 그리고 무엇보다도 작가의 생애에 대한 정보 없이 작품 세계의 진정한 이해가 힘들기 때문에 작가의 생애를 구체적으로 밝히는 작업이 필요하다고 본다.

이 연구는 같은 작가의 작품으로 밝혀진 〈감회가〉와 〈별한가〉의 작품론을 목적으로 한다. 2장에서는 작가의 생애를 구체적으로 재구성하고 작품내용을 사실적으로 고증하고자 한다. 다행히 작가의 남편이 유명한 독립운동가여서 1차 자료가 주어져 있으므로 이를 참조하여 그 아내인 작가의 생애를 재구성할 수 있었다. 한편, 작품내용에는 작품세계의 파악을 방해하는 구절이나 서술이 있다. 작

---

3 연락이 닿은 작가의 손자는 李葵錫(1926생) 전 국민대 총장님이시다. 이분은 작가의 첫아들인 이기원이 낳은 네 번째 아들로 작가가 사망한 이후에 출생했다. 2011년 현재 서울에 거주하신다.

품세계의 이해를 위해서 이러한 부분들에 대한 사실적 고증이 우
선적으로 선결되어야 한다고 판단했다. 3장에서는 두 작품의 작품
세계를 살펴보고자 한다. 먼저 '그리움과 한탄의 중첩적 서정'에서
는 신변탄식류 가사로서의 양상과 특징을, 이어 '여성인식'에서는
자신의 처지를 한탄하며 드러낸 작가의 여성 인식을, 마지막으로
'만주망명자를 둔 고국인의 민족의식'에서는 독립운동가 남편을
둔 작가의 민족의식과 그 특징을 살피고자 한다. 4장에서는 두 가
사 작품의 가사문학사적 의의를 규명하고자 한다.

〈감회가〉는 견문취류본, 이규석본1, 이규석본2 등 세 이본이 확
인된다.[4] 〈별한가〉는 역대·집성본, 영남본, 가사문학관본 1, 가사
문학관본 2 등 네 이본이 확인된다.[5] 이 연구에서 인용하는 작품은
견문취류본 〈감회가〉와 가사문학관본 1 〈별한가〉이며, 작품의 인용
시 맨 앞에 그 부분이 속해 있는 서술단락을 표시했다.

4 견문취류본 - 이휘 편저, 조춘호 주석, 앞의 책, 92~103면. ; 이규석본1 - 작가의
   손자인 李葵錫 전 국민대 총장님이 소장하고 있는 원고지 수고본으로, 순 한글표
   기이며 제목은 〈述懷歌〉이다. ; 이규석본2 - 李葵錫옹 이 소장하고 있으며 이규석
   본1의 한자용어를 한자로 옮기고 컴퓨터에서 출력한 것이다. 제목은 〈述懷歌〉이
   다.
5 역대·집성본(〈별혼가〉) - 임기중 편, 『역대가사문학전집』 제39권, 아세아 문학
   사, 1998), 39~50면. ; 단국대 율곡기념도서관 편, 『한국가사자료집성』 제3권, 태
   학사, 1997, 443~466면. ; 영남본(〈별한가〉) - 이정옥, 『영남내방가사』 제2권, 국
   학자료원, 2003, 98~137면. ; 가사문학관본1(〈별한가〉) - 한국가사문학관 홈페이
   지. 『별한가한별곡』 11~50면. ; 가사문학관본2(〈별한가〉) - 한국가사문학관 홈
   페이지. 『역대가사문학전집』과 『한국가사자료집성』에 실린 두 이본은 같은 필
   사본이어서 이본명을 역대·집성본이라 했다.

02 작가의 생애 및 작품내용의 고증

1) 〈感懷歌〉와 〈별한가〉의 작가 : 全義李氏(1855-1922)

〈감회가〉와 〈별한가〉의 작가는 全義李氏(1855-1922)로 성리학자 寒洲 李震相의 며느리이자 독립운동가 韓溪 李承熙(1847-1916)의 아내이다. 이진상은 寒洲學派를 형성하고 수많은 제자를 거느린 유학계의 거두였으며, 이승희는 한주학파의 중심인물로 일제 강점기에 활동한 독립운동가였다. 이진상 및 이승희의 철학사상과 항일활동, 그리고 이들의 생애는 비교적 소상하게 밝혀져 있다. 하지만 이들의 며느리이자 부인인 작가에 대해서는 거의 알려진 사실이 없다. 남편은 물론 두 아들의 문집[6]에도 여성이나 가정의 일상사에 대한 사항이 거의 기록되지 않았다. 그리하여 작가의 생애는 친정 및 시댁의 족보, 이승희의 연보 및 생애 연구[7] 등에 단편적으로 기록되어 있는 사항과 작품 내용에 기술된 사실을 종합하여 재구성할 수밖에 없었다.

작가 전의이씨는 1855년 7월 28일 李彦會와 星州李氏 사이에서 장녀로 태어났다.[8] 작가가 태어나 성장한 곳은 달성군 하빈면이

---

6 이승희의 문집으로는 『韓溪遺稿』 전9권(한국사료총서 23, 한국국사편찬위원회, 1980)와 『大溪先生文集』 전 6권(경인문화사, 1997)이 있다[이승희의 호가 韓溪·剛齋·大溪이다]. 이기원의 문집으로는 『三洲先生文集』 전2권(삼봉서당, 1989)이, 이기인의 문집으로는 『白溪文集』(백계문집간행소, 1986)이 있다.

7 이 논문에서 참고한 자료는 다음과 같다. 〈韓溪先生年譜〉(『韓溪遺稿』7권, 앞의 책, 527~564면.;『星山李氏世譜』 권4, 740~741면, 863~870면.;『全義李氏副正公派譜』 제2권, 115~116면, 710면.; 금장태,「한계 이승희의 생애와 사상(1)」,『대동문화연구』 제19집, 성균관대학교 대동문화연구원, 1985, 5~21면. 참고한 자세한 면수는 대부분 생략한다.

다.⁹ 작가에게는 밑으로 15년이나 어린 남동생이 하나 있다. 밑으로 동생들이 더 있었는데 병으로 잃었는지는 알 수 없지만, 작가가 거의 외동딸로 성장했음을 알 수 있다. 남동생이 태어난 1870년¹⁰은 작가의 나이가 16세가 되는 해로 통상적으로 볼 때 결혼을 해야 하는 때였다. 그런데 작가는 어떤 연유에서인지 결혼 시기를 놓치고 말았다. 모친의 생몰연대를 알 수 없고, 부친이 사망(1892년)하기 이전에 再娶를 하지 않았기 때문에 어떤 사정이 있었는지는 전혀 알 수 없다. 혹시 나이가 40대 후반이나 되는 모친이 어린 동생을 낳고 병이 들어 작가가 어린 동생과 집안 살림을 돌봐야 했던 사정이 있었던 것이 아닐까 추측된다.

결혼 시기를 놓친 작가는 19살인 1873년에 27살의 이승희와 결혼할 수 있었다. 이승희는 첫 부인을 1871년에 잃었기 때문에¹¹ 작가에게는 재취 자리였다. 당시 작가는 "柔順하고 貞淑하여 君子의 배우자감으로 마땅하다"¹²는 칭찬을 받았다. 이렇게 작가는 이진상의 외아들 이승희와 결혼함으로써 寒洲宗宅¹³의 종부가 되었다. 시아버지와 남편이 워낙 큰 유학자라서 시아버지가 집에서 제자들을

---

8 "孺人全義李氏彦會女承旨瑢后京山李秉昇外孫乙卯七月二十八日生壬戌五月二十八日卒壽六十八"『星山李氏世譜』권4, 741면.
9 구체적인 논증은 2.2에서 논의한다.
10 "李玄琪 字星健庚午一八七0年生甲申一九四四年卒 墓上同甲坐配固城李氏父道相"『全義李氏副正公派譜』제2권, 710면.
11 "孺人驪江李氏進士在敎女元公誨齋彦迪后南陽洪文國外孫丙午十二月十二日生辛未三月十三日卒享年二十六"『星山李氏世譜』권4, 741면. 첫 부인 여강이씨는 26살의 나이로 자식도 남기지 못하고 세상을 떠났다.
12 "柔婉貞靜人稱宜配君子"〈韓溪先生年譜〉, 앞의 책, 531면.
13 경상북도 성주군 월항면 대산리 한개마을은 성주(星山) 李氏 大浦派의 집성촌으로 민속관광 마을이다. 한개마을 내의 1700년대에 지어진 하회댁, 교리댁, 북비고택, 한주종택, 월곡댁 등은 모두 문화재로 지정되었다. 한주종택은 경상북도 문화재 45호로 지정되었으며, '主理世家'라는 현판을 걸고, "寒洲·大溪·三洲"라는 세 개의 편액이 현판으로 붙어 있다.

모아놓고 講論을 하거나 제자와 남편이 시아버지의 저술을 교정하거나 할 때마다 종부인 작가는 그 모든 살림을 도맡아 엄청난 시집살이를 해야 했다.

작가는 결혼 후 1년 만에 장녀를 출산했지만, 그 후 오랫동안 아이를 낳지 못하다가 1885년에야 드디어 첫아들 李基元(1885-1982)을 낳았다. 작가의 나이 31세, 남편의 나이 39세에 첫아들을 본 것이다. 남편이 독자인데다 뒤늦게 長孫을 얻어 시아버지는 이때의 감회에 대해 詩를 짓고 아기의 귀가 열리자 매일 삼강오륜을 들려주곤 했다고 한다.[14] 그런데 다음 해에 시부모님이 한꺼번에 사망하게 되자[15], 작가는 두 분의 장례를 마치고 이듬해 2월에는 시아버지의 士林葬까지 치렀다.

작가가 막내아들 李基仁((1894-1981)을 낳은 것은 그의 나이 40세 때인 1894년이었다. 그런데 이해에 갑오동학농민전쟁이 일어났다. 한주학을 계승하고 부친의 학문 업적을 세상에 펴는 데 몰두하고 있던 남편은 피난을 가기로 결정했다. 그리하여 거창군 가조면 원천으로 이주해 살다가 3년 만인 1897년에 고향 한개마을로 돌아왔다.[16] 그리고 1899년 정월에는 장자 이기원이 春陽鄭氏와 결혼을

---

14 "을유년에 장손이 태어나니, 선친은 聖童이라 이름을 지었다. 그리고 겨우 귀가 뚫려 소리를 듣자 날마다 三綱·五常·三才·五行 등의 글자를 외워서 들려 주었으니, 乳兒 때부터 교육을 받게 하고자 한 것이었다. 아이가 좀 자라 말을 하려 할 때에 이르러서는 『小學』·四書 등의 격언들을 날마다 들려 주었으니, 묵묵히 감화되게 하고자 한 것이었다. 선친은 임종 무렵 병환이 위중할 때에도 손주를 안고 오게 하고는 웃는 낯빛을 지으며 연이어 몇 자를 외워 들려주고는 그만두었다." 〈行錄〉(이상하, 『주리 철학의 절정 한주 이진상』, 한국국학진흥원, 2008, 157~158면) 〈행록〉은 아들 이승희가 부친 이진상에 대해 쓴 것이다.

15 10월 10일 시아버지 이진상이 병석에 눕게 되었다. 그런데 음식을 잊고 병간호를 하던 시어머니 이씨부인이 먼저 13일에 돌아가시고, 잇달아 15일에 시아버지도 69세로 세상을 떠나 동시에 시아버지와 시어머니를 잃고 만 것이다.

16 '『鄭鑑錄』 秘訣에 의하면 경남 거창군 가조면이 피난지이다'라는 소문이 퍼져 많은 사람들이 이곳으로 유입되었다고 한다. 이승희는 가조면 장기리 원천동(샘

하여, 작가는 며느리를 보게 되었다. 1895년 을미사변이 일어나고 부터 남편은 儒林의 지도자로서 抗日운동에 앞장서기 시작했는데, 1905년 10월(음력) 을사오조약이 강제로 체결되자 을사오적을 討罪하고 勅約의 파기를 주장하는 두 차례의 상소를 올렸다. 歸鄉한 남편은 12월 25일에 일인순사에게 연행되어 대구경무서에서 문초를 받고 1906년 4월 8일까지 60세의 노구로 옥중생활을 하다 풀려났다. 그리고 이해 10월에 나이가 불과 13세밖에 되지 않았던 막내아들을 4살 연상의 密陽安氏[17]와 결혼시킴으로써 작가는 두 며느리의 봉양을 받으며 살아가게 되었다.

대구옥에서 나온 남편은 항일활동을 계속하는 중에서도 망명을 계획했다. 그리하여 1908년 4월 20일(음력) 62세의 노구를 이끌고 부산 동래에서 木船을 타고 20일간의 항해 끝에 5월 9일 블라디보스토크에 닿았다. 이후 남편은 1909년 길림성 密山府로 옮겨 韓人촌락 韓興洞을 건설하고 독립운동의 발판으로 삼았는데, 이때 맏아들 이기원이 한 차례 부친을 만나고 돌아왔다.[18] 같이 돌아가자고 말하는 아들에게 남편은 "나는 죽어도 돌아가지 않겠지만 너는 집에 조상의 사당이 있고 老母가 계시는데 어찌 빨리 돌아가지 않느냐"[19]며 귀국도록 하고 자신은 끝내 돌아오지 않았다.

막내아들 李基仁이 이역만리에서 고생하는 부친을 돕기 위해 밀산부 한흥동으로 들어간 것은 1910년 경술국치 직전이었다. 17세

내, 井川)에 우거했다. 한주선생기념사업회, 『寒洲先生崇慕誌』, 대보사, 2010, 670~671면.

17 "丙午先生六十歲 -- 十月, 行次子基仁冠婚聘于密陽安郡守璋遠家而親迎"〈韓溪先生年譜〉, 앞의 책, 546면.

18 맏아들은 4월에 집을 떠나 7월 초에야 부친을 만나고, 8월 초에 만주를 떠나 집에 돌아왔다.

19 "我則死不還, 汝則家有祖廟及老母, 何不速歸"〈韓溪先生年譜〉, 앞의 책, 550면.

의 나이로 부인을 동반하지 않고서였다. 이후 작가는 비록 장남이 자신의 곁을 지키고는 있지만, 노구의 남편과 어린 아들을 만주로 보내고서 그들의 안위를 걱정하며 그리움의 나날을 이어 나갔다. 이즈음 집에는 맏아들 내외, 둘째 며느리, 그리고 尙姬, 大姬, 海錫, 榮錫 등 맏아들이 낳은 어린 손자녀들이 함께 생활하고 있었다. 1913년 남편이 안동현으로 이주하게 되자 맏아들이 두 번째로 부친을 찾아보았고, 이후 남편은 1914년 5월에 다시 봉천으로 이주했다.

작가가 남편 및 막내아들과 상봉한 것은 1915년 말경 봉천에서였는데, 남편이 망명한 지 8년 만이었다. 이때 남편은 어린 長孫 李海錫의 얼굴을 첫대면할 수 있었고, 막내아들도 그의 아내 安氏와 만나볼 수 있었다. 그러나 이것이 작가와 남편의 마지막 상봉이 되고 말았다. 1916년 2월 맏아들이 봉천을 다시 찾았는데, 남편은 지난달부터 앓던 감기가 악화되어 2월 28일 새벽에 70세의 나이로 사망하고 말았다. 남편의 사망 소식을 전보로 알게 된 작가는 從叔 李鈴熙, 再從姪 李基忠, 사위 張石遠과 함께 壽衣를 들고 이틀 만에 봉천에 도착했다. 작가는 염습을 마치고 울다가 기절하여 약을 복용한 후에야 깨어나 겨우 빈소를 차릴 수 있었다.[20] 남편은 평소 맏아들에게 "나라가 광복되지 않으면 죽은 뒤 시신이 돌아가더라도 영혼은 돌아가지 않을 것이라"[21]고 했으며, 마지막에도 그곳 공동묘지에 묻어달라고 유언했다. 당연히 현지에서의 장례 여부에 대해

---

20 "過二日, 從叔鈴熙, 再從姪基忠, 女婿張石遠, 接電報, 持在家壽衣而來纏, 畢小大斂, 孺人哀號氣絶, 左右摩擦, 急進藥, 食頃纔甦, 成服後設殯"〈韓溪先生年譜〉, 앞의 책, 563면.
21 "初基元來省, 命之日, 國復吾乃返, 吾死, 爾曹必欲歸葬, 尸可返, 魂必不返"〈墓碣銘〉, 『韓溪遺稿』8권, 앞의 책, 550면,

설왕설래가 오가게 되었는데, 작가는 "남편의 유언을 감히 따르지
않을 수 없으나, 나마저 장차 끼니도 먹지 못해 죽어 객지에서 兩喪
이 난다면 어찌 장례를 치를 것이며, 고국의 사당 墓를 어찌 守護할
수 있겠느냐"며 고국으로의 返葬을 강력하게 주장했다.²² 그리하여
작가는 두 아들 및 사위와 함께 남편의 시신을 운구해 내려왔다. 시
신이 경성에 도착하자 수십 명이 "大韓韓溪李先生"이라는 銘旌을
걸고 弔喪을 했으며, 왜관역에 도착해서는 수천 명의 조객이 밀어
닥쳤다고 한다.²³ 작가 일행은 이승희가 사망한 지 한 달만인 3월
28일에 고향집에 도착했다. 고향집에서 작가는 남편의 장례를 치
르고, 다음 달에는 士林葬까지 치르게 되었다.

이후 작가의 두 아들은 부친의 뜻을 이어받아 국내에서 항일활
동을 계속했다.²⁴ 그러는 가운데 작가는 1922년 5월 28일 68세를 일
기로 파란만장한 독립운동가의 아내이자 어머니로서의 삶을 마감
했다. 시신은 船南面 巢鶴洞에 있는 남편의 묘소 곁에 묻혔다.

---

22 "孺人命曰, 夫君治命, 不敢不從, 然我將不保朝夕, 客地兩喪, 何以治送, 故國廟墓, 何
以守護"〈韓溪先生年譜〉, 앞의 책, 564면.
23 "在京有志及嶠南學會代表數十名, (會長金科奉)掛挽來吊, 見大韓韓溪李先生銘旌。
莫不歡喜參拜, 到倭舘驛, 吊者雲集, 殺到驛搆內, 車行不得已延時, 至于江邊, 設幕吊
奠, 會者數千也, 所謂日警, 苛察太酷"〈韓溪先生年譜〉, 앞의 책, 564면.
24 이기원은 1919년 독립만세시위를 전개하는 중 4월 30일 파리장서 사건으로 체
포되었다. 1925년 3월에는 영남유림들의 독립군자금 20만 원 모금운동에 참여
했으며, 이듬해 12월에는 동양척식회사 폭탄사건에 소요되는 자금을 지원하는
등 계속 독립만세운동을 전개했다. 1980년에 대통령표창을 수여하고, 1990년에
건국훈장 애족장을 수여하였다. 이기인은 부친의 사망으로 고국으로 돌아왔다
가 1920년에는 봉천 西塔에서 임시정부 요인과의 연락 사무에 종사했으며, 1923
년에는 고향 성주에 돌아와 대한독립의용단 군자금 모집 특파원인 李虎를 돕다
가 일본 경찰에 체포되었으나, 1924년 7월 24일 대구지방법원에서 증거불충분
으로 무죄 석방되었다. 1977년에 대통령표창을 수여받고, 1990년에 건국훈장
애족장을 수여받았다.

2) 창작시기 및 작품내용의 고증

〈감회가〉의 내용을 서술 단락별로 크게 나누면 다음과 같다.

① 여자의 본분(1-17구) → ② 가장·자식과의 이별 素懷(18-40구) → ③ 新年의 감회(41-92구) → ④ 정월 대보름및 아들 생일의 감회 (93-134구) → ⑤ 仲春의 감회(135-185구) → ⑥ 晩春의 감회(186-242 구) → ⑦ 가을·겨울의 감회(243-252구) → ⑧ 인생무상과 친정 방문 (253-287구) → ⑨ 결어(288-297구)[25]

작품의 창작시기는 서술단락 ④에 나타난다.

④ 오늘이 어느날고 癸丑上月 二十四日 / 吾兒의 出生日 아니런가 / 甲午年 今日이야 天幸이 저를 얻어 / 僥倖兄弟 되였으니 神奇하고 貴重 커늘[26]

위는 작가가 막내아들의 생일을 맞이하여 그 감회를 적은 부분 이다. 작가는 결혼 후 첫딸을 얻긴 했지만 아들이 없다가 13년(햇 수) 만인 1885년에야 맏아들을 얻고, 다시 10년 만인 갑오(1894)년 에 둘째 아들을 얻었으므로 천행으로 두 형제를 얻었다고 했다. 그 런데 밑줄 친 부분에 의하면 작가는 '오늘'을 "癸丑上月 二十四日"

---

25 4음보를 1구로 계산한 것이다. 간혹 한문구에 현토한 형태가 있거나 4음보에서 벗어난 구가 있어 정격의 가사 형태는 아니다.

26 『견문취류』(앞의 책)에 〈감회가〉는 다음과 같이 한자와 한글음을 병기하는 방식 으로 기재되어 있다. "오늘이 어느날고 癸丑上月(계축상월) 二十四日(이십사 일)" 이 논문에서는 괄호 안의 한글음을 없애고 한자 표기만 적고자 한다.

로 명시하고 있다. 〈감회가〉가 이 한 해의 서정을 기술한 것이므로 창작 시기는 1913(계축)년이라고 할 수 있다.

다음으로 작품 내용에서 고증을 요하는 부분을 살펴보기로 하겠다.

⑤ 종사관두 渴望孫子 남다르게 바라더니 / 祖先의 作德으로 金童兄弟 되었으니

⑥-1 형산일지 상판자는 年年一逢 하것마는 / 어이하여 저父子는 年年一逢 姑捨하고 / 六年一逢 어렵도다

⑥-2 어여쁘다 나의畢子 鳳凰을 雙을이뤄 / 鴛鴦衾枕 胡蝶蜂이 덧없이 흩어지며 / 萬里相思 그린懷抱 어이다 말할소냐 --- (중략) --- 야료같은 그의슬픔 家長위해 못부리고 / 興心이 풀어져서 職任이 소여하여 / 親堂에 閑居하니 相思不忘 所天이나 / 유장의 성질되여 설부가 소삽하니 / 잔상하고 哀憐하여 骨節이 녹아난다

⑥-3 造物이 猜忌한가 나의禍 未盡한가 / 出生後 四五年에 各色자롭 極甚하야 / 死境이 몇몇번가 兄弟男妹 넷兒孩를 / 萬事如生 기르자니 肝조여 불이일어

⑧ 東南間方에 故鄕山川이나 / 洛江 河流는 故堂 門前이며 / 향연대 九鳳山은 우리先祖 居止로다 / 洛松亭 옛집에는 터만남아 유하로다 / 先親을 永慕하여 嗚咽 봉심이라 / 왕래 상선은 청에 羅列하고 / 景좋은 和睦亭은 樹陰間에 은은하고 / 邊頭楊柳는 十里에 壯觀이나 / 靑柳帳을 둘렀는듯 明沙十里 海棠花는 / 고운빛을 자랑하듯 金砂川石은 곳곳에 버려있고

⑤에서 남편이 손자를 바라다가 先朝의 도움으로 '금동형제'를

얻었다고 했다. 여기서 금동형제는 큰아들 소생의 李海錫(1909년생)과 李榮錫(1912년생)을 말한다. 남편이 1908년에 망명해 그렇게 바라던 손자들의 모습도 못 보는 안타까움을 말한 것이다. ⑥-1에서 父子가 해마다는 고사하고 6년에 한 번 상봉하는 것이 어렵다고 했다. 두 작품에서 작가가 줄곧 그리워하는 父子는 남편과 막내아들이다. 그런데 여기에서 '부자'는 남편과 큰아들을 말한다. 큰아들은 1909년과 1913년에 만주에 있는 부친을 찾았다. 큰아들이 두 번째로 부친을 찾기 전에 이 가사가 창작되었다면, 남편이 망명한 1908년부터 1913년까지 6년 동안 父子가 한 번 만나보는 것이 어려웠다는 말이다. ⑥-2는 막내아들도 만주로 가자 홀로된 며느리가 萬里相思에 빠진 것을 읊은 것이다. 막내아들은 1906년 10월에 13살의 나이로 결혼하고, 4년 만에 17살의 나이로 만주로 건너갔다. 젊은 며느리가 남편이 없어 "興心"이 풀어져서 "職任"도 잊고 "親堂에 閑居"하고만 있으니 "哀憐하여 骨節이 녹아난다"고 했다. 마음 둘 곳 없는 젊은 며느리의 마음을 통해 아들을 보고 싶어 애타는 자신의 마음을 표현했다. ⑥-3은 자신이 자식들을 양육했던 옛일을 추억한 것이다. 아이들은 출생한 지 4-5년이 지나면 병으로 死境을 헤매곤 했다고 했다. 그런데 여기서 작가는 "兄弟男妹 넷兒孩"라고 적고 있는데, 실제 작가의 소생은 이남일녀이기 때문에 '넷'은 '세'의 誤記 내지 誤讀으로 보아야 한다.[27]

⑧은 친정을 방문한 내용이다. 서술내용에 의하면 작가의 친정은 명사십리가 펼쳐져 있는 낙동강 하류 가에 있으면서, 구봉산 자락에 향연대·화목정 등의 명소가 있는 곳에 터를 잡고 있었다. 필

---

27 다른 이본 〈述懷歌〉에도 "네" 아이로 되어 있다. "兄弟男妹 네 아이를 萬死如生 기르자니"

자는 이 사실에 근거하여 낙동강 하류의 구봉산이 있는 곳을 조사했으나 관련 명소와 일치하는 곳을 찾지 못했다. 그런데 의외로 대구광역시 달성군 하빈면의 낙동강 가에서 구봉산과 霞鶩亭[28]이 있는 곳을 찾게 되었다. 구봉산은 낙동강과 금호강의 합수 지점에 위치한 산인데 옆으로 낙동강 물이 크게 흘러 전망과 경치가 아름다운 곳이다. '낙강 하류'는 낙동강 전체에서 본 지리학적 표현이라기보다는 작가의 시댁인 성주군 월항면 대산리를 중심으로 본 심리학적 표현으로 볼 수 있고, '화목정'은 '하목정'이 와전된 것으로 볼 수 있다. 따라서 작가의 친정은 시댁 성주에서 "東南間方"에 있는 달성군 하빈면 낙동강 가이자 구봉산 자락임을 알 수 있다.

이제 〈별한가〉를 살펴볼 차례로 내용을 서술단락별로 크게 나누면 다음과 같다.

> ① 여자의 애석한 삶(1-22구) → ② 남편의 항일 활동과 望夫恨
> (23-73구) → ③ 남편 생일날의 감회(74-105구) → ④ 봄날 望父子의
> 감회(106-165구) → ⑤ 여름날 望子의 감회(166-248구) → ⑥ 친정 방
> 문 및 船遊의 감회(249-336구) → ⑦ 望父子의 한(337-360구)

〈별한가〉의 창작 시기를 추정할 수 있는 단서들은 다음과 같다.

> ② 별후 팔구지의 빅슈 쇠안니 / 어나 지경이 됫엿는지 아흐라
> ④ 츈남츄북이 나는홍안 쪽을불너 도라가니 / 너힝지 부렵도다 북

---

28 하목정은 대구광역시 유형문화재 제36호로 1604년에 지어진 건물이다. 인조가 대군 시절 석양의 붉은 노을에 새따오기가 노래하는 것을 듣고 '[노을]霞[따오기]鶩[정자]亭'의 글씨를 직접 써서 현판을 남겼다.

생이 놉히써셔 / 봉천성을 지나그던 세셰원졍 가져다가 / 우리부ᄌ
긱챵ᄒᆞ이 낫낫치 젼히쥬랴

②에서 작가는 1908년에 망명한 남편과 이별한 지 8~9년이 흘렀다고 했다. 따라서 햇수[29]로 치면 창작 당시는 1915~6년이 된다. ④에 의하면 남편과 아들이 있는 곳은 만주 봉천이다. 남편이 봉천에 머물렀던 시기는 1914년 5월부터 1916년 2월 사망하기까지이다. 그런데 작품 내용에 작가가 1915년 말경 남편과 아들을 봉천에서 상봉한 사연이 전혀 없어 작품의 창작 시기는 그 이전이 된다. 한편, 작가는 봄밤에 가사를 지었다고 했다. 이런 사실들을 종합해 볼 때 〈별한가〉의 창작 시기는 1915년 봄경으로 추정할 수 있다.

다음으로 작품 내용에서 고증을 요하는 부분을 살펴보기로 하겠다.

② 소쳔의 효우충졀 타인의 유별ᄒᆞ여 / 부월을 무릅시고 쳔의을 감동코져 / 샹소복걸 ᄒᆞᆸ다가 소인의 쳑이되여 / 오륙삭 혜슈타가 쳔ᄒᆞᆼ으로 히방된후 / 세궁역진 할길업셔 노즁연을 흠모ᄒᆞ여 / 원슈밋히 슬기슬허 히위말이 월경ᄒᆞ나 / 암미ᄒᆞᆫ 이인싱은 군ᄌᆞᄯᅳ즐 몰나밧ᄂᆡ
③-1 세월이 무졍ᄒᆞ여 청명가졀 슌구일은 / 우리소쳔 탄일이라

---

29 작가는 모든 연수를 햇수로, 그리고 나이를 말할 때는 대강 쳐서 계산하곤 했다. 〈별한가〉 단락 ④의 내용 가운데 "우유도일 육십연이 여익이 미진ᄒᆞ야 / 칠순가부와 어린ᄌᆞ식을 쳔ᄋᆡ변방이 더쳐두고"라는 표현에서 작가의 실제 나이는 61살이고 남편의 나이는 69세였으므로 엄격히 말하면 "육순'과 '칠순'은 맞지 않지만 대강으로는 그렇게 틀린 것만은 아니다. 〈감회가〉 단락 ④의 내용 가운데 "妻子어미 되는마음 忽然心思 測量하랴 / 蒼天下에 無家客이요 世上에 有髮僧이 / 分明하도다 無光한 年長六旬이라 / 黃容이 이르고 白髮이 부白하야"라는 표현에서 "年長六旬"도 대강의 나이이다.

③-2 왕스랄 풀쳐닉여 오륙경 싱각ᄒ니 / 역역히도 싀로워라 임신 슴월 십팔일은 / 군ᄌ만난 첫날이요 무신ᄉ월 샹ᄉ일은 / 원군송별 ᄒ즉이라

③-3 셕일우리 존당계실쎡 오여일남 귀즁ᄒ여 / 싱일을 당ᄒ면 슈 부귀다남ᄌ랄 / ᄒ여달ᄂ 졔왕젼의 빈든이리

⑤-1 오호명월 발근쎡예 / 아ᄌ의 옥면인가 ᄒ여드니 / 어히혼 쓴 구람이 명광을 가리원노

⑤-2 아쳐홀ᄉ 우리아ᄌ 쳔신만고 숨남민랄 / 금옥갓치 길너닉야 슈부귀다남ᄌ의

⑤-3 청춘소부 져히안히 셩혼한지 십여연의 / 농즁의 ᄌ미업시 막 막은졍 별쟝거의 / 싱으로만 셰월가니 월명ᄉ챵 요적한듸

⑥ 좌우로 도라보니 구면목은 아조업고 / 거의모다 신면이라 ᄌ최 도 셔이ᄒ고 / 파희 우리죵형 슈샹을 겸ᄒ여 / 쳔뉸밧 ᄌ별지졍 싱견 의 샹봉ᄒ여

②는 남편의 항일활동을 개략적으로 기술한 것이다. 전반부는 남편이 1905년 을사보호조약이 강제로 체결되자 상소를 올려 감옥에 수감되었다가 풀려난 사건을 말한다. 10월(음력) 을사보호조약이 체결된 후 상소를 위해 통문을 돌리고 이듬해 4월 8일(음력) 풀려나기까지 총 5개월 이상이 걸렸으므로 '오륙삭'이라고 표현했다.[30] 후반부는 일본의 침략과 억압이 심화되자 항일운동을 전개하

---

30 "1905년 10월(영력 11월 7일) 을시보호조약이 강제로 체결되자 한계는 五賊을 토죄하고 勒約의 파기를 상소하기 위해 도내 유림에 통문을 내고, 마침내 11월 14일 기차편으로 급히 상경하여 張錫英·李斗勳 등과 오적을 誅戮하고 늑약을 폐기할 것을 요구하는 상소를 26일과 29일에 두 차례 올렸다. 이때 俛宇도 召命을 받고 상경하여 상소를 하고 있었으므로 한계는 면우를 통해 上奏하기 위해 〈儀郭參贊入對時袖進箚子〉와 〈諭一國臣民詔〉를 지어 위기 속에서 국가를 취할 수

고자 해외로 망명한 사실을 말한다. ③-1에서 "청명가절 슌구일"은 남편의 생일인 2월 19일을 말한다. ③-2에서 "임신슘월 십팔일"은 작가가 남편을 처음 만난 날로, 1872년 3월 18일을 말한다. 1873년에 결혼했지만 작가는 그전에 남편과 처음 만난 날짜를 소중하게 기억하고 있음을 알 수 있다. "무신ᄉ월 샹ᄉ일"은 1908년 4월 4일로 남편이 블라디보스토크를 향해 집을 떠난 날짜이다. 이승희의 연보에는 부산에서 배를 출발한 4월 20일 기록만 나와 있는데, 작가에게는 남편이 집을 떠난 날짜가 더 중요하여 이날을 소중하게 기억하고 있음을 알 수 있다. ③-3은 친정 부모가 자식들의 생일을 당해 "壽富貴多男子"를 기원했던 사실을 기술한 것이다. 그런데 작가에게는 15살 연하의 남동생 하나밖에 없었으므로 "오여일남"이라는 어구는 '五女一男'이 아니라 '吾與一男' 즉, '나와 한 아들'로 해석해야 한다.

⑤는 여름날 막내아들을 생각하는 내용이므로 ⑤-1에서 "아ᄌ"와 ⑤-2에서 "우리아ᄌ"는 막내아들을 가리킨다. 그리고 ⑤-3에서 "청츈소부 져희안희"는 막내아들의 아내인 밀양안씨이다. 성혼한 지 십여 년(정확히는 10년)이나 되었는데도 아들 낳는 즐거움도 없이 홀로 지내고 있음을 서술한 것이다. ⑥은 친정집을 방문했는데, 아는 사람이 없는 가운데서 "파희 우리종형"과 상봉하는 장면을 서술한 것이다. 달성군에는 하빈면에서 왜관읍 금남리로 넘어가는 곳에 "파회(坡回)고개"가 있다. 따라서 "파희"는 '파회'의 와전 표현이고, "파희 우리종형"은 '파회로 시집가 사는 우리 종형'이라는 뜻이다.

있는 대책을 건의하고자 하였다. (중략) 그는 귀향하자 뒤따라 12월 25일 內部訓슈을 가지고 온 日人巡査에 연행되어 대구경무서에 구속되었다. 그는 이듬해 4월 8일까지 60세의 노구로 옥중생활을 하면서 일본순사의 심문에 의연하게 굽히지 않고 일인의 죄악을 문책했다" 금장태, 앞의 논문, 13면.

03 〈감회가〉와 〈별한가〉의 작품세계

1) 그리움과 한탄의 중첩적 서정

〈감회가〉와 〈별한가〉는 신변탄식류 가사로서 만주에서 독립운동을 하고 있는 남편과 막내아들을 그리워하면서 그들을 볼 수 없는 자신의 처지를 한탄하는 '그리움'과 '한탄'의 서정이 중심을 이룬다. 〈감회가〉는 처음 단락 ①② 및 끝 단락 ⑧⑨를 제외하고 ③④⑤⑥⑦ 단락이 新年 → 정월 대보름 및 아들 생일 → 仲春 → 晚春 → 가을·겨울 등 계절별 순환에 따른 서술구조를 이룬다. 작가는 남편과 아들을 "더워도 生覺이요 추워도 생각이"어서 "一日 十二時와 一年 三百六十日에 어느때 어느時에 잊을날이" 없음을 토로했다. 〈별한가〉 역시 처음 단락 ①② 및 끝 단락 ⑦을 제외하고 ③④⑤⑥ 단락이 남편 생일 → 봄날 → 여름날 → 여름날 친정 방문 등 계절의 변화에 따른 서술구조를 유지한다. 두 작품 모두 계절의 순환에 따라 거듭거듭 남편과 아들을 그리워하고 자신의 슬픔을 토로하는 가운데, 시기적으로 맞게 특별히 작가가 기억하는 날을 끼워 넣어 더욱더 간절한 자신의 마음을 표현했다. 작품 전체를 통하여 그리움과 한탄의 서정이 거듭 반복되기 때문에 계절의 변화가 없었다면 서술 단락의 구분조차 어려울 정도이다. 이와 같이 〈감회가〉와 〈별한가〉는 그리움과 한탄의 서정이 반복적으로 토로되는 신변탄식류 가사의 특징을 전형적으로 보인다. 이러한 서정의 거듭된 반복은 계절의 변화에서만 아니라 한 서술단락 안에서도 그대로 나타난다.

③ 無情한 歲月은 자로 化하여 / 歲色首近하여 <u>送舊迎新을 當함</u>에 / 冤懷가 百出이라 갈발없는 心懷를 / 鎭靜치 못하리로다 家家戶戶에 / 家中을 淸潔하고 命불福불을 달아놓고 / 正心灑掃하여 新年을 맞아 / 各其 所願을 祝手하거늘 / 吾家를 살핀즉 心懷無限 한지라 / 去來人이 그쳐지고 <u>二三更에 다다라서</u> / 만호 구척하고 雪上加霜 簫簫한 / 찬氣運 투골하여 寂寂 孤燈下에 / 어린孫兒를 어루만저 초창 不寐타가 / 衾枕을 물리치고 文房四友를 벌려 / 新年을 맞아 祝辭를 지어낼제 / --- (축사 생략)--- / 祝辭를 마친 後에 五行을 想考하야 / 吉凶을 占ㅏ하니 無凶大吉이라 / 협비 慰勞하고 <u>啓明星이 밝았는데</u> / 금기 융융하니 男女奴婢 모여들어 / 新年을 아뢰고 불변심하여 / 祠堂에 拜謁하니 神道도 느끼는듯 / 無心이 慘澹하니 我心悲懷 勘當키 / 어려워라 今日을 當하여 平常하리요 / 開悟强作하여 歲客을 接待하고 / <u>怨讐밤을 또當하니</u> 晝夜가 지루하고 / 누웠은들 잠이오나 앉았은들 벗이오나 / 견디기 難堪하여 暫間 心願痛哭으로 / 感懷錄을 記錄하니 無心한 他人들과 / 豪華한 사람들은 鼻笑를 할터이나 / 억울한 나의懷抱 恨할곳이 바이없다 / 黃毛 자루로 紙面에 부쳤노라 / 가고가고 가는歲月 참기를 工夫되야 / 老弱여로 이러한가 鬱寂心思 傷性일다 / 어찌나 今年餘月 무엇으로 虛送할고〈감회가〉

위는 〈감회가〉③ 단락의 전문이다. 밑줄 친 구절에서 알 수 있듯 이 작가는 신년 즈음의 자신의 서정을 舊臘 아침, 이삼 경의 밤, 신년의 새벽, 다시 맞은 밤 등 시간적으로 세밀하게 서술했다. 그믐날이 닥치자 작가는 心懷를 진정치 못했다. 다른 집이 각기 소원을 축수하는데, 자신을 돌아보니 心懷가 無限이 일어났다. 그리고 그날 밤에 잠을 이루지 못하자 일어나 앉아 장장 19구에 이르는 축사를 짓고, 길흉을 점쳤다. 이러는 동안 날이 밝아 신년이 되자 작가는 사당에 올라가 배알하고 나니 "悲懷"가 더욱 "勘當키 어려"웠지만 억지로 힘을 내 세배객들을 접대했다. 그러나 그날 "怨讐밤을 또當" 하자 견디기가 난감해 〈감회가〉를 지어 기록하고, "억울한 나의懷抱"를 "恨할곳이" 없어서 기록했으니 봐달라고 했다. 단 이틀간의 서술인데, 작가의 생각이 온통 남편과 아들에 대한 것으로 가득 차 있으며, 작가가 감내하기 힘든 심리적·정서적 상태에 빠져있음을 알 수 있다. 특히 불면으로 밤을 지새우면서 애를 끓이는 서술 부분에서는 우울증적 심리 상태까지 엿볼 수 있다. 작가는 스스로도 세월이 지나면 무던해질 줄 알았으나, 늙고 약해서인지 울적한 심사가 마음을 상하는 지경까지 가게 되었다고 인정했다. '그리움'과 '한탄'의 반복적 서정과 울적한 심적 상태는 2년 후에 〈별한가〉를 지을 때도 마찬가지로 나타난다.

④ 단쟝춘야 길어셔라 <u>초계도 더듸운다</u> / 질병이 황금쥬랄 유리즌의 가득부어 / 힝허ᄂ 관회될가 취록 먹은후이 / 취즁이 진졍으로 망부ᄉ 망ᄌ회랄 / 음영ᄒᆡ 쟝감심이 통곡이라 / 아셜 인간이별 ᄂᄒᄂ 쑨일넌야 / 지아즈난 츄연ᄒ고 부지ᄌᄂ 우슬지라 / 말ᄒᄌᄂ니 번거ᄒ다 울울심ᄉ 쥬축업 / 되강이나 풀어닉여 지면닉 붓치ᄌ니 ---(중략)--- <u>발광으로 밤식우고 조일이 즁쳔ᄒ니</u> / 간밤의 츈우씻히 만물리 식롭도다 / 이화도화 만발ᄒᆞ여 실실동풍 반겨ᄒ니 ---(중략)--- 운쳔만 챵망ᄒᆞ여 <u>영두운 챵희월은</u> / 봉쳔으로 빗칠지라 나익아히 쳐다보면 / 고향싱각 여졍홀가 ᄌ연심ᄉ 당황ᄒᆞ여 / 무류히 도라셔니 월츌동ᄉ 졈은날익 / 슬피우난 두견셩은 무슨원ᄒ 져리깁허 ---(하략)--- 〈별한가〉

위는 ④ 단락의 전문이다. 밑줄 친 구절에서 알 수 있듯이 작가는 어느 봄날의 서정을 닭 우는 새벽, 늦게 일어난 아침, 달 뜬 저녁 등과 같이 시간적으로 세밀히 서술했다. 작가는 봄날의 긴긴 밤에 잠이 안 와 술을 취하도록 마시다가 취중에 망부사, 망자회를 음영하다가 〈별한가〉를 기록했다. 중략한 부분에서는 학식도 천박하고 정신이 당황하여 횡설수설한 것이지만, 자신의 입장이 된다면 누군들 이렇게 상심하지 않겠냐고 했다. 이렇게 발광하면서 밤을 새우고 다음날 늦게 일어나 보니 온갖 꽃이 만발하여 春色을 띠고 있었다. 중략한 부분에서는 식물만도 못한 인간을 생각하며 칠순 가부와 어린 자식을 天涯邊方에 던져두게 되었으니 "즈느씬나 심샹이요 불힝이 되"었고, 막내아들을 생각하니 "만믹이 홋터지고 오늬 최졀[懊惱 摧折]이라"고 했다. 그리고 날아가는 홍안을 보고는 봉천성에 있는 부자에게 날아가 자신의 細細怨情을 전해달라고 했다. 이윽고 밤이 되자 작가는 망자산에 올라가 달과 두견새를 향해 자신의 소원을 빌었다. 이와 같이 만 하루가 조금 넘는 짧은 시간인데도 작가는 매 순간 남편과 아들에 대한 생각에 몰두해 있음을 알 수 있다. 여기서도 술을 취하도록 마시거나 발광으로 밤을 새우고 해가 중천에 떠오를 때 일어나는 등 양반 부녀자로서의 체면이 무색할 정도로 우울한 심적 상태를 나타낸다.

두 작품은 계절의 순환에 따라, 또 매 순간 그리움과 한탄의 서정을 반복·중첩하여 표현했다. 계절을 따라가면서 매 순간의 서정을 거듭하여 토로하는 표현법은 작가가 남편과 아들을 하루도 잊지 않고 살아간다는 사실을 나타내기 위한 가장 효과적인 표현 장치이다. 그로 인해 남편과 아들에 대한 그리움과 한탄의 서정성이 극대화하여 나타난다. 그리고 작가의 서정은 '그리움'이 '병'이 된

심적 상태를 기반으로 하여, 특히 불면, 음주 등의 구체적 장면성과
어울려 감정의 과잉 상태를 이루고 있다. 작가는 영남의 대양반가
문인 寒洲宗宅의 종부였다. 신년을 맞아 축사를 짓고 사당을 배알
하는 등의 행위는 종부로서 익숙한 관습적 행동이었다. 그리고 작
가는 대단한 철학자 집안의 종부답게 한문 교양이 남달라서 음보
를 흐트러뜨릴 정도의 한문구도 구사했다. 이렇게 기품과 학식이
풍부한 양반가 여성 작가의 면모는 작품의 외형적 세계를 구성한
다. 그러나 작품의 내면적 세계는 '그리움'과 '한탄'의 서정이 반
복·중첩되는 가운데, '그리움'이 '병'이 된 심적 상태를 기반으로
감정의 과잉 상태를 나타낸다.

한편 작가는 남편과 막내아들에 대한 서정을 펼쳐나가는 중간중
간에 그들과 살아온 인생의 한 국면들을 추억했다. 친정아버지가
자신의 생일을 당하면 壽富貴多男子를 빌곤 했던 일, 남편을 만난
첫날과 이별한 날, 고된 시집살이 중에 길쌈을 못한다고 남편에게
핀잔받았던 일, 아이들을 가슴 졸이며 키웠던 일 등 남편 및 아들,
특히 남편과 함께한 인생의 중요 국면을 기억했다. 일반적으로 신
변탄식류 가사에서 작가의 인생이 시간적 순서를 밟아 가면서 특
히 성장과 결혼을 중심으로 추억되는 반면, 두 작품에서는 그때그
때 생각나는 대로 결혼 후의 사연을 중심으로 추억되는 경향을 드
러낸다. 이러한 작가 생애의 한 국면들에 대한 기억은 작가의 서정
성을 거듭 환기시키는 계기로 작용하며 서정성의 반복·중첩에 기
여하게 된다.

2) 여성인식

작가는 남편과 막내아들을 그리워하며 그들을 볼 수 없는 자신의 처지를 애타게 한탄했는데, 특히 여성이어서 두 사람에게 갈 수 없는 사실을 매우 안타까워했다. 노년의 작가는 작품의 서두와 말미를 여성의 삶에 대해 말함으로써 자신이 살고 있는 여성의 삶 전체를 조망했다.

> ① 땅이 하늘을 / 逃亡치 못하오며 女人이 君子를 / 어기지 못하여 女子의 平生 / 吉凶禍福이 君子에게 매였으니 / 그寬重 앙망함이 天上 같은지라〈감회가〉
> ① 일싱영욕이 한스람의계 마혀시며/ 또한 숨종지의 틱이시니 / 아시난 싱아 부모의계 쌀으고 / 츌가휴면 소쳔을 으탁ᄒ고 / 늘거면 ᄌ식을 으지ᄒ야 평싱의 / 자유권니 업스니 부여의 존약ᄒ미 / 가탄가석이라 슈원슈구ᄒ랴〈별한가〉

위는 두 가사의 ① 단락인데, 모두 여성의 일반적 삶을 명제적으로 피력하는 것으로 시작했다. 〈감회가〉에서는 여성의 평생이 남편에게 달려 있음을 서술했다. 〈별한가〉에서는 여성의 일생영욕이 남편에게 달려 있다는 것에서 더 나아가 삼종지도를 따라야 하는 삶을 말하면서, 여성의 삶이란 평생에 자유권이 없는 삶이라고 했다. 작가는 우선 여성의 일생영욕이 남편에게 달려 있다는 사실을 강조했다. 남편만 바라보고 살 수밖에 없는 여성인데, 자신의 남편이 지금 곁에 없다는 것을 강조하고자 한 것이다. 그리고 작가는 한평생 자유권이 없는 여자의 삶이 애석하다고 했다. 규문을 벗어날 수

있는 자유 결정권이 자신에게 있다면 만주로 같이 갔거나 혹은 만
주로 가서 그들을 만나볼 수 있다고 본 것이다. 하지만 작가는 여성
으로 태어난 까닭에 누구를 탓할 수 있는 일은 아니라고 토로했다.
자유권이 없는 여성의 삶을 머리로는 받아들였지만, 그럴수록 가
슴으로는 억울함이 밀려들곤 하는 심적 상태를 보여준다.

  〈감회가〉의 서술 단락 ⑥에는 "痛㤼할사 나의몸이 閨門中에 / 終
身禁錮되여 좋은歲月 못보오며"라는 구절이 나온다. 자신의 일생을
이 구절에 담았다고 할 수 있는데, 작가가 생각하는 '좋은 세월'이
무엇인지 작품 내에 구체적으로 드러나지 않지만 아마도 '남자가
누리는 세상' 정도가 되지 않을까 한다. 작가는 비록 향촌사회나 문
중사회 내부에 국한하기는 하지만, 종부로서의 사회적 지위를 지
니고 있었던 대양반가 여성이었다. 따라서 작가는 남녀동등론을
적극적으로 수용하지 않아도 될 만큼 사회적 지위가 아쉽지는 않
았을 것이다. 그런데 작가는 종부가 있어야 할 자리인 규문을 벗어
나 자유롭게 세상에 나아가는 자유를 꿈꾸었다. 남편과 아들이 있
는 만주로 가지 못하는 현실에서 작가는 규문에 얽매인 여성의 처
지를 인식할 수밖에 없었던 것이다. 특히 당대 만주망명 대열에 여
성의 동반이 많이 이루어지고 있었던 현실을 작가도 알고 있었을
터였으므로 '자유가 없는 삶'에 대한 인식은 남편과 아들을 볼 수
없는 현실에서 더 부각되었다.

  그런데 작가는 두 작품 모두에서 친정나들이를 서술했다. 〈감회
가〉에서는 남편과 막내아들을 생각하는 우울함 끝에 덧없는 인생
을 내세우며 이렇게 근심으로만 지낼 수는 없다는 생각에서 고향
산천을 찾아 절승을 구경한다. 〈별한가〉에서는 이미 돌아가신 친정
부모에게 효도하지 못했다는 생각에서 친정을 찾아 선유를 즐긴

다. 노년의 작가는 남편 없이 두 며느리의 봉양을 받으며 살았기 때
문에 친정나들이를 스스로 결정할 수 있는 권한을 지녀 자주 친정
나들이를 할 수 있었다. 그런데 자나 깨나 남편과 아들의 안위를 애
타게 걱정했던 작가의 심적 상태와 유유자적하며 경치를 감상하고
노는 친정나들이는 서로 어울리지 않는 것처럼 보인다. 그러나 작
가에게 친정나들이는 매우 중요했다. '그리움'이 '병'이 된 심적 상
태에서 친정은 비록 한순간이기는 하지만 자유와 치유의 공간을
의미했다. 내세운 이유가 무엇이든 간에 작가는 친정나들이를 통
해 해방을 맛보며 마음의 위안을 삼으려 한 것은 분명하다. 시댁의
규문에 갇혀 살 수밖에 없는 여성에게 친정은 본연의 자기 존재를
인식할 수 있는 공간이자 자유를 만끽할 수 있는 유일한 해방구였
던 것이다.

⑥ 동셔각분 슬푸도 피츠셔슨 낙이리라 / 내가온들 형이오며 형이
온들 닉가올가 / 속졀업슨 수별이라 어느씨로 기약호고 / 후싱이 남
형뎨되야 이싱 셜치호여 / 광금쟝침의 휴유졉지호여 / 힐향 열낙호며
여조신을 속신호야 / 긔손영슈 쥬류호며 쳐쳐이 풍경이요 / 나나리
풍유로셔 이싱슬치 호수이다 / 챵연히 죽별귀가호미 심수더옥 요란
호다〈별한가〉

그러나 작가가 친정나들이로 얻은 치유와 자유는 한시적인 것이
었다. 위의 구절에서와 같이 작가는 종형과 이별을 해야 했는데, 살
아서는 다시 보지 못할 것이므로 '사별'이라 생각하고 비장감에 빠
져든다. 그리하여 작가는 후생에는 남자가 되어 여기저기를 돌아
다니기도 하면서 悅樂의 경지를 맛보아 '이생'의 한을 풀자고 했다.

175

친정나들이가 '자유'를 누릴 수 있는 유일한 돌파구였지만, 친정 권속과의 이별에 즈음하여 다시금 자유권이 없는 여성에 대한 인식으로 빠져들고, 후생에서는 남자가 되고 싶다는 인식으로 나가게 된 것이다. 두 작품 모두 이 단락에 이은 마지막 단락에서 남자가 되고 싶다는 인식을 보다 적극적으로 표현하고 있는 것으로 보아 친정이 치유와 자유의 공간이었을 뿐만 아니라 여성으로서의 존재를 인식하는 공간으로 작용했음을 알 수 있다.

　　⑨ 애들 此身이여 女化僞男하야 / 不遠千里 빨리가서 이情懷를 풀렸마는 / 속절없난 長恨일다 遺恨遺恨 나의遺恨 / 어서죽어 後生가서 丈夫身이 못되거든 / 버금이 될지라도 숙옹이 되오리라〈감회가〉

　　⑦ 일ㅅ면 도무ㅅ로 어셔 슈이죽어 / 빅골은 진틱되ᄂ 영혼은 놉히 나라 / 옥누천샹 올나가셔 샹뎨젼의 원셔ᄒ여 / 인도환싱 슈이ᄒ여 부귀가 ᄌ직되야 / 다당형뎨의 오복이 무량ᄒ여 / 이별업시 살기ᄒ물 발원ᄒ리라〈별한가〉

　　위는 두 작품의 마지막 부분이다. 〈감회가〉에서 작가는 먼저 남자로 변할 수만 있다면 만주로 가서 남편과 아들을 만나보기를 희망했다. 그러나 이러한 희망이 불가능한 것임을 잘 알고 있었기 때문에 마지막 희망으로 후생에 남자가 되는 일을 말하고 끝을 맺었다. 〈별한가〉에서도 작가는 어서 죽어 부귀가의 남자가 되어 이별 없이 살기를 소망하는 것으로 가사를 마감했다. 작가는 살아서 그리워하는 것이 너무 괴로워 죽기를 희망하는 데 그치지 않고, 더 나아가 남자로의 환생을 소원한 것이다.

　　작가는 남편과 아들의 뜻에 따라 평생 규문에 갇혀 살아야 하는 여성의 삶을 슬프고 안타까운 일이지만 현실로 받아들였다. 그러나 자유권이 없는 삶이 뼈저리게 싫었고 남성들처럼 자유롭게 바깥세상에 나갈 수 있기를 욕망했다. 그리하여 후생에서는 남자가 되기를 희망했다. 머리로는 삼종지도를 당연한 현실로 규정했지만, 마음으로는 구속이 또 다른 현실로 다가왔고, 그에 따라 죽어서 자유로운 남자가 되기를 꿈꾸는 사고의 순환 구조를 지니게 된 것이다. 숙명처럼 받아들인 가정 안에서 여성이 자신의 처지를 비교할 수 있는 사람은 바로 남편이나 아들이었다. 대다수 여성은 수시로 들고나는 남성의 삶을 바라보며 이들의 삶이야말로 자유로운 삶을 살고 있다고 인식했고, 그것을 부러워했다. 그래서 자신들도 가정 밖에 나가 '좋은 세월'을 보고자 하는 욕망을 자아 내부에 지니게 되었다. 그러나 당대 현실이 강제하는 여성 이데올로기를 수용할 수밖에 없었던 여성들은 자신이 살아 있는 이 현실에서 이 욕망이 실현될 수 있다고는 추호도 생각지 못했다. 남성이 되어야만 자유를 얻을 수 있다는 인식에 기초하고 있었기 때문에 죽음만이 현실의 문제를 해결해줄 수 있다는 비극적 인식을 지니게 된 것이다. 이렇게 사후 남자로의 환생 욕망은 당대 여성 이데올로기를 수용함으로써 얻게 된 절망감과 비극적 인식에서 비롯된 것이다. 그런 의미에서 사후세계 남자로의 환생 소망은 당대에 발을 딛고 여성 이데올로기에서 벗어날 수 없었던 일반여성의 현실주의적인 세계관에 기초한다. 이와 같이 작가의 여성 인식은 자신이 살아가는 당대 현실에서 자유를 얻으려는 사회적 젠더로서의 여성인식에 나아가지는 못했지만, 자유 없는 여성의 삶에 절망하며 자유에 대한 욕망을 사후에 이루고자 한 비극적 인식에 머무르고 있다고 할 수 있다.

177

3) 만주망명자를 둔 고국인의 민족의식

작가는 1895년 을미사변부터 시작된 남편의 항일 행로를 옆에서 지켜보며 항일정신을 키워왔으며, 이후 근대화의 과정에 따른 시대의 변화도 감지하고 있었다. 그리고 일제강점으로 민족의 위기 상황이 도래하자 자신 및 문중을 희생하고 독립운동의 길에 들어선 남편을 존경했으며, 민족 현실과 독립투쟁에 대한 인식을 남편과 공유했다. 작가는 "원슈로다 원슈로다 난시가 원슈로다 / 셰샹 곳 평ᄒ면 박득흔 이몸이나 〈별한가〉"의 구절에서 알 수 있듯이 자신의 애타는 처지가 근본적으로 일제의 강제 점령에서 비롯되었음을 잘 알고 있었다. 작품의 곳곳에서는 작가가 일제 강점으로 고통받는 민족의 현실에 분노하고, 독립의 그날을 고대하며, 독립운동의 대의명분을 조금도 의심하지 않고 있음이 나타난다. 그러나 작가는 이러한 자신의 민족의식을 표면적으로 내세우지는 않았고, 남편과 아들에 대한 자신의 서정과 무한한 애정을 펼치는 가운데 간접적으로 나타냈다. 이러한 민족의식은 두 작품이 만주망명인을 둔 고국인의 가사이기 때문에 필연적으로 지니게 된 작품세계의 특징이라고 할 수 있다.

그런데 작가는 남편과 아들을 만나지 못하는 자신의 처지가 하루빨리 개선되기를 너무도 간절히 바랐다. 남편은 고국의 독립이 있기 전에는 죽어서도 돌아오지 않겠다는 각오로 만주로 향했다. 그런 남편의 뜻을 모를 리 없는 작가는 논리적으로 조국의 독립만이 자신의 문제를 해결해준다는 사실을 잘 알고 있었다. 하지만 '그리움'이 '병'이 된 작가의 인간적 심정은 이런 논리적 사고에만 머무르는 것을 방해하기도 했는데, 작품 내용에는 간혹 민족에 대한

책임과 개인의 행복이 충돌되는 작가의 심적 상태가 노출되기도
했다.

　　② 셰궁역진 할길업셔 노즁연을 흠모ᄒᆞ여 / 원슈밋히 슬기슬허 히
위말이 월경ᄒᆞ나 / 암미흔 이인싱은 군ᄌᆞᄊᆞ즐 몰나밧늬 / 우연흔 원
별노셔 싱니ᄉᆞ별 기약ᄒᆞ니 / 목셕이 아인바이 엇지타 연무심ᄒᆞ랴 /
호호명명쳔아 신흔운졔야 / 부부간 유별지졍은 노소가 다를소냐 / 쟝
부의 너른ᄯᅳ질 쥬리좁아 가졍지낙을 / 요구할비 아니로ᄃᆡ 이리딜쥴
몰나쏘다 / 국운도 말슬ᄒᆞ고 쳔은도 다진ᄒᆞ니 / 츙분니 강미ᄒᆞ야 와
심샹담 이원슈랄 / 어ᄂᆞ날 갑흘소야 호풍세월 언졔만나 / 회운니 도
라와셔 일월이 다시발가 / 틱극이 놉흔고ᄃᆡ ᄌᆞ유종 울일쪄예 / 우리
소쳔 환구ᄒᆞ여 명명한 져챵쳐니 / 용셔치 아니시면 속졀업ᄉᆞ 이별야
/ 여호들만 편만ᄒᆞ고 셰풍진 요란하니 / 이별이 ᄉᆞ흔간쟝 마ᄌᆞ단졀
ᄒᆞ리로다 〈별한가〉

　　일제의 강점이 현실화되자 항일운동 진영은 '勢窮力盡'을 실감하
고 해외에서 독립운동을 전개하기로 기획했다. 물론 이 기획에는
"원슈밋히 슬기" 싫다는 유학자의 대쪽 같은 自靜意識도 작용했다.
작가는 자신이 암미해서 "군ᄌᆞᄊᆞ즐 몰나" 봤다고 했는데, 남편이
대부분의 망명자들보다 이른 시기인 1908년에 망명했던 탓도 있었
다. 이렇게 작가는 남편의 망명이 군자의 뜻에 따른 행동이고 민족
을 위한 의로운 행동임을 충분히 인식하고 그런 남편을 존경했다.
그런데 작가는 "부부간 유별지졍은 노소가 다를소냐"라고 하여 비
록 늙었지만 부부의 정을 나누어야 하는 자신의 행복 추구권을 토
로했다. 그리고 "쟝부의 너른ᄯᅳ질 쥬리좁아 가졍지낙을 / 요구할비

아니로딕"라고 하여 우회적으로 민족적 책임과 개인의 행복이 갈
등하고 있음을 내비쳤다. 뒤에 다시 국운이 회복되어 자유종을 울
릴 독립의 그날을 고대하고, 여호들로 가득 찬 조선의 현실을 개탄
하여 민족 문제로 시각의 지평을 다시 확장하고는 있지만, 작가의
고민은 부부의 정과 가정지락 등 지극히 개인적 문제에 집중하고
있는 모습이다. 이렇게 작가는 비교적 우회적으로 갈등하는 심정
을 표현하는 것에서 벗어나 경우에 따라서는 직접적으로 자신의
욕망을 드러내기도 한다.

④ 月無公山 저문날에 슬피우는 歸蜀鳥야 / 너울음 듣기싫다 海外萬
里 빨리가서 / 우리所天 客窓下에 歸國하자 울어다고 / 이山저山 뻐꾹
새야 碧海上 높이떠서 / 우리家君 客窓下에 報國하기 틀렸으나 / 故國
가자 울어다고 〈감회가〉

위에 인용한 구절은 작가가 귀촉도와 뻐꾹새를 향해 자신의 소
원을 반복하여 말하고 있는 부분이다. 귀촉도와 뻐꾹새에게 남편
이 살고 있는 객창으로 날아가 남편에게 "귀국하자"고 말해 달라고
했다. 그런데 뻐꾹새에게는 "報國하기 틀렸으나 / 故國가자 울어다
고"라 하여 남편의 뜻에 상반되는 나약한 발언도 서슴지 않았다.
단순반복을 피하고 의미의 상승효과를 높이기 위해 다른 표현이
덧붙여졌던 것인데, 자신의 의중이 적나라하게 드러나는 결과를
낳고 말았다. 독립운동가의 아내로서 말하기에 부적절한 발언이라
고 매도하기에는 너무나 진솔하고 인간적인 심정의 토로이다. 이
와 같이 두 작품은 일제의 폭압으로 민족의 역사가 위기에 처한 상
황에서 한 여성이 민족과 개인, 그리고 남성과 여성의 두 축 사이에

서 갈등하고 화해하는 당시의 양상을 반영하고 있기도 하다.

04 맺음말

　일제강점이 노골화되면서 민족 현실에 대한 분노와 저항은 20세기 초 언론 매체에 실린 개화가사에서 폭발적으로 표출되었다. 그러나 막상 1910년 식민지배가 현실화하자 민족 현실에 대한 직접적인 분노와 저항성은 가사를 포함한 모든 장르에서 상당히 둔화된다. 두 작품은 1910년대 일제 강점이라는 민족의 위기 상황에서 독립운동의 길을 간 만주망명인과 그 가족의 사연을 담아 당대의 민족현실을 직접적으로 반영하고 있다. 그것도 전문작가가 아닌 일반여성의 시선으로 포착된 민족 현실이다. 이렇게 두 작품은 독립운동 때문에 가족과 이별해야만 했던 실제 여성의 사연을 담아 당대 역사의 한 단면을 반영한다는 점, 그 서정성의 깊이가 깊으면 깊을수록 일제에 대한 저항성을 담보한다는 점, 그리고 특히 남성이 주도하는 역사의 장에서 소외된 일반 여성의 서정과 시각을 표현한다는 점 등에서 문학적 의미를 지니기에 충분하다고 본다.

　〈감회가〉와 〈별한가〉는 신변탄식류 가사의 향유 전통 속에서 창작되었다. 19세기 양반 여성의 삶은 가정 내에 한정되어 전체적으로 보면 다양성이 결여된 모습이다. 그렇기 때문에 당시 신변탄식류 가사가 작가 나름의 사연을 바탕으로 표현되었지만, 그 내용과 표현이 천편일률성을 띠고 있는 것이 사실이다. 그런데 근대기에 이르러 근대화의 물결이나 민족적 역사의 충격에 대응하는 사람들의 방식이 다각도로 펼쳐졌으며, 그에 따라 여성의 삶과 사연도 다양해지게 되었다. 그리하여 근대기 신변탄식류 가사는 전통적 신변탄식류 가사의 관습적 내용과 표현을 이어받으면서도 근대기의 다양한 삶의 방식과 사연을 수용했다. 두 작품은 19세기 신변탄식류 가사의 전통을 1910년대에도 지속적으로 이어받은 가운데 근대기의 역사와 삶을 수용함으로써 근대기 가사문학의 지속과 변용 양상을 작품 안에 구현한 전형적인 작품이라는 가사문학사적 의의를 지닌다.

제2부

유형론

만주망명과 가사문학 연구

제1장
일제 강점기 만주망명지 가사문학
-담당층 혁신유림을 중심으로-

01 머리말

　1910년 한일합방으로 국내에서 전개한 항일투쟁은 변화를 꾀하지 않을 수 없었다. 그 가운데 가장 중요한 한 가지가 국내를 떠나 국외에서 독립투쟁을 도모하는 것이었다. 그리하여 초창기 독립운동가들은 우리의 옛터전인 만주로 망명지를 결정하고 유하현과 통화현 등 서간도로 건너갔다. 문중과 가족을 포함하여 전 조선인을 규합해 신한민촌을 건설하고 공동체 생활을 하면서 독립투쟁에 나설 인재를 교육하고 초창기 독립투쟁의 전선을 이끌었다. 이렇게 독립투쟁을 위해 만주로 건너간 만주망명자가 창작한 가사문학이 남아 전한다. 〈憤痛歌〉, 〈위모사〉, 〈조손별서〉, 〈간운亽〉, 〈원별가라〉, 〈신시탄령〉, 〈눈물 뿌린 이별가〉 등이 그것이다. 그리하여 만주망명지에서 독립투쟁의 배경을 가지고 창작되었던 가사문학을 '만주망명지 가사문학' 혹은 '만주망명가사'로 유형화할 수 있다.

만주망명가사 가운데 독립적인 작품론으로 처음 소개된 가사는 〈憤痛歌〉이다. 유명한 독립운동가 白下 金大洛의 작품이었기 때문에 일찍부터 주목될 수 있었다.[1] 그러나 여성의 가사 작품에 관해서는 학계가 그리 주목을 하지 못했다. 개화기가사나 규방가사를 다루는 자리에서 만주독립운동과 관련한다는 사실이 간단히 언급되거나 혹은 규방가사의 문학적 특질이나 작가의 작품론을 다루는 자리에서 간단히 언급되는 수준에서 다루어졌다.[2] 이런 실정에서 이들 작품들이 '만주망명가사'로 유형화될 수는 없었다. 더욱이 대부분의 작가가 남성 독립운동가를 따라간 여성이었기 때문에 만주망명의 주체로 인식될 수 없었던 여성 인식의 한계도 존재했다. 자연히 만주로 동반 망명하여 독립 투쟁의 현장에서 지은 가사임에도 불구하고 규방가사에서 다루어지는 데 그쳤을 뿐 '만주망명가사'로 유형화하여 적극적인 의미를 부여하지는 못했다. 그러나 최근 이들 가사문학에 '만주망명가사'라는 용어를 사용하여 작품론을 전개한 연구가 활발하게 전개되었다. 〈위모사〉, 〈원별가라〉, 〈눈물

1　김용직,「분통가·분통가의 의미와 의식」,『한국학보』제5권 2호, 일지사, 1979, 204~225쪽. 새 자료로 〈분통가〉를 신고(204-213쪽), 해제 형식으로 논문 (213-225쪽)을 실었다.

2　이동영,「개화기 가사의 일고찰」,『가사문학논고』, 부산대학교출판부, 1987, 123~169쪽. ; 이재수,『내방가사연구』, 형설출판사, 1976, 28쪽. ; 박요순,「근대문학기의 여류가사」,『한국시가의 신조명』, 탐구당, 1994, 301~306쪽. ; 권영철,『규방가사 - 신변탄식류』, 효성여대출판부, 1985, 568쪽. ; 조동일,『한국문학통사』4권, 지식산업사, 1986, 108~109쪽. ; 류연석,『한국가사문학사』, 국학자료원, 1994, 371면, 373~374면, 412~413쪽. ; 백순철,「규방가사의 작품세계와 사회적 성격」, 고려대학교대학원, 박사학위논문, 2000, 85~86쪽. ; 백순철,「규방가사와 근대성 문제」,『한국고전연구』제9집, 한국고전연구학회, 2003, 39~68쪽. ; 고순희,「윤희순의 의병가와 가사 - 여성주의적 성격을 중심으로」,『한국고전여성문학연구』창간호, 한국고전여성문학회, 2000, 241~270쪽.

뿌린 이별가), 〈간운ᄉ〉 등에 관한 최근의 연구는 작품의 작가를 추적하고, 그 작품세계를 분석함으로써 개별 작품들의 구체적 양상을 밝혔다는 데 의의가 있다. 이제 개별 작품의 구체적 양상들이 드러났으므로 이들 가사문학 작품들을 유형적으로 접근할 필요성이 대두되었다.

만주망명가사의 1차적인 담당층은 여성이라고 할 수 있다. 그런데 이들 여성 작가들의 만주망명은 애초 문중 어른, 남편, 아들 등 남성의 결정에 의한 것으로서 남성의 행보에 동참한 수동적인 것이었다. 당시의 여성 현실이 여성 자신의 뜻에 따른 주체적인 행보가 원천적으로 불가능했었던 데에 기인한 당연한 결과였다. 하지만 여성들은 여성이었기에 애초 만주망명에 수동적으로 동참할 수밖에 없었지만, 또 한편으로는 여성이었기에 그들의 시아버지, 남편, 문중 어른 등 남성의 뜻에 적극적으로 동조했다. 따라서 이들 가사의 담당층을 논할 때 여성이라는 주체 외에 문중이라는 또 다른 주체의 설정이 반드시 필요하다. 최근 연구 성과에 의하면 〈분통가〉의 작가 김대락을 제외하면 만주망명가사의 작가는 李相龍, 黃萬英, 柳弘錫, 權準羲 문중의 며느리였음이 드러난다. 그런데 김대락 본인이 혁신유림이었으며, 독립운동가 이상룡・황만영・유홍석・권준희도 모두 혁신유림이었다. 이렇게 혁신유림은 만주망명가사의 산출 배경에서 매우 중요한 위치를 차지한다. 만주망명가사의 담당층 및 산출 기반을 이해하기 위해서는 혁신유림을 살펴볼 필요가 있다.

그리하여 이 연구는 만주망명가사를 혁신유림과 관련하여 살펴보는 데 목적이 있다. 혁신유림의 개념, 혁신유림의 철학사상, 그리고 혁신유림의 가사 작품인 〈분통가〉 분석 등이 논의될 것이다. 만주망명가사에 관한 전체 논의에서 혁신유림과 관련한 배경적 연구인 셈이다. 따라서 6편이나 되는 여성 작품들에 대해서는 개관에서만 소개하여 매우 제한적으로 다루질 것이다.

우선 2장에서는 만주망명가사의 개관을 정리한 후, 혁신유림의 개념을 살펴보고, 담당층을 혁신유림과 문중 여성으로 확정하고자 한다. 이어 3장에서는 모든 것을 희생하고 여성들까지 투쟁의 현장에 서게 한 그들의 독립운동 의식이 어디에 근거하는지, 혁신유림의 사상적 기반을 살펴보고자 한다. 4장에서는 유일한 혁신유림의 작품인 〈분통가〉의 작품세계를 분석하여 혁신유림의 사상을 살펴본다. 마지막으로 5장에서는 혁신유림과 그 문중 여성의 가사 창작이 지니는 가사문학사적 의의를 규명하고자 한다.

02 만주망명가사의 담당층 : 혁신유림과 문중 여성

1) 만주망명가사의 개관

만주망명가사 7편은 대부분 개별적으로 다루어졌다. 기존의 개별 작품론과 관련 논문을 참고하여 만주망명가사 7편의 작가, 문중, 여성을 동반한 망명 과정을 간단히 요약하면 다음과 같다. 먼저 작가로 〈慎痛歌〉는 독립운동가 白下 金大洛(1854-1914)이며,[3] 〈위모

---

3 통화현 항도촌에 도착한 후 유화현 삼원포, 통화현 합니하를 거쳐 다시 유하현 삼원포 藍山에서 1914년 12월 10일 작고했다. 김대락은 〈분통가〉를 통화현 합니하에 머물던 1912년 9월에 짓기 시작하여 유하현 남산에서 1913년 6월에 완성해 『白下日記』 6월 4일 자에 전문을 실었다(강윤정, 「백하 김대락의 민족운동과 그 성격」, 『백하 김대락 선생-추모학술강연회』, 안동향교·안동청년유도회, 2008, 27~42쪽).

사)는 李鎬性(1891-1968)으로 김대락 문중의 여성이다.[4] 〈조손별서〉
와 〈간운ㅅ〉는 金宇洛(1854-1933)으로 독립운동가 石洲 李相龍의 부
인이며,[5] 〈원별가라〉는 울진군 사동촌 평해황씨 문중, 즉 독립운동
가 黃萬英 문중의 여성이다.[6] 〈신시트령〉은 여성독립운동가 尹熙順
(1860-1935)으로 의병장·독립운동가 柳弘錫의 며느리이며,[7] 〈눈물
뿌린 이별가〉는 金羽模(1874-1965)로 독립운동가 權準義의 며느리
이다.[8]

---

4 이황의 후손인 진성이씨로 김대락의 從姪인 金文植(1892-1972)에게 시집을 와
   살았다. 김대락 문중의 만주망명에 합류하여 1912년 봄에 안동을 출발해 여름
   즈음 통화현에 도착하자마자 〈위모사〉를 지었다(고순희, 「만주 망명 여성의 가
   사 〈위모사〉 연구」, 『한국고전여성문학연구』제18집, 한국고전여성문학회,
   2009, 32~37쪽).
5 김우락은 독립운동가 石洲 李相龍(1858-1932)의 부인이자 김대락의 여동생이
   다. 1911년 1월 25일 안동의 임청각을 떠나 만주로 망명하여 1914년 말경에 〈간
   운ㅅ〉를 지었다(고순희, 「만주망명 가사 〈간운ㅅ〉 연구」, 『고전문학연구』 제37
   집, 한국고전문학회, 2010, 110~116쪽). 기존 연구에 〈조손별서〉의 정확한 창작
   시기는 밝혀져 있지 않다. 〈조손별서〉에는 아들 이준형이 고향 안동에 다녀온 사
   실이 기술되어 있다. 아들 이준형은 1913년에 독립운동자금을 마련하기 위해 소
   유 가옥과 전답을 팔러 안동에 들어왔다. 조모의 〈조손별서〉에 답하는 그 손녀의
   〈답사친가〉가 1914년에 지어졌으므로 〈조손별서〉는 1913년 말에서 1914년 사이
   에 지어진 것이다.
6 독립운동가 黃萬英의 영향을 받은 남편과 함께 1911년 봄에 고향을 떠나 서간도
   회인현, 통화현을 거쳐 유하현에 살던 1916년경에 〈원별가라〉를 지었다(고순희,
   「만주 망명 여성의 가사 〈원별가라〉 연구」, 『국어국문학』 제151호, 국어국문학
   회, 2009, 154~157쪽).
7 남편 유제원도 독립운동가이다. 1911년 4월 신빈현에 도착하고 1912년 초에는
   환인현 팔리전자진 취리두 남산을 근거지로 항일운동을 전개했다. 1913년 시아
   버지 유홍석이, 1915년에는 남편 유제원이 세상을 떠나버리자 1915년 아들 유
   돈상, 유교상을 데리고 환인현을 떠나 무순 포가둔으로 이주했다. 무순 포가둔
   에 근거를 두고 활동하던 1923년에 〈신시트령〉을 지었다(김양, 「중국에서 항일
   독립투쟁」, 『윤희순의사항일독립투쟁사』, 의암학회 편, 2005, 97~147쪽).
8 〈北遷歌〉의 작가인 金鎭衡(1801-1865)의 손녀이기도 하다. 1940년에 먼저 간 아
   들 權五憲(1905-1950)이 있는 유하현 삼원포를 향해 안동 가일마을을 떠나면서
   〈눈물 뿌린 이별가〉를 창작했다(고순희, 「일제강점기 가일마을 안동권씨 가문
   의 가사 창작-항일가사 〈꽃노래〉와 만주망명가사 〈눈물 뿌린 이별가〉」, 『국어국
   문학』 제155호, 국어국문학회, 2010, 133~158쪽).

만주망명지 가사문학이 7편이나 창작될 수 있었던 것은 각 문중
이 만주로 망명할 때 여성들을 동반했기 때문이다. 우선 김대락은
1910년 12월 24일 66세의 노구로 안동 천전리를 떠났는데, 만삭 임
산부인 손부와 손녀까지 낀 망명이었다. 김대락의 조카 萬植·濟
植·祚植·洪植·政植·圭植 등이 백하의 망명을 도왔다. 종질(당
질)인 和植·文植·寧植, 손자인 昌魯·正魯, 종손자인 文魯·成魯
등 천전리 김씨 문중에서는 1911년부터 13년까지 50명이 넘는 인
원이 만주로의 망명길에 올랐는데[9], 대부분 여성을 동반했다. 〈위
모사〉의 작가 이호성도 김대락의 종질인 남편 金文植을 따라 동반
망명한 것이다. 이상룡도 부인 김우락은 물론 아들 李濬衡 내외와
손자 李炳華 등과 함께 전 가족이 동반 망명했다. 일경의 감시를 피
해 1911년 1월 5일 먼저 떠나, 1월 25일에 떠난 부인, 아들 내외, 손
자 등과 압록강 가에서 만나 국경을 넘었다[10]. 황만영도 김대락·이
상룡 문중과 거의 동시에 출발해 이들이 도착하기 직전에 만주에
도착했다. 黃瀗·黃萬英·黃道英 일가 전체가 이주함은 물론, 이후
고향 주민 100여 세대가 망명했다. 이때 황씨 문중이었던 〈원별가
라〉의 작가는 시부모 및 남편과 함께 전가족이 망명했다. 유홍석은
아들 유제원과 함께 먼저 중국으로 떠났다. 그 후 제종제 유인석이
유씨네 대·소가족, 처갓집, 친척, 부하, 문인, 제자, 친구들 모두
40~50가구를 이끌고 1911년 4월에 중국 요녕성 신빈현 고려구에
도착했다. 이때 〈신시탄령〉의 작가 윤희순도 아들 돈상, 민상, 교상
등을 데리고 들어갔다. 앞선 문중이 경술국치 직후 망명한 것과 달

---

9 조동걸, 「전통 명가의 근대적 변용과 독립운동 사례 - 안동 천전 문중의 경우」,
『대동문화연구』 제36호, 성균관대학교 대동문화연구원, 2000, 373~415쪽.
10 안동독립운동기념관 편, 『국역 석주유고』 하권 〈西徙錄〉, 경인문화사, 2008,
11~55쪽.

리 〈눈물 뿌린 이별가〉의 작가 김우모는 1940년에 망명했다. 이미 친정 조카 金璉煥이 1912년에, 둘째 오빠 金元植이 3·1운동 이후에 만주로 망명해 있었다[11]. 둘째아들 權五憲이 1935~6년경 만주로 망명한 지 1년 후에 맏아들 權五潤의 가족이 망명했으며, 그 후 1940년에 김우모 부부가 자식들이 있는 만주로 들어갔다.

이상 만주망명가사 7편의 개관을 정리하면 다음과 같다.

성별	작품명	창작연대	작가	나이	문중
남	분통가	1913	김대락	68	안동 내앞김씨 김대락 문중
여	위모사	1912	이호성	22	안동 내앞김씨 김대락 문중
	조손별서	1913-4	김우락	60세경	안동 고성이씨 이상룡 문중
	간운수	1914	김우락	60	안동 고성이씨 이상룡 문중
	원별가라	1916	평해황씨 며느리	20대	울진 평해황씨 황만영 문중
	신셰타령	1923	윤희순	63	춘천 고흥유씨 유홍석 문중
	눈물뿌린이별가	1940	김우모	67	안동 안동권씨 권준희 문중

2) 혁신유림의 개념과 만주망명

19세기 말과 1910년 한일합방을 거치는 동안 외세, 특히 일본에 대항하여 국권을 수호하려는 노력에는 여러 가지가 있다. 위정척

---

11 "字繼緖生乙丑辛庚辰墓未詳己未年以後救國運動次渡滿未還國"『義城金氏大同譜』卷之三 136쪽.

사의 기치 아래 의병을 조직하여 국내외에서 무력으로 일제에 항
쟁하여 국권을 회복하려는 의병운동, 망국의 원인이 백성들의 미
개에 있음을 자각하여 철저한 계몽과 교육을 통하여 국력을 배양
함으로써 국권을 회복하려는 애국계몽운동, 만주로 망명하여 독립
운동기지를 건설하려는 독립운동 등이 그것이다. 이러한 의병운
동, 애국계몽운동, 독립운동 등의 상당 부분은 전통적인 유학교육
을 받은 유림들이 담당했다. 이와 같이 정통유림이면서 의병운동
과 애국계몽운동에 앞장서고 궁극적으로 독립운동에 참여했던 유
림들을 '혁신유림'이라고 한다. 조동걸은 '혁신유림'을 다음과 같
이 정의했다.

> 첫째 전통적 척사유림의 경력이 있는 사람으로서, 둘째 사상의 一
> 變으로 위정척사의 성리학적 민족주의에서 탈피하여 자주적 민족주
> 의의 사상 정립을 모색하고, 셋째 아울러 전수해온 봉건주의나 復辟
> 主義를 극복한 근대국가 이념을 가지면서도, 넷째 유가의 생활이념
> 을 고수했던 유림이라고 할 수 있다. 이러한 혁신유림은 유교 천 년
> 의 역사가 제국주의 침략 앞에서 나타낸 자아 혁신의 시도이며, 또
> 일제하의 한국사에서 보여준 근대지향의 형상 중의 하나이기도 했
> 다. 따라서 혁신이라고 해도 유교를 전적으로 배격한 개화 인사와는
> 다르다. 이들은 대개 을미의병(1895-1986) 때만 해도 척사유림이었
> 는데, 의병운동과 아관파천(1896)을 겪으면서 왕권의 무력성에 대한
> 인식, 또 독립협회의 개혁운동과 광무농민운동 등에 의한 신면목 즉,
> 몇 가지 역사적 사건을 계기로 혁신적 사고를 하게 되었던 것이다.
> (중략) 그러므로 그전의 동도서기론과도 역사적 성격이 같을 수 없
> 다. 동도서기론은 개항 개화에 대한 인식이고, 또 동도에는 봉건주의

도 포함될 수 있는 것이기 때문에 혁신유림과는 발생사적 계기나 사상의 성격이 다른 것이다.[12]

위의 설명에 의하면 혁신유림은 존화사상에 근거해 의병을 조직하여 항쟁하던 척사유림에서 출발한다. 이어서 척사에 대신하여 개화를, 존화에 대하여 독립을 주장하는 쪽으로 전화해 나간다. 그리하여 혁신유림은 유가의 생활 이념을 고수하면서도 자주적 민족주의 사상과 근대국가 이념을 지닌 혁신적 사고를 지닌 유림이다. 당시 급변하는 역사 상황에 맞추어 정통유림이 척사유림으로, 다시 척사유림이 개신유림으로, 그리고 개신유림이 혁신유림으로 전화한 단계를 거친 것으로 파악할 수 있다. 그리하여 혁신유림은 유교를 전적으로 배격한 개화 인사와 구별된다. 그리고 개화와 독립을 주장하는 한편, 입헌군주정이나 근대국가의 왕이 가지는 최소한의 권한만을 인정하여, 아직도 근왕사상에 사로잡혀 있던 동도서기론적 개신유림과도 그 성격을 달리한다.

그런데 당대의 역사적 삶을 살아간 각 개인의 성격을 학계에서의 정의나 구분에 따라 정확히 구분 지어 규정하기란 쉽지 않다. 개인에 따라서 일반적인 과정을 거치지 않고 한 단계를 뛰어넘을 수도 있고, 여러 단계가 동시에 나타나기도 하기 때문이다. 그리하여 혁신유림이라는 용어는 학계의 엄격한 정의와 구분에서 벗어나 범박하게 사용하는 경향이 있다. 일반적으로 사용하는 혁신유림의 개념에는 1894년부터 시작된 의병활동에 직·간접으로 참여하거나 애국계몽운동에 헌신하다가, 1910년 한일합방 이후에는 반드시

---

12 조동걸, 「대한광복회 연구」, 『한국사연구』 제42집, 한국사연구회, 1983, 124~125쪽.

'독립운동'에 투신하는 쪽으로 방향을 전환한 것이 들어간다. 1910년 한일합방과 동시에 국제정세와 항일의 실제적 방법론이 변경됨으로써 민족의 자주독립을 위한 독립운동을 몸소 실천하는 방향의 인생행로를 택한 유림을 지칭하는 용어로 파악할 수 있다. 따라서 혁신유림은 19세기 중엽 이후에 태어나 성장한 정통유림이면서 19세기 말과 20세기 초에 의병운동이나 애국계몽운동을 거쳐 1910년 이후에도 독립운동에 참여함으로써 전통에서 근대로의 혁신을 꾀한 유림을 지칭하는 용어로 파악할 수 있다.

이와 같은 혁신유림의 개념에 의하면 앞서 작품 개관에서 살펴본 金大洛(1854-1914), 李相龍(1858-1932), 黃萬英(1875-1939), 柳弘錫(1841-1913), 權準羲(1849-1936) 등은 모두 정통유림에서 독립운동가로 전환한 혁신유림이라고 할 수 있다. 이들은 이미 독립운동가로 추서된 인물들이기 때문에 이들의 구체적 활동을 장황히 설명하는 것은 본 연구의 논지에서 벗어나는 일이다. 다만 혁신유림으로서의 면모를 개괄적으로나마 설명하는 것으로 만족하고자 한다. 우선 이들은 안동 내앞마을(김대락), 안동 임청각(이상룡), 평해 사동촌(황만영), 춘천 항골(유홍석), 안동 가일마을(권준희)에 오랫동안 세거하며 정통유학을 수학하고 몸소 실천한 정통유림이었다.

그러던 이들은 일제 강점이 노골화되는 근대 초기에 항일투쟁의 길로 들어서게 된다. 우선 김대락, 이상룡, 황만영은 직·간접으로 의병에 관여하다가 학교 설립(김대락과 이상룡은 안동 협동학교, 황만영은 평해 대흥학교)을 통한 애국계몽운동에 뛰어들었으며, 국권 상실 후에는 거의 동시에 만주로 망명해 독립운동에 투신했다. 만주망명 당시 김대락, 이상룡, 황만영 문중은 혼맥으로 서로 얽혀 있어 가족과 다름없었다. 이상룡의 아내는 김대락의 여동생

이어서 김대락에게 이상룡은 매부였다. 그리고 "이상룡의 조카 李
文衡은 김대락에게 從孫壻였다. 또 일행 가운데 黃萬英·黃道英·黃
義美 종형제는 김대락의 孫壻인 종손 황병일의 숙부들이며, 손자 金
正魯는 곧 황만영의 사위가 되었으니 겹겹이 혼인으로 연결되는 관
계였다."[13] 신민회의 국외 독립군 기지 창건 사업에 동조한 황만영
이 1910년 11월에 안동의 이상룡을 방문해 그의 동조를 얻어내고
이어 김대락도 동참하게 된 것이다.[14]

유홍석은 1895년부터 의병에 투신하여 춘천의병장으로 활약하
다 경술국치 직후 만주로 건너갔다. 그런데 유홍석은 만주에서 활
동한 그의 항일단체 명칭을 국내에서와 마찬가지로 '의병'이라고
했다. 그리고 유홍석과 함께 활동했던 조선13도의병대장 柳麟錫은
만주로 건너가서도 신학교 교육, 공화제, 입헌군주제 등을 반대하
는 척사유림의 입장에서 동도서기론적 개신유림의 입장을 취하는
데 그쳤다는 평가가 있다.[15] 유홍석이 유인석과 얼마나 사상적으로
다른지, 1913년 사망하기 이전까지 사상적으로 어떤 입장을 취했
는지 분명하게 알 수는 없다. 다만 그의 며느리 윤희순이 1912년 환
인현 취리두로 옮겨 가서 신민회 간부들이 건립한 동창학교의 분
교 '노학당'을 건립하고 항일인재를 양성했던 것[16]으로 보아 그의
사상도 혁신유림의 사상적 변화 경로와 유사하게 변화를 거쳤을
것으로 보인다. 따라서 유홍석도 정통유림에서 의병장을 거쳐 만
주로 건너가 독립투쟁을 선도했던 혁신유림으로 보는 것이 옳다는

---

13 강윤정, 앞의 논문, 30~31쪽.
14 박영석, 「일제하 재만한인사회의 형성-석주 이상룡의 활동을 중심으로」, 『한민
    족독립운동사연구』, 일조각, 103쪽.
15 손승철, 「의병장 유인석 사상의 역사적 의미」, 『강원의병운동사』, 강원의병운
    동사연구회 편, 강원대학교출판부, 1987, 242~244쪽.
16 김양, 앞의 논문, 108~125쪽.

판단이다.

권준희가 살았던 안동 가일마을은 3·1운동 이후 사회주의 운동가 權五卨의 귀향으로 사회주의 운동의 본산지가 되었다. 거의 모든 가일권씨 일족들이 사회주의 운동에 가담하게 되는데, 그래서 안동 가일마을을 '안동의 모스크바'라 부른다. 권준희의 손자 權五尙과 權五雲이 사회주의운동가들이 주도한 6·10 만세운동에서 체포되어 고문후유증으로 모두 죽었을 정도로 권준희를 포함한 가일 권문은 사회주의 독립운동을 적극적으로 지원했다. 따라서 권준희는 정통유림에서 독립투쟁에 가담하고 가장 혁신적인 사회주의 사상까지 수용한 혁신유림이라고 할 수 있다.[17] 그런데 권준희는 국내에서 광복단에 협력한 독립운동가로 만주로 건너가지는 않았다. 대신 사회주의 사상을 흡수한 마을 청장년층이 일제강점 중반기부터 만주나 모스크바로 가게 되는데, 일제강점 말기에 권준희의 아들인 權東萬(김우모의 남편) 내외와 손자 권오헌·권오윤 형제도 독립투쟁을 위해 만주로 망명하게 된 것이다.

03 혁신유림의 사상적 기반

김대락, 이상룡, 황만영, 권준희 등의 영남 혁신유림은 그 학문적 뿌리가 定齋 柳致明의 定齋學派에, 그리고 유홍석은 그 학문적 뿌리가 華西 李恒老의 華西學派에 있다. 전자는 退溪學을, 후자는 尤菴學의 학문적 적통을 계승한 학파라는 정체성을 지닌다. 두 학파에 소

17　고순희, 「일제강점기 가일마을 안동권씨 가문의 가사 창작-항일가사 〈꽃노래〉와 만주망명가사 〈눈물 뿌린 이별가〉」, 앞의 논문, 135-137쪽.

속되어 학문을 했던 이들 혁신유림의 철학사상은 각기 다른 양상
을 지닌다. 당연히 이들 혁신유림의 철학사상을 논하는 것은 필자
의 역량을 넘어서는 일이다. 다만 이 자리에서는 민족의 현실을 외
면하지 않고 모든 것을 희생한 그들의 항일투쟁·독립운동 정신이
어디에 기반을 두는가 하는 점과 여성의 동반 망명이 어떠한 사상
에 기반을 두는가 하는 점에 초점을 두고 논의하고자 한다.

1) 유학적 노블레스 오블리주 정신

19세기 말 위정척사의 움직임은 몇몇 대표적인 성리학자에 한정
되지 않고, 거의 유학계 전반의 시대파악이었고 현실대응이었다.
영남만인소 사건, 의병운동 등 위정척사 의식은 거국적인 유학계
의 의지였다.[18] 이렇게 유학에 의한 국권수호의 의지가 광범위하고
강력하게 펼쳐졌던 것은 무엇 때문이었을까? 이조유학사는 19세기
즉 왕조 말기에 이르러 크게 주목할 현상을 보인다. 그것은 당시 각
개 학파를 초월해서 공통적으로 主理思想이 등장한다는 사실이다.
퇴계 학통을 이어 전통적으로 主理論을 주장해온 정재학파는 물론
화서학파도 예외는 아니었다. 학파의 계보를 달리한 여러 학자들
이 서로 약속이나 한 듯 주리론으로 일치된 경향을 띠고 등장한 것
이다. 주리론의 일치된 등장 이유는 서세 동점에 따라 우리 전통에
대한 위기의식과 서양문명과의 대결에 대비할 자체 이론의 새로운
정립 과정에서 전통사상으로서의 性理學의 정통성과 근본 원리에
대한 재확인 및 그것의 고수라는 입장에 서게 되었기 때문이다.[19]

---

18 윤사순, 『한국유학사상사론』, 열음사, 211~212쪽.
19 이우성, 『한국의 역사상』, 창작과비평사, 1982, 307~308쪽.

보통 형이상학적 주리설은 '공리공론'의 색채가 짙은데, 19세기 말 20세기 초의 주리설이 왜 강렬한 현실지향의 '국권수호'로 나간 것일까? '理'는 모든 원리원칙을 가리키는 반면, '氣'는 모든 현상과 존재의 바탕이 되는 재료를 위미한다. 가치의 측면에서 볼 때 氣는 그 자체가 선하지도 악하지도 않은 가치 중립의 성질을 가진 것이 지만, 理는 '善의 原理' 혹은 '善으로서의 義理'라는 의미를 가져 理 자체가 선하다고 믿게 된다. 그러므로 氣에 치중하는 主氣의 사고 보다 理에 치중하는 主理의 사고가 더 가치 의식이 높게 된다. 그리 하여 所當然으로서의 善이 강하게 요청되는 시기에는 요청적 善을 강조 역설하기 위해 善으로서의 理를 氣에 상대하여 중요시하는 현 상으로 나아가게 된다. 退溪가 '氣만 있고 理의 탐(理之乘)이 없으 면, 이욕에 빠져 금수로 된다'고 한 것, 華西가 '理가 主가 되고 氣가 役이 되면, 理는 순수하고 氣가 바로 되어 만사가 다스려지고 천하 가 편안해진다. 그러나 氣가 主가 되고 理가 貳로 되면, 氣는 강하여 지고 理가 숨어 만사가 혼란해지고 천하가 위태롭게 된다'고 한 것 은 모두 理를 善으로 보는 입장이다. 따라서 主理에 철저하려는 의 식은 그만큼 철저히 악을 피하고 선을 위하려는 의지와 상통하고, 선을 추구하려는 바로 이 점에 실천성, 즉 행위지향의 실제적 성격 이 자리하게 된다. 19세기 말 국가 위기에 처하여 주리파의 현실관 및 실천관은 국권수호의 자주의식 방향으로 구체화되었다고 할 수 있다.[20]

이와 같이 주리론에서 善을 추구하는 실천성은 이기적 욕구의 충족보다는 殺身成仁의 '명분적 가치'에 치중하게 하였다. 그리하 여 정통유림의 실천성은 위정척사로 출발해 모두 의병활동에 참여

---

20 윤사순, 앞의 책, 209~211쪽.

했다. 그러나 정세가 급변함에 따라서 이들의 사상도 이에 맞추어 변화했다. 개인에 따라 차이는 있겠지만 대체적으로 이들은 개화 근대사상, 사회진화론, 국민적 민족주의 등으로 이루어진 근대계 몽주의[21]를 흡수했다. 유학의 정신을 지니고 있으면서도 신서적을 읽고 혁신적인 사고를 가지며 진보적인 활동을 해나갔으며, 노비 문서를 모두 불살라 노비를 해방하고 단발을 했다. 김대락과 이상 룡은 협동학교를, 그리고 황만영은 대흥학교를 개설하여 신교육을 실시했다. 그리고 1910년 경술국치 후에는 더 이상 국내에서의 의 병운동과 애국계몽운동이 한계에 이르렀음을 깨닫고 몇백 년 세거 지를 떠나 국권회복을 위해 만주로 이주하는 파격적인 행보를 서 슴지 않고 결행했다. 한편, 권준희 문중의 경우 사회주의 사상을 섭 취하는 데 적극적이었다. 나라의 위기에 직면해서 정통 유학이 가 장 진보적인 학문과 사상으로 거듭난 것이라고 할 수 있다.

특히 퇴계학통을 이은 안동지방의 유림은 조선시대 후반기에 남 인의 정치 행로가 막힌 뒤 학문생활에 몰입하면서 "도통론적인 의 식이 강하며, 그 연장선상에서 사회적 문제에 대해 원칙론적으로 대응하는 성향을 많이 드러낸다."[22] 정통 성리학의 적장자인 퇴계 의 학문을 계승한다는 도통론적 의식은 이 지역 유림의 공동체 의 식을 결속시키는 요인으로 작용했다. 안동의 유림들은 19세기 말 에서 20세기 초까지 변화에 적극적이고 능동적으로 대처하여 혁신 유림으로 대거 전화했다. 전국적으로 안동지역에서 독립운동가가 제일 많이 나오게 된 것은 퇴계의 학풍을 공동체 의식 안에 공유하

---

21 조동걸, 「한말계몽주의의 구조와 독립운동상의 위치」, 『한국학논총』 제11호, 국민대학교 한국학연구소, 1988, 47~98쪽.

22 박원재, 「후기 정재학파의 사상적 전회의 맥락」, 『대동문화연구』 제58호, 성균 관대학교 대동문화연구원, 2007, 421쪽.

고 있었기 때문이다.

　이상에서 살펴본 바와 같이 19세기 말과 20세기 초의 역사 상황은 유림들로 하여금 외세에 대항해 사상적으로 주리론에 경도되고 강한 실천성을 드러내게 만들었다. 그리고 정세가 급변함에 따라서 자신을 혁신하여 혁신유림으로 전화해나가게 했다. 이러한 혁신유림의 사상에서 가장 핵심적인 점은 학문적 신념을 실천으로 옮기는 정신이었다. 그리고 그것을 가능하게 했던 추동력은 선비, 즉 지식인으로서의 자기 정체성에 있었다. 한말 나라의 위기상황은 나라와 백성을 지켜야 하는 지식인의 사명을 촉발시켰다. 이때 혁신유림의 민족에 대한 지식인으로서의 자기 정체성과 사명감은 너무나 철저하고 과감한 것이었다. 자신들이 의병의 선봉에 나섰으며, 자기 휘하의 병사들을 위해 사재를 미련 없이 털어 양식에 충당했는데, 밑 빠진 독과 같이 엄청난 재산이 축났다. 그리고 집과 돈을 대어 학교를 설립하고 교육 자금을 댔다. 국치를 당해 만주로 건너가서는 독립운동 자금을 대기 위해 남아 있는 고국의 전답과 가옥을 팔아 처분했다. 독립단을 이끄는 지도자로서 기득권으로 얻은 지위와 재산을 포기한 일련의 행보는 지금으로서는 가히 상상도 할 수 없는 자기희생을 수반한 것이었다. 국가 위기에 처하여 자신들이 신봉했던 主理에 철저하고자 국권수호의 善 가치를 지향하고, 지식인인 선비가 먼저 희생하는 것을 당연하게 생각한 것이다. 전통시대의 유학이 근대를 지향하며 보여준 숭고한 '노블레스 오블리주'의 정신이라고 할 수 있다.

2) 공동체와 가족 지향 의식

만주 망명지에서 한국인은 거의 대부분 가족과 함께였다. 조선
총독부의 한 문서는 한국인은 '바늘 가는 곳에 실이 따른다'는 말처
럼 만주의 여하한 산간벽지라 하여도 남편은 반드시 처를 따르게
하고 처는 반드시 남편을 따라가 일찍이 서로 떨어짐이 없다, 그리
고 그것은 중국인들이 거의 남자 단독으로 이동하여 집에 돌아오
지 않는 것이 수년이 되는 자가 적지 않은 현상과 대조된다고 기록
했다. 서간도 지방에 대한 이주는 특히 한일병합 시에 많았는데, 반
드시 처자를 대동하고 갔다는 것이다. 만주망명사회에서 부부가
함께 이동한 것은 반영주를 생각한 망명, 부인의 경제적 열악성과
의존성, 한국사회 가정의 결속도가 큰 점 등의 이유가 있을 수 있
다.[23] 그런데 중국인들과 달리 한국인이 가족과 함께 움직이는 경
향을 강하게 지닐 수 있었던 것은 초창기 만주망명의 주역이 혁신
유림이었기 때문이기도 했다. 이상룡은 〈家族團序〉에서 다음과 같
이 말했다.

> 단체는 한 남편, 한 아내에게서 시작되어 가족이 되고, 여러 가족
> 이 모여서 사회가 되고, 여러 사회가 모여서 국가가 된다. 그렇다면
> 가족이 국가와 사회의 기본이 된다는 것은 말할 필요도 없을 것이다.
> 옛날에 聖王이 법을 만드실 때는 '근본을 힘쓰는[務本]' 것을 요점으
> 로 삼으셨다. 그래서 제일 먼저 가족에 뜻을 쏟으셨으니, 宗廟의 禮는
> 輩行을 중하게 여기는 것이고, 五服의 차례는 親疏를 구별하는 것이
> 다. 조상의 유훈을 받들어 도타움과 화목함의 友誼를 강구하고 宗法

---

23 서중석, 『신흥무관학교와 망명자들』, 역사비평사, 2001, 356~357쪽.

을 세워 勸善懲惡의 政事를 행하니, 일이 있으면 합심하여 해결하고 어려움을 만나면 협력하여 막아내었다. 대개 그 제도가 면밀하고 정연하여 마치 국가·사회의 한 축소판과 같다. 후세로 내려오면서부터 群治가 점차 해이해져 육신을 지닌 자는 단지 자신만 알고 다시 가족이 있는지를 알지 못했다. 그리하여 마침내 恩愛가 단절되고 질서가 문란하게 만드니, 비유하자면 큰 나무와 같아서, 그 뿌리가 썩거나 손상되었는데 가지와 잎이 어떻게 시들어 떨어지지 않을 수 있겠는가?

나는 일찍이 이에 대해 개탄하였다. 그리하여 門內의 동지들과 더불어 家族團 하나를 조직하였는데, 미처 완료하지 못한 채 가족을 이끌고 서쪽으로 건너왔다. 국가와 사회를 위해 헌신하면서 6·7년이 지나게 되자 점차 고향에 대한 꿈이 뜸해지면서, 아마도 주도하는 사람이 없어 흐지부지된 지 오래되었을 것으로 생각하였다. 그런데 마침내 庭會·鍾浩 諸君이 한마음으로 일을 맡아 발전할 수 있는 희망이 있게 되자, 만 리 밖까지 편지를 보내 그 취지를 설명해 달라고 청하였다. 내가 생각건대 국가·사회가 가족에 기반을 둔다는 것은 諸公들이 이미 알고 있을 것이거니와, 내가 말하고자 하는 것은 바로 가족은 개인의 身心에 기반을 둔다는 것이다. 『禮記』에 이른바 "그 집을 가지런히 하고자 하는 자는 먼저 그 몸을 닦고, 그 몸을 닦고자 하는 자는 먼저 그 마음을 바르게 해야 한다."는 것이 그것이다. 제공은 어찌 서로 힘쓰지 않을 수 있겠는가?[24]

---

24 『국역 석주유고 상』, 앞의 책, 564쪽. "團體, 始於一夫一婦而爲家族, 合衆家族而爲社會, 合衆社會而爲國家, 然則家族, 爲國家社會之本, 不待言矣, 古者, 聖王設法, 以務本爲要, 故首注意於家族, 宗廟之禮, 所以重輩行也, 五服之次, 所以別親疎也, 奉祖訓而講敦睦之誼, 立宗法而行勸懲之政, 有事則合心以濟之, 遇難則協力以禦之, 蓋其制度, 周詳儼然, 若國家社會之一縮影也, 降自後世, 群治漸解, 有身者, 只知其身, 而不復知有家族, 遂使恩愛斷絶, 秩序紊亂, 譬如大木, 其根朽傷, 柯葉安得不枯落也, 余嘗慨

이상룡은 고향 안동에서 가내 동지들과 더불어 家族團 하나를 결
성하려 했으나 미처 완성하지 못하고 만주로 망명해 오고 말았다.
만주에 있는 그에게 고향에서 가족단 결성의 취지서를 부탁하자
위와 같이 쓴 것이다. 단체는 一夫一婦의 가족으로부터 시작되고,
여러 가족이 사회를 이루고, 여러 사회가 국가를 이루는 것이므로
가족은 국가와 사회의 기본이 된다고 했다. 가족단은 "友誼를 강구
하고" "勸善懲惡의 政事를 행"할 뿐만 아니라 "일이 있으면 합심하
여 해결하고 어려움을 만나면 협력하여 막아"낸다는 것이다. 그리
고 가족단의 제도는 면밀하고 정연하여 마치 국가·사회의 한 축
소판과 같다고 했다. 사회단체의 초석으로 가족 단위의 조직이 절
실히 요구된다는 판단에 따른 것이었다. 그는 다신 한번 "국가·사
회가 가족에 기반을 둔다"는 점을 강조한 후 "가족은 개인의 身心
에 기반을 둔다"고 하여 각 개인의 몸과 마음을 바르게 하는 것을
부탁하는 것으로 취지서를 마무리했다. 위의 글에서 드러나듯이
그는 논리의 근거를 전통적 유교에서 찾아 설명하고 있다. 하지만
그는 민권을 인정하고 공화제를 지지하고, 평등의 자유권에 의해
일부일처의 결혼도 상호 승인의 계약에 의해 이루어진다고 보는
등 근대사회를 지향하는 혁신적 사고의 소유자였다.[25] 가족단의 제
도도 "마치 국가·사회의 한 축소판과 같다"고 하여 전통적인 것이
아닌 신식의 것이어야 함을 강조했다. 시대의 현실에 맞게 "새로운

歎於是, 因與門內同志, 組織家族一團, 未及見成, 而挈家西渡, 獻身於國家社會, 六七
年來, 鄕夢轉疎, 意其或主張無人, 廢擲虛牝久矣, 乃庭會, 鍾浩諸君, 一心擔夯, 至有發
展之望, 萬里寄書, 要余說明趣旨, 余惟國家社會之本於家族, 諸公業已知之, 余所欲言
者, 乃家族, 本於簡人身心, 記所謂欲齊其家, 先修其身, 欲修其身, 先正其心, 是也, 諸
公, 盍相與勉之哉." 한문 원문은 『石洲遺稿』(이상룡, 고려대학교출판부, 1973,
178쪽)에서 인용.
25　서중석, 앞의 책, 266-272쪽.

것을 쓰고 묵은 것은 버린다"[26]는 혁신적인 사고를 지녔지만, 국가 사회의 위기에 대항할 수 있는 단체조직으로 전통적으로 이어져 내려온 가족 공동체의 중요성을 새삼 강조하고 있음을 알 수 있다.

하물며 지금 天下는 共理로 모든 사람이 입으로 和應하고 옛날에 물들여진 더러운 습속이 다 維新하여 平等의 권리는 천한 사람에까지 미치고, 自由의 종소리는 부인과 어린이에까지 미치어, 江淮에는 험난한 언덕이 없고 城闕에는 울타리의 경계도 없으니(그 정도로 자유·평등해졌으니) 共同의 생활과 정치에 다시 더할 것이 없도다. (중략) 가정 안에는 한 가정의 共同이 있으며 마을에는 한 마을의 共同이 있다. 따라서 한 지방을 다스림에 지방의 共同이 있게 되고, 나아가 천하를 다스림에 천하의 共同이 있게 된다. 그래야 가령 길에서 갑자기 만나도 얼굴이 익숙한 정든 얼굴로 만나고 혹 우연히 橫逆을 만나면 갓끈을 매고 서로 구제할 것이니 이것이 이른바 共和이고 共理이다. 敬과 義를 유지하면 信이 그 가운데 있을 것이니 이 또한 이른바 共和의 근본이요, 이 또한 이른바 共理의 효험이다. 무릇 우리 동지들은 다 함께 힘쓰지 않겠는가?"[27]

---

26 "用其新去其陳"『石洲遺稿』권 5 〈自新稧趣旨書〉(이상룡, 앞의 책, 209쪽). 이 글에서 이상룡은 "자신으로부터 새로워진 것은 새로워질 권한이 내게 있다(新自我者, 新之權在我)"고 하여 자주적인 자기 혁신을 강조했다.

27 「共理會 趣旨書」癸丑(1913) 6월 "況今天下共理, 萬口和應, 舊染汚俗, 咸與維新, 平等之權, 下逮厮養, 自由之鍾, 延及婦幼, 江淮無厓岸之阻, 城闕無藩籬之限, 共同之治, 無復可如矣. (중략) 一家之內, 有一家之共同, 一閭之內, 有一閭之共同, 以之一方而一方共同, 以之天下而天下共同, 假使猝遇道路, 情面如熱, 苟或偶値橫逆, 纓冠而相救, 此乃所謂共和也共理也. 敬義夾持, 信在其中矣. 此又所謂共和之本也, 此又所謂共理之驗也, 凡我同志之士, 盍相與勉之哉?"(조동걸, 「백하 김대락의 망명일기(1911-1913)」,『안동사학』제5집, 안동사학회, 2000, 219~227쪽).

위는 1913년에 김대락이 작성한 〈共理會 趣旨書〉로 동포사회를 유지하는 방편으로 공리회의 필요성을 역설한 글이다. 먼저 오늘날 사회는 옛날의 더러운 습속이 維新되었다고 했다. 평등의 권리가 천한 사람들에게까지 미치고, 자유의 종이 여성과 어린아이에게까지 울리게 되었다고 하여 근대사회를 지향했다. 그리고 한 가정의 공동, 한 마을의 공동, 한 지방의 공동, 그리고 천하의 공동으로 넓혀나갈 것을 제안했다. 즉 공리란 무한하게 자유롭고 평등한 새사회를 유지하자면 모든 것을 공리・공동・공화로 운영해야 한다는 것이다. 이상룡과 마찬가지로 근대사회를 지향하면서도 논리의 기초를 유학에서 말하는 대동의식에서 찾았다.[28] 김대락은 당시독립군 사회의 지도자로서 대동단결 의식을 강조하지 않을 수 없었다. 그러나 그는 단결의식을 강조하는 데에 머무르지 않고 제도적으로 가족을 기반으로 하는 공동체의 결성과 공리・공화를 촉구했다. 공리・공화의 기본 단위로 김대락이 견지하고 있는 것은 바로 가정이었다. 가정 없는 동포사회를 생각지 않은 것이고, 각 가정의 집합으로 이루어진 동포사회의 대동단결을 위해 공리회를 결성하고자 한 것이다.

혁신유림은 근대문명, 자유와 평등론, 자주적 민족국가 및 공화제 등의 근대국가 이념을 수용하여 근대를 지향하는 혁신적 사고를 지녔다. 특히 혁신유림은 국가의 위기 상황에서 자주독립을 위한 초석으로서 가족을 중심으로 한 동포사회의 공동체가 무엇보다 절실하다고 판단했다. 그리고 자유와 평등이 이루어진 근대사회에서 여성도 당연히 공동체의 구성원으로서 참여해야 한다고 보았다. 이렇게 혁신유림이 만주망명 당시 여성을 동반한 것은 반영구

---

28 조동걸, 위의 논문, 178~179쪽.

적 이주 및 여성의 경제적 열악성에 대한 고려, 가족 동반의 전통적 관습 등만이 아닌 여성도 근대사회에 당연히 동참해야 한다는 사고의 전환이라는 적극적인 이유가 수반했기 때문이었다.

04 〈분통가〉의 작품세계를 통해본 혁신유림의 사상

〈분통가〉는 만주망명가사 중 유일한 혁신유림의 작품이다. 그는『白下日記』 1912년 9월 27일 자에 "국문으로 〈분통가〉 한 편을 지어 비분한 뜻을 나타내려 한다. 또한 부인과 여자들로 하여금 나의 곤란 중 겪었던 전후 사정을 알게 하기 위함이다. 대략 사가의 필법을 모방하여 적었으므로 이 또한 나의 본령이 있는 것이다."[29]라고 창작 동기를 적고 있다. "부인과 여자들에게 읽히기 위함"이란 남성 작가가 가사 창작의 의도를 표현하던 전통적인 문구라서 가사 창작에 익숙했던 김대락의 관습적인 문구라고 볼 수도 있다. 하지만 "나의 곤란 중 겪었던 전후 사정을 알게 하기 위함"이란 말과 연결해 볼 때 망명 당시의 긴박했던 상황을 부인과 여성들에게 알리고자 한 특수한 의도로 보인다. 김대락은 부인과 여성 모두, 심지어 만삭의 손녀까지 동반하고 12월 24일 엄동설한의 추위를 무릅쓰고 망명 길에 올랐다. 만주까지의 도착 과정은 그야말로 추위와 배고픔을 이겨야 하는 여행이었고, 그 후 만주에서의 생활도 이전의 생활과 비교하면 상전벽해의 생활이었다. 자신의 결정 하나로 가족공동체인 부인과 여성들도 하루아침에 떠돌이 신세가 되었으므로 자신의

---

29 『白下日記』 1912년 9월 27. "以國文作憤痛歌一篇以瀉悲憤之意而使婦人女子亦知我前後困難中經歷署倣史家筆法此亦吾本領所在也"(조동걸, 위의 논문, 202쪽),

진정한 뜻과 이유를 알려야 했던 절박한 사정이 있었던 것이다. "대략 사가의 필법을 모방하여 적었다"는 것은 의지를 세워 투쟁하면 독립이라는 역사의 필연이 따를 것이라는 뜻으로 해석할 수 있다.

〈분통가〉의 내용을 세분하면, ①서언(1-2구)[30] → ②성장과 포부 (3-15구) → ③國亡의 현실과 망명 결심(16-44구) → ④출발 전 준비와 하직 인사(45-55구) → ⑤고향 출발과 육친 이별(56-67구) → ⑥서간도 도착 과정(68-86구) → ⑦망명지의 지세와 감회(87-95구) → ⑧한말 인사들의 심판과 항일열사 추모(96-105구) → ⑨역사상 충신의사(106-145구) → ⑩一死報國 의지의 고취(146-156구) → ⑪老將의 敵 섬멸 의지(157-176구) → ⑫독립 후의 세상(177-195구) → ⑬결어(196-200구)[31]의 순으로 되어 있다. 망국의 현실을 개탄하는 것에 머무르지 않고, 망명 결심과 서간도 도착 과정, 충신열사의 회고·老將의 적 섬멸 의지 등을 통한 실천적 행동의 자기 다짐, 독립 후의 세상 기원·청년학도에 대한 권고 등을 통한 독립 의지의 고취를 모두 포함한다.

〈분통가〉의 작가가 위와 같은 내용을 펼쳐나가면서 끊임없이 견지하고자 했던 것은 선비로서의 정체성이다. 작품의 서두에 해당하는 ②에서 자신의 성장과 포부를 말하는데, 선비로 태어나 성장하고 살아온 자신의 정체성을 밝힌다.

慣痛한일 許多하나 뇌릴더욱 慣痛하다 / 二氣五行 聚精하샤 父母님께 稟受할계 / 萬物中에 秀出하니 그안니 貴重한가 / 四民中에 션비되

---

30 ①서언은 단 두 행으로 '無國之民'과 '離親去國'이 우습고도 분통하다고 했다. 그래서 작가는 서언에 나오는 '분통'이라는 말로 제목을 삼았다.
31 4음보를 1구로 하여 총 200구의 비교적 장편에 속한다.

니 그안니 多幸한가 / 孝悌忠信 根柢삼고 仁義禮智 坏樸[32]이라 / 禮義東
方 옛딥이셔 靑氈[33]世業 구어보니 / 四書六經 기동삼아 詩賦表策 工夫
로다 / 時來運到 됴흔바람 事君之路 열예거던 / 史魚董狐[34] 부슬비러
史局諫院 드러셔셔 / 北寺黃門[35] 두다리고 小人놈을 버혀닉야 / 太祖大
王 帶礪之盟[36] 萬億年을 期約하고 / 太平聖主 만나거던 日月山龍 繡를
노코 / 世上이 板蕩커던 死於王事 하쟈던니[37]

위에서 작가는 '四民 중에 선비로 태어났으니 그 얼마나 다행인
가'라고 하면서 世業을 이어받아 '四書六經을 기둥 삼아 詩賦表策을
공부'했다고 했다. 그리고 時運이 좋아 임금을 섬길 기회가 오면 직
필 사관의 붓으로 소인배를 소탕하고, 세상이 어지러우면 나라를
위해 죽을 각오를 하고 있었다고 했다. 선비로 태어나 다행이라는
진술은 선비의 신분적 혜택이나 권리를 누릴 수 있어서 다행이라
는 것이 아니라 四民을 위해 죽을 수 있는 선비의 의무를 짊어졌기

---

32 배박 : 울타리 혹은 기둥이라는 뜻이다.

33 청전 : 靑氈舊物과 같다. 대대로 내려온 오래된 물건이라는 뜻으로, 여기에서는
대대로 내려왔다는 뜻이다.

34 사어동호 : 史魚는 史鰌(?-?)이다. 춘추 시대 衛나라 사람으로 史官을 지냈다. 孔子
로부터 直臣이라는 칭찬을 받았다. 董狐(?-?)는 춘추 시대 晉나라의 직필하던 史
官이다. 孔子는 옛날의 良史라 평했다. 董狐之筆이라 쓴다.

35 북사황문 : 北寺는 北司로 환관이 일 보는 관아 혹은 환관을 말한다. 黃門은 대궐
의 문 혹은 환관의 별칭이다.

36 대려지맹 : 帶厲之誓와 같다. 黃河가 띠와 같이 좁아지고 泰山이 숫돌과 같이 작게
되어도 국토는 멸망하지 않는다는 뜻으로 功臣의 집은 영구히 단절시키지 않겠
다는 맹세이다.

37 김용직본 〈분통가〉를 인용한다. 고려대학교 중앙도서관 소장 『癸丑錄』에 실린
〈慎痛歌 분통가〉 텍스트를 김용직이 「분통가의 의미와 의식」(앞의 논문)에서 활
자화했다. 그리고 『한국가사문학주해연구 8』(임기중 편저, 아세아문화사,
2005, 508-512쪽)에 수록된 것은 김용직의 활자본을 저본으로 했다. 원텍스트에
서 김용직 텍스트로, 그리고 김용직 텍스트에서 임기중의 텍스트로 옮겨가는 과
정에서 오자가 많이 발생했다.

때문에 다행이라는 것이다. 사민 중에 선택받은 선비로 태어났으므로 나라와 민족을 위한다면 죽음을 각오하고 있다는 지식인의 사명감이 당당하게 토로되었다.

그런 그에게 "경술년 칠월변고"는 평소 지니고 있었던 지식인의 사명을 행동화하는 계기가 된다. ③에서 '이천만 우리 민족이 젖 줄 놓은 아이와 같이 통곡하고 있다'는 진술에서 아이를 양육하는 어머니처럼 민족을 돌보아야 한다는 지식인의 사명감이 드러난다. 그리고 '忠孝義烈 네 글자를 새기어 놓고 교육하고 발달하여 예약 문물을 보려 했다'는 진술, '칠십년 布衣寒士가 죽는 것도 分外事'라는 진술, '속절없이 생각하니 檀公上策[38] 一走字'라는 진술 등에서 국망의 현실에서 선비가 이천만 민족을 위해 어떻게 행동화해야 했는지 그 의식의 변화 추이를 짐작할 수 있다. 일제의 침략 야욕이 노골화되자 '忠孝義烈'을 명심하며 구국을 위한 애국계몽운동에 매진했다. 그러나 이것도 일제강점으로 나라가 망한 현실에서는 실천적 행동으로서의 의미를 잃게 되었다. 비록 칠십 가까운 노인이지만 이런 상황에서는 죽는 것도 분에 넘치는 일(分外事)이다. 조국 독립의 미래를 기약하며 투쟁을 위한 망명을 결정했다는 것이다. '단군이 개국하고 고구려 태조가 창업한' "長白山下 西間島"로 망명지를 결정한 것은 당시 만주로 망명해갔던 혁신유림 대부분의 견해였다.[39] 주지하다시피 일제강점에 항의하여 자결을 택한 한말 지

---

38 檀公은 중국 남북조 시대 송나라의 장군 檀道濟(?-436)이다. 『資治通鑑』에 "檀公三十六計 走爲上策"이라 하여 단공이 삼십육계 병법을 정리한 것으로 보고 있다. "단공상책 일주자"란 '단공이 삼십육계 중 상책으로 말한 도망가기'를 말한다.

39 이상룡도 〈西徙錄〉 1911년 1월 초 기록에서 "만주는 우리 단군 성조의 옛터이며, 항도천은 고구려의 國內城에서 가까운 땅이었음에랴? 요동은 또한 箕氏가 봉해진 땅으로서 漢四郡과 二府의 역사가 분명하다. 거기에 거주하는 백성이 비록 복제가 다르고 언어가 다르다고는 하나, 그 선조는 동일한 종족이었고, 같은 강의

식인의 행동은 명분과 원칙에 투철한 유가적 행동으로 自靖的 성격
이 강한 것이었다. 그러나 작가는 죽음을 택하지 않고 살아서 망명
하는 길을 선택했다. 망명 직전의 심정적 상황을 표현한 "그터젼에
샤단말가", "아츰졔역 듸탄말가", "그거둥을 엇디보리" 등은 '일제
와 마주 대하며 같이 살 수 없다'는 것으로 문면상으로만 보면 이
또한 자정적 성격을 지닌 것으로 나타난다. 그러나 뒤에 드러난 김
대락의 독립투쟁 의지를 볼 때 그의 망명은 단순한 개인적 修身, 즉
자정적 행동은 아니었다.

그의 망명일기인 『白下日記』에서 망명 과정의 상황을 자세히 기
록하고 있는 것에 비하면 ④~⑦의 서술은 매우 개략적이라고 할 수
있다. 동반한 가족에 대한 시선은 한 번도 드러나지 않으며, 고향에
두고 오는 이들에 대한 시선만이 이별 상황에서 잠깐 드러난다. 망
명 일정이나 사건이 구체적이지 못하고 망명 시 자신의 감회나 자
세를 중심으로 서술했다. 처음 동구 밖을 나서며 쓴 '칼끝 같이 마
음먹고 화살 같이 앞을 서서'라는 진술에서 고향을 떠나는 작가의
비장한 마음을 피력했는데, 유약한 지식인의 모습은 찾아보기 어
렵고 추호도 자신의 행보에 의심이 없음을 알 수 있다. 66세의 늙은
유학자에게 재산을 팔아 가족들 모두를 이끌고 세거지를 떠나 만
리타국으로 향하는 것은 결코 돈키호테 짓이 아니었다. 그저 선비
된 도리로서 소신으로 믿고 살아왔던 충의열사의 당연한 길이었던
것이다. 항일열사와 역사상 구국 영웅을 나열하며 장황하게 술회
하는 ⑧~⑨도 선비로서 충신의사의 길을 따르려는 작가의 정체성

남북에 서로 거주하면서 아무 장애 없이 지냈으니, 어찌 異域으로 여길 수 있겠
는가?"라 하여 서간도가 우리 역사지임을 강조했다 (『국역 석주유고 하』, 앞의
책, 15쪽).

을 다짐하는 자리이기도 했다.

一死報國의 의지를 고취하는 ⑩에서 '살아서도 죽은지라 그렇다고 참죽으랴'와 "太平基礎 因難이오 우룸긋혜 우숨이라"는 유학에서 말하는 '殺身成仁'과 다르지 않다. 특히 그는 자신이 노령인 점을 의식하여 呂太公·方叔·廉將軍·范亞父·趙充國 등[40] 중국 역사상의 老將軍을 예로 들었다. 청년자제를 앞세운다면 전투에서 적을 섬멸할 수 있다는 자신의 의지를 나타내고자 한 것이다(⑪). "~말가"가 연속되는 장면에서는 매 "~말가"마다 전투에서 日敵을 베는 김대락의 칼부림을 연상케 한다. 항일전투에 참가하려는 늙은 유학자의 실천적 의지를 엿볼 수 있다. 그러나 김대락은 여기에서 머무르지 않고 일제가 패망한 후의 독립 세상을 펼쳐 보인다(⑫). "英美法德 上等國에 上賓으로 올나안쟈 / 六大洲와 五大洋에 號令하고 吞壓하니"에서 영국, 미국, 프랑스, 독일 등 선진국과 어깨를 나란히 하고 육대주와 오대양에 호령하고 제압하는 자주강국을 꿈꾸었다. "海晏河平 熙皞世예 堯舜世界 다시보니 / 憲法政治 共和政治 時措之義 싸라가며 / 福을바다 子孫쥬고 德을싹가 百姓쥬고"에서는 헌법정치와 공화정치 등 근대국가 체제를 꿈꾸고 있음이 드러난다. 비록 "요순세계, 백성" 등과 같은 전통적 유학 용어로 표현하고 있음에도 불구하고 그가 꿈꾼 독립 후 세상은 봉건사회가 아니었고

---

40 呂太公은 呂公(?-기원전 203년)이다. 漢나라를 세운 劉邦의 관상을 보고 자기 딸을 그의 아내로 보냈다. 한나라 원년인 기원전 206년에 臨泗候에 봉해졌다. 方叔(?-?)은 西周 때 사람으로 宣王의 卿士를 지냈다. 왕명을 받아 兵車 3천 량을 이끌고 북쪽으로 험윤을 정벌하고 남쪽으로 형초를 정복해 공로를 세웠다. 廉將軍은 廉頗(?-?)이다. 전국시대 趙나라의 장군으로 노년의 나이에도 불구하고 갑옷을 입고 말에 올라 노익장을 과시했다. 范亞父는 范增(기원전 277-기원전 204년)이다. 초나라의 정치가로 항우에게 亞父라는 존칭을 받았다. 趙充國(기원전 137-기원전 52년)은 漢나라 武帝 때 장군이다. 흉노와 싸우지 않고 金城 일대에서 둔전을 실시하는 것이 유리하다는 방략을 제시했다.

세계 안의 자주독립국가로 당당하게 서는 근대 국가 체제였다.

이상으로 〈분통가〉의 작품세계를 살펴보았다. 〈분통가〉는 부인과 여성들에게 보여주고자 한다는 창작 의도에도 불구하고 인물및 역사의 인용이나 한자 표현이 지나치게 현학적이어서 그 내용이 어렵고 표현도 매우 난삽하다고 할 수 있다. 유학자의 면모를 유감없이 발휘한 현학적 취향의 발로라고 할 수 있다. 그러나 이러한현학적 취향에도 불구하고 〈분통가〉는 민족의 현실을 개탄하고 자신과 청년학도들의 독립투쟁 의지를 고취하는 보편적인 주제를 담고 있다. 그리고 보편적 주제 안에서 내용을 펼쳐나가면서 김대락이 꾸준히 견지했던 것은 충신의사로서의 길을 택한 선비로서의정체성이었다. 선비로 태어났기 때문에 노구지만 충신의사의 길을당연히 택해야 한다는 지식인으로서의 신념과 실천적 행동 의지가담겨 있다. 그리고 그가 꿈꾼 대한제국은 자주독립국가로 근대국가 체제를 지닌 것이었다. 이와 같이 〈분통가〉는 나라와 백성을 위한 지식인의 사명감에 불타는 작가의 내면의식을 읽을 수 있다. 민족에 대한 지식인의 사명감으로 분통함, 죽음을 두려워하지 않는비장함, 독립에의 희망감 등이 표현된 이 가사에서 혁신유림의 '노블레스 오블리주' 정신을 발견할 수 있다.

05 맺음말 : 가사문학사적 의의

6편이나 되는 만주망명가사의 대부분이 여성의 작품이고, 정작혁신유림 당사자의 작품은 〈분통가〉 한 편뿐임에도 불구하고 본고에서 혁신유림과 관련하여 살펴본 것은 만주망명가사의 산출 배경에서 혁신유림을 빼놓고 생각할 수 없었기 때문이다. 일제강점기 나라의 위기 상황에서 전통시대 유림은 자기 혁신을 통해 혁신유림으로 전화하여 근대를 지향한 숭고한 노블레스 오블리주 정신을 발휘했다. 그리고 유교사회의 가족을 기반으로 하는 공동체 의식을 근대사회의 초석으로 삼고자 했으며, 만주망명 시에도 근대사회의 당연한 동참자로서 여성을 동반해갔다.

20세기 초는 엄격하게 말하면 전통과 근대가 공존하는 시기라고 할 수 있다. 근대의 풍경은 극단적으로 전통적인 것에서부터 극단적으로 근대적인 것에 이르기까지 다양한 편폭으로 펼쳐져 있다. 그 가운데 혁신유림은 진정한 근대화 과정과 현대사회로의 진입 과정을 여실히 보여주는 전형적인 집단이다. 이러한 혁신유림의 성격은 만주망명가사에도 그대로 드러난다. 만주망명가사는 가사라는 전통 장르로 여성의 자기 서사양식과 같은 매우 관습적인 서술 양식을 지닌 채 표현했지만, 그 안에는 만주로의 근대적 여행 경험, 만주에서의 근대 생활, 근대적 사고 등이 수용되어 있다. 전통이 근대에 대응한 제양상을 만주망명가사가 보여주고 있는 것이다. 이렇게 전통이 근대에 대응한 가사문학적 제양상이 혁신유림의 존재에 의해 드러날 수 있었다는 점에서 혁신유림의 가사문학사적 의의는 부여될 수 있을 것이다.

한편, 만주망명가사가 창작될 수 있었던 것은 혁신유림 문중이 전통적으로 가사문학을 창작하고 향유하는 데 적극적이었기 때문이다. 혁신유림 문중은 전통적으로 남성은 한문학을, 여성은 가사문학을 창작하고 향유하는 문화적 전통을 지니고 있었다. 특히 안동의 경우 전통적인 규방가사의 강세 지역으로 일제강점기에도 가사의 창작 전통이 활발하게 지속되었다. 특히 안동 지역에서도 내앞김씨 김대락 문중은 가사문학 창작이 매우 활발했는데, 이 시기에 창작된 가사가 확인된 것만도 상당하다. 우선 김대락 본인의 〈憤痛歌〉가 있고, 김대락의 첫째 여동생 김우락이 만주망명가사 〈간운 ᄉ〉와 〈조손별서〉를 지었다. 김대락의 막내 여동생 金洛[41]의 〈遊山日錄〉이 있으며, 김대락의 조카 金祚植의 〈聞韶金氏世德歌〉가 있다. 가일마을 안동권씨 문중에서는 김우모의 〈눈물 뿌려 이별사〉가 있고, 그의 아들 권오헌의 〈꽃노래〉가 있다. 권오헌은 일본유학생 출신으로 사회주의 운동가임에도 불구하고 전통적 유림 가문에서 성장하여 여성의 가사 창작에 익숙했고, 모친과 문중 여성들을 위해 〈꽃노래〉를 창작했다. 그리고 혁신유림은 한말 의병활동에 참여한 층으로서 의병가사의 담당층이기도 하여 춘천의 고흥유씨 문중인 유홍석은 〈告兵丁歌辭〉를 지었고, 그의 며느리인 윤희순이 만주에서 〈신ᄉᆡ특령〉을 지은 것이다. 만주망명가사 7편 가운데 안동의 문중에서 5편이, 그리고 울진과 춘천의 문중에서 각각 1편씩 창작되어 가사 창작의 근거지가 안동임이 여기서도 확인된다.

이렇듯 전통적으로 가사문학을 창작하고 향유하던 혁신유림 문중의 여성들은 만주망명지에 가서도 평생 익숙하던 가사 장르를 그들의 표현 수단으로 삼았다. 만주에서 창작된 디아스포라 시가문학은 창가, 개사민요 등의 항일가요나 현대시가 주류를 이루었다. 그런데 혁신유림 문중의 여성들은 자신들의 서정을 표현할 때으레 그래왔던 것처럼 전통적 장르인 가사를 통해서 했다. 〈간운

---

41 金洛 또한 독립운동가이다. 독립운동가 李中業의 아내로 경술국치 직후 순절한 響山 李晚燾의 며느리이기도 하다. 남편 및 아들들과 함께 독립운동의 전선에 직접 뛰어들었는데, 여성으로서 독립운동유공 포상을 받은 몇 안 되는 인물이다. 1919년 3월 안동지역에서 일어난 3·1만세 시위에 참가했다가 일제경찰에 끌려가 모진 고문을 당해 두 눈을 모두 잃고 11년 동안 고초를 겪다가 1929년 2월에 사망했다.

수)에서 작가가 며느리와 함께 가사를 짓고 향유하는 일상을 표현한 것에서도 알 수 있듯이 혁신유림 문중의 여성들은 가사 창작을 통해 자신의 문화 정체성을 간직했던 것이다. 창가, 민요, 한시, 현대시, 가사 등 다양한 장르로 펼쳐진 만주 디아스포라 시가문학 가운데 혁신유림의 한시와 함께 혁신유림 문중 여성의 만주망명가사는 전통장르를 온전히 계승한 시가문학이라는 데에 그 의미를 부여할 수 있다.

만주망명과 가사문학 연구

제2장
만주망명인을 둔 고국인의 가사문학
-자료 및 작가를 중심으로-

01 머리말

신변탄식류 규방가사는 남편, 아들, 부모, 형제, 친구 등을 그리워하며 자신의 처지를 탄식하는 내용이 주를 이룬다. 신변탄식류 가사는 사랑을 바탕으로 한 그리움의 서정과 아울러 여성의 처지에 대한 탄식의 서정을 동시에 드러냄으로써 당대 여성의 존재론적 자아 인식과 현실인식을 알 수 있는 중요한 문학 자료이다. 그런데 신변탄식류 규방가사는 대부분 관습적 글쓰기 안에서 창작되었기 때문에 그 표현과 내용이 언뜻 보아 천편일률성을 띠게 되었고, 그리하여 연구자에게 그리 매력적인 유형으로 다가가지 못한 것이 사실이다. 그러나 '자세히 읽기'를 통해 이 작품들을 보면 각각이 작가의 특수한 사연을 담은 개별적 문학세계를 지니고 있음이 드러난다. 이제 신변탄식류 가사 작품에 대해 작가의 처지, 그리워하는 대상, 그리워하게 된 사연 등을 밝혀내어 각 작품의 개별성을 도출해내는 작업이 필요한 시점이라고 할 수 있다. 그리하여 이 연구에서는 일제강점기 민족적 특수 상황에서 독립운동을 하던 만주망명자를 그리워하며 자신의 처지를 한탄한 신변탄식류 가사 작품들을 따로 연구의 대상으로 삼아 그 개별성을 드러내고자 한다.

일제강점기 독립운동을 위해 만주로 망명한 혁신유림 문중에서는 만주망명가사가 창작되었다. 이러한 만주망명가사도 만주망명 당시의 상황을 서술함과 동시에 고국에 두고 온 육친을 그리워하는 서정을 담고 있어 크게 보아 신변탄식류 가사에 해당한다. 그런데 이렇게 독립운동가와 동반하여 만주로 망명해간 여성도 있지만, 고국에 홀로 남아 망명한 남편, 아들, 부친, 딸 등을 그리워하며 한탄의 나날을 살아가던 여성도 있게 되었다. 이러한 여성들 가운데는 고향 집에서 만주망명인이 돌아올 날만을 기다리면서 그 심정을 가사를 통해 표현하기도 했는데, 이들 가사를 '만주망명인을 둔 고국인의 가사'로 유형화할 수 있다. 만주망명인을 둔 고국인의 가사로는 〈송교행〉, 〈답사친가〉, 〈感懷歌〉, 〈별한가〉, 〈단심곡〉, 〈사친가〉 등이 있다. 이들 가사는 대부분 규방가사 연구에서 그리 주목을 받지 못한 것들이다. 이 연구에서는 이들 가사가 지니고 있는 사연의 특수성에 주목하여 하나의 유형으로 묶어 연구할 필요가 있다고 판단했다.

문학 연구에서 작가의 생애는 작품세계의 이해를 위한 매우 중요한 요소이다. 그런데 그동안은 여성작 규방가사의 연구에서 작가의 구체적 생애에 대한 규명 노력이 타 장르 혹은 타 유형에 비해 상대적으로 소홀했던 것은 아닌가 한다. 이 연구의 대상 작가에 대해서도 '안동군 하회 柳時俊(본관 豊山人)께 出嫁한 石洲 李相龍의

長孫女[답사친가]'¹나 '寒洲先生 子婦 星州李氏 夫人[감회가]'²과 같
이 남성과 관련한 사실을 중심으로 간단히 언급하는 선에서 그치
고 만 것이 그간의 사정이었다. 이렇게 규방가사의 작가 규명이 소
홀했던 데에는 여성의 삶이 사회적으로 특별히 내세울 것이 없이
가정에 국한한 지극히 일상적인 것이었기 때문에 차라리 관련 남
성의 정보가 작품의 이해에 더 중요했던 탓도 있었다. 그러나 작품
의 작가인데도 여성이기 때문에 누구의 부인이나 누구의 손녀 정
도로만 언급하고 지나치는 것은 작품 이해의 폭을 좁히는 결과를
초래할 수 있다. 이제는 여성 작가의 생애를 전면에 드러내어 작품
세계에 대한 이해의 지평을 열어줄 수 있어야 한다. 특히 이 연구에
서 대상으로 하는 작가는 독립운동가와 연관이 있는 여성들이기
때문에 그 생애를 아주 알 수 없는 것은 아니다. 그리하여 가능하다
면 단편적이더라도 구체적인 작가의 생애를 재구성하여 독립적인
작가의 생애를 밝히는 노력이 필요하다고 본다.

이 연구에서는 만주망명인을 둔 고국인의 가사를 연구의 대상으
로 한다. 그런데 이 자리에서는 논문 지면의 한계 때문에 대상 자료
를 제시하고 작가를 규명하는 데에 목적을 두었다. 먼저 2장에서는
만주망명인을 둔 고국인의 가사로 어떤 것이 있는지 그 자료의 양
상을 제시하고자 한다. 대상 자료들이 만주망명인을 둔 고국인의
가사에 해당하는지 여부를 살피고, 그 자료들의 이본 상황을 구체
적으로 제시한다. 3장에서는 작가를 규명하고 그 생애를 구체적으
로 재구성하고자 한다. 유명 독립운동가의 경우 그 생애가 비교적

---

1 이동영, 「개화기 가사의 일고찰」, 『가사문학논고』, 부산대학교출판부, 1987,
  158쪽. 간단히 "작자 李氏夫人은 石洲 李相龍의 長孫女이다. 안동군 하회 柳時俊
  (본관 豊山人)께 出嫁했다"라고만 적고 있다.
2 이휘 편저, 조춘호 주석, 『견문취류』, 이회, 2003, 92쪽.

구체적으로 밝혀져 있어 여성 작가의 삶을 재구성하는 데 도움을 줄 수 있다. 그러나 이 경우에도 그 생애가 대부분 학문 및 독립운동 활동을 중심으로 구성되어 있고, 무명 독립운동가의 경우에는 그 생애가 간단한 독립운동 활동에만 한정하여 기록된 경우가 많아 이들과 함께 살았던 여성 작가의 생애를 재구성하는 데 어려움이 많은 것도 사실이다. 이 연구에서는 족보, 독립운동가의 생애, 관련 문헌, 작품 내용 등 가능한 자료를 동원하여 여성 작가의 삶을 재구성한다. 4장에서는 밝혀진 작가의 생애와 가사 작품 간의 관계를 종합적으로 논의하고자 한다.

02 자료 개관

일제 강점기에 만주로 건너간 조선인은 크게 두 부류로 망명형과 생활형이 있다. 이 연구에서는 작가가 그리워하는 당사자의 만주행이 독립운동을 위한 망명형인 경우만을 대상으로 했다. 만주로 건너간 당사자가 망명형인지 생활형인지가 불분명한 경우나 당사자가 건너간 타국이 만주가 아닌 다른 지역인 경우는 대상 자료에서 제외했다.

〈단심곡〉을 제외한 대상 작품들 모두는 작품의 내용 속에 그리워하는 당사자가 만주망명인임을 뚜렷이 드러낸다. 〈송교행〉은 남편을 따라 서간도로 떠나는 그 딸을 보내면서 안타까워 하는 모정을 표현했다. 역대·집성본은 만주망명가사의 하나인 〈위모스〉와 같이 수록되어 있다. 그런데 "셩문화벌 녀압김씨 영남이 되셩이요 / 우리사회 김문식은 장부녕웅 골격이라"라는 구절에서 사위가 내앞김씨 문중의 김문식이라고 했으므로 그 딸이 만주망명가사 〈위모스〉의 작가임이 분명하다. 독립운동을 위해 사위와 딸이 동반 망명하자 그 어머니가 〈송교행〉을 짓고, 그 딸은 후에 〈위모스〉를 지어 이 두 필사본이 같이 실려 전하게 된 것이다. 그리하여 〈송교행〉은 만주망명인을 둔 고국인의 가사에 해당한다. 〈답사친가〉는 독립운동가 이상룡의 맏손녀가 쓴 가사 작품으로, 만주로 망명해간 할머니와 부친을 그리워하는 내용으로 이루어져 있다. "어와 반가올사 서간음신 반가올사 / 신기하고 황홀하다 우리왕모 하찰이야"로 시작하는 이 가사는 "말리 이역에" 계신 '王母'의 서간을 받고 그에 대한 답으로 쓴 가사이다. 여기서 '王母'는 만주망명가사 〈간운스〉와 〈조손별서〉의 작가인 金宇洛이다. 〈감회가〉는 "星州人 寒洲先生(諱 震相)의 子婦가 그의 夫君이 亡國의 한을 품고 畢子를 데리고 잠적(北間島)하자 그를 간절히 그리며 젊은 子婦의 애절한 심회 등을 그린 歌辭"[3]로, 만주에 있어 6년 동안이나 보지 못한 남편과 아들에 대한 그리움을 표현했다. 〈별한가〉는 만주 봉천에 있는 남편과 아들을 그리워하는 내용이다. 이 가사는 작가가 누구인지 알 수 없는 상태로 이본이 4개나 확인될 정도로 활발하게 유통되었던 가사이다. 그런데 이 가사의 작가가 〈감회가〉의 작가와 동일 인물임이 밝혀졌다.[4] 따라서 〈별한가〉 역시 만주망명인을 둔 고국인의 가사에 해당한다. 〈사친가〉는 부친을 그리워하는 내용으로 구성되어 있다. 작품 내용에 "장하신 우리야야 큰뜻은 품어시고 / 북으로 압녹강을 훌훌니 건너시니"라고 했으므로 작가의 부친이 독립운동을 위해

---

3 이휘 편저, 조춘호 주석, 앞의 책, 92쪽.
4 고순희, 「만주망명인을 둔 한주종택 종부의 가사문학-〈감회가〉와 〈별한가〉」, 『고전문학연구』 제40집, 한국고전문학회, 2011, 91~122쪽.

만주로 망명한 자가 분명하다.

마지막으로 〈단심곡〉은 남편을 그리워하는 서정을 담았다. 그런데 문면상 남편이 독립운동을 위해 망명한 것은 뚜렷하게 드러나지만, 그 향한 지역이 어느 곳인지는 명시되지 않았다.

경술연 변복셰상 쮜여난 포부지화 / 치국평천 경운으로 신혼부부 만난졍을 / 헌신갓치 써쳐부고 부상의 이별회포 / 서리서리 서리담아 십삼도 고국산천 / 도라보고 도라볼젹 봄바람 잔물결의 / 낫서른 이역의서 고독시름 어이홀가

위는 〈단심곡〉의 한 구절이다. 작가의 남편은 경술국치를 당하자 "치국평천 경운[독립운동]"을 위해 "고국산천"을 돌아보고 돌아보면서 작가와 이별하고 혼자 집을 떠나 낯선 "이역"으로 갔다. 그러므로 작가의 남편은 독립운동을 위해 고국을 떠난 망명인임이 분명하다. 하지만 위의 구절을 포함하여 작품 내용의 어느 곳에서도 남편이 간 곳이 만주인지가 드러나지 않는다. 그런데 위에 인용한 구절 가운데 "부상[5]의 이별회포"라는 구절이 문제가 될 수 있다. '扶桑'은 일본을 지칭하기도 하여 혹시 일본으로 간 것이 아닌가 생각할 수 있다. 그러나 이 구절에서 '부상'은 남편이 향한 곳을 의미하기보다는 '이별 회포'와 '서리서리 담아'와 어우러진 표현으로

---

5 扶桑은 동해 바다 가운데 있다는 큰 神木 혹은 해와 달이 뜨는 곳. 동방을 말한다. 〈해내십주지(海內十洲志)〉에 "동해의 동쪽 푸른 바다 가운데 사방 1만 리 되는 육지가 있는데, 그 위에는 태제궁(太帝宮)이 있고 숲의 나무는 모두 뽕나무와 비슷하며, 큰 것은 높이가 수천 길이요 둘레가 이천 아름이나 되며, 나무마다 같은 뿌리에서 두 갈래의 둥치가 자라 서로 의지하고 있으므로 부상이라 하는데, 그 나무에 구천 년에 한 번씩 열리는 열매가 있어서 신선들이 그 열매를 먹고서 온몸에 금빛이 난다"고 하였다.

해석하는 것이 좋을 듯하다. '부상'은 해와 달이 뜨는 곳을 의미하므로 해 뜨는 이른 아침에 이별하는 애틋한 심정을 표현한 것이다.[6] 한편, 작가는 남편을 찾아가고 싶은 마음을 "운산을 넘고넘고 하슈을 건너건너 님을ᄎᄌ 닉가가셔"와 같이 표현하고 있다. 만약 남편이 있는 곳이 일본이었다면 바다를 건넌다는 표현이 당연하게 와야 한다. 하지만 작가는 육로와 강을 건넌다는 표현을 쓰고 있기 때문에 아무래도 남편이 있는 곳이 일본은 아니라고 판단된다. 그리고 경술국치 직후 망명해 나간 독립운동가들이 대부분 만주 지역으로 건너갔다는 일반적인 사실을 감안하면 작가의 남편을 만주망명인으로 보는 것이 합리적이라는 판단이다.

이상으로 만주망명인을 둔 고국인의 가사 작품으로 〈송교행〉, 〈답사친가〉, 〈感懷歌〉, 〈별한가〉, 〈단심곡〉, 〈사친가〉 등 총 6편이 확인된다. 〈송교행〉은 내방가사자료본과 역대·집성본 두 이본이 확인된다.[7] 〈답사친가〉는 규방가사본, 역대본, 집성본, 가사문학관본1, 가사문학관본2, 가사문학관본3 등 여섯 이본이 확인된다.[8] 〈감회가〉는 견문취류본, 이규석본1, 이규석본2 등 세 이본이 확인된다.[9]

---

6 만주망명가사 〈위모ᄉ〉에서도 만주에 발을 디딛기 전 마지막으로 고국산천을 바라보며 심회를 읊는 가운데 '부상의 이별회포'라는 구절을 쓰고 있다. "압녹강 만경창파 후탕후탕 흘너가고 / 십삼도 고국산천 도라보고 도라보니 / 부싱의 이별회포 이지경예 어렵쏘다"

7 내방가사자료본 - 이화여자대학교 한국문화연구원, 「내방가사자료-영주·봉화 지역을 중심으로 한-」, 『한국문화연구원논총』 제15집, 이화여대 1970), 379~380쪽. ; 역대·집성본 - 임기중 편, 『역대가사문학전집』 제50권, 아세아문화사, 1998, 67-74쪽. 단국대율곡기념도서관, 『한국가사자료집성』 제9권, 1997, 519-526면.

8 규방가사본 - 한국정신문화연구원 고전자료편찬실, 『규방가사 I —가사문학대계③』, 1979, 189~195쪽. ; 역대본 - 임기중 편, 『역대가사문학전집』 제23권, 여강출판사, 1992, 74~87쪽. ; 집성본 - 단국대율곡기념도서관편, 『한국가사자료집성』 제2권, 태학사, 1997, 142~154쪽. ; 가사문학관본1 - 한국가사문학관 홈페이지; 가사문학관본2 - 한국가사문학관 홈페이지; 가사문학관본3- 한국가사문학관 홈페이지.

〈별한가〉는 역대·집성본, 영남본, 가사문학관본1, 가사문학관본2 등 네 이본이 확인된다.[10] 〈단심곡〉과 〈사친가〉는 각각 권영철본만 확인된다.[11] 대상 자료의 유전 상황을 정리하면 다음과 같다.

대표 작품명	이본 수	이본 소재	작품명	비고
송교행	2	「내방가사자료-영주·봉화 지역을 중심으로 한」	송교행	활자본
		『역대가사문학전집』제50권	송교힝	필사본
		『한국가사자료집성』제9권	송교힝	上동일본
답사친가	6	『규방가사 I —가사문학대계③』	답사친가	활자본
		『역대가사문학전집』제23권	답사천가	필사본
		『한국가사자료집성』제2권	답사친가	필사본
		한국가사문학관 홈페이지	답사친가	필사본
		한국가사문학관 홈페이지	답숫친가	필사본
		한국가사문학관 홈페이지	스답가스친가	필사본
感懷歌	3	『견문취류』	感懷歌	활자본
		이규석 소장	슐회가	원고지본
		이규석 소장	述懷歌	컴출력본
별한가	4	『역대가사문학전집』제39권	별흔가	필사본
		『한국가사자료집성』제3권	별흔가	上동일본
		『영남내방가사』제2권	별한가	필사본
		한국가사문학관 홈페이지	별한가	필사본
		한국가사문학관 홈페이지	별한가	필사본
단심곡	1	『규방가사-신변탄식류』	단심곡	활자본
사친가	1	『규방가사-신변탄식류』	사친가	활자본

---

9 견문취류본 - 이휘 편저, 조춘호 주석, 앞의 책, 92~103쪽.; 이규석본1·이규석본 2 - 작가의 손자인 李葵錫 전 국민대총장님이 소장.

10 역대·집성본 - 임기중 편, 『역대가사문학전집』제39권, 아세아 문학사, 1998, 39~50 쪽. 단국대 율곡기념도서관 편, 『한국가사자료집성』제3권, 태학사, 1997, 443~466 쪽.; 영남본 - 이정옥, 『영남내방가사』제2권, 국학자료원, 2003, 98~137쪽.; 가사문 학관본1 - 한국가사문학관 홈페이지.; 가사문학관본2 - 한국가사문학관 홈페이지.

11 권영철본 〈답심곡〉 - 권영철 편저, 『규방가사-신변탄식류』, 효성여대 출판부, 1985, 463~468쪽.; 권영철본 〈사친가〉 - 권영철 편저, 앞의 책, 578~583쪽.

위의 표에서 이본 및 이본 소재의 숫자가 맞지 않은 것이 있는데 동일한 필사본이 두 곳에 동시에 실려 있는 경우로, 〈송교힝〉과 〈별흔가〉가 『역대가사문학전집』과 『한국가사자료집성』에 동시에 실려 있어서 그 이본명을 역대·집성본이라 명명했다. 동일 필사본을 순 한글표기와 국한문표기로 옮겨 적은 것으로 이규석 소장의 〈슐회가〉와 〈述懷歌〉가 있다. 두 이본은 작가의 손자인 이규석 전 국민대총장님이 소장하고 있는 원래의 필사본을 이상보 교수가 순한글로 원고지에 옮겨 적은 원고지본과 그것을 나중에 한문으로 해제하여 컴퓨터로 출력한 컴퓨터출력본이다. 확인된 이본 상황만 보면 가장 왕성하게 유통되었던 가사는 〈별한가〉로 드러나지만, 다른 가사 작품의 경우 제목만 확인되는 경우가 있어서 이 자체만으로 유통의 왕성함 정도를 가늠하기에는 무리가 있다.

이 외에 권영철이 언급한 〈타국감별곡〉이 있다. 권영철은 이 가사에 대해 "만리타국에 간 낭군을 사모하여 지은" 것이라고 하면서 "안동 서후의 이씨부인이 남편 따라 북간도에 가서 지어 가지고 돌아왔다"고도 했다. 소개한 가사 원문의 일부분만 보면 중국의 서천 서역으로 멀리 가 있는 남편을 그리워하는 내용이다.[12] 작품 전체가 고국에 있는 작가가 중국에 있는 남편을 그리워하는 내용으로

---

12 권영철, 『규방가사연구』, 이우출판사, 113쪽. 소개한 가사의 원문은 다음과 같다. "리별즁에 서른거슨 싱리별이 제일이라 / 천사만사 록수장류 화촉아릭 미진언약 / 백연이 다진토록 이별하지 말자더니 / 모지다 천지운슈 우리인연 저쥬하여 / 금란갓흔 나의님을 서쳔서역 수만리에 / 연운만리 리별하고 님위하여 매친병이 / 골슈에 깁히백여 백약이 무효하니 / 삼신산 불사약도 아마도 허사로다 / 립주랄 고쳐입고 무명산 올나가니 / 원광속명 옛터랄 눈압희 나려보니 / 젹벽에 멋는빗난 힝하는곳 어듸매뇨 / 만리장경 동쪽편에 가련하다 외긔력이 / 운소에 놉히펴겨 옹옹한 긴소리로 / 짝을불러 슬피우니 / 아방궁 옛셩터에 흥망셩쇠 저 역연긔 / 천산남로 곤륜산에 황혼이 도라든다 / 지리한 타국사리 언제나 끈치려나 / 아름답다 잔나비야 너에게 부탁하자 / 님께가난 쇼식한장 하로바쎄 견희쥬면 / 결쵸보은 하리로다"

만 이루어져 있다면 만주망명인을 둔 고국인의 가사에 해당한다. 반면 작가가 중국 내 어느 곳에 있으면서(서간도) 남편이 서천서역 지역으로 임무를 띠고 멀리 가서 오지 않자 그 남편을 그리워하는 서정을 담았거나 혹은 만주망명 생활까지를 담고 있다면 만주망명 가사에 속한다. 이와 같이 〈타국감별곡〉은 가사의 일부분만 알 수 있는 상황이므로 연구의 대상에서는 제외했다. 한편, 〈감별곡(망명가)〉이라는 제목을 지닌 가사가 있는데[13], 제목으로 보아 〈타국감별곡〉의 이본일 가능성이 있다. 하지만 가사문학에서 동일 제목의 서로 다른 내용의 작품이 많은 예로 미루어보아 단정할 수는 없다.[14]

작품 전문이 전하고 있는 가사 가운데 〈낭군님젼상서〉[15]는 멀리 떠난 남편을 그리워하는 내용으로 이루어져 있다. 내용 가운데 "일염광음 뜻지업서 구국에 부쳣도다"라는 구절이 있어, 남편이 독립운동을 위해 멀리 가 있는 것은 분명하다. 하지만 "고국"이라는 용어조차 보이지 않아 남편이 간 곳이 타국인지, 그 성격이 만주인지가 드러나지 않아 이 연구의 대상에서는 제외했다. 〈밀양당원안동손씨칠산연홍탄이라〉[16]는 여성들이 하루의 놀이를 즐기는 내용인데, 만주로 떠나는 이를 위해 이별의 서정을 토로하는 부분이 나온다. 그런데 만주로 떠나는 이가 망명형인지, 생계형인지가 전혀 드러나지 않는다. 일제 강점기 후반기로 갈수록 생계형이 늘어갔던 현실에 비추어 볼 때 망명형은 아닌 것으로 추정된다.

---

13 이동영, 「규방가사 전이에 대하여」, 『가사문학논고』, 부산대학교출판부, 1987, 102쪽.
14 혹시 이 자료가 도산면 遠村, 宜村, 剡村을 조사한 자료이고 시집와서 읽은 작품인 점으로 미루어보아 원촌 마을 사람이 지은 〈송교행〉의 이본이거나 작가가 따로 지은 작품일 가능성도 생각할 수 있다.
15 영천시, 『규방가사집』, 1988, 48–49쪽.
16 한국가사문학관 미해제본 자료.

03 작가의 생애 및 창작 연대

1) 〈송교행〉 : 安東權氏(1862-1938)

〈송교행〉의 작가는 만주망명가사 〈위모스〉를 쓴 李鎬性(1891-1968)의 친정어머니이다. 『義城金氏大同譜』에 의하면 李鎬性은 "李中寓"의 딸이자 "退溪의 후손"으로 나온다.[17] 그런데 이호성의 후손에 의하면 이호성은 내앞마을에서 '원촌할매'로 불렸다고 한다. 이호성은 '원촌마을'에서 살다가 내앞마을로 시집을 온 것이고, 따라서 그의 친정어머니 〈송교행〉의 작가는 원촌마을에서 시집살이를 살고 있었던 인물임을 알 수 있다. 경북 안동시 도산면 '원촌마을'은 퇴계 이황의 후손인 진성이씨 원촌파가 모여 사는 집성촌 마을인데, 우리에게는 李陸史의 고향으로 잘 알려져 있다. 이러한 사실을 근거로 원촌마을에서 살았던 작가의 생애를 재구성해보았다.

〈송교행〉의 작가는 安東權氏(1862-1938)[18]이다. 작가는 1862년 안동시 임하면[19]에서 權祚永(1827-1896)과 義城金氏(1823-1892) 사이의 무남독녀로 태어났다.[20] 작가가 태어났을 때 부친의 나이가 36

---

17 "配眞城李氏父中寓退溪后"『義城金氏大同譜』, 의성김씨대동보편찬위원회, 1992,

18 "中寓系后生父晚信通德郎 字義謙 生哲宗辛酉七月二十八日 卒庚辰八月十日 墓滿洲安東縣北盤道嶺靑梅屯壬坐 配恭人安東權氏 父祚永 生哲宗壬戌九月初九日 卒戊寅十月二十六日 墓丹砂龜泳洞先塋下子坐"『진성이씨원촌파세보』, 진성이씨원촌파보 간행위원회, 1982, 112쪽.

19 『臨湖講堂營建時日記』는 대략 1914년 11월 27일부터 1916년 3월 초나흘까지 臨湖書堂(안동시 임하면 임하 1동 소재)을 건립할 때 그 발론에서부터 공정의 모든 경과를 기록한 일종의 건립일지이다. 이 기록에 의하면 "三月十五日 又乞出各村 董役 丁有司 川前金潚壽金奎洛 臨河權祚永金鎭璜 多川金炳壽金稷壽"라 하여 부친 권조영이 임하에 살고 있었음이 드러난다.

20 "祚永 字幼錫生丁亥卒丙申三月十六日墓臨河道藏谷先兆下癸向 ○配聞韶金氏父耳

세였으므로 늦게 본 자식이었다. 그런데다가 작가는 뒤로도 동생을 보지 못해 외동딸로서 귀여움을 독차지하고 자라났다. 작가의 친정은 노비가 있는 양반가였지만 '손님이 오셨을 때 쌀이 없어 보리를 빻아서 식사를 대접'할 정도로 가정 형편이 넉넉지는 못했다.[21] 아들이 없었던 친정은 후에 한말의 학자 權秉燮(1854~1939)을 系子로 들여 후사를 이었다.

무남독녀로 자라난 작가는 원촌마을 이황의 후손인 李中寓(1861-1940)에게 시집을 갔다. 원촌마을의 이중우는 李陸史의 祖父와 사촌 간이다. 시집을 가자 효성이 깊었던 남편은 "우리 두 사람의 처지가 달라지거나 가계가 군색해질 때, 만약 추호라도 어른들 및 동기간과 서로 뜻을 맞추지 않는다면 이는 곧 나를 낳아준 부모를 욕보이는 것이니 이 말을 십분 명심하여 내 뜻을 저버리지 마시오"라고 약속을 했다고 한다. 작가의 시집살이가 얼마나 힘들었을지 짐작할 수 있는데, 이에 따라 작가는 어른을 받들고 제사를 모시며 예의를 지킴에 성심을 다하는 삶을 살았다.[22] 시집간 지 얼마 만인

壽雲川涌后忌十一月十七日墓舟邱村後山申向"『안동권씨부정공파보』1권, 안동권씨부정공파보소, 1994, 270~271쪽.

21 "公의 모친 義城金氏(1823~1892)는 효성이 지극하였다. 시아버지의 손님이 오셨을 때 쌀이 없어 보리를 빻아서 식사를 대접하였으나, 손님들은 그것이 보리임을 알지 못했다. 또한 남편이 과거를 보러 갔을 때는 정안수를 떠놓고 빌었다. 부유하게 자랐으나 시집와서 가난함에도 불구하고 친척들에게도 정성을 다했으며 이웃 아이들을 사랑하였다. 집안에 노비가 곡식을 몰래 숨겨 놓았을 때는 책망하지 않고 술값이 있냐고 하여 노비를 감복시키기도 하였다."『石塢集』권9〈先妣孺人義城金氏遺事〉『석오집』은 작가가 무남독녀라 系字로 들어온 권병섭의 시문집이다. 여기에 의하면 작가의 친정집이 양반가로서 노비가 있었지만 가난한 살림을 면하지 못했음을 알 수 있다.

22 "娉永嘉權氏祚永之女以儒門古家無男一女賢而有婦德府君約日吾二人處地有異家計且窘若有絲毫未妥意於長上同氣則便是汚辱吾所生父母也此言須十分明念勿孤吾志也自是奉生祭先之節務盡誠力克遵禮儀人無間言閨門之內常藹如也"『遠臺景慕世蹟錄』人권, 이원오 편저, 1997, 324쪽.

1884년에 장남 李勳鎬(1884-1937)를, 1891년에 〈위모亽〉의 작가인 첫딸 李鎬性(1891-1968)을, 그리고 1895년에 막내아들 李烈鎬 (1895-1977)[23]를 낳아 소생으로는 2남 1녀를 두게 되었다.

이렇게 작가는 시집간 원촌마을에서 매서운 시집살이를 살아야 했지만, 당대 여성의 일반적인 삶에서 그리 벗어나지 않는 평범한 삶을 살았다. 그러나 이러한 순탄한 삶은 1910년 경술국치를 당하자 산산이 깨져 버리고 말았다. 남편이 族叔 李晩燾와 族兄 李中彦이 순국했다는 소식을 듣고 더 이상 古基를 지킬 뜻이 없다고 하면서 고향을 떠나 세상을 피해 살기로 결심한 것이다. 그에 따라 작가는 가족 모두와 함께 燕谷을 거쳐 春陽의 鶴山으로 들어가 살았다. 그리고 이즈음 1912년 봄에 시집간 첫딸이 사위와 함께 서간도로 망명해갔다. 그러다가 아래 사람들이 벽지 생활을 감내하지 못한데다가 장남의 체증이 심해져 부득이 宜陽으로 옮겨 집을 빌려서 살게 되었다. 그러나 생계가 점점 막막해지고 아들의 병에 쓸 약을 구하지 못해 다시 大邱 鳳山町으로 옮겨 살게 되었다. 그러나 그것도 잠시, 1년이 지나자 남편은 도회지의 혼잡함을 견디지 못해 병든 아들을 이끌고 다시 의양으로 들어가 살게 되었다. 작가는 이렇게 1910년 이후 고향집을 떠나 28년을 객지에서 전전하다가 1938년에 의양에서 77세를 일기로 세상을 떠나고 말았다.[24]

---

23 "烈鎬 字敬哉 生高宗乙未三月十三日 卒丙辰十一月十八日 墓大邱八公山鳳舞洞艮坐建國褒賞"『진성이씨원촌파세보』, 앞의 책, 113쪽. 독립운동가 약력에는 "1893.3.14-1977.1.7"로 기재되어 있으나 1895년생이라는 족보의 기록을 따랐다.

24 "庚戌宗社旣屋見響山族叔晩燾東隱族兄中彦絕食殉身 府君慨然日世亂而不知變乃就禍之本無意典守古基 乃挈寓於燕谷益感爻象大非若海迷津而年已聽子故復幾年棲屑於龍溪得一庄遠寓於春陽之鶴山益自鞱晦寄倣於園林澗壑而每以崦景搬移遠隔幃幔爲寙寐之懷因在下者不耐深僻且因長男氣滯之崇根帶漸痼不得已借居宜陽生計漸竿病者無責效之路便宜藥復南移大邱府鳳山町一年光陰倏忽放熱뇨焦憂之中携病子

작가가 남편 및 맏아들과 고향을 떠나 세상과 등지고 사는 동안 막내아들 李烈鎬는 3·1운동 이후부터 독립운동에 가담하기 시작했다. 이열호는 1919년 3월 17일에 예안 장터에서 군중들에게 태극기를 배포해 시위를 주도했다. 1920년 군자금을 모금하던 중 체포되어 40여 일간 모진 고문을 당하기도 했으나, 멈추지 않고 모집활동을 계속해 1921년에 다시 일경에 체포되어 1922년 6월 징역 5년형을 언도받고 옥고를 치렀다. 출옥한 후에는 新幹會 예안지회의 조직에 힘을 쏟았다. 1942년부터는 水雲敎의 간부로서 조국독립과 포교를 위해 일하다가 1944년 일경에 피체되어 5개월간 구금당했다. 이후 독립운동 공훈이 인정되어 1968년에 대통령표창을, 1990년에 건국훈장 애국장을 추서받았다.[25] 작가가 사망한 이후 남편은 세상을 등지고 살면서 울분의 심사를 더욱더 주체하지 못했던 것

乃理歸裝更尋宜陽未幾遭逆理之慘定力所在太上遺懷未朞而夫人又違世"『遠臺景慕世蹟錄』人권, 앞의 책, 325쪽.

25 "3·1독립운동이 일어나자 그는 동지를 규합하고 大韓靑年誌·경고문·태극기 등을 제작하여 3월 17일 禮安 장터에서 군중들에게 배포하며 만세시위를 주도하였다.";"3·1운동 이후 원촌 청년들의 활동은 다시 이어졌다. 그 선두를 치고 나선 사람은 이열호였다. 1920년에는 동지인 鄭寅玉으로부터 군정서 도장이 찍힌 군자금 영수증 용지를 받아 군자금 모집에 나섰다. 그러다가 일경에게 붙잡혀 영주경찰서에서 40일 넘도록 가혹한 고문을 당하다가 풀려났다. 하지만 그의 뜻은 하나도 꺾이지 않았다. 이듬해인 1921년 그는 金在天·宣永基·金在允·宋鍾斌 등과 함께 다시 군자금 모집에 나섰다. 그해 11월 25일 전북 益山郡에 살던 金溶善으로부터 군자금 180원을 모금한 것을 비롯하여 12월 25일까지 곳곳에서 군자금을 모았다. 그러다가 또다시 일경에 붙들리고 말았다. 이로 말미암아 이열호는 1922년 6월 21일 경성복심법원에서 징역 5년형을 언도받고 옥고를 치렀다. 출옥한 뒤 이열호는 다시 사회운동에 뛰어들었다. 그는 新幹會 안동지회에 참가하고 禮安분회를 만드는 데 힘을 쏟았다. 그러다가 일제말기에 들어 민족종교를 신봉하면서 조국독립을 기원하다가 또다시 붙들리는 일이 발생하였다. 1942년부터 충남 대덕군 錦屛山에서 水雲敎의 간부가 되어 조국독립과 포교를 위해 기도하며 만세를 부르기도 했다. 정부는 고인의 공을 기려 1990년에 건국훈장 애국장(1977년 건국포장)을 추서하였다." 김희곤, 「이육사와 원촌마을 독립운동가들」,『안동 원촌마을 - 선비들의 이상향』, 안동대학교 안동문화연구소, 예문서원, 2011, 197쪽, 198~199쪽.

같다. 그리하여 78세의 쇠약한 노구에도 불구하고 가족을 이끌고
압록강을 건너 만주로 건너가 장손자의 工務所에 의탁해 살았다.
그러나 얼마 지나지 않은 1940년에 만주 안동시에서 80세의 나이
로 사망하고 말았다.[26]

〈송교행〉의 창작시기는 그 딸이 22살의 나이로 남편과 함께 서간
도로 떠난 시기인 1912년 봄으로, 당시 작가의 나이는 51세였다.

2) 〈답사친가〉: 固城李氏(1894-1937)

〈답사친가〉의 작가는 固城李氏(1894-1937)이다.[27] 독립운동가 石
洲 李相龍(1858-1932)의 맏손녀이자 독립운동가 李濬衡(1875-1942)
의 장녀이며, 하회마을 柳時俊(1895-1947)의 아내이다. 만주망명가
사 〈간운亽〉와 〈조손별서〉의 작가 金宇洛(1854-1933)의 맏손녀이기
도 하다.

『東邱遺稿』에 의하면 작가는 1894년[28]에 부친 李濬衡(1875-1942)
과 모친 眞城李氏 李中淑의 1남 3녀[29] 중 맏딸로 태어났다. 70여 칸

---

26 "夫人又違世年將大耋窮兼鰈夙夜之思願歸故山長臥先壟之側若無其路環景撞着更
無寸刻遲留之道卽隋諸孫輩携母子靈帛托汽輪馳渡鴨綠依長孫工務所 --- 庚辰八月
十一日老終于南滿洲安東市之第酒以十九日某甲葬于市北元寶山麓青梅里後盤道嶺
壬坐之原"『遠臺景慕世蹟錄』人권, 앞의 책, 325~326쪽.

27 집성본〈답사친가〉의 제목 바로 밑에는 "著作者 安東河回 柳○佑 所有者 安東河回
柳時郁"라는 기록이 있다. 안동 하회의 유씨 가문에서 소장하고 있어서인지 〈답
사친가〉의 작가를 "柳○佑"로 잘못 적고 있다.

28 "1894년(십구세) ○부공 석주선생을 도와 병학을 연구하는 등 이때부터 부공의
제반사업 추진에 깊이 참여하다. ○장녀 출생"『東邱遺稿』〈東邱李濬衡先生年譜〉,
석주이상룡기념사업회, 1996, 518~519쪽. 『東邱遺稿』는 작가의 부친인 이준형
의 문집이다.

29 1남 1녀가 더 있었으나 만주에서 어렸을 때 횟배와 홍역으로 사망했다. 허은 구
술·변창애 기록, 『아직도 내 귀엔 서간도 바람소리가』, 정우사, 1995, 111~112쪽.

이나 되는 그야말로 고대광실의 임청각에서 태어난 작가는 유복하
게 성장했다. 그런데 일제 강점이 노골화되면서 조부 및 부친이 의
병투쟁과 근대학교운동에 투신하게 되고, 친정집은 일제의 감시를
받기 시작했다. 작가가 西厓 柳成龍의 후손인 柳時俊(1895-1947)과
결혼한 것은 경술국치 한 해 전인 1909년이었다. 작가가 결혼하기
직전에도 祖父가 안동경찰서에 일시 구금되었다가 1개월 만에 방
면되기도 했다.[30] 〈답사친가〉의 내용에 "신힝연 春正月에 난듸업는
이별이야"라는 구절이 나온다. 결혼 후 1년 정도를 친정에서 보내
다가 신행을 떠났고, 얼마 안 가 친정 식구들의 만주행이 있었는데,
이때 '신행년 춘정월'은 신행이 있고 난 후 정월달로 생각하는 것이
합리적일 듯하다.

> 할머니가 귀는 좀 어두웠으나, 내가 편지 받고 우는 사연을 눈치채
> 고는 "아이고 가엾어라. 우리도 강실이, 유실이 열여섯, 일곱 살 될 때
> 그렇게 먼 데 시집보내 떨쳐 두고 왔더니, 그 보복이 너한테로 돌아
> 왔구나" 하시며 함께 우셨다. 세상을 잘못 만난 탓이라고 하고 광복
> 대업을 성공하면 너희들은 오늘을 회상하며 좋은 때를 볼 것이라고
> 도 하며 나를 달래셨다. 강실이는 석주어른의 외동딸로서 독립운동
> 가 강남호의 부인이고, 유실이는 석주어른의 맏손녀로 하회 유씨가
> 문에 출가했다.[31]

---

30 "1909년(34세) ○ 부공이 설립한 대한협회 안동지회에 사무책임자로 참여하였
고 안동군내의 道東書熟 설립에 주도적 역할을 하여 청년들에게 신교육을 지도
하다. ※(동년 부이상룡선생은 안동경찰서에 일시 구금되었으나 군민들의 연일
항의로 1개월 만에 방면되다) ○장녀 류시준에게 출가하다"『東邱遺稿』(東邱李
濬衡先生年譜), 앞의 책, 519쪽.
31 허은 구술·변창애 기록, 앞의 책, 101쪽. 허은 여사는 1907년생으로 항일운동으
로 유명한 許氏 집안에서 출생했다. 8살 되던 해인 1915년에 허씨 일가 전체가 서

위는 임청각의 종부인 허은 여사가 만주에서 이상룡의 맏손자인 李炳華(1906-1952)에게 시집갔을 때를 기억하는 부분이다. 허은 여사는 작가에게는 올케가 되며, 위에서 말하는 '할머니'는 작가의 할머니이다. 허은 여사가 시집을 간 다음 해에 같은 만주이지만 2,800리나 떨어진 곳에 살고 있는 친정어머니에게서 편지가 왔다. 편지를 보고 우는 것을 본 할머니가 예전에 딸과 손녀를 시집보낸 사실을 떠올리며 손자며느리를 위로하는 장면이다. 위에서 "강실이"는 이상룡의 1남 1녀 중 외딸이자 작가의 고모가 되며, "유실이"가 바로 작가이다. 유씨 가문에 시집을 갔기 때문에 친정에서는 작가를 柳室이로 부른 것이다. 이와 같이 작가는 시집갈 때의 서운함이 두고두고 생각날 정도로 할머니의 각별한 사랑 속에서 성장하다 결혼한 것이다.

작가가 결혼한 지 얼마 되지 않아 경술국치를 당하자 친정집은 1911년 정월에 만주로 망명해갔다. 그리하여 작가는 조부모, 부모, 어린 남형제 등 친정 식구들 모두와 이별하는 아픔을 겪어야만 했다.

> 8일 아침 먹은 후 출발하려고 하는데, 柳室이 정에 약하여 눈물을 흘린다. 동전 여섯 꿰미를 주며 달래었다.[32]

위는 이상룡이 망명과정을 기록한 『西徙錄』의 1월 8일 자 기록이다. 이상룡은 일경의 감시 때문에 가족들과는 신의주에서 만나기

간도로 망명하여 만주로 와서 성장했다. 16살 되던 1922년에 역시 집안 전체가 만주에서 독립운동을 하던 이상룡가에 시집을 오게 된 것이다. 시집간 다음 해인 1923년에 2천 800리 떨어진 만주 영안현에 살고 있던 친정어머니의 편지를 받는데, 친정어머니가 노령(러시아 땅)으로 이사 간다는 내용이어서 더욱더 만날 수 없다는 생각에 눈물을 흘린 것이다.
32 안동독립운동관 편, 『국역 석주유고 하』, 경인문화사, 2008, 17쪽.

로 하고 먼저 홀로 출발했다. 1911년 1월 5일에 집에서 출발하여 7일에 사돈집 하회에서 유숙하고 다음날 다시 길을 떠나야 했는데, 정에 약한 작가가 눈물을 흘리자 이상룡이 달래던 것을 간단히 적은 것이다. 작가는 그러지 않아도 새댁이었기 때문에 친정과의 첫 번째 이별로 인한 상처가 있었다. 그런데 설상가상으로 친정 식구 모두가 만주로 망명하여 이제 다시는 보지 못할 상황에 놓이고 말았다. 맏손녀라고 애지중지하며 아껴주던 조부를 이별하며 작가는 만감이 교차했을 것이다. 작가는 친정집의 항일정신을 누구보다도 잘 알고 있었기에 조부가 독립이 있기 전에는 환국하지 않으리라는 사실을 직감적으로 알고 있었다. 작가는 조부가 사실은 사지로 걸어 들어가는 것이라는 생각, 친정 식구와 다시는 재회하지 못할 수 있다는 생각, 그리하여 이 세상에 외톨이로 남겨진다는 생각 등이 한꺼번에 밀려와 떠나는 조부를 앞에 두고 눈물만 흘릴 뿐이었다.

작가는 맏며느리로서 시집살이를 살았다. 시집간 해에 시어머니가 막내 시동생을 낳았으므로[33] 어린 시동생을 돌보는 일도 거들어야 했을 것이다. 시집살이 와중에도 만주에 있는 친정 식구들의 안위를 걱정하며 그리움의 나날을 지냈다. 그러므로 부친 이준형이 군자금 마련을 위해 고향에 들어왔을 때 그 감회는 이루 말할 수 없었다. 두 여동생과 남동생의 결혼식이 만주에서 치러졌으니 그곳에 참여하지 못한 심정도 남달랐을 것이다. 그러는 와중에 작가는 유시준과의 사이에서 네 아들을 낳았다. 1912년과 1915년에 두 아들을 두고, 1927년에 셋째아들을 둔 후 11년 만인 1937년에 넷째 아들을 낳았다.

---

33 "子時重 一九〇九年己酉生甲寅五月十九日卒"『豊山柳氏世譜』卷之三, 237쪽.

친정이 만주에서 독립운동을 전개한 반면 시댁은 주로 국내에서 독립운동을 전개했다. 남편은 1920년 2월경 柳時彦·柳性佑 등과 함께 임시정부 지원을 위한 군자금 모집 활동을 벌였다. 그는 임시정부 군자금 모집요원으로 국내에 들어와 활동하던 유시언·유성우와 함께 1920년 2월 문경군 산복면 서중리의 張守學으로부터 군자금을 모집하여 임시정부로 보냈다. 이 사실이 일본경찰에게 발각되어 유성우는 옥사하였으며, 유시언은 1921년 11월 29일 대구지방법원에서 징역 10년 형을 언도 받았으나 탈출하여 만주로 떠났다.[34] 다행히도 남편은 체포되지 않고 무사할 수 있었다.

이렇게 세월을 보내던 중 조부가 1932년 만주에서 사망하자 조모와 부친 등 친정 식구가 조부의 시신과 함께 고향 임청각으로 돌아오게 되었다. 친정집은 일경의 감시 속에서 감옥 같은 생활을 하면서도 독립운동을 계속했다. 그러던 중 1933년에는 작가를 애지중지하던 할머니마저 사망하고 말았다.

字耕山一八九五乙未生丁亥十二月二十九日卒　配鐵城李氏父濬衡臨清
閣后甲子生丁卯三月二十二日卒四子 墓玉溜洞入口合窆[35]

위의 기록에는 작가가 1864년에 태어나 1927년에 사망한 것으로 되어 있으나, 이 기록의 생몰년 간지에 誤記가 있었던 듯하다. 작가 부친의 연표에 작가의 탄생은 1894년으로 되어 있으므로 "甲子(1864년)生"은 "甲午(1894년)生"의 오기가 분명하다. 그리고 "丁卯(1927년)--卒"도 "丁丑(1937년)--卒"의 誤記로 보아야 할 것 같다.

---

34 김희곤, 『안동 독립운동가 700인』, 영남사, 2001, 195쪽.
35 『豊山柳氏世譜』卷之三, 234~235쪽.

작가가 "四子"를 두었다고 했는데, 넷째 아들의 출생연도가 1937년
이고, 남편 류시준이 後配를 들이지 않았기 때문이다. 이로 보건대
작가는 1937년에 44세를 일기로 생을 마감했다. 시부모보다 먼저
사망[36]한 것인데, 40이 넘은 나이에 넷째 아이를 출산하여 그 후유
증으로 사망한 것이 아닌가 추정된다.

〈답사친가〉가의 창작연대는 "금년갑인 춘이월은 우리왕모 갑일
일식"라는 작품 내 구절로 보아 갑인년인 1914년경으로 추정되며,
이 당시 작가의 나이는 21세였다.[37]

3) 〈감회가〉와 〈별한가〉 : 全義李氏(1855-1922)

〈感懷歌〉와 〈별한가〉의 작가는 동일 인물로 그 생애는 이미 논문
을 통해 밝혀졌으므로[38], 여기서는 밝혀진 작가의 생애를 간단하게
요약하는 것으로 대신한다. 작가는 全義李氏(1855-1922)로 성리학
자 寒洲 李震相의 며느리이자 독립운동가 韓溪 李承熙(1847.2.16-
1916.2.27)의 아내이며, 역시 독립운동가 李基元(1885-1982)과 李基
仁((1894-1981)의 어머니이다.

작가는 달성군 하빈면에서 1855년 7월 28일에 부친 李彦會와 모

---

36 "萬佑字聖俊一八七三癸酉生丁丑十二月十日卒　配東萊鄭氏父源東一八七○庚午生
丙戌正月十四日卒三子一女 墓屛山合窆"『豊山柳氏世譜』卷之三, 234~235쪽. 이 기
록에 의하면 시아버지는 작가가 사망한 지 몇 개월 후에, 시어머니는 1946년에
사망했다.

37 작품의 창작 시기에 혼동을 줄 수 있는 작품내용이 있다. 작품 내용에 "遠別한지
얼마련고 얼푸시 六年光陰"은 작가가 1909년에 결혼하여 친정을 이별한 지가 6
년이 되었다는 사실을 서술한 것이고, "광음이 여류ㅎ여 다섯가을 되얏도다"는
외강숙모를 이별한 지 다섯 가을이 지났다는 사실을 서술한 것이다.

38 고순희, 「만주망명인을 둔 한주종택 종부의 가사문학-〈감회가〉와 〈별한가〉」, 앞
논문. 95~100쪽.

친 星州李氏의 1남 1녀 중 장녀로 태어났다. 자기 뒤로 15년 후인 1870년에야 남동생을 볼 수 있었기 때문에 외동딸이나 마찬가지로 성장했다. 작가는 19세 때인 1873년에 재혼하는 이승희와 결혼함으로써 寒洲宗宅의 종부로서 집안의 크고 작은 살림을 도맡아 했다. 그리고 결혼 후 1년 만에 장녀를 출산했지만, 그 후 오랫동안 아이를 낳지 못하다가 1885년에야 첫아들 李基元(1885-1982)을 낳았다. 그때 남편의 나이는 39살이었으므로 작가 부부는 물론 시아버지 이진상의 기쁨은 이루 말할 수 없었다. 이후 다시 10년 만에 둘째 아들 李基仁(1894-1981)을 낳았는데, 그때 작가의 나이가 40세였다. 작가는 늦게 아들을 얻어서인지 그 아들들을 일찍 결혼시켰는데, 1899년에 맏며느리를 보았다. 1905년 10월 을사오조약이 체결되자 남편은 두 차례 상소를 올린 일로 구속되어 1906년 4월 8일까지 60세의 노구로 옥중생활을 하다 풀려났다. 그리고 이 해 10월에 막내아들의 나이가 불과 13세임에도 불구하고 4살 연상의 密陽安氏와 결혼시킴으로써 작가는 두 며느리의 봉양을 받으며 살아가게 되었다.

그런데 항일활동을 계속하던 남편이 1908년 62세의 나이로 블라디보스토크로 망명하여 이듬해 만주 길림성 密山府로 들어갔다. 1910년에는 막내아들 李基仁마저 17세의 나이로 남편을 돕기 위해 밀산부 한흥동으로 들어갔다. 이렇게 해서 작가는 남편과 어린 아들의 안위를 걱정하며 그리움의 나날을 이어 나갔다. 작가는 1915년 말경 봉천에 있던 남편 및 막내 아들과 상봉하고 돌아왔다. 그런데 몇 달 지나지 않은 1916년 2월에 남편은 70세의 나이로 사망하고 말았다. 급히 봉천으로 간 작가는 남편의 시신을 운구해와 고향 집에서 장례를 치렀다. 이후 두 아들 이기원과 이기인은 부친의 뜻을 이어받아 국내에서 항일활동을 계속해 나갔다. 그러는 가운데

237

작가는 1922년 5월 28일에 68세를 일기로 삶을 마감했다.

〈감회가〉의 창작 시기는 작품 내용에 나오는 "오늘이 어느날고 癸丑上月 二十四日 / 吾兒의 出生日 아니련가"라는 구절로 보아 1913년(계축년)이며, 이 당시 작가의 나이는 59세였다. 〈별한가〉의 창작 시기는 〈감회가〉를 지은 지 2년이 지난 1915년 봄경으로 추정되며,[39] 이 당시 작가의 나이는 61세였다.

4) 〈단심곡〉과 〈사친가〉

〈단심곡〉과 〈사친가〉의 작가는 아직 규명하지 못했다. 〈단심곡〉에서 작가와 창작 시기를 추정할 수 있는 단서는 다음과 같다.

① 작가는 "화산" 아래 우거하던 大名家에서 성장하여, 18세에 영남의 大姓家에 시집을 갔다.[40]

② 남편은 경술국치를 당하자 신혼임에도 불구하고 작가를 남겨두고 홀로 망명해갔다.[41]

③ "임인년" 봄에 한양의 친정집을 방문했다. 작가의 부친은 학향도

---

39 1915년 봄 경으로 추정한 근거는 다음과 같다. ① "별후 팔구지의 빅슈 쇠안니"라는 구절에 의하면 이별 후 8,9년의 시간이 흘렀다. ② "봉천성을 지나그던 셰셰 원졍 가져다가"라는 구절에 의하면 남편이 봉천에 있을 때(1914년 5월부터 1916년 2월 사망하기까지)이다. ③ 봄 밤에 심사가 울적하여 가사를 지었다고 했다. ④ 작품 내용에 작가가 1915년 말경 남편과 아들을 봉천에서 상봉한 사연이 전혀 없다.

40 "화산하 틴명가의 이닉몸 싱셰흐야 / 조상님의 여쳔주인 은ᄉ금ᄉ 사랑속에 / 양친부모 긔틴함은 여산약히 흐엿서라 / 이구방연 조요시졀 영남의 틴셩ᄎ즈 / 출가입승 흐여보니"

41 "경슐연 변복셰상 쒸여난 포부지화 / 치국평쳔 경운으로 신혼부부 만난졍을 / 헌신갓치 셔쳐부고 / 부상의 이별회포 서리서리 서리담아 / 십삼도 고국산쳔 도라보고 도라볼젹 / 봄바람 잔물결의 낫서른 이역의서"

덕으로 이름이 높았지만 천 리나 떨어진 곳에서 억울하게 사망했
다. 그래서 친정집에는 편모와 어린 동생들만이 있다.[42]

④ "서울작천 우리사장[沙場?]"에서 친정집 여성들이 모여 놀았다.[43]

⑤ 남편을 기다린 세월이 십삼 년이어서 작가의 나이가 삼십이 넘어
섰다.[44]

　작가는 서울 화산[북한산의 異名이다] 자락의 명문가에서 태어
나 영남의 명문가에 시집을 간 여성이다. 그런데 위의 사실만으로
는 단서가 너무 빈약하여 구체적인 작가를 찾을 수 없었다. 친정 식
구들이 모여 놀았다는 '서울작천'이 어느 곳인지도 알아내지 못했
다. 북한산 자락의 명문대가로는 주로 종로구에 있는 청운동의 안
동김씨 가문, 계동의 풍양조씨 가문, 필운동의 경주이씨 가문 등이
있다. 혹시 부친도 독립운동가이지 않을까 하여 서울 출신 독립운
동가들을 조사했으나, 장녀가 1910년경에 18세의 나이로 시집을
갈 수 있는 나이에다 1920년 전후로 사망한 조건과 부합하는 인물
을 찾을 수 없었다. 남편이 독립운동가이므로 영남 출신 독립운동
가를 찾아보는 것도 한 방법이었으나, 영남 지역 독립운동가가 너
무 많아 독립운동가의 족보를 일일이 뒤져 서울 출신의 부인이 있
는 인물을 찾아내기란 엄두가 나지 않는 작업이었다.

42　"가친의 학향도덕 셰인이 추앙터니 / 쳘리원수 슬푼서름 구곡이 슨어질듯 / 동서
　　부지 어린동싱 언계나 장성ᄒ여 / 고목의 빗치날고 이게모다 회포로다 / 임인춘
　　하일비러 자모슉젼 조흔그늘 / 외조모 외슉쥬가 육십급즈 지나시고 / 빅셜임상
　　조흔풍체 열ᄎ즁의 희소담낙 / 막상막하 그즈미가 일역서난 ᄭᅵ닷지못 / 어나셰
　　ᄒ흐ᄎ흐니 / 종졔ᄂᆡ외 금슈즈딜 넉써서 반권졍수 / 꼿슈풀이 만발ᄒ니 기리유익
　　즐거워라 / 한양도 션명경치 쳐음이 아니오냐"
43　"서울작천 우리사장 쳔졔일시 모인좌석 / 션긱이 강임한듯 여즁군즈 우리고모"
44　"오날이나 소식올가 ᄂᆡ일이나 사람올가 / 기다리난 이셰월이 얼푸시 십삼성상"
　　"삼십이 넘어서니 자미업난 거울딕희"

239

현재 알 수 있는 사실은 작가가 1893년생으로 장녀라는 것이다. 그리고 ⑤의 사실과 이 당시 계산법이 주로 햇수로 산정되었던 것을 종합해 볼 때 〈단심곡〉의 창작 시기는 1922년경으로 추정된다. 따라서 ③에서 "임인년[1902년이나 1962년]"은 '임술년[1922년]'의 오기로 보는 것이 좋을 듯하다.

〈사친가〉에서 작가와 창작 시기를 추정할 수 있는 단서는 다음과 같다.

① 3·1 운동 때 부친이 압록강을 건너 만주로 망명했다. 모친, 작가, 어린 남동생 등 가족은 부친의 망명 사실을 삼일 후에야 알게 되었다.[45]

② 작가의 친정집은 "관성"이며 "대달영"을 넘어 시댁으로 신행을 갔다.[46]

③ 부친의 망명 직후인 4월 초구일에 작가는 신행을 떠나야 했다.[47]

④ 〈사친가〉 창작 당시 작가의 나이는 37세이다.[48]

⑤ 부친이 망명한 지는 18년이 지났다.[49]

---

45 "기미모춘 당도하니 조선의 삼쳘리가 / 도탄에 우즈질째 갈곳일은 조선동포 / 누구가 구원할고 열난한 실진쳥연 / 션빗지도 부르지겨 유아의 자모마남 / 대한의 윤예갓치 구토를 차질적의 / 장하신 우리야야 큰뜻은 품어시고 / 북으로 압녹강을 홀홀니 건너시니---(중략)---우민한 세낫가족 아모것도 몰낫스니 / 삼일이 지난후에 그제야 소식듯고 / 일가가 난리드라 두거불문 우리남미 / 편친시하 되엿스냐"

46 "그러나 졍한예졀 대달영 다시넘겨 / 종일을 지난후이 침실의 도라오니 / 차홉다 니자신이 죽지안여 사랏구나 / 누으니 잠이오나 잠업스니 헛된싱각 / 안젼이 여러잇난 옛날니집 관성이라"

47 "신행젼 이닉몸이 무지졍을 신속하여 / 기미사월 초구월이 할일업시 쩌나간다 / 날보닉난 우리자친 어린듯 졍신일고 / 단상이 모힌친쳑 사람마다 눈물이라"

48 "이십연 과거사를 역역히 회고하니 / 세상사 일장춘몽 꿈속갓흔 이세월이 / 속졀업시 흘러간다 사십미만 이닉몸이 / 삼십칠세 사는동안 할일이 무엇이냐"

49 "꿈속갓치 살다보니 십팔년 긴세월이 / 순간갓치 지냇드라"

①에 의하면 작가의 부친은 3·1운동에 가담하였다가 일경에 쫓기는 신세가 되어 급하게 만주로 망명한 독립운동가이다. 그리고 ②에 의하면 작가의 친정집은 "관성"이고, 시댁은 친정에서 '대달영'을 넘어 가마로 하루 길을 가는 곳이다. "관성"과 "대달영"이 어느 곳인지를 알 수 있다면 그곳 출신의 독립운동가를 조사할 수 있을 것 같은데, 현재 이곳이 어느 곳인지 규명하지 못했다. 경주시 양남면 수렴리에 관성해수욕장이 있어 혹시 경주 출신이면서 3·1운동을 하다가 1919년에 만주로 망명하고, 1937년 당시까지 생존해 있던 독립운동가를 조사했으나, 찾을 수가 없었다.

한편, 작가는 1919년 부친의 망명 당시 결혼을 했는데, ⑤에 의하면 그로부터 18년 세월이 흘렀다고 했으므로 〈사친가〉의 창작 시기는 1936년경이 된다. 그리고 ④에서 창작 당시 나이가 37세이므로 작가는 1900년생이 된다. 작가는 1900년생으로 맏딸로 태어나 성장하다가 20세의 나이로 결혼할 당시 부친이 만주로 망명하였으며, 18년 동안 결혼 생활을 하며 친정집을 걱정하며 지내다가 1936년경에 〈사친가〉를 창작했음을 알 수 있다. 작품 말미에 "게묘 이월 이십이일"이라는 기록이 있는데, 癸卯는 1903년이나 1963년이므로 필사년대로 보는 것이 좋을 듯하다.

04 만주망명인을 둔 고국인의 가사

만주망명인을 둔 고국인의 가사 6편의 작가, 창작 연대, 창작 당시 나이, 망명자, 망명 사연 등을 정리하면 다음과 같다.

제목	작가	창작연대	나이	망명자	사연
송교행	安東權氏 (1862-1938)	1912년	51세	딸	1912년 독립운동가 김대락 문중의 망명
답사친가	固城李氏 (1894-1937)	1914년	21세	조부모 부모 동생	1911년 독립운동가 이상룡 문중의 망명
感懷歌	全義李氏 (1855-1922)	1913년	59세	남편	1908년 독립운동가 이승희 문중의 망명
별한가		1915년	61세	아들	
단심곡	○○○ (1893-?)	1922년	30세	남편	1910년 직후 남편의 망명
사친가	○○○ (1900-?)	1936년	37세	부친	1919년 직후 부친의 망명

　　작가들은 대부분 양반가에서 태어나 비교적 편안한 성장기를 보내다 영남의 명문가로 시집을 와 시집살이를 했던 양반가 여성이었다. 육친이 망명할 당시까지 이들의 생활은 양반가 여성으로서 비교적 순탄했다. 〈송교행〉의 작가 안동권씨는 살림이 넉넉지는 못했으나 안동 임하면의 양반가에서 무남독녀로 출생하여 귀여움을 독차지하며 성장하다가 이황의 후손들이 모여 사는 원촌마을 양반가의 맏며느리로 시집을 와 시집살이를 하며 2남 1녀를 낳고 살고 있었다. 〈답사친가〉의 작가 고성이씨는 70여 칸 임청각을 소유한 안동의 명문 양반가에서 태어나 유복하게 성장기를 보내다 이제 막 하회마을 풍산유씨가의 맏며느리로 시집을 와 시집살이를 살고 있었다. 〈감회가〉와 〈별한가〉의 작가 전의이씨도 가난했지만 달성군의 양반가에서 거의 무남독녀로 성장하다가 명문대가인 이진상 가문의 맏며느리로 시집을 와 2남 1녀를 낳고 노년을 준비하고 있었다. 〈단심곡〉의 작가는 서울의 명문가 집안에서 성장하여 영남의 명문 집안에 이제 막 시집을 온 새댁이었다. 〈사친가〉의 작가도 가

사의 표현 내용이나 어휘 씀씀이 정도를 볼 때 역시 영남의 양반가 여성일 것으로 추정된다. 특징적인 점은 이들이 모두 실제로 장녀이거나 외동딸이어서 장녀나 마찬가지였다는 점과 대부분 맏며느리였다는 점이다.

그러나 이러한 작가들의 양반가 맏며느리로서의 순탄한 삶은 민족의 비극적 역사를 정면으로 마주하게 되면서 굴곡지고 한 많은 삶으로 전환하게 되었다. 〈송교행〉의 작가 안동권씨는 나라를 잃은 데 대한 깊은 상처로 세상을 등지고자 한 남편의 뜻에 따라 고향을 떠나 객지에서 떠도는 생활을 전전했다. 만주로 망명하는 시집간 딸과 이별의 슬픔을 겪어야만 했으며, 그리고 그 와중에 막내아들의 독립운동과 그로 인한 감옥 생활을 지켜봐야만 했다. 〈답사친가〉의 작가 고성이씨는 혁신유림 문중의 항일 활동을 겪으며 성장하여 독립운동의 대의와 책임의식을 누구보다 잘 알고 있었다. 그러나 결혼한 지 얼마 되지 않아 친정 식구 모두가 만리타국으로 망명해감으로써 그야말로 생이별의 고통을 지닌 외톨이로 살아가야 했다. 비록 몸은 시집에 매여 있지만 마음만은 늘 타국에서 유랑하는 친정 식구에게 가 있었다. 경술국치 즈음에 결혼하여 1937년 죽을 때까지 친정과 시댁 식구의 안위를 걱정하며 산 한평생이었다. 〈감회가〉와 〈별한가〉의 작가 전의이씨는 육순 즈음의 나이에 불행을 맞이했다. 이제 손자녀들과 평화로운 노년을 보내야 하는 나이에 노구의 남편과 어린 아들의 안위를 걱정하며 그리움의 나날을 보내며 살았다. 그러다 남편의 죽음을 수습하고 아들들의 독립운동 활동을 지켜보며 불안한 나날을 보내다가 일생을 마감했다. 〈단심곡〉의 작가는 신혼 시절에 남편이 만주로 망명해감에 따라 13년이나 독수공방의 생과부로 세월을 보내야 했으며, 부친의 千里怨死

로 어린 동생들과 살아가는 편모를 걱정하며 나날을 살아갔다. 〈사친가〉의 작가는 3·1 운동 즈음 결혼과 동시에 부친이 도망가듯 망명함으로써 불행을 맞았다. 모친이 부친 없이 어린 동생들과 생계를 꾸려나가야 할 상황이었는데도 불구하고 신행길에 오를 수밖에 없어 친정집을 팽개쳐 두고 왔다는 자책감이 회한으로 남아 있었다. 그리하여 시집살이를 하면서도 마음 한구석에 늘 부친과 친정 식구들의 안위를 걱정하며 십팔 년 세월을 살아가야 했다.

이렇게 작가들은 3·1 운동 즈음 결혼한 〈사친가〉의 작가를 제외하고 모두 경술국치로 삶의 전환을 맞이하게 되었다. 육친의 망명 이후에도 이들은 시댁인 고향집에서 양반가 여성으로서의 삶을 어느 정도는 지속할 수 있었다. 하지만 이들은 나라 잃은 백성으로서 세상을 등지고 떠돌이 생활을 감내하거나 남편이 부재한 독수공방의 생과부 처지로 전락하거나 가장의 부재로 인한 친정의 경제적 몰락과 생활고를 걱정하는 처지로 떨어지고 말았다. 부친이 망명해간 경우 이들 작가가 장녀이기에 친정에 대한 지향과 걱정하는 마음이 더한 점도 있었다. 무엇보다도 작가들 모두는 일경에게 쫓겨 살얼음판을 디딘 듯 언제 죽을지 모르는 망명자들의 안위를 걱정하지 않을 수 없었다.

이렇게 작가들은 겉으로는 양반가 여성의 삶을 그대로 살아가는 듯이 보였지만 속으로는 감내해야 하는 인생의 무게가 만만치 않은 것이었다. 그러던 어느 날 작가들은 자신들이 처한 상황에서 망명자를 그리워하는 서정을 가사로 표현했다. 작가들은 모두 전통적 생활 방식을 영위했던 양반가 여성으로서 가사 창작의 전통을 고스란히 지키고 있었던 영남의 가사 담당층이었다. 작가를 알 수 있는 작품의 작가나 망명자는 모두 영남의 유명한 명문대가와 관

련한다. 〈송교행〉에서 작가는 안동 원촌마을 진성이씨 문중의 맏며
느리였으며, 망명하는 딸은 안동 내앞마을의 의성김씨 김대락 문
중의 며느리였다. 〈답사친가〉에서 작가는 안동 하회마을의 풍산유
씨 문중의 며느리였으며, 망명자는 안동의 대명가인 고성이씨 이
상룡 문중 전체였다. 〈감회가〉와 〈별한가〉에서 작가와 망명자는 경
북 성주의 대명가인 성산이씨 이승희 문중이었다. 김대락, 이상룡,
이승희 등은 명문대가의 중심인물이었으며, 독립운동에 투신하여
문중은 물론 영남지역 전체에 엄청난 영향을 끼친 유림 지도자였
다. 이들 명문대가는 전통적으로 가사 창작의 중심지였다. 이들과
관련한 가사 작품들은 대부분 1910년대에 창작된 반면, 작가를 알
수 없는 가사 작품들은 비교적 창작 시기가 후대로 내려오고 있는
특징을 보인다. 명문대가가 전통적으로 가사 창작이 활발하였으므
로 그 소속 작가들은 전통의 연장선상에서 망명이 일어난 즈음에
가사를 창작했던 반면, 명문대가가 아닌 문중에 소속되었을 것으
로 추정되는 작가들은 상대적으로 가사 창작의 전통이 약했던 듯,
가사의 창작이 늦게 반영된 것이라고 할 수 있다.

　이들 여성 작가들은 부당한 역사의 희생자였고, 이들의 삶은 부
당한 역사의 그림자였다. 만주망명인을 둔 고국인의 가사는 근대
기 우리 역사의 중요 국면을 살아가면서 그 충격을 이면에서 받아
야 했던 여성의 삶과 표현을 담고 있다. 만주망명가사와 함께 근대
기 역사를 정면으로 대응하여 당대인의 서정을 담은 증언과도 같
은 문학 작품이라는 점에서 문학사적 의의를 지니기에 충분하다고
본다.

05 맺음말

이 연구는 만주망명인을 둔 고국인의 가사를 대상으로 하여 그 자료 및 작가에 초점을 맞추어 논의하는 데 그쳤다. 신변탄식류 가사인 이들 가사의 작품세계는 서정이 중심을 이룬다. 여기서는 그 서정세계의 특징만을 간단히 적는 것으로 마무리하고자 한다.

〈송교행〉, 〈답사친가〉, 〈感懷歌〉, 〈별한가〉, 〈단심곡〉, 〈사친가〉 등의 가사 작품에는 작가가 망명자들을 그리는 상처 받은 서정이 고스란히 담겨 있다. 작가들은 "三千里 져江山은 타국압제 되어구나〈답사친가〉"와 같이 민족적 처지를 분명히 알고 있으며, "우리所天 忠臣大節 사경을 / 正히하고 義理를 重히알아〈감회가〉"와 같이 망명자들의 독립투쟁정신에 대한 깊은 이해와 존경심을 지니고 있었다. 그리하여 비록 독립운동의 현장에 있지는 않았지만 역사현실에 대한 인식은 망명자나 다름이 없었다. 〈송교행〉에는 "그곳소문 드러보고 싱이가 죳타하면 / 우리역시 갈것시이 낙토가 아니되고 / 고국이 무스흐면"이라 하여 작가 가족도 만주로 갈 의향이 있음을 보여주는 대목이 있다. 작가 부부가 결국은 세상을 등지고 궁벽지에 들어가 사는 삶을 선택했지만, 작가가 죽자 그 남편이 만주로 이주한 사실에서 드러나듯이 당시 남편은 물론 작가도 망명에 대한 의향은 있었다고 할 수 있다. 〈답사친가〉에서도 군자금 마련을 위해 고향집에 들른 부친을 만난 후 통곡하는 작가를 그 시아버지가 위로해주는 장면이 나온다. 거기서 시아버지는 울지 말라고 하면서 연로하지만 자신도 삼년 탈상이 끝나는 대로 만주로 갈 것이라고 말하고 있다.[50] 안동 지역에는 특히 독립운동가가 많은데, 경술국

치 이후 혁신유림의 영향 아래 만주로 망명한 인원도 엄청나게 많
았다. 선비의 고장답게 민족과 백성에 대한 의무감과 책임감을 지
닌 선비들이 많았던 것이다. 이러한 지역적 분위기에서 당시 고국
에 남은 영남 지역 유림 중에는 선비로서의 의무와 책임을 언젠가
는 짊어져야 한다는 부채감을 느끼며 살아간 사람들이 많았음을
알 수 있다. 망명자를 그리워하며 빨리 돌아오기를 기원하면서도
그것이 민족의 현실과 결부되어 있으므로 비극성이 필수적으로 깔
리게 되고, 경우에 따라서는 부채감마저 지니는 복잡한 서정성을
구성하게 된 것이다.

이와 같이 만주망명인을 둔 고국인의 가사는 작품 내용의 대부
분이 망명자를 그리워하는 서정으로 구성되어 있지만, 그 이면에
는 민족 현실과 관련한 복잡한 인식들이 깔려 있다. 일반적으로 신
변탄식류 가사는 대상에 대한 그리움의 서정과 함께 여성 처지에
대한 한탄의 서정이 덧붙여 나타난다. 그런데 만주망명인을 둔 고
국인의 가사에는 이에서 더 나아가 민족 현실에 대한 서정도 담고
있기 때문에 그 서정성은 매우 중첩적으로 나타나는 경향을 보인
다. 이렇게 만주망명인을 둔 고국인의 가사가 담고 있는 서정성에
는 망명자를 그리는 개인적 층위, 여성으로서의 층위, 민족인으로
서의 층위가 중층적으로 담겨 있으면서 이것들이 상호 작용하여
각각의 서정성을 확대 재생산시키는 특징을 지닌다.

---

50 "속절업시 물너안자 희음업시 통곡이야 / 젼후불고 쳬면ㅎ고 졍신을 일어ㄴ이
/ 우리존구 자익시로 허물을 용서ㅎ사 / 놉고넙히 훈게ㅎ되 우지말고 밥먹어라
/ 온야온야 나도간다 ㄴ아모리 연류ㅎ되 / 부지자최 하련만은 션듸은혜 싱각ㅎ
니 / 일월졍충 우리션죠 문츙공에 후손으로 / 셰셰상젼 국녹지신 되엿다가 / 가
통지원 이세상에 영웅지기 업ㅇ스ㅇ / 보국안민 간장업고 보고듯난 ○○마다 /
졀치부심 하여셔라 죠죠에 삼십륙게 / 쥬의상칙 쏜을바다 삼연효도 탈상하고 /
가난이라 가난이라 피난길노 가난이라"

만주망명과 가사문학 연구

제3장

만주망명가사와 디아스포라

01 머리말

디아스포라 담론은 전 세계적으로 이루어진 초국가적 해외 이민 및 이주에 따라 급부상한 현대담론이다. 현재 디아스포라는 '유대인의 경험뿐만 아니라 다른 민족들의 국제이주, 망명, 난민, 이주노동자, 민족공동체, 정체성 등을 아우르는 포괄적인 개념으로 사용되고 있다.'[1] '코리안 디아스포라'는 1860년대부터 있게 되는데, 그

---

1 윤인진, 『코리아 디아스포라』, 고려대학교출판부, 2004, 5면. 윤인진은 이 책 (4~8면)에서 디아스포라의 개념을 정리하고 있어 참고할 수 있다. 사프란은 디아스포라를 '국외로 추방된 소수 집단 공동체'라고 정의하고, 외국 장소로의 이동, 모국에 대한 집합적인 기억, 거주국 사회에 수용될 수 있다는 희망의 포기와 거주국 사회에서의 소외와 격리, 모국을 후손들이 회귀할 이상적인 땅으로 보는 견해, 모국에 대한 정치적・경제적 헌신, 모국과의 지속적인 관계 유지 등의 조건을 충족해야만 디아스포라라고 부를 수 있다는 협의의 개념을 제시했다. 그러

수는 그리 많지 않았으며, 그 이산의 성격도 생활형 '경제이민'이었다.[2] 그런데 일제가 강점하고 난 식민 상황이 도래하자 코리안 디아스포라가 양산되기에 이르는데, 그 이산의 성격도 다양해졌다. 이당시 이산의 성격은 크게 보아 독립운동을 위해 떠난 망명형, 일제의 수탈을 견디지 못해 보다 나은 삶을 찾아 떠난 생활형, 그리고 강제 차출로 인한 강제형 등 복잡하게 나뉘게 되었다. 그런데 이와 같이 일제강점기 코리안 디아스포라의 서로 다른 이산 성격에도 불구하고 이들의 이산이 민족의 아픈 역사와 관련한다는 사실은 부정할 수 없다. 이렇게 일제 강점기 코리안 디아스포라 개개인의 삶은 민족의 '탈식민'과 불가분의 관계 속에서 지속될 수밖에 없었다.

일제 강점기 코리안 디아스포라의 선두를 장식한 그룹은 경술국치 직후 독립운동을 위해 만주로 망명한 혁신유림과 그 문중인이었다. 혁신유림은 일제의 침탈로 인한 망국적 상황에서 自靖的 자결이 아닌 망명을 선택했다. 죽는 것보다는 살아서 일본 제국주의에 맞서 조국 독립을 기약하며 투쟁하는 것이 필요하다는 판단에 서였다. 혁신유림은 문중과 가족 전체를 동반하고 망명하여, 혁신유림 문중은 소규모 집단 공동체를 이루었다. 일제에 항거하며 '탈

나 이러한 개념은 이념적인 것으로, 최근 연구에서는 모국으로 귀환하려는 희망을 포기했거나 애초 그런 생각을 지니지 않은 이주민 집단도 디아스포라로 간주하고 있다. 무딤베와 엥글은 디아스포라를 '정치적 이유로 거주국 사회에 동화될 수도 없고 동화하려고 하지 않으며 그렇다고 그들 자신이 고안해낸 이상화된 기원지로 귀환할 수 없는 사람들의 공동체'라고 정의한다. 그리하여 퇴뢰리안의 표현처럼 디아스포라는 '한때 유대인, 그리스인, 아르메니아인의 분산을 가리켰지만 이제는 이주민, 국외로 추방된 난민, 초빙 노동자, 망명자 공동체, 소수민족 공동체와 같은 용어도 포함하는 보다 넓은 어원을 가진 의미'라고 확대 해석할 수 있다.

2 윤인진, 앞의 책, 8~15면.

식민'의 그날까지 만주를 떠도는 전형적인 망명형 만주 디아스포라였다. 이렇게 만주 디아스포라로 살았던 혁신유림 문중에서 창작한 가사문학으로 만주망명가사가 있다. 이들 만주망명가사는 식민 상황에 대한 분노, 만주 망명 동기, 만주 이주 노정, 만주 생활, 독립과 환고향의 희구 등을 담고 있다. 민족의 '탈식민'은 작가의 삶과 만주망명가사의 작품세계를 핵심적으로 지배하고 있다. 일제 강점기 코리안 디아스포라의 핵심 화두인 '탈식민'을 가장 전형적으로 드러내고 있는 만주망명가사를 만주 디아스포라 문학으로서 보다 적극적으로 다룰 필요가 있다.

디아스포라 문학으로서 만주망명가사는 두 가지 측면에서 특수성을 지닌다. 하나는 작가들의 이산이 '식민 초기'에 이루어졌다는 점과 이산 목적이 '독립투쟁과 탈식민'을 위한 것이었다는 점이다. 〈눈물 뿌린 이별가〉의 작가 金羽模를 제외하고 만주망명가사의 작가 모두는 일제의 강제 합방이 있자 그에 대한 즉각적인 저항으로 망명을 선택한 것이었다. 그리하여 가사 작품도 대부분 식민 초기에 창작되었다. 그리고 이들이 만주 디아스포라를 선택한 이유는 '탈식민', 혹은 '진정한 환고국'의 절대적 가치를 실현하기 위한 것 외에는 다른 것이 없었다. 자신의 생사조차 조국의 운명과 함께하기로 한 결연한 디아스포라의 삶이었다. 그리하여 이들은 디아스포라로서 이주국에서 정체성의 갈등이나 혼종성을 느낄 여유가 없었다. 그런 의미에서 만주망명가사의 작가 그룹은 무딤베와 엥글이 정의한 '정치적 이유로 거주국 사회에 동화될 수도 없고 동화하려고 하지 않으며 그렇다고 그들 자신이 고안해낸 이상화된 기원지로 귀환할 수 없는 사람들의 공동체'[3]에 해당한다.

---

3 주 1) 참조.

1990년대에 들어서 디아스포라 연구가 활발해지면서 문학연구에도 디아스포라 담론이 적용되기 시작하여 주로 현대문학 분야에서 연구가 활발하게 진행되었다. 최근에는 고전문학 분야에서도 디아스포라 논의가 이루어지고 있는데, 그중 민요·한시·시조 등 전통시가 장르를 대상으로 한 연구도 진행되었다. 민요는 디아스포라로 인한 전통의 지속과 변이에 초점을 맞춘 연구[4]가, 한시는 만주로 망명한 혁신유림의 작품을 대상으로 한 연구[5]가, 시조는 재미 작가와 재만 작가 沈連洙에 대한 연구[6]가 주를 이루는 가운데, 〈공무도하가〉를 디아스포라의 관점에서 살핀 연구[7]도 진행되었다.

---

4 조규익, 「구소련 고려인 민요의 전통노래 수용 양상」, 『동방학』 제14집, 한서대학교 동양고전연구소, 2008, 7-36면. ; 엄경희, 「러시아 이주 고려인의 노래에 담긴 서정성」, 『동방학』 제14집, 한서대학교 동양고전연구소, 2008, 37~60면.
5 김승룡, 「김택영의 송도 복원 작업의 의미 - 방법으로서의 디아스포라」, 『고전문학연구』 제29집, 한국고전문학회, 2006, 105~138면. ; 곽미선, 「김택영의 문학에 나타난 디아스포라와 정체성」, 『한국고전연구』 제20집, 한국고전연구학회, 2009, 335~367면. ; 구장률, 「낭객 신채호와 정명의 문학 - 디아스포라적 위치성을 중심으로」, 『민족문학사연구』 제44집, 민족문학사학회, 2010, 72~98면.
6 재미 작가에 대한 연구는 다음과 같다. 조규익, 『해방 전 재미한인 이민문학 1-3』, 월인, 1999. 1권에서 해방 전 재미한인 시가문학에 대한 연구를 실었는데, 시가, 소설, 희곡과 연극, 비평을 망라했다. 2,3권에서는 해방 전 재미한인의 시가 자료를 실었다. ; 박미영, 「재미 작가 홍언의 시조 형식 모색과정과 선택」, 『시조학논총』 제18집, 한국시조학회, 2002, 163~202면. ; 박미영, 「재미 작가 홍언의 몽유가사·시조에 나타난 작가의식」, 『시조학논총』 제21집, 한국시조학회, 2004, 77~110면. ; 박미영, 「미주 시조 선집에 나타난 디아스포라 시조론」, 『시조학논총』 제30집, 한국시조학회, 2009, 53~90면.
   재만 작가 심연수의 시조에 대한 연구는 다음과 같다. 엄창섭, 「정직성과 남성다움의 시적 매력 - 심연수 시인의 시정신과 시세계를 중심으로」, 『한국문예비평연구』 제8집, 한국현대문예비평학회, 2001, 5~20면 ; 황규수, 「심연수 시조 창작과 그 특질」, 『한국문예비평연구』 제24집, 한국현대문예비평학회, 2007, 143~173면. ; 황규수, 「심연수의 삶과 문학」, 『한국문예비평연구』 제26집, 한국현대문예비평학회, 2008, 262~290면. ; 임종찬, 「심연수 시조에 나타난 디아스포라 의식」, 『시조학논총』 제31집, 한국시조학회, 2009, 125~145면.
7 구사회, 「〈공무도하가〉의 가요적 성격과 디아스포라」, 『한민족문화연구』 제31집, 한민족문화학회, 2009, 7~25면.

이렇게 고전문학에 대한 디아스포라 연구에서 주목할 만한 성과가 나오고 있음에도 불구하고 아직은 각론 차원의 구체적 양상에 관한 천착을 필요로 하고 있는 대상 작품들이 많다고 할 수 있다. 일제 강점 초창기의 코리안 디아스포라는 대부분 현대 장르보다 민요, 한시, 가사, 시조 등과 같은 전통 장르에 보다 익숙한 층이었다. 식민 초기 디아스포라 문학의 총체적 양상의 전모가 드러나기에는 그 연구가 이제 막 시작 단계라고 할 수 있다. 만주망명가사는 디아스포라 문학의 전체 틀 속에서 볼 때 초기적 양상의 하나를 드러낸다. 식민 초기 디아스포라 문학의 총체적 양상과 구도를 규명하기 위해서는 만주망명가사를 디아스포라의 관점에서 연구하여 그 구체적 양상을 밝힐 필요가 있다.

이 연구는 만주망명가사를 디아스포라의 관점에서 살피는 데 목적이 있다. 논의는 식민 초기 만주 디아스포라 의식의 전개 양상을 드러내는 데 중점을 둔다. 우선 2장에서는 만주망명가사의 개관을 살핀 후, '유목민 생활'을 중심으로 드러나는 양상을 논의한다. 3장에서는 '민족적 자아'에 중점을 두고 논의한다. 작품 전체를 관통하고 있는 서정적 자아의 본질이 무엇인가를 규명할 것이다. 4장에서는 경계인으로서 문화적 정체성은 어떤 양상으로 나타나는지, 그리고 가사 창작의 의미를 논의한다. 마지막으로 맺음말에서는 만주망명가사가 지니는 의의를 주로 디아스포라의 관점에서 규명하고자 한다.

이 연구에서 인용하는 작품의 텍스트는 주)로 대신한다.[8]

---

8 〈愼痛歌〉: 고려대학교 중앙도서관 소장 『癸丑錄』 44~55면.
   〈간운亽〉: 권영철, 『규방가사-신변탄식류』, 효성여대 출판부, 1985, 568~573면.
   〈죠손별셔가〉: 단국대율곡기념도서관편, 『한국가사자료집성』 2권, 태학사, 1997, 131~141면.

02 만주망명과 유목생활

1) 만주망명가사의 개관

만주망명가사는 총 7편이 확인된다. 기존의 개별 작품론과 관련 논문을 참조하여 각 작품별로 작가. 망명시기, 창작시기, 그리고 내용을 간단히 소개하면 다음과 같다. 〈憤痛歌〉는 독립운동가 白下 金大洛(1845-1914)의 작품으로 만주망명가사 중 유일하게 남성의 작품이다. 김대락은 혁신유림으로서 1910년 경술국치를 당하자 안동 천전리의 의성김씨 문중을 이끌고 그해 12월 24일 서간도로 망명했는데, 사망하기 직전인 1913년에 〈분통가〉를 창작했다. 〈분통가〉는 선비로서의 성장과 포부, 國亡의 현실과 망명 결심, 출발 전 준비와 하직 인사, 고향 출발과 육친 이별, 서간도 도착 과정, 망명지의 지세와 감회, 한말 인사들의 심판과 항일열사 추모, 역사상 충신의사, 一死報國 의지의 고취, 老將의 敵 섬멸 의지, 독립 후의 세상, 그리고 청년학도를 향한 독립 의지의 고취 등을 내용으로 한다.

〈위모스〉는 김대락 문중의 며느리인 李鎬性(1891-1968)이 썼다. 문중 어른인 김대락을 따라서 남편과 함께 1912년 봄에 안동을 출발해 초여름에 서간도 통화현에 도착하자마자 〈위모스〉를 창작한 것으로 보이는데, 나이는 22살로 아직 아이가 없었다. 〈위모스〉의

〈위모스〉: 임기중 편, 『역대가사문학전집』 제50권, 아세아문화사, 1998, 74~87면.
〈원별가라〉 : 임기중 편, 『역대가사문학전집』 제43권, 아세아문화사, 1998, 373~393면.
〈신식트령〉: 『畏堂先生三世錄』, 박한설 편, 강원일보사, 1983, 273~278면.
〈눈물 뿌린 이별가〉: 이대준 편저, 『낭송가사집』, 세종출판사, 1986, 179~183면.

전반부는 친정어머니를 안심시키기 위해 조선의 역사와 일제 강점의 현실, 난세의 이주 사례, 서간도의 살기 좋음, 남녀평등의 시대 등을, 그리고 후반부는 고국에 대한 이별가, 서간도 통화현까지의 도착 과정 등을 서술했다. 〈죠손별셔가〉와 〈간운ᄉ〉의 작가는 金宇洛(1854-1933)으로 독립운동가 石洲 李相龍의 부인이자 김대락의 여동생이다. 1911년 1월 안동의 유명한 70칸 임청각을 떠나 서간도로 망명했으며 환갑을 맞이한 해인 1914년경을 전후해 두 가사를 창작했다. 〈죠손별셔가〉는 안동 하회마을로 시집간 첫 손녀 柳室이[9]에게 보내는 편지 형식의 가사이다. 〈간운ᄉ〉는 성장과 결혼, 형제자매와의 이별, 갑오년 이후의 생활과 망명, 만주에서의 생활, 형제자매에 대한 그리움, 재회의 희구 등의 내용을 담았다. 〈원별가라〉의 작가는 독립운동가 黃萬英 문중의 며느리이다. 1911년 봄에 울진군 사동촌을 떠나 서간도에 도착하여 생활을 한 후 1916년경에 〈원별가라〉를 창작했는데, 이때 나이는 20대 후반 정도였다. 〈원별가라〉는 부모에 대한 그리움, 성장과 결혼, 국망의 현실, 남편의 서간도 망명 제의, 고향 출발, 친정어머니와의 긴 이별, 만주 도착 여정, 만주 생활, 조국 광복 기원 등의 내용을 담았다.

이상의 작품들이 망명 초기인 1910년대에 창작된 것에 반해 〈신

---

9 이상룡과 김우락의 맏손녀로서 柳室이(1894-1927)이다. 하회 유씨 가문의 柳時俊(1895-1947)에게 시집을 가서 '유실이'라고 부른다. "字耕山一八九五乙未生丁亥十二月二十九日卒 配鐵城李氏父濬衡臨淸閣后甲子(甲午의 오기?)生丁卯三月二十二日卒四子 墓玉溜洞入口合窆"(『豊山柳氏世譜』卷之三)
남편 유시준은 만주로 망명하지 않고 국내에서 독립운동을 했다. 西厓 柳成龍 世系 文忠公 西厓派(察訪公派)로 출신지는 풍남면 광덕리(현 풍천면 광덕리)이다. 1920년 2월경 柳時彦·柳性佑 등과 함께 임시정부 지원을 위한 군자금 모집 활동을 벌였다. 그는 임시정부 군자금 모집요원으로 국내에 들어와 활동하던 유시언·유성우와 함께 1920년 2월 문경군 산북면 서중리의 張守學으로부터 군자금을 모집하여 임시정부로 보냈다(김희곤, 『안동 독립운동가 700인』, 영남사, 2001, 195면).

싀투령〉은 1923년에, 그리고 〈눈물 뿌린 이별가〉는 1940년에 창작
되었다. 〈신싀투령〉의 작가는 여성독립운동가이자 의병장·독립운
동가 柳弘錫의 며느리인 尹熙順(1860-1935)이다. 1911년 초 중국 요
녕성 신빈현 고려구에 망명한 후 환인현을 거쳐 무순 포가둔으로
이주하여 조선독립단의 지도자로 활약하던 1923년에 〈신싀투령〉
을 창작했다. 〈신싀투령〉은 나라를 잃고 중국을 떠돌며 지내는 자
신과 의병의 신세를 한탄하는 서정적 내용을 담았다. 〈눈물 뿌린 이
별가〉의 작가는 金羽模(1874-1965)로 독립운동가 權準羲의 며느리
이다. 가일마을은 '안동의 모스크바'로 알려질 정도로 사회주의 운
동의 본산지였는데, 작가의 아들 權五憲도 사회주의 독립운동에 뛰
어들었다. 1935,6년경 만주로 먼저 망명한 아들 권오헌을 따라
1940년에 만주로 들어가면서 〈눈물 뿌린 이별가〉를 창작했는데, 67
세 고령의 나이였다. 〈눈물 뿌린 이별가〉는 조선 말의 정치현실과
일제 강점, 망국 백성의 간도 이주와 작가 부부의 만주망명, 朋友 및
가일마을과의 이별, 가족과의 해후 기대 등을 내용으로 한다.

　만주망명가사의 작가는 김대락을 제외하고 모두 여성이다. 이들
작가는 모두 혁신유림과 관련한다. 혁신유림은 19세기 중엽 이후
에 태어나 성장한 정통유림이면서 19세기 말과 20세기 초에 의병
운동이나 애국계몽운동을 거쳐 1910년 이후에도 독립운동에 참여
함으로써 전통에서 근대로의 혁신을 꾀한 유림을 지칭하는 용어이
다. 김대락 본인이 혁신유림이며, 이호성, 김우락, 평해황씨가 며느
리, 윤희순, 김우모는 각각 혁신유림 김대락, 이상룡, 황만영, 유홍
석, 권준희 문중의 여성이다. 1910년 경술국치 소식을 듣자마자 망
국의 충격으로 망명을 결심하고 서간도로 건너가 대부분 1910년대
에 가사를 창작했고, 1923년에 〈신싀투령〉을 창작했다. 〈눈물 뿌린

이별가)의 작가만은 일제강점 말기인 1940년에 망명하여 식민 초기의 디아스포라 양상을 논의하는 이 연구의 대상 자료와는 거리가 있다. 그러나 망명의 동기와 배경이 여타 만주망명가사와 동일하여 디아스포라 의식 면에서 동일 선상의 논의가 가능하다.

2) 망국민의 유목생활[10]

작가들은 모두 일제가 강점한 식민지 현실을 떠나 타국에서 탈식민을 도모하고자 망명길을 택한 것이었다. 특히 안동지역 혁신 유림들이 망명하여 첫 기착지로 결정한 곳은 서간도 통화현과 유화현으로 신민회의 신한민촌 건설 계획으로 미리 물색해둔 곳이었다. "長白山下 西間島"는 '단군이 개국하고 고구려 태조가 창업한' (《분통가》) 곳으로, 비록 현재는 중국인이 거주하고 있지만 그 선조가 동일한 종족이었고, 서로 아무 장애 없이 지낸 異域으로 여길 수 없는 우리의 역사지[11]라고 생각했기 때문에 별 거부감이 없었다. 그

---

10 유목민(遊牧民)은 한 곳에 정착하지 않고 다른 장소로 이주하며 살아가는 사람 또는 그런 사람들의 사회이다. '유목민'이란 용어는 목축을 위해 계절에 따라 옮겨 다니며 생활하는 목축형 유목민에만 한정하여 쓰이지는 않는다. 산업화된 국가에서 한 지역에서 다른 지역으로 이동하면서 장사를 하는 소요형(peripatetic) 유목민, 21세기형 신인류로 인터넷과 최첨단 정보통신기기를 가지고 사무실이 따로 없이 새로운 가상 조직을 만들며 살아가는 디지털 유목민, 정보통신 네트워크 상에서 새로운 비즈니스를 창출하여 경제 및 지적 재산을 만들어내는 사이버 유목민, 더 나은 삶의 조건을 위해 국경을 넘어 이주하는 글로벌 유목민 등에 모두 사용하는 용어이다(위키백과 http://ko.wikipedia.org). 이 논문에서도 목축과는 상관없이 목적을 위해 정착하지 않고 옮겨 다니며 생활했다는 의미에서 '유목민'이라는 용어를 사용했다.

11 "만주는 우리 단군 성조의 옛터이며, 항도천은 고구려의 國內城에서 가까운 땅이었음에랴? 요동은 또한 箕씨가 봉해진 땅으로서 漢四郡과 二府의 역사가 분명하다. 거기에 거주하는 백성이 비록 복제가 다르고 언어가 다르다고는 하나, 그 선조는 동일한 종족이었고, 같은 강의 남북에 서로 거주하면서 아무 장애 없이 지냈으니, 어찌 異域으로 여길 수 있겠는가?"(안동독립운동기념관 편, 『국역 석

러나 서간도는 작가 중 누구도 가보지 못한 곳이었고, 한번 들어가면 다시는 오기 힘든 만리타국의 땅이었다. 더군다나 일제에 항거하는 투쟁의 전선이었으므로 이들을 떠나보내는 가족들에게 서간도는 死地와 마찬가지였다. 사지로 떠나는 딸((위모스)의 작가)을 걱정하며 친정어머니는 "침침망망 너의내외 서간도 무산일고 / 삼천리 멀고먼길 몇천리나 가잔말고 / 오랑캐 사난곳에 인심은 금수같고 / 풍설이 혹독하니 춥긴들 오작하며 / 서속밥 강낭죽을 연명을 어이하노 / 산천은 험악하고 풍속은 생소한데"((송교힝))라며 통곡한다. 이 말에 딸 이호성은 서간도가 "단군이 긔긔흐신 우리나라 옛터이라 강산은 화도갓고 긔후도 적당한듸((위모스)"라며 안심시킨다. 〈원별가라〉에서 남편은 서간도가 "온세개 유명한 쌍이오 인심이 슌후하고 물화가 풍족하고 사람사기 좃타((원별가라))"라고 하면서 작가를 회유한다. 서간도의 기후가 적당하거나 인심이 좋거나 물화가 풍족하다는 말은 모두 상대를 안심시키거나 작가(혹은 망명당사자) 스스로 위안을 받으려는 것이었다. 사실 누구보다도 서간도로 떠나는 작가 본인들의 두려움이 컸을 것이다. 그러나 작품에서 작가들은 서간도에 대한 두려움을 전혀 드러내지 않았다.

이들의 탈고향은 "越獄逃亡 하듯((죠손별셔가))" 남모르게 급속히 이루어졌다. 가산을 급히 정리했다고는 하나 사실상 모든 것을 버리고 가는 길이었다. "살림전틱 다바리고 금슈갓흔 우리조국 / 동은하량 호가슈를 헌신갓치 던져주고", 고국에 남은 여형제들에게 서신 한 장 부칠 겨를이 없을 정도로 "사셰부득((간운스))"이 한 떠남이었다. 집을 떠나 도중에 친지와 황망하게 이별을 한 후 기차

주유고 하』, 〈西徙錄〉, 경인문화사, 2008, 15면).

에 오른 김대락은 "千里길이 디척이오 萬事無念 그만니라"라고 감회를 술회했다. 일경의 감시를 피해 가야 할 앞에 남은 천 리 길을 '지척'이라고 마음을 다져 먹었다. 그리고 친지와 이별하는 인간적 고통 속에서도 식민지 국민의 분통함과 망명투쟁의 당위성이 겹쳐져 그 복잡한 감회를 '萬事無念'으로 승화했다. 사실 누구도 이들을 만주로 추방한 적은 없었다. 그러나 만주망명자들의 진실은 달랐다. 이들은 식민지 조국에서 일제에 의해 추방당하는 자들이었다.

이렇듯 황망하게 모든 것을 버리고 나선 비장한 망명길이었으므로 출발부터 그 행색은 여행인이 아닌 유목민의 것과 같았다. 이들은 모두 세거지에서 양반의 지위를 누리며 살았다. 그러나 집을 떠나는 순간부터 이들은 짐 보따리를 든 망국 유랑민이었다. 이들의 망명 경로는 대부분 비슷했다. 안동과 울진 지역의 경우 각자의 집을 가족과 함께 출발하여 친지의 집을 들러 이별하면서 경부선 정차역[12]에 도착했다. 기차를 타고 한양에 내려 고국의 도읍지를 마지막으로 돌아보고, 경의선을 타고 신의주에 내려 압록강을 건넜다.[13] 중국 땅에 도착해서는 김대락과 김우락의 경우 육로로 회인

---

12 김대락의 망명일기『白下日記』는 1911년 1월 6일 서울을 떠날 때부터 기록했다 (조동걸,「백하 김대락의 망명일기(1911-1913)」,『안동사학』제5집, 안동사학회, 2000, 159면). 따라서 김대락이 1910년 12월 24일 고향을 떠나 서울에 도착하기까지의 경로가 빠져 있어 어느 역에서 경부선 기차를 탔는지 알 수 없다. 김우락의 남편 이상룡은 혼자 가족보다 미리 떠났는데, 안동을 출발하여 추풍령역에서 경부선 기차를 탔으므로 뒤에 떠난 김우락 일행도 추풍령역에서 경부선을 탔던 것으로 보인다(안동독립운동기념관 편,『국역 석주유고 하』, 앞의 책, 12면), 김우모는 작품에서 "경부선 잡아타고"라고만 되어 있어 어느 역에서 기차를 탔는지 알 수 없다. (원별가라)의 작가는 영천역에서 경부선 열차를 탔다. 윤희순은 1911년 4월에 만주 신빈현에 도착했다. 기존의 연구에서 윤희순의 자세한 망명 경로는 밝혀져 있지 않다.

13 김대락은 서울에 10일간 머무르다가 1911년 1월 6일 경의선을 타고 의주의 백마역에서 내렸다. 다음날 도보로 백마역을 출발하여 30여 리 떨어진 신의주를 지나 압록강에 이르렀다. 1월 8일에 압록강을 건너 안동현으로 들어갔다(강윤정,

현에 도착했으며, 〈원별가라〉와 〈위모사〉의 작가는 압록강을 거슬러 배를 타고 올라가 회인현과 통화현에 도착했다. 전자의 경우 한겨울에 강이 얼어서 배를 탈 수 없었다. 고향을 떠나 첫 기착지에 도착하는 시간은 대강 한 달 정도가 걸렸다.

만주에 도착해서도 이들의 생활은 한 곳에 정착할 수 없는 유목민의 생활이었다. 김대락은 회인현에서 유하현으로, 유하현에서 통화현으로, 다시 통화현에서 유하현으로 옮겨 다녔다. 〈원별가라〉에서는 회인현에서 통화현으로, 다시 유하현으로 옮겨 살았다. 가사를 창작할 당시에서 조금 더 시간이 지나면 항일 근거지의 최적지를 찾아 만주 전역으로 이들의 생활 근거지가 확대되기에 이른다. 〈간운ᄉ〉의 김우락과 남편 이상룡은 첫 기착지 회인현을 거쳐 유하현에서 주로 머물렀던 것으로 보인다. 그런데 작품 내용에서 김우락은 타국에 와서 사는 자신의 생활을 "빅여리식 보힝ᄒ나 ᄌ역이 강강ᄒ니 이들ᄯᅩ한 쳔운인가(〈간운ᄉ〉)"라고 자평했다. 환갑의 나이에 하루에 백여 리씩 보행함에도 불구하고 작가는 건강해서 그럴 수 있으니 천운이라고 애써 자신을 위로했다. 그래서 안동의 유명한 70칸 임청각에서의 생활과는 너무나도 달라 "타국이와 구ᄂᆞᆫ거시 고이ᄒᆞ고 이상ᄒᆞ(〈간운ᄉ〉)"다는 표현을 썼다. 작가들 대부분이 실제 통화현이나 유하현 등 어느 한 곳에 살고 있다 하더라도 백여 리씩 걸어야 하는 현실적 상황이 자주 발생했던 것이 아닌가 짐작할 수 있다. 세거지에서의 안락한 定住 생활이 移住를 통해

「백하 김대락의 민족운동과 그 성격」, 『백하 김대락 선생-추모학술강연회』, 안동향교·안동청년유도회, 2008, 26~29면). 이상룡의 부인 김우락은 1911년 1월 25일 먼저 떠난 남편을 신의주역에서 만나 1월 27일 압록강을 건넜다(안동독립운동기념관 편, 『국역 석주유고 하』, 앞의 책, 12~27면). 〈위모사〉에는 '의쥬"에서 기차를 내려 압록강을 건넜다고 했다. 〈원별가라〉에는 신의주에서 기차를 내려 압록강을 건넜다고 했다.

타국에서의 불안한 유목생활로 완벽하게 변해 있었다.

가사에는 드러나 있지 않지만 윤희순은 만주의 첫 기착지인 신빈현에서부터 회인현, 무순 등지로 옮겨 다니며 활동했다. 망명 후 10여 년이 지난 1920년대에 지어진 〈신세타령〉에는 작가의 유목민적 생활상이 생생하게 드러난다.

> 외놈군티 득식ᄒᆞ니 이닉몸이 어이홀고 / 어딜근들 본겨줄가 어딜근들 오ᄅᆞ홀가 / ᄀᆞ는고시 닉집이요 ᄀᆞ는고시 닉땅이ᄅᆞ / 슬푸고도 슬푸도ᄃᆞ 이닉몸도 슬푸련ᄆᆞᆫ / 우리으병 불승ᄒᆞ다 / ᄀᆞ는고시 닉땅이요 ᄀᆞ는고시 닉집이ᄅᆞ / 빅곱푼들 머거볼ᄀᆞ 춥ᄃᆞ흔들 춥ᄃᆞ홀ᄀᆞ / (중략) / 잇돌도ᄃᆞ 잇돌도ᄃᆞ 우리으병 불승ᄒᆞᄃᆞ / 이역말리 찬ᄇᆞ롬이 발작ᄆᆞᄃᆞ 어름이요 / 발끗ᄆᆞᄃᆞ 빅서리ᄅᆞ 눈솝ᄆᆞᄃᆞ 어름이ᄅᆞ / 수염ᄆᆞᄃᆞ 고두ᄅᆞ미 눈동ᄌᆞ는 불빗치ᄅᆞ

왜놈들이 득세하여 독립운동을 하는 자신을 어딜 가도 반겨주는 사람이 없고 어딜 가도 오라고 하는 사람이 없다. 그러나 오라는 곳은 없어도 윤희순은 해야 할 독립투쟁이 있었으므로 가는 곳을 내 집과 내 땅 삼아 어느 곳이든 간다고 했다. 역설적으로 디아스포라의 유목민적 삶이 드러난다. 윤희순은 다시 한 번 자신이 이끌고 있는 의병들의 삶을 들어 디아스포라 망명인의 유목민적 삶을 전달했다. 배고픔과 추위를 이겨가며 의병들은 행군했다. "발작"과 "발끗"으로 표현한 유목민의 삶은 그것의 가시거리만큼이나 한 치 앞도 내다볼 수 없는 삶이었다.

이렇게 한곳에 정착하지 못하고 떠돌며 사는 유목민적 삶은 〈신세타령〉에서와 같은 극심한 생활난을 수반했을 것이다. 하지만 대부분의 작품에서는 이러한 생활고를 거의 표현하지 않고 있음이 드러난다. 그리고 여성 작가의 남편이나 아들들은 독립투쟁의 현장에 직접적으로 노출되어 있어 언제 발각되어 죽을지도 모르는 상황이었다. 그런데 여성 작가들은 가족의 안위나 고통에 대한 걱정도 드러내지 않았다. 〈간운수〉의 경우 같이 망명해온 큰오빠 김대락의 근황을 걱정하고 있으나 독립투쟁가의 면모를 통해서이고, 가족이 모여 가사를 짓는 일상이 표현되어 있는 것이 고작이다. 〈신시탄령〉에서 유목민적 삶의 처참함이 드러나게 된 것은 민초와 같은 의병들의 삶을 책임져야 하는 독립운동 지도자의 시선 때문이었다. 그나마 디아스포라 유목민 생활의 고통을 드러냈던 지점은 혹독한 추위에서였다. "고국이실적 동지섯달갓치 추운이 어딕가 이갓흔가 가을날이 이갓치 추운면 겨으얼 당하면 엇지하여((원별가라))"라고 추위로 인한 고통을 술회했다. 어쩌면 유목생활의 고통을 드러내고 있는 유일한 부분이기도 하다. 만주망명가사의 상당수가 고향에 계신 친정 부모나 동기친척을 염두에 두고 쓴 가사라서 이것들을 드러내고 싶지 않았던 점도 있었다. 하지만 무엇보다도 갑작스러운 디아스포라 독립운동가 혹은 그 아내로의 정체성 변화로 말미암아 자신이 직면한 현실에 시선을 둘 때 경건한 자세를 잃지 않으려 했던 데에서 비롯되었다고 보인다. 망국의 디아스포라 유목민에게는 일상적인 고통을 표현하는 것조차 사치로 받아들여졌던 것은 아닐까.

03 민족적 자아의 귀향의지와 사친

'망국의 유목민'으로서 가사를 통해 드러냈던 서정적 자아의 성격은 어떤 것일까. 이들의 만주 이주는 일제의 압박과 수탈을 피하고 좀 더 나은 생존 기회를 찾기 위해 만주로 이주한 생활형 이주가 아니었다. 이들은 애초 세거지에서 대접받으며 먹고 살 만하던 유림가문의 일원이었다. 안동 천전리(내앞마을)의 의성김씨 가문, 안동 법흥동의 고성이씨 가문, 안동 가일마을의 안동권씨 가문, 울진 사동촌의 평해황씨 가문, 춘천 항골의 고흥유씨 가문 등은 각 세거지에 오래전부터 터를 잡고 살아오면서 경제적 · 사회적 · 학문적 기반이 탄탄했던 유력한 재지사족이었다. 이들 유림가문이 일제의 침략에 맞서 혁신유림으로 전화하면서 경술국치 직후 급속하게 만주망명이 이루어진 것이다. 따라서 망명형 디아스포라 문학의 서정적 자아는 생활형 디아스포라 문학의 것과 다를 수밖에 없었다. 이들의 서정적 자아에서 민족의 운명이 가장 핵심적인 것이었기 때문이다.

만주망명가사 7편은 남성인 김대락의 작품과 여타 여성의 작품으로 구성되어 있어 남성과 여성의 작품 간에, 그리고 젊은 층 여성과 노년층 여성의 작품 간에 표현과 내용의 편차가 존재한다. 그런데 가사에서 드러낸 다양한 표현과 내용에도 불구하고 이들 가사에 반영된 시적 정조의 핵심에는 '민족적 자아'가 투영되어 있다. '민족적 자아'란 '개인 정서와 민족의식이 합일된 자아'[14]를 의미한다. 자신

---

14 '민족적 자아'라는 어구는 김시업이 사용한 것이다. '민족적 자아'의 시적 정서와 의식은 근대전환기의 민족위기에 온몸으로 맞섰던 志士들, 특히 비타협적 유

의 삶을 민족의 운명을 구하는데 바치기로 결심하고 만리타국의 디아스포라 유목민으로 살아가면서 이들의 의식은 개인적 정서의 단계를 뛰어넘어 민족의 역사적 심상과 일치하게 된 것이다.

이들 가사에서는 대부분 망국의 역사적 상황을 장황하게 들어 개탄했다[15]. "져눈이 우리스람 즘싱만 못ㅎ여셔 / 겨됴츠 아니쥬고 부리기만 엄을닉"(〈위모스〉)는 국망의 현실에서 "원슈놈의" "쇼라지을 볼슈 업"(〈원별가라〉)었기 때문에 그들은 망명할 수밖에 없었다. 그리고 이러한 망국 상황에 대한 개탄은 독립투쟁 의지로 연결되고 있다. 만주로 향한 여행길에서 검문하는 왜놈을 보고 "분심이 졀노나고 쌀짐이 졀노쎨여 / 소리업난 총잇스면 몃놈우션 쥭이겟다"(〈원별가라〉)는 분노를 표출하는데 국망의 현실에 대한 개탄이 항일 투쟁의지로 연결되고 있음을 알 수 있다. 격렬한 언어를 통해 강제 식민 현실에서 일제에 대한 적개심이 얼마나 뼛속 깊이 뿌리내려 있는지 알 수 있는데, 이러한 서정의 주체는 개인 정서와 민족의식이 합일된 민족적 자아이다.

민족적 자아의 서정성은 민족의 정서가 개인의 서정에 내면화하여 전체 서정성을 압도하고 있는 양상으로 나타나며 가사 작품 전

교지식인의 문학 속에 두드러지게 드러난다. 자신의 삶을 민족의 운명을 구하는데 바치기로 결심했을 때 그들의 의식은 개인적 정서의 단계를 넘어 민족 전체의 역사적 심상과 일치되었다. 문화적 주체의식으로서 '민족적 자아'의 실현은 삶 속의 실천적 행동과 불가분의 관계를 맺는다(김시업, 「근대전환기 한문학의 세계인식과 민족적 자아 – 동산 유인식과 심산 김창숙의 경우」, 『대동문화연구』 제38집, 대동문화연구원, 2001, 161~180면).

15 〈분통가〉에서는 총 56구(4 · 4 1구)에 걸쳐 일제강점의 현실을 개탄했다. 〈원별가라〉에서는 총 54구에 걸쳐, 〈위모스〉에서는 총 22구에 걸쳐, 〈눈물 뿌린 이별가〉에서는 총 22구에 걸쳐 망국 백성의 참상을 개탄했다. 〈간운스〉, 〈조손별서〉, 〈신세타령〉 등에서는 망국의 현실을 직접적으로 서술하고 있지는 않지만 경술국치 후 자결한 향산 이만도에 대한 추모, 황망한 망명행, 왜에 대한 적개감 등의 표현을 통해 드러내고 있다.

체를 통해 일관되게 드러난다. 그리고 이러한 민족적 자아는 '진정한 歸鄕'을 절대로 포기하지 않는다. 이들에게 진정한 귀향이란 독립기를 휘날리며 '還故國'하는 것이었다.

廓淸區宇 하온후에 自由種을 울니치며 / 오던길로 도라셔셔 凱歌하며 춤을추니 / 二千萬人 歡迎소리 地中人도 起舞한덧 / 宇宙에 빗치나고 日月이 開朗한덧 / 英美法德 上等國에 上賓으로 올나안쟈 / 六大洲와 五大洋에 號令하고 呑壓하니 / (중략) / 海晏河平 熙皞世예 堯舜世界 다시보니 / 憲法政治 共和政治 時措之義 짜라가며 / 福을바다 子孫쥬고 德을싹가 百姓쥬고 / 壽考無疆 安樂太平 참말삼아 두고보세 / 長歌甚於 慟哭이오 大笑發於 無奈何라 / 憤痛코도 快活하다 靑年學徒 드러보소 / 靑春이 더이없고 白髮이 於焉이라 / 日征月邁 時習하야 人一能之 己百之라 / 아무려도 雪恥하야 大韓帝國 보고디고

위는 〈분통가〉의 마지막 부분이다. 독립 후의 세상을 펼쳐 보이면서 청년들에게 망국의 치욕을 설욕하자고 당부했다. 자유종이 울리는 독립이 되면 다시 오던 길로 돌아 고국으로 돌아가 이천만 조국인의 환영소리를 듣게 된다고 했다. 혁신유림은 우려하던 일제의 강탈이 현실화되자 자신에게 주어진 지식인의 사명감을 각성하고 탈식민의 그날까지 국민을 위해 헌신해야 한다는 신념을 굳게 지녔다. 그리하여 자신들 각자는 살아서 '진정한 귀향'을 할 수 없다고 생각한 것 같다. 실제로 김대락을 포함한 디아스포라 혁신유림은 대부분 만주에 뼈를 묻고 고국으로 돌아오지 못했다. 다만 이들은 민족적 자아로서 '진정한 귀향'을 가슴에 품었다. 여기서 비록 "요순세계, 백성" 등과 같은 전통적 유학 용어로 표현하고 있음

에도 불구하고 김대락이 생각한 탈식민의 대한제국은 봉건사회가
아니었고 세계 안의 자주독립국가로 당당하게 서는 근대 국가 체
제였다. 대외적으로 "英美法德(영국, 미국, 프랑스, 독일) 등 선진국
과 어깨를 나란히 하고 "六大洲와 五大洋에" 호령하고 제압하는 자
주독립 강국을 꿈꾸었으며, 대내적으로는 "憲法政治 共和政治 時措
之義" 등의 근대국가 체제를 꿈꾸었다. 이러한 세상을 향해 이제 한
발을 내딛는 청년들에게 "人一能之 己百之라"면서 투쟁을 통한 설
욕을 당부하는 것이다.

〈분통가〉와 마찬가지로 '진정한 귀향'을 염원하며 탈식민의 그날
까지 매진하자는 희망찬 권고는 〈원별가라〉나 〈위모스〉아 같은 젊
은 여성 작가들에게서도 드러난다. 그러나 나이 많은 여성 작가의
경우 '진정한 환고향' 의지가 '죽음'과 연관하여 나타나기도 한다.
〈신시트령〉의 경우 "늬한목숨 죽는거슨 쇠울수도 잇컨믄는 / 물리
트국 원한혼이 될수업써 서럽꾼느"라고 하여 죽음을 불사한 투쟁
의지가 확고하다. 그리하여 "어느떠느 고향ᄀ서 엔믈하고 스륵볼
고"라는 환고향의 염원은 죽음과 치환되던 '진정한 환고향' 의지의
처절함 때문에 더욱 절실하게 느껴진다. 〈간운스〉의 작가는 나이가
많아 만주 디아스포라로 현지에서 죽을 것을 예감한다. 그리하여
천당에 가서 부모님을 해후하고, 요지연에 가서는 형제자매를 만
나 함께 모여 담소를 나누자고 하다가, "히망부쳐 말ᄒ리라"라고
다시 마음을 고쳐먹고 귀국하여 만나자고 했다.[16] 붕우 및 가일마

---

16 "일싱일스 은일인의 상셔어든 / 닌들엇지 면ᄒ깃나 천당의 도라가서 / 부모슬하
다시모혀 손잡고 눈믈쑤려 / 첩첩소회 다한후의 요지연l 견여중의 / 우리도 함기
모혀 희소담락 ᄒ오리다 / 비사고어 고만두고 히망부쳐 말ᄒ리라 / 천긔이슈 알
깃드냐 나도나도 귀국ᄒ여 / 고거을 다시ᄎᄌ 잇쌔천상 회셜ᄒ고 / 열친정화 ᄒ
리로다"

을과 이별하는 서정을 주로 담은 〈눈물 뿌린 이별가〉는 상여의 구체적인 묘사까지 등장하는 상여소리 문체의 사용이 두드러지는데, 벗과 가일마을을 대하고 있는 서정적 자아의 내면에 살아생전에는 고향으로 다시는 오지 못할 거라는 디아스포라의 운명적 예감이 지배하고 있었기 때문이라고 할 수 있다.

일체의 감상을 허락하지 않을 것 같은 민족적 자아의 경우에도 육친, 특히 사친에 대한 정만은 어쩔 수 없는 것이었다. 그리하여 가사에서는 육친에 대한 서정이 봇물 터지듯 터져 나오게 되는데, 주로 여성의 가사에서 이러한 서정은 주를 이룬다. 〈간운수〉와 〈죠손별셔가〉는 육친에 대한 서정이 주를 이루는 편지글 형식의 가사이다. 제목에서도 드러나듯이 전자에서는 흘러가는 구름을 바라보며 고향에 있는 형제자매를, 후자에서는 할머니로서 안동 하회마을로 시집을 간 맏손녀를 그리워하는 서정을 담았다. 〈원별가라〉에서는 만주 디아스포라로서 고향의 부모님을 그리워하며 망명 당시에 있었던 친정어머니와의 사무친 이별 장면을 장황하게 추억했다. 〈위모사〉도 전반부는 머나먼 서간도로 떠나는 딸을 걱정하는 친정어머니를 위로하기 위한 내용으로 구성되어 있다. 〈눈물 뿌린 이별가〉도 시댁인 가일마을을 떠나면서 붕우들과 가일마을에 대한 이별하는 심정을 주로 서술했다. 〈분통가〉에서조차 율성 사돈댁에 들렀을 때 "孫女난 삼이잡고 孫婿난 압흘막가 / 痛哭하며 怨望ᄒ며 白首尊顔 언제볼고 / 木石肝腸 안니거던 子孫之情 업살손가 / 草木禽獸 안니거던 慈愛之心 업살손가 / 己發之勢 無奈何라 다시오마 쏠엇치고"라고 하여 육친과의 서정을 토로했다.

애초 만주망명가사 대부분의 창작 동기는 만주 디아스포라로서 어쩌면 살아서는 고향에 돌아갈 수 없다고 생각했기 때문에 고국에 있는 육친이 사무치게 그리워 그 서정을 표현하기 위함이었다. 따라서 육친에 대한 서정성의 깊이가 깊으면 깊을수록 탈식민과 환고향의 염원과 당위성은 커져 나갈 수밖에 없다. 이렇게 작품 내에 개인적 서정성과 민족적 서정성은 상호 보완성을 지니며 민족적 자아에 수렴되어 있는 양상으로 전개된다. 마치 일반 사친가계 가사에서 친정 부모를 그리워하면 할수록 친정에 갈 수 없는 여성의 현실이 더 깊이 있게 드러나는 것과 마찬가지이다. 여성 작 만주망명가사의 경우 만주 디아스포라로서 탈식민과 투쟁의 의지가 남성과 못지않은 양상으로 드러나기 때문에 여성 현실에 대한 문제의식은 가려져 버리고 식민지 조국의 문제의식만이 강하게 드러날 뿐이다.

여성 작가들의 경우 마음먹기에 따라서는 고국으로 돌아가 그리워하는 육친을 만나볼 수 있었다. 실제로 〈죠손별셔가〉에 "이곳에 와 잇든사람 마암을 정치못히 歸國하니 無數ㅎ나"라는 구절이 있어 적응하지 못하고 고국으로 돌아간 사람도 있었음이 확인된다. 그러나 만주망명가사에는 모두 육친을 만나고자 하는 소망을 '환고국'이 된 이후로 유예시키고 있음이 드러난다. 고향을 떠나면서 조국의 산·물·초목금수 등에게 잘 있다가 "우리환국 하난날에" "환영하라"고 당부하고, 그리는 부모동생에게도 "이다음 슌풍부러 환고국 하올적익" "악슈샹환 할거시이다"(〈위모스〉)라고 하여 모든 것이 "환고국"에 유예당하고 있음을 보여준다. 개인의 욕망을 민족의 운명에 비추어 유예시키는 민족적 자아의 모습이라고 할 수 있다. 앞서 살폈듯이 디아스포라 유목민의 고달픈 생활 속에서도 생활고나 가족에 대한 걱정을 드러내지 못했던 것도 민족적 자아의 구속력 때문이라고 보인다. 민족의 위기 앞에서 만주 디아스

포라 유목민 생활도 마다하지 않았던 그들이기에 사유의 가능성을
오로지 독립담론에만 열고 있던 것은 아니었을까.

04 경계인의 문화 정체성과 가사 창작

　작가들은 식민지 조국에서 살아가는 자신을 절대로 용납할 수
없었다. 일제 강점의 식민 상황에서 이전과 같은 편안한 삶을 영위
하는 것을 치욕이라고 생각했다. 차라리 타국으로 이주해 떠도는
유목민 생활을 할지언정 그 치욕에서 벗어나려 했다. 탈식민·독
립이 실현되지 않는다면 절대로 조국으로 돌아갈 수 없었다. 그런
데 타국에 와서도 이들의 관심은 오로지 조국 조선에 있었다. 이들
은 늘 '조선 바깥에서 언젠가 돌아갈 진정한 조선을 상상했다.'[17] 이
들의 정신과 삶은 오로지 탈식민의 진정한 조선을 되찾는 데 바쳐
졌다. 이렇게 이들은 떠나온 식민지 조국에 절대로 소속할 수 없었
고, 이주해간 중국에도 소속하려 하지 않았다. 그리고 이주해간 타
국에서 떠나온 조국의 탈식민만을 위해 살아가고 투쟁했다. 그 어
느 나라에도 소속하려 하지 않으면서 떠나온 고국의 탈식민을 위
해 이주국 중국을 떠돌았다는 점에서 이들은 '경계인'[18]이라고 할

17　구장률, 「낭객 신채호와 정명의 문학」, 『민족문학사연구』 제44집, 민족문학사
　　학회, 2010, 74면.
18　디아스포라 논의에서 경계인의 개념은 매우 다양하다. 로버트 파트는 '새로운
　　유형의 인간성, 즉 두 개의 다른 집단의 문화적 삶과 전통 속 깊숙이 살아가며 그
　　것을 공유하는 인간, 문화적 하이브리드'(이용일, 「트랜스내셔널 전환과 새로
　　운 역사적 이민 연구」, 『서양사론』 제103호, 한국서양사학회, 2009, 323면에서
　　재인용)라는 긍정적인 상을 제시하기도 했다. 그러나 일반적으로 '경계인'이라
　　는 개념은 '동화'보다는 '갈등'에 중점을 두고 규정되는 경향이 있다. 사전적 의
　　미의 경계인은 주변인과 같은 개념으로 '소속 집단을 옮겼을 때 집단의 습관 가

수 있다. 만주 디아스포라 독립운동가로서 이들은 이주국 중국사
회에 동화될 수가 없었고 동화되려고도 하지 않는 경계인이었다.
타국에서 갈 수 없는 조선만을 바라본 철저한 경계인으로서 몸은
중국에 있으면서 마음은 조선에 가 있었다.

만주 디아스포라 독립운동가들의 경계인 의식은 어떤 양상으로
나타났을까. 우선 중국 사회나 문화에 대해 관심조차 주지 않은 점
이 드러난다. 만리타국이라 한 번도 와보지 못했던 중국이었건만
처음 중국에 도착한 이들은 중국에 그리 시선을 주지 않았다. 중국
에 첫발을 내딛는 순간 이들의 시선을 사로잡은 것은 앞에 펼쳐진
중국의 산하가 아니라 뒤에 펼쳐진 고국의 산하였다. 떠나 보내는
애인을 바라보듯이 '화려강산 한반도'를 '도라보고 도라보'는 일에
열중했다. 앞에 펼쳐진 중국의 산하에 시선을 두었다 하더라도 우
리의 역사지로서의 산하였다. 다만 〈간운스〉에서 "중국의 명스대천
횟두른 구경ㅎ스 / 경치도 웅장ㅎ고 물슨도 풍부ㅎ스"라 서술하고
마지막 구절에서 고국에 있는 여형제들에게 "타국의 조흔경긔 이
읻기도 만타마난 엇지ㅎ여 다ㅎ리오"라 하여 중국 문화와 산하에
대한 시선을 드러내는 것이 고작인 수준이다.

특히 이들이 경계인으로서 유랑하며 지내는 생활을 해나가고 있

치를 버리지도 못하고 또한 새로운 집단에도 충분히 적응하지 못하는 사람'(야
후 한자사전)으로 규정된다. 그리하여 '경계인'이라는 용어는 예를 들어 '한국
과 일본 그 어느 쪽에도 소속감을 느끼지 못했던 재일교포'(두산아트센터 2011
년 기획연극은 '경계인 시리즈'이다. 기획 의도에 재일교포를 표현할 때 쓴 말이
다)라는 식으로 사용하기도 했다. 한편, 재독 철학자 송두율 교수를 말할 때 '경
계인'이라는 용어를 사용하곤 한다. 이때의 경계인이란 냉전 체제의 경계를 넘
고자 베를린으로의 망명을 선택했지만, '한민족'의 문제에서 벗어나지 않고 그
문제를 통해서 그 경계를 넘고자 시도했다는 의미이다. 이 논문에서는 사전적
의미, 재일교포에 대해서 쓰는 의미, 그리고 송두율 교수에 대해서 쓰는 의미를
혼용한 개념으로 사용하고자 한다.

음에도 불구하고 가사에는 중국 거주자에 대한 인식이 전무하고 중국에 살고 있는 동포에 그 의식이 집중되어 있음이 드러난다. 이렇게 만주 디아스포라로서 중국 원주민에 대한 의식이 전혀 없이 동포들에게만 집중된 이유는 무엇일까. 우선 이들이 가족 혹은 문중 단위로 움직였으며, 신한민촌을 건설하여 집단공동체 생활을 했기 때문이다. 여성의 경우는 남성보다 폐쇄적 공간에 살 가능성이 많았으므로 중국인과의 접촉이 한정되었을 것이다. 그러나 무엇보다도 이들 망명객들이 처음 만주에 도착하여 하고자 했던 사업 때문이었다고 보인다. 이들의 첫 사업은 동포들을 규합하여 독립투쟁의 미래를 공고히 하는 데 있었다. 신한민촌의 건설은 만주망명을 계획한 혁신유림의 합의된 계획이었다. 동포들의 규합과 교육이야말로 조국의 미래를 위해 가장 최우선의 과제였다. 타국에 정착하여 원국민과 경쟁하며 그곳에서 타자로 살아야 하는 경계인으로서 타국의 사회문화에 대한 인식이 필수적으로 따라올 수 있었지만, 이들은 관심을 두지 않았다.

이렇게 만주 디아스포라 독립운동가들은 타국에 들어가 독립운동을 위한 그들만의 방식으로 살아갈 수밖에 없는 경계인이었다. 어찌 보면 이들은 자신들만의 집단을 너무나 강력하게 이루고 있어서 '고독하지 않은 유목민 생활'을 영위했다. 이들은 타국으로 이주했으나 '亡國의 流民들'이 합심하여 디아스포라를 면할 그날을 도모하고자 했다. 경계인으로서 이들의 운명은 이미 결정되어 있었다. 독립이 되어 고국으로 돌아가든지, 아니면 끝까지 동화되지 않는 경계인으로 살다가 중국에서 죽든지 하는 것이었다. 타국을 선택한 그들이었지만 그들은 초국가주의를 지향하지 않았으며, 조선이라는 독립국가를 철저하게 지향했다.

271

타국으로 이주한 디아스포라의 경우 거주국 문화에 대한 충격이나 거주국과의 문화적 갈등이 주요 문제로 떠오르게 된다. 이주지의 문화를 수용하거나 적응하는 과정을 거쳐 새로운 형태의 문화를 빚어내는 문화접변 현상도 일어나게 된다. 그러나 만주 디아스포라 독립운동가 작가들은 문화접변의 생산을 가능케 하는 구조속에 있지를 못했다. 이들에게 '탈식민지' → '만주 디아스포라 유목민 생활의 선택' 자체는 일제 침탈로부터 자신의 '정체성'을 지키는 유일한 방도였다. 따라서 이들에게 조선인의 문화 정체성을 지키고 살아가는 일이야말로 또 하나의 사명이었음에 틀림없다. 특히 여성 작가들의 경우 자신의 문화적 정체성을 지키려는 노력의 하나로 가사를 창작했다.

〈憤痛歌〉, 〈위모사〉, 〈죠손별셔가〉, 〈간운ᄉ〉, 〈원별가라〉, 〈신식트령〉, 〈눈물 뿌린 이별가〉 등 7편의 가사는 작가들이 자신들의 문화적 관습을 타국에서도 그대로 유지함으로써 창작될 수 있었다. 김대락은 『白下日記』 1912년 9월 27일 자에 "국문으로 〈분통가〉 한 편을 지어 비분한 뜻을 나타내려 한다. 또한 부인과 여자들로 하여금 나의 곤란 중 겪었던 전후 사정을 알게 하기 위함이다. 대략 사가의 필법을 모방하여 적었으므로 이 또한 나의 본령이 있는 것이다."[19] 라고 창작 동기를 적고 있다. 자신의 결정 하나로 부인과 여성들도 하루아침에 떠돌이 신세가 되었으므로 망명 당시의 긴박했던 상황을 그들에게 알리고자 한 것인데, 부인과 여자들의 문학적 표현인 가사문학을 택했다. 김대락은 한문으로 글을 쓴 대표적인 혁신유

---

19 『白下日記』 1912년 9월 27. "以國文作憤痛歌一篇以瀉悲憤之意而使婦人女子亦知我前後困難中經歷畧倣史家筆法此亦吾本領所在也"(조동걸, 「백하 김대락의 망명일기(1911-1913)」, 앞의 논문, 202면).

림이었는데 여성들을 위해 특별히 가사문학을 창작한 것이다. 자신들이 고국에서 관습적으로 향유했던 문학 장르인 가사를 통해 자신을 표현하고자 한 것은 다른 여성 작가들도 마찬가지였다.

> 일등명순 ᄌ진[20]들은 동동촉촉 효순ᄒ고 / 명문슉여 나의효부[21] 입문지초 그긔로다 / 산슈두고 자을짓고 졀계두고 글을지어 / 심심홀 젹 을퍼내여 잠견으로 위로ᄒ니 / 존즁ᄒ신 노군ᄌ[22]는 시ᄯ럽다 증을내고 / 긔화보벽 손아들[23]은 노릭한다 조롱ᄒ니 / 단인ᄒ던 내마음 이 취광거인 되엇구나

위는 〈간운ᄉ〉의 구절로 만주에서의 어느 날 일상을 서술했다. 며느리가 글을 지어 심심할 때 읊곤 하여 김우락 자신을 위로했는데, 남편이 시끄럽다고 짜증을 내고 손자들은 노래한다고 조롱했다. 가사의 마지막에 부기되어 있는 "여기 와셔 한 한심슈란 ᄒ여셔 가ᄉ 여럿을 지려 히도 교계ᄉᄂ 내 평싱 경역으로 기록ᄒ여 너희들 보이고져우ᄂ 너모만하 가지고 가기 어렵다 하니 못 보인다"는 구절을 감안해 볼 때 위에서 며느리가 지어 노래하듯이 읊은 것은 가사문학일 것이다. 위에서도 나타나듯이 비록 가사를 짓고 향유하는 일조차 조롱거리가 되어버린 변화된 현실에서도 여성인 김우락과 그 며느리는 가사를 짓고 향유하는 자신들의 낙을 당당하게 이어 나갔다. 그러나 위에서도 서술했듯이 가사문학을 통한 전

---

20 '孝順한 子姪들'은 같이 망명해 간 아들 李濬衡과 조카 李衡國, 李運衡, 李光民, 李光國 등을 말한다.
21 '명문슉녀 나의 효부'는 아들 李濬衡의 부인으로 며느리를 말한다.
22 '존중하신 老君子'는 작가의 남편이자 독립운동가인 石洲 李相龍을 말한다.
23 '奇貨寶璧 孫兒들'은 손자 李炳華와 그의 동생들을 말한다.

통적 문화행위는 만주의 투쟁생활이나 당대의 현지 문화와는 전혀 어울리지 않았던 듯하다. 근대기 만주망명가사의 창작과 향유는 만주 디아스포라 혁신유림 문중 여성의, '그들만의 문화'였다.

05 맺음말 : 디아스포라 문학으로서의 의의

디아스포라의 관점에서 만주망명가사는 만주 디아스포라 의식의 초기적 양상을 드러낸다는 의미가 있다. 앞서 논의한 바를 다시 한 번 정리하면 다음과 같다. 1) 만주망명가사의 작가들은 세거지에서의 정주생활을 떠나 불안한 망국민의 유목민 생활을 영위했다. 그런 가운데서도 작가들은 서간도에 대한 두려움, 생활고, 가족에 대한 걱정 등과 같은 사소한 일상성은 표현하지 않아 투쟁가로서 현실을 마주하는 경건한 자세를 유지했다. 2) 모든 작품의 시적 정조의 핵심에 민족적 자아가 투영되어 있다. 망국의 현실을 개탄하고 탈식민의 진정한 귀향을 강하게 염원함으로써 민족의 정서가 개인의 서정에 내면화하여 민족적 자아의 서정성을 구성하고 있다. 그리고 '사친'의 개인적 서정성도 민족적 자아에 수렴되어 있는 양상으로 전개된다. 3) 작가들은 떠나온 조국과 이주해간 중국 어디에도 소속할 수 없는 경계인이었다. 이들은 중국의 산하나 거주인에 대한 인식이 거의 없이 그들만의 공동체를 이루고 철저히 조선독립국가를 지향했다. 그리고 그들의 문화 관습인 가사를 창작하여 문화적 정체성을 지키고자 했다. 이러한 세 가지 양상은 독립운동을 위해 만주로 망명한 식민 초기 만주 디아스포라 독립운동가들의 특수한 의식을 반영한 것이라고 할 수 있다.

만주 디아스포라로서 가사문학을 창작하고 향유한 층은 김대락, 김우락과 같이 나이가 많은 노년층뿐만 아니라 20대의 젊은 층((위모스)와 〈원별가라〉)도 있었다. 규방가사의 창작 본거지로 알려진 안동 출신이 많은 탓에 고국에서의 창작 관습을 만주에서도 그대로 유지한 때문이었다. 사실 1910년대는 현대시 장르의 창작이 본격화되기 이전이었기 때문에 이들이 만주 디아스포라로서의 경험과 서정을 관습적으로 창작하곤 했던 가사문학을 통해 표현한 것은 너무나 자연스러운 것이었다. 그 결과 우리 역사의 한 획을 그은 일제 강점과 그에 대한 우리 민족의 충격을 그대로 반영해 보여주는 문학적 표현이 전통 장르인 가사를 통해 남아 있게 되었다. 만주망명가사는 근대기의 가장 핵심적인 역사 경험, 즉 일제 강점과 그에 대한 우리 민족의 충격을 전통 장르인 가사를 통해 반영해주고 있다는 점, 근대기에 전통 장르의 지속이 만주 디아스포라에서도 이루어졌음을 보여준다는 점 등에서 그 문학사적 의의를 충분히 지닌다고 하겠다.

만주망명가사는 식민 초기 디아스포라 의식을 생생하게 증언하고, 한 편에 그 총체적 양상을 드러내고 있다는 점에서도 의의를 지닌다. 만주망명가사는 후대에 그 시절을 재구성하여 문학화한 표현이 아니고 당대의 생생한 표현이다. 가사문학은 작가 자신이 살아가고 있는 당대의 삶과 정서를 즉각적으로 표현하는 생활문학적 성격을 지닌다. 이러한 가사문학의 장르적 성격이 만주 디아스포라의 경험을 충실하게 반영할 수 있게 만든 것이다. 한편, 가사문학의 증언적 성격은 한 편의 가사(특히 장편인 경우)에 풍부한 내용성을 지니게 만든다. 진술양식 면에서도 다양하게 펼칠 수 있었는데, 보고 싶은 사람에 대한 마음을 담을 때는 서정성을, 자신의 생

애나 지나온 역정을 담을 때는 서사성을, 동포들에게 독립투쟁 의
지를 권고할 때는 교술성을 나타냈다. 이렇게 가사 한 편은 풍부한
내용과 진술 양식 속에서 디아스포라 의식을 총체적으로 담을 수
있었다. 작품 한 편에 디아스포라 의식의 총체적 양상이 드러난다
는 점은 한시와 비교할 때 만주망명가사만의 특수성으로 부각될
수 있다. 만주 디아스포라 지식인, 특히 만주망명 혁신유림은 한시
를 통해 자신을 표현했다. 혁신유림이 창작한 한시가 만만치 않게
많은 데 비해 아직 연구가 활발하게 이루어지지 않아 그들만의 디
아스포라 의식이 어떤 양상으로 나타나는지 구체적으로 알 수 없
다. 서정적 주체가 '민족적 자아'인 점은 만주망명가사와 동일할 것
으로 추측되면서도, 만주망명가사와는 달리 한순간의 서정성이 중
심을 이루어 한 편을 통해 디아스포라 의식의 총체적 양상은 드러
나지 않을 거라는 판단이다.

이 연구에서는 코리안 디아스포라 문학의 초기적 양상에서부터
후기적 양상에 이르기까지의 전체적 흐름 속에서 식민 초기 만주
망명가사의 양상을 논의하지 못했다. 필자의 역량이 거기까지 미
치지 못했기 때문이다. 그리고 만주망명 혁신유림의 한시와 같이
동시기에 창작된 디아스포라 문학을 염두에 두고 공시적 관점에서
만주망명가사의 위상을 짚어내는 작업도 하지 못했다. 식민 초기
디아스포라 시문학에 대한 연구가 활성화되기를 기대하면서 후일
의 과제로 남겨두고자 한다.

제4장

만주망명과 여성의 힘
- 가사문학 〈원별가라〉〈위모스〉〈신시투령〉을 중심으로 -

01 머리말

개화기 남녀동등론이 대두되고 여성 공교육이 도입되면서 교육을 받는 여성이 늘어나고, 서울을 중심으로 하는 대도시에서는 사회활동에 참여하는 신여성들도 등장하게 되었다. 그런데 여성과 관련한 개화기 풍경은 이러한 전진적 요소로만 이루어진 것은 분명 아니었다. 향촌사회에 광범위하게 포진해 있던 대다수 여성들은 교육에서 소외되어 전통적 방식의 사고와 생활방식을 그대로 유지하고 있었으며, 설사 교육을 받을 기회가 주어졌더라도 사회 안에서 주체적인 삶을 영위할 수 없었다. 남녀동등론의 명분을 들고 시작한 여성교육이라 하더라도 그 목표가 국가를 위해 가정 내에서 인재를 키우는 현모양처를 육성하는 데 있었으므로 일부 특

권층 여성을 제외하면 여성의 사회 참여는 아직 시기상조의 일이
었다.

1910년 일제 강점 이후 항일투쟁가들은 만주로 망명하여 독립투
쟁을 기획했다. 경술국치 직후 만주망명 독립운동가의 대부분은
혁신유림층이었으며, 이들은 문중 단위로 망명하면서 여성들을 동
반해갔다. 그리하여 대부분의 망명 여성들은 전통적인 가정 내 생
활에서 벗어나 독립운동이라는 역사·사회적 대업에 참여하는 기
회를 얻게 되었다. 한반도 역사상 전래가 없었던 식민지배라는 국
가 위기 상황에서 만주로 동반 망명한 여성들에게도 비록 독립운
동 사회에 국한한 것이었지만 사회 참여의 기회가 주어진 것이다.
식민 초기 만주로 망명한 여성들은 한문 기록을 남긴 혁신유림과
는 달리 기록을 거의 남기지 않아, 그들의 당대적 삶과 의식을 거의
알 수 없었다. 독립이 된 후에도 만주망명 시 동반한 여성 대부분을
독립운동의 주체로 인식하지 못했기 때문에 상대적으로 관심이 적
어 몇 편의 실기류[1]만이 출간되었을 뿐이다.

그런데 다행스럽게도 한일합방 직후 독립투쟁을 위해 만주로 망
명한 자가 창작한 만주망명가사가 있어 이들의 삶과 의식을 알 수
있게 되었다. 만주망명가사로는 〈慎痛歌〉, 〈위모스〉, 〈조손별서〉, 〈간
운스〉, 〈원별가라〉, 〈신시투령〉, 〈눈물 뿌린 이별가〉 등이 있다. 이것
들은 만주망명과 독립운동 사회라는 근대기의 풍경을 전통 장르인
가사를 통해 표현했다. 작가는 혁신유림인 김대락을 제외하고 모
두 혁신유림 문중의 여성인데, 문중 어른, 시아버지, 남편 등 남성

---

1 이해동, 『만주생활 칠십칠년』, 명지출판사, 1990, 1~221면.
　허은 구술·변창애 기록, 『아직도 내 귀엔 서간도 바람소리가』, 정우사, 1995,
　1~250면.

의 만주망명에 동반해 갔던 전통여성이었다. 이들은 기본적으로 남성의 망명 결정에 따라 만주로 망명한 것이었지만, 결과적으로 만주망명에 의해 독립운동 현장에 참여할 수 있는 기회를 얻게 되었다.

만주망명으로 인해 이들 여성들의 개인적 삶은 엄청난 굴곡을 겪게 되었다. 세거지에서의 안락한 정착민의 삶이 타국에서의 불안한 유목민의 삶으로 변화했음에도 불구하고 이들은 이러한 개인적 불행을 조국 독립을 위해 달갑게 감수했다. 만주로 망명해 가는 여행 체험을 통해, 그리고 만주에 도착한 후의 생활을 통해 이들의 삶은 외형적으로 급격한 변화를 겪게 되는데, 이러한 외형적 삶의 변화에 따라서 그들이 지니고 있었던 자아 정체성도 변화를 겪게 되었다. 그리고 독립운동 현장에 참여한다는 자아 정체성은 그들의 내적 '힘'을 상승시키는 결과를 낳았다. 전통 여성이 처음으로 가정 내 사회를 벗어나 독립운동 사회에 참여하게 되는 과정에서 자아 정체성의 변화에 따른 여성의 '힘'이 어떤 양상으로 드러나는지를 살피는 것이 필요하다. 그리고 여성들이 지닌 '힘'은 남성의 것과 어떻게 다른 양상으로 전개되는지 그 특수성을 살필 필요가 있다.

만주망명가사의 개별 작품과 작가는 〈憤痛歌〉의 독립운동가 白下 金大洛(1854-1914), 〈위모ᄉ〉의 李鎬性(1891-1968), 〈조손별서〉와 〈간운ᄉ〉의 金宇洛(1854-1933), 〈원별가라〉의 평해 황씨 문중의 며느리, 〈신ᄉᆯᄐᆞ령〉의 여성독립운동가 尹熙順(1860-1935), 〈눈물 뿌린 이별가〉의 金羽模(1874-1965) 등이다. 이 논문에서는 여성 작가 작품 가운데 〈위모ᄉ〉, 〈원별가라〉, 〈신ᄉᆯᄐᆞ령〉[2]만을 논의의 대상으로

---

2 〈신ᄉᆯᄐᆞ령〉을 다룬 주요 논문은 다음과 같다. 김문기, 「여성의병 윤희순의 가사

삼고자 한다. 전자 두 작품의 경우 작가가 망명 당시 20대 초반으로 젊은 나이였기 때문에, 만주로의 망명과 독립운동에의 참여가 주는 충격을 고스란히 흡수하고 그 자아 정체성과 힘의 변화 양상을 작품 안에 담아내고 있다는 점이 고려되었다. 그리고 후자의 경우 망명 당시 작가의 나이가 상대적으로 여타 다른 작가[3]보다 젊었으며, 자신이 독립운동 지도자로 활약한 점이 고려된 결과이다.

이 연구의 목적은 만주망명이라는 경험을 통해 여성의 힘이 어떤 식으로 변화해 갔는지 그 양상을 분석하고 그 의미를 규명하는 데 있다. 우선 2장에서부터 4장에 이르기까지 작품이 창작된 시기 순서대로 〈위모〈〉, 〈원별가라〉, 〈신〈탸령〉 세 작품을 분석한다. 만주망명에 의해 각 작가의 자아 정체성과 힘이 어떻게 변화해 나갔는지 그 양상을 개별 작품별로 분석하고자 한다. 그리고 5장에서는 앞에서의 분석을 바탕으로 그 의미를 종합적으로 규명하고자 한다.

고찰」, 『퇴계학과 한국문화』 제22집, 경북대학교 퇴계학연구소, 1994, 69~87면. ; 박민일, 「한말 최초의 의병가와 의병아리랑 연구」, 『한국민요학』 제6집, 한국민요학회, 1999, 163~200면. ; 고순희, 「윤희순의 의병가와 가사-여성주의적 성격을 중심으로」, 『한국고전여성문학연구』 창간호, 한국고전여성문학회, 2000, 241~270면. ; 강명혜, 「윤희순 작품 연구」, 『온지논총』 제7집, 온지학회, 2001, 239~290면.

3 〈조손별서〉 및 〈간운〈〉의 작가 김우락은 망명 당시 57세였다, 〈눈물 뿌린 이별가〉의 작가는 김우모로 망명 당시 67세였다. 두 여성은 망명 전까지 전통적 생활을 영위하다가 남편 및 아들과 함께 혹은 먼저 간 아들을 따라 망명했다. 상대적으로 나이가 많은 탓인지 망명 이후 적극적으로 독립투쟁에 가담한 것 같지는 않다. 일상에서도 며느리가 살림을 도맡아 하는 등 말하자면 뒷방 신세를 면치 못했다고 할 수 있다. 망명 당시 윤희순의 나이는 52세로 이들과 마찬가지로 적지 않았다. 하지만 망명 이후 적극적으로 독립운동에 참여하고 지도자에까지 이르러 두 여성과는 차이를 보인다.

02 〈위모ᄉ〉: 남녀평등론자의 사회 참여 욕망과 힘

〈위모ᄉ〉의 작가 李鎬性(1891-1968)은 이황의 후손인 진성이씨 문중에서 부모의 "萬金愛女"로 성장하여 명문가인 내앞김씨 문중, 즉 독립운동가 김대락 문중에 시집을 오게 되었다. 이호성은 그의 모친이 원한 바대로 "從夫之行"의 도리에서 벗어나지 못하고 "先事舅姑"와 "婦爲夫子"⁴의 大法을 실천하며 살아간 전통여성이었다.

이호성이 시집와서 얼마 있지 않은 시점에 한일합방이 이루어졌다. 문중의 최고 어른이었던 김대락이 1910년 추운 겨울임에도 불구하고 전 가족을 이끌고 만주로 망명해 가자, 이후 문중인들은 김대락이 이미 터를 잡아 놓은 만주로 속속 망명해 가게 되었다. 이호성의 남편 김문식은 김대락의 종질로서 김대락이 적극적으로 후원했던 안동 협동학교를 1회로 졸업한 지식인이었다. 그런 남편과 함께 이호성도 망명 대열에 합류하여 1912년 봄경에 고향을 떠났는데, 이때 작가의 나이 22세였다. 안동 천전리의 내앞김씨 문중인 수십 명이 고향을 떠나 김대락이 있는 서간도에 집결하는 현실에서 이호성과 그 남편은 만주망명을 당연한 길로 여겼던 것 같다.

---

4 "무남독여 늭일신도 종부지힝 못면그든 / 만금이녀 우리딸을 군ᄌ호귀 지을ᄶ 의 / 녜쳔검씨 틱셩차ᄌ ○○노 출가하고 / 녹거장송 흥올적의 출문ᄒ여 경기한 말 / 션ᄉ구고 부위부ᄌ 부인의 틱법이라 / 빅힝이 구비ᄒ니 출등소문 이슬지라 / 자졍이 덥힌마음 츅원ᄒ고 바리기를"(전집본〈송교힝〉)
〈위모사〉에는 자신의 성장과 결혼이 별반 서술되어 있지 않다. 대신 그의 모친이 딸의 서간도행을 슬퍼하면서 쓴 가사〈송교힝〉의 전반부에 딸의 성장과 결혼을 서술했다. 무남독녀로 귀하게 자란 자신이 從夫之行을 면하지 못한 것처럼 萬金 愛女로 키운 딸도 君子好逑를 찾아 내앞김씨 문중에 시집을 가게 되었다고 했다. 후반부는 딸이 서간도로 떠난다는 말을 들은 후 딸을 보내는 이별사에 해당한다. 이역만리 서간도로 떠나는 딸을 걱정하고 슬퍼하다가, 애써 딸을 위로하고 격려하며 고국과 딸의 무사 안녕을 기원했다.

〈위모亽〉는 제목에서 알 수 있듯이 딸의 떠남을 통곡에 가깝게 걱정하는 친정어머니를 안심시키기 위해 쓴 것이기도 했다. 이호성은 친정어머니에게 자기 나름대로 망명 이유를 핍진하게 설명했다. 일제강점의 조국 현실에서는 서간도로 떠날 수밖에 없다는 것, 난세를 당해 타관으로 이주해 살았던 과거의 예가 있다는 점, 서간도가 걱정하는 것처럼 살기 어려운 곳이 아니라는 점, 그리고 이제는 남녀평등의 시대라 아녀자도 여행하고 자신의 일을 할 수 있다는 점 등이었다. 비록 어설프긴 하지만 자신의 논리를 총동원해 친정어머니에게 그 상황을 설명하고자 한 것이다. 이러한 논리적 설명 속에는 근대계몽주의의 개화문명의식 및 사회진화론, 남녀평등론 등의 근대적 사고가 수용되어 있다. 특히 이전에 여성이 살았던 삶을 압제와 구속을 받은 감옥 같은 생활이었다고 하면서 자신은 이전의 풍속을 지키며 살지 않겠다고 한 남녀평등론의 발언은 파격적이다.

하물며 신평심이 남녀가 평등되니 / 심규익 부인네도 금을 버셔썰고 / 이목구비 남과갓고 지각경뉸 마챵인딕 / 직분딕로 사업이야 남여가 다르기소 / 극분할사 이젼풍속 부인닉 일평싱은 / 션악을 물논흐고 압직밧고 구속흐미 / 젼즁살이 그안니요 사름으로 삼겨나셔 / 흥낙이 무어시요 세계을 살펴보니 눈ㅅ억이 변젹흐고 / 별별이리 다잇구나 구라파 주열강국 / 예여도 만흘시고 법국익 나란부인 / 딕쟝긔을 압셰우고 독입젼징 성공흐고 / ○○○○ ○○○○ ○○익 집을 써나 / 동셔양 뉴람흐고 딕학교익 졸립히서 / 쳔한월겁 봉식하니 여학교을 살펴보면 / 긔결한 직화들이 남즈보다 츙포낫소 / 지못되고 민즈식이야 말훌굿도 업지마는 / 발고발근 이셰샹익 부인예로 싱겨

나셔 / 이젼풍속 직히다가 무슨죄로 고샹할고

위는 이호성이 친정어머니에게 남녀평등의 세상이 왔음을 말한
부분이다. 작가는 이전의 여성 삶과 풍속에 대해 극분을 금치 못하
면서, 이제는 "눈쑤억이 변젹"할 정도로 세상이 바뀌었다고 했다.
그리고 프랑스의 나란 부인이 독립전쟁을 성공시킨 것[5]과 우리 여
학교에도 이런 인재가 많은 것을 예로 들어 여성의 사회 참여를 당
연시하고자 했다. 작가가 근대 남녀평등론에 거는 기대가 컸는데,
그 기대의 핵심에는 '바깥세상에의 참여'가 있었다. 가정 안의 '감
옥 생활'을 벗어나 주체적으로 바깥세상에 참여할 수 있다는 기대
였다. 만주 망명은 작가에게 바깥세상으로의 통로를 의미했던 것
같다. 이렇게 작가는 만주망명에 즈음하여 자신이 남성과 마찬가
지로 독립운동에 적극적으로 참여할 것이며, 반드시 그렇게 되어
야 한다는 욕망을 지니고 있었다. 욕망이야말로 가장 강력한 힘이
된다. 구속이 아닌 자유의 현실, 즉 사회 참여에 대한 욕망으로 인
해 작가의 내면은 '힘'으로 가득 차 있음을 알 수 있다. 작가의 이러
한 당찬 발언이 실제로 친정어머니에게 위로가 되었을지는 의문이
다. 대를 이어줄 자식을 생산해야 한다는 것에 주안점을 둔[6] 친정

<hr/>

5 羅蘭婦人은 마리 잔 롤랑(1754-1793)으로 프랑스 혁명기의 혁명가이다. 프랑스
혁명기에 내무장관을 지낸 장 마리 롤랑의 부인이다. 살롱을 열고 모임을 주선
하여 '장관은 롤랑 부인이지 롤랑 자신이 아니다'라는 말이 나돌 정도로 실세로
활약했다. 그러나 혁명이 진전되면서 자코뱅당이 실권을 잡자 체포되어 단두대
에서 사형을 당하고 이 소식을 들은 그의 남편도 자살로 마감했다. 나란 부인은
프랑스 혁명에 참여했으므로 엄격하게 말하면 독립운동에 참여한 것은 아니다.
6 "부모싱각 너무말고 싀터잡아 복밧어면 / 그게역시 사읍이요 금동옥남 산싱하
면 / 남이시조 될그시요 그곳소문 드러보고 / 싱이가 좃타하면 우리역시 갈것시
이 / 낙토가 아니되고 고국이 무스흐면 / 너이늬외 볼것이니 아녀자이 간중으로
/ 샹회랄 너무말고 열역문샹 흐고보면 / 쟝늬이 조흔지라 너도너도 아녀즈로 /
심규의 싱쟝흐여 봉황원앙 짝을지어 / 말늬를 유람한면 구경인들 오죽할가 / 남

어머니로서는 이 발언을 매우 걱정스럽게 들었을 것이 분명하다. 그러나 작가 자신의 욕망과 그로 인해 응축된 내재적 힘이 너무나 강렬하여 친정어머니의 속내를 살필 여유가 없었다고 할 수 있다.

작가는 고향을 출발하면서 부모, 동기친척, 동포, 조국의 山河를 하나하나 거론하며 긴 이별가를 펼쳤다.[7] 긴 이별의 서정 속에서도 작가는 '자제 교양', '이전 관습 개혁', '문명 진보', '조국 정신 배양', '독립기획' 등의 구절에서 알 수 있듯이 애국계몽운동가와 독립운동가의 면모를 유감없이 발휘하고 있다. 만주로 망명하는 자신의 정체성을 독립운동가로 두고 있음이 드러난다. 마지막 구절에서 작가는 "이밧게 다못할말 원근간 붕우님너 / 너입만 처다보소 독닙연회 계셜ᄒ고 / 일쟝연셜 하오리라 슷"이라고 마감한다. '원근간 붕우님네'는 여성의 가사 작품인 경우 여성들을 지칭한다. 그러나 이 경우 자신의 정체성을 독립운동가로 놓고 있는 마당에 모

즈로 싱겨나도 졔마다 못할구경 / 여보시요 셰샹동유 츈광이 화창그든 / 서간도 우리김실 환고향 흘거시이 / 송교힝 한곡조로 틱평연회 ᄒ읍시다" 친정 어머니는 기왕 가기로 결심한 딸을 위해 좋게 생각하고자 한다. 세터를 잡아 사는 것도 좋다는 점, 아들 낳아 대를 이어줄 수만 있다면 괜찮다는 점, 그곳이 좋다면 우리도 갈 것이라는 점, 남자도 못할 구경을 아녀자로서 할 수 있다는 점 등을 들었는데, 작가가 생각하는 남녀평등의 관점은 나타나지 않는다.

7 "위모ᄉ 한곡조로 이별가 지어닐졔 / 부모님요 즐계시요 녀남소 녀송빅은 / 만슈무강 츅원이요 쌀리싱각 이져불고 / 틱평안낙 지닉시면 쳔틱ᄉ 불노초로 / 구로지언 갑푸리다 / 동긔친쳑 잘계시오 다각각 본심디로 / 지리실화 마르시고 즈졔을 교양하여 / 조국졍신 븨양ᄒ면 독닙긔휘 두른ᄶᅥ / 졔셰국민 그안니요 / 동포들아 이젼관습 계혁ᄒ고 / 신공긔을 흡슈ᄒ여 영웅ᄌᆞ여 산싱하며 / 학교졸립 시긔시요 타국풍도 살펴보면 / 일손문명 진보되야 우승열믹 져공예가 / 거울갓치 발가이소 잠시륵도 노지말고 / 츠츠로 견진하오 무슈한 져쳔운이 / 인심을 싸륵가이 우리나라 이광경이 / 모도다 즈취로다 회과ᄒ고 계량ᄒ면 / 하날인들 엇지 ᄒ리 / 산아산아 잘잇거라 만쳡쳥슨 푸르러서 / 너의본식 일치말고 우리도라 오난날에 / 즁즁츅츅 환영히라 / 물아물아 즐겨거라 말이쟝강 흘너가서 / 바다에 ᄋᆞᄋᆞ할ᄶᅥ 너의근원 일치말고 / 우리환국 하난날에 혼혼심심 환영하라 / 초목금슈 잘잇거라 츈싱츄실 이수디로 / 삼쳘이 니강토안에 너의본셩 일치말고 / 우리환국 ᄒᄂᆞᆫ날의 형형싴싴 환영히라"

호하게나마 그 대상이 확대되어 있는 것을 알 수 있다. '내 입만 바라보라'와 '일장연설을 하리라'는 말에서 독립운동 사회에 참여하는 것은 물론 지도자적 위치에 서고 싶은 작가의 욕망이 표출된다. 앞으로 자신은 연설하는 독립운동 지도자가 될 것이라는 꿈을 지닌 한 여성의 힘이 느껴진다.

작가는 한양에 도착하여 물화의 번성함에 놀라면서 나라의 현실에 대한 분노를 표현하는데, 그때 "니비록 녀즈라도 이지경을 살펴보니 / 철셕갓한 간쟝이도 눈물이 절노난다"라고 하여 '내 비록 여자라도'라는 표현이 한 번 등장한다.[8] 남성과 다르게 여성은 외부의 충격이나 자극에 자신의 감정이나 견해를 드러내거나 말하지 않는 것을 미덕으로 생각했다. 특히 가정 외의 역사·사회 문제는 남성의 영역이고 여성은 그에 대해 어떤 식으로든 드러내지 않는 것이 불문율이었다. 이러한 드러냄의 지속적인 차단은 여성에게는 아예 가정 외 문제에 대한 뜨거운 심장이 없는 것으로까지 생각되어 그것을 드러낼 경우 '내 비록 여자라도'라는 구절이 필요하게 된 것이다. 작가가 당대 근대 담론을 수용하고, 자신의 정체성을 독립운동 지도자에 두고 싶어함에도 불구하고 관습적인 여성의 정체성에서 쉽게 벗어날 수 없었음을 보여준다.

---

8 "견화줄 견긔등은 쳔지가 휘황ㅎ고 / 즈힝거 즈동츠는 이목이 현요ㅎ고 / 삼층양옥 각국젼방 물희직슨 능는ㅎ다 / 굼난거슨 우리빅셩 죽난거슨 우리동포 / 가난거신 우리동힝 / 니비록 녀즈라도 이지경을 살펴보니 / 철셕갓한 간쟝이도 눈물이 절노난다"

03 〈원별가라〉: 전통여성의 정체성 변화와 힘

〈원별가라〉의 작가 평해황씨 문중의 며느리는 부모의 사랑으로 애지중지 성장하다가 16살이 되자 명문거족인 평해 사동촌 황씨 문중, 즉 독립운동가 황만영 문중에 시집을 오게 되었다.[9] 당시 명문가가 서로 혼반으로 연결되었던 사정을 감안하면 명문가인 평해 황씨 문중으로 시집을 온 작가도 명문 성씨 출신이었을 것으로 추정된다. 그런 작가는 결혼 후에는 "성정도 유슌ᄒ고 직임방젹 제일이라"는 시부모의 칭찬을 받고 살았다.

〈위모ᄉ〉의 이호성과 마찬가지로 작가가 시집와서 얼마 있지 않은 시점에 한일합방이 이루어졌다. 그러자 문중의 최고 어른이었던 황만영은 만주로 망명하여 독립운동을 하기로 결정하고, 1910년 겨울, 가족을 이끌고 망명했다. 이후 문중인들도 황만영이 터전을 잡아놓은 서간도를 향해 망명해 가기 시작했다. 이에 작가 부부도 1911년 봄에 고향을 떠나 만주망명 길에 오른 것인데, 작가의 나이 20대 초반이었다. 망명 직전 〈원별가라〉의 작가는 황만영이 세운 평해 대흥학교의 학생 신분이던 남편과 떨어져 살고 있었다. 1910년 겨울방학이 되어 귀가한 줄만 알았던 남편은 일제 강점의 현실에서는 하루도 살 수 없다며 서간도로 가자는 말을 꺼냈다.[10]

---

9 "츈하츄동 ᄉ시졀에 명들셰라 상할셰라 / 인지즁지 키울젹에 빅연이나 쳔연이나 / 부모실하 쩌나지 마잣더니 쳐량ᄒ다 여ᄌ몸이 / 원부모 형졔는 뉘라셔 면할손가 / 무졍한 져광음이 ᄉ람을 짓촉ᄒ여 이닉나이 이팔이라 / 곳곳이 민파노아 명문거죡 구혼할ᄉ / ᄉ동촌 평히 황씨가에 쳔졍연분 믹졋고나"
10 "관즁하신 우리ᄉ량양반 남먼여 삭발ᄒ고 / 평히딕흥학교 싱도되야 불고가사 불고쳐ᄌᄒ고 / 일단졍신을 반하야 다니드니 / 찬찬삼연이 다못되여 칙보를 둘너메고 집으로 드러오믹 / 어두운 여ᄌ소견은 방약이 되엿는가 ᄒ엿드니 / 삼경

이 말에 작가는 "규즁여ᄌ 동서을 모르거든"이나 "여필 죵부라니 어듸가면 안싸르리"와 같이 대답함으로써 자신의 만주망명이 남편의 뜻에 순응해서임을 분명히 하고자 했다. 작가는 자신의 견해를 내비치는 자리에서도 "어두운 여ᄌ소견"이라는 표현을 덧붙일 만큼 여성을 낮추는 것을 당연하게 생각했다. 전체적으로는 기를 펴지 못하고 움츠러드는 모습을 지닌 전통적 사고와 태도를 지닌 여성이었다.

하지만 작가는 만주로 가는 여행길에 오르면서 정체성의 변화를 서서히 겪게 된다. 작가는 친정 부모와의 긴 이별을 마치고 울진을 출발해 생애 처음으로 영천과 기차 안에서 물화의 번성함을 보고 놀란다.[11] 만주로 향한 여행 경험이 준 생애 첫 근대 문물 견학인 셈이다. 그러던 중 작가는 영천의 정거장에서 '동정을 살피느라 치보고 내려보'는 왜놈을 보게 되는데, "분여의 간장이나 분심이 졀노 나고 쌀짐이 졀노쩔여 / 소리업난 총잇스면 몃놈우션 죽이겟다"고 하여 일제에 대한 분노를 과격한 언어로 표현했다. 분노의 힘이 충동적이지만 폭발적으로 밖으로 표출되고 있는데, 이전의 움츠러들었던 모습과는 상당히 거리가 있다. 다소곳했던 여성이 분노를 폭발시킴으로써 독자들은 한순간 당황스럽기까지 한다. 그런데 내부

쵸에 한심을 기리짓고 죵용이 하는말이 / 못살깃늬 못살깃늬 우리민쪽 삼쳘이 안에는 못살깃늬 / 원슈놈의 졍치상이 엇지 혹독한지 / 사람의 싱활계는 져가다 상관ᄒᆞ고 / 쳥연들 학교과장 책도다 쎅아셧스니 / 장ᄎᆞ잇스면 출입도 임의로 못ᄒᆞ고 / 그놈의 쇠라지을 볼슈 업스오니 / 죠흔구쳐 잇스니 엇졀난가 / 늬말듸로 힝할난가 은밀이 하는말이 / 쳥국에 만쥬란 쌍은 셰계 유명한 쌍이요 / 인심이 슌후하고 물화가 풍죡하고 / 사람살기 죳타ᄒᆞ니 그리로 가자ᄒᆞᆫ늬"

11 "벽히을 지망하야 ᄒᆞ로가고 잇흘가고 / 삼ᄉᆞ 일만에 영쳔쌍 당도ᄒᆞ니 읍안이 찰난ᄒᆞᆫ다 / 마ᄎᆞ을 ᄌᆞ바타고 듸국을 드러가니 / 인가도 만할시고 물식도 변화ᄒᆞ다 / 숨층 양옥은 좌우에 놉하잇고 / 만물 견방은 셩늬가 가득ᄒᆞ다 / 규즁에ᄌᆞ린 안목으로 구경ᄒᆞ기 어지럽다" "ᄎᆞ칸을 살펴보니 각식기구 만든거시 죠화로다 / 살평상의 올나안ᄌᆞ 유리영창으로 늬다보니 / 하날이 휘두루고 산쳔이 나라간다"

의 분노를 갑작스럽게 표출하여 당황스럽기까지 한 가운데서도 작가는 '부녀의 간장이냐'라는 단서를 붙이는 것을 잊지 않고 있다. 자신이 생각해도 평화로워야 할 여성의 정체성 안에 가장 폭력적인 힘이 생겨난 것이므로 '부녀의 간장이냐'라는 표현을 끌어들여 스스로를 조절해야만 했다고 보인다. 여성으로서의 미덕을 살짝 곁들임으로써 그 여성 전사로서의 폭력성을 희석시키고자 한 것이다. 이러한 여성 전사의 면모는 작가의 내면에 저항성과 투쟁성의 폭발적인 힘이 잠재해 있음을 의미한다. 작가는 만주로 망명해가는 여행에서 처음으로 경험한 근대 문물과 적나라한 왜놈의 순시에 충격을 받게 되었다. 그러자 작가는 자신의 여행이 독립운동가의 대열에 참여하고자 한 것임을 자각하게 되고 자신의 잠재된 독립운동가로서의 정체성을 분출한 순간이라고 할 수 있다. 이러한 일련의 심적 과정은 무의식적으로 이루어진 것이지만, 어쨌든 작가의 정체성에서 변화가 일어나고 있는 것만은 분명하다.

만주 땅에 들어서면서 작가는 망국민으로서 부모님과 조국을 향해 이별가를 부른다.[12] 이 이별가는 부모님을 이별하는 슬픔의 서정이 지배하는데, 이러한 서정성 안에서 자신 앞에 놓인 세계를 당당하게 직면하는 작가를 발견할 수 있다. 화려강산 한반도를 향해 "오날우리 써나갈쩍 쳐량하게 이별ᄒ나 / 이후다시 상봉할쩍 틱평

---

12 "슬푸다 고국땅은 오날부터 하직이라 / 이곳이 어딕민냐 부모면목 보고져라 / 부모국을 하직ᄒ니 이싱에 죄인이라 / 한심이 노릭되야 노릭가 졀노난다 / 화려강산 한반도야 오날날 이별ᄒ면 / 언졔다시 맛덕볼고 부딕부딕 잘잇거라 / 오날우리 써나갈쩍 쳐량하게 이별ᄒ나 / 이후다시 상봉할쩍 틱평가로 맛나리라 / 어엽부다 우리부모 보고져라 우리부모 언졔다시 맛나볼고 / 부딕부딕 기쳬만슈 강영 ᄒ압시면 다시볼날 잇나니다 / 나라가는 져까마구는 비록 미물이나 반포지심 착ᄒ고나 / 흘너가는 져강슈야 너엇지 흘너가면 다시오지 못ᄒ느냐 / 가고가는 져셰월은 너엇지 무졍ᄒ야 사람을 직촉ᄒ나 / 우리쳥연 늘지마소 독입국 시졀바릭 츔을츄고 노라보식"

가로 맛나리라"라고 발언하는 데서 세계에 주체적으로 마주하고 있는 한 여성, 독립투쟁의 주체인 한 여성을 만날 수 있다. 그리고 "우리청연 늘지마소 독립국 시졀바틱 츔을츄고 노라보식"라는 청년을 향한 청유형 서술에서는 청년을 향한 발언을 할 수 있을 만큼 주체적 여성상으로 변모되어 있는 작가를 발견할 수 있다.

작가는 만주에 도착한 후 회인현 홍도촌에서 첫겨울을 나면서 혹독한 추위를 감내해야 했다. 그런데 작가는 "만쥬땅 건너오신 우리동포"를 향해 "고싱을 낙을삼고 참고참기 미양흐야" "이국의 스승두어" "무가긱을 면합시다"라고 서술했다.[13] 만주의 혹독한 추위를 직면한 작가는 무엇보다도 자기 자신이 이것을 참고 견뎌야 독립을 쟁취할 수 있다는 사실을 인식했을 것이다. 그런데 작가는 이 순간에 자신을 향한 다짐 대신 동포를 향한 권고를 서술했다. 동포 사회에 한 발 들이는 순간 만주 동포와의 동지의식이 싹 트고, 같이 추위를 이겨나가자는 권고의 발언으로 나아간 것으로, 이제 작가는 동포들을 향해 권고의 발언도 자연스럽게 하게 된 것이다. 이러한 동포를 향한 권고의 발언에서 작가의 내면에 강한 힘이 생성되고 있음을 느낄 수 있다. 더 이상 위축된 과거의 여성은 사라지고 동포들을 권고하여 이끌고자 하는 지도자로서의 자아 정체성이 싹 트게 된 것이라고 할 수 있다.

이러한 점은 가사의 마지막에서도 발휘된다. 작가는 동반 망명해온 여성들을 향해 독립을 위해 투쟁하여 승전고를 울리며 고국

---

13 "만쥬땅 건너오신 우리동포 이닉말슴 드러보소 / 산고 곡심한 이곳을 엇지왓나 / 다졍한 부모동기 이별흐고 / 분결갓흔 삼쳘이 강산을 하직흐고 / 찬바람 씰씰 불고 찬눈은 쐴쐴소리 치눈딕 / 딕국땅 만쥬지방 무어시 주미잇나 / 여보시요 동포님 젼졍을 싱각흐여 / 고싱을 낙을삼고 참고참기 미양흐야 / 월왕구쳔 이상신 삼 쏜을바다 / 인닉역 힘을써셔 이국의 스승두어 / 어셔어셔 젼진하야 육쳘이 동 삼셩에 무가긱을 면합시다"

에 돌아가자는 말로 끝을 맺는다.[14] '어리석은 행위를 다 버리고', '이 시대 이십 세기 문명한 빛을 얻어 남의 뒤를 따르지 말고', '만주 일대 부인 왕성하여' 등의 구절에서 알 수 있듯이 작가는 독립운동의 주체로 서는 여성상을 제시하고 있다. 남편의 뜻에 순응한다는 것을 내세웠던 이전의 모습에서 상당히 벗어나 이미 독립운동의 주체적 여성으로 서 있음을 보여준다. 그런데 이 부분의 서두에서 작가는 '내가 비록 여자지만 심정은 남과 같고 행하지는 못하여도 생각은 있다'로 시작한다. 독립운동가로서 행하지는 못하여도 독립운동을 향한 뜨거운 심정과 불타는 생각은 남성과 같다는 것이다. 현실적으로 자신의 독립 투쟁 방식이 남성과 마찬가지로 투쟁 전선에 뛰어들 수 없는 한계가 있음을 생각하고 있는 발언이다.

04 〈신시트령〉: 독립운동 지도자의 여성적 힘

尹熙順(1860-1935)은 해주윤씨 명문 가문에서 출생하여 16세에 춘천의 명문대가인 고흥유씨 문중, 즉 춘천의병대장 유홍석의 아들 유제원에게 시집을 오게 되었다. 친가와 시가가 모두 화서학풍의 유학자 집안으로 의병이 일어난 1895년까지는 전통 유림 문중에서 가정생활을 영위한 전통 여성이었다. 그런데 1895년부터 시

---

14 "늬가비록 여즈오나 이목구비 남과갓고 / 심정도 남과갓히 힝흐든 못흐오나 싱각이야 업슬소냐 / 우리여즈 만쥬에 거름흐는 여러형졔 / 어리셕은 힝위다 바리고 지금 / 이시듸 시십셰기 문명한 빗흘어더 / 남의뒤을 짤치말고 만쥬일듸 부인 왕셩흐여 / 독입권을 갓치밧고 독입기 갓히들고 / 압녹강을 건너갈계 승젼고을 울이면셔 / 죠흔노릭 부을졕에 듸한독입 만만셰요 / 듸한 부인들도 만셰를놉히 부르면셔 / 고국을 추즈가셔 풍진을 물이치고 / 몃몃히 그리든 부모동긔와 연아 쳑당 상봉흐고 / 그리든졍회 셜화흐고 만셰영낙 바라볼가"

아버지 유홍석이 의병에 뛰어들자 36세의 윤희순은 며느리로서 시아버지와 남편이 이끄는 의병들을 도와야 했다. 비록 활동의 성격이 남녀평등론에 입각한 여성의 사회참여는 아니고 가문과 가정의 테두리 안에서 허락된 내조[15]였지만, 윤희순은 뛰어난 지도력과 현실 대응력을 발휘했다.[16]

그러던 중 한일합방으로 시아버지 유홍석이 만주망명을 결심하고 남편 유제원과 함께 먼저 만주로 떠났다. 윤희순은 1911년 의병가족 수십 호와 함께 자녀들을 거느리고 요녕성 신빈현 고려구로 망명했는데, 그때 그녀의 나의 52세였다. 윤희순은 망명 이후 시아버지와 남편이 외지로 나가 있는 경우가 많게 되자, 독립운동 사회에서 독립적이고 주체적인 활동을 전개해 나감으로써 이전의 내조적 성격의 활동에서 완전히 벗어날 수 있었던 것으로 보인다. 이미 성장한 자제들이 그의 활동을 돕는 가운데 독자적인 자기 행보를 통해 주체적인 여성 지도자로서의 경력을 쌓아갔다. 그중 하나가 1912년 노학당을 건립하고 1915년까지 교장직을 맡아 항일인재를 양성한 것이었다. 그리고 이때 시아버지 유홍석(1913년, 73세)과 남편 유제원(1915년, 56세)이 연달아 사망했다. 두 지도자의 사망으로 독자적인 지도자가 될 수 있었던 윤희순은 무순으로 옮겨 가 1920년경에 조선독립단을 조직하고 항일독립투쟁을 전개했다. 윤희순이 맡은 직책의 정확한 명칭은 알려지지 않았지만 시아버지와 남편을 대신하여 조직의 지도자 역할을 맡아 했던 것으로 보인다. 이렇게 조선독립단을 이끌고 있던 1923년에 윤희순은 〈신식타령〉

---

15 고순희, 「윤희순의 의병가와 가사-여성주의적 성격을 중심으로」, 앞의 논문, 252~256면.
16 윤희순의 의병 활동과 생애에 대해서는 『윤희순의사 항일독립투쟁사』(춘천시, 도서출판 산책, 2005, 1~315면)를 참조했다. 자세한 면수는 생략한다.

을 창작했다.

〈신신퇴령〉은 정월 대보름을 맞이해 이국만리에서 고국을 그리
워하며 자신의 신세를 한탄하는 내용이 중심을 이룬다. 나라 잃은
백성으로서 투쟁의 현장을 따라 서간도를 떠돌아다닌 한 독립운동
가의 솔직하고도 인간적인 내면을 여과 없이 토로한 가사 작품이
라고 할 수 있다. 윤희순이 독립 투쟁을 위해 서간도로 건너온 지도
벌써 12년이 지났다. 그리고 그 사이 시아버지와 남편을 잃고 자신
이 그들을 대신하여 의병 조직을 이끌고 있었다. 지치고 고달픈 생
활이어서 슬픔의 정조가 전체를 지배하는 가운데서도 "어리서근
빅성드른 외놈압픠 종이되여 / 저주굴줄 모루고서 외놈종이 되역
꾸느 / 슬푸고도 슬푸도드 밋친한을 어이홀고 / 자식두고 주굴손야
원수두고 주굴손야 / 늬한목슴 죽는거슨 쇠울수도 잇컨믄는 / 몰리
퇴국 원한혼이 될수업써 서럽꾼느"라 하여 조국 독립을 위해서는
목숨도 바치겠다는 투쟁 의지는 견고하게 나타난다. 그런데 조직
을 이끄는 지도자의 표현에서 예상되는 대원들을 향한 투쟁 의지
의 고취나 권고 등과 같은 계몽성은 전혀 드러나지 않으며, 자신의
내면만을 있는 그대로 표현하는 데에 충실했다.

①이늬몸도 슬푸련믄 우리으병 불숭ㅎ다 / ㄱ는고시 늬뚱이요 ㄱ
는고시 늬집이ㄹ / 빅곱푼들 머거볼ㄱ 춥ㄷ흔들 춥ㄷ홀ㄱ

②읻돌도드 우리으병 불숭ㅎ드 / 이역말리 찬ㅂ름이 발작ㅁㄷ 어
름이요 / 발꿋ㅁㄷ 빅서리ㄹ 눈솝ㅁㄷ 어름이ㄹ / 수염ㅁㄷ 고두ㄹ미
눈동즈는 불빗치ㄹ

　③엄동설안 춘ㅂ람읫 잠을준들 잘수인나 / 동쪽ㅎ늘 발거진니 조
석꺼리 걱정이ㄹ / 이리ㅎ여 ㅎ루스리 슬ᄌ하니 밋친거시 외놈이ㄹ

　①에서 자신의 슬픔을 의병에 투사하여 나타냈다. '가는 곳이 내
땅과 집이요, 배고파도 먹을 수 없고 추워도 춥다고 할 수 없다'고
했다. 여기서 윤희순의 의병에 대한 관심은 땅, 집, 배고픔, 추위 등
에 있다. ②에서는 의병들의 불쌍한 모습을 묘사했다. '서간도 찬바
람에' '발자국마다 얼음과 백서리요', '눈썹과 수염마다 어름과 고
드름이요', '눈동자에는 눈물이 맺혀 불빛이'라고 했다. 어름과 고
드름을 달고 행군해야 하는 의병들의 처참한 현실이 잘 드러난다.
여기서 윤희순의 의병에 대한 시선은 발, 눈썹, 수염, 눈동자 등의
몸에 고정되어 있다. 마치 자식을 찬찬히 뜯어보는 어머니의 시선
과 같다. 그리하여 윤희순의 걱정은 ③에서 말한 바와 같이 찬바람
에 잠을 잘 수 없다는 것, 날이 밝아도 조석 꺼리가 없다는 것 등 하
루살이를 해야 한다는 것에 있었다. 이와 같이 윤희순은 여성 지도
자로서 의병들의 안위를 걱정하고 있는데, 그 걱정은 어머니의 것
과 닮아 있다. 그리고 의병을 바라다본 시선에서 초점은 추위와 조
석거리 즉, '몸'과 '밥'에 맞추어져 있음을 알 수 있다.
　몸과 밥에 대한 시선과 표현은 형이상학적·관념적·이념적 차
원의 거대 담론이 아니라 형이하학적·현실적·생활적 차원의 미
시 담론이다. 작품은 이러한 미시 담론 속에서 전개되어 그 슬픔의
정조는 더욱 배가되고 있다. 작가의 시선으로 포착한 의병은 투쟁
의 전선에서 활약하는 영웅적 모습이 아니라 추위와 배고픔에 시
달리는 초라한 일상적 모습으로 나타난다. 그런데 역설적이게도
초라한 의병의 모습을 포착한 작가에게서 따뜻한 힘을 느끼게 된

다. 몸과 밥을 챙기는 지도자에게서 어머니가 지닌 따뜻하고도 전폭적인 힘을 느끼는 것이다. 국내와 만주에서 투쟁한 활약상을 두고 볼 때 윤희순은 흔히 말하는 '여성의 생활력'을 지닌 인물이다. 이 가사 작품에서도 슬픔과 초라함에도 불구하고 극한의 위기 상황을 헤쳐나가는 윤희순의 생활력, 즉 힘의 존재를 느낄 수 있다. 이러한 몸과 밥에 대한 시선이 나타나는 세계, 즉 난관을 헤쳐나가는 생활력을 담은 세계는 남성 지도자가 담을 수 있는 것은 아니고, 여성 지도자이기에 담을 수 있었던 것임에 틀림없다.

05 만주 망명과 여성의 힘

이호성, 평해황씨가 여성, 그리고 윤희순은 전통적 유림 문중에서 성장하여 명문가로 시집을 와 살았던 전통 여성이었다. 그런데 이들의 嫗家가 근대기 혁신유림으로 전화하게 됨으로써 이들의 삶도 질적인 변화를 겪게 되었다. 혁신유림은 전통유림이면서 일제에 항거하다가 정세의 변화에 따라 근대사상을 수용하고 일제 강점 후에는 독립운동에 투신했던 유림층을 말하는데, 세 작가가 소속한 문중의 어른 김대락, 황만영, 유홍석은 모두 혁신유림이었다.[17] 20대 초반의 젊은 두 작가는 혁신유림 문중에 시집을 오게 됨

---

17 이호성, 평해황씨가 여성, 그리고 윤희순이 소속된 문중에서 만주 망명과 독립운동을 주도한 金大洛(1854-1914), 黃萬英(1875-1939), 柳弘錫(1841-1913) 등은 모두 정통유림에서 독립운동가로 전화한 혁신유림이라고 할 수 있다. 김대락과 황만영은 직·간접으로 의병에 관여하다가 학교 설립(김대락은 안동 협동학교, 황만영은 평해 대흥학교)을 통한 애국계몽운동에 뛰어들었으며, 국권 상실 후에는 거의 동시에 만주로 망명해 독립운동에 투신했다. 유홍석은 1895년부터 의병에 투신하여 춘천의병장으로 활약하다 경술국치 직후 만주로 건너가 독립투쟁을 선도했다.

으로써 집안의 분위기에 따라 근대적 사고를 섭취할 수 있었고 만주망명의 기회도 얻게 되었다. 윤희순은 이미 경술국치 전에도 가정 내에 한정한 내조적 성격을 지닌 것이기는 하지만 의병활동에 적극적으로 참여하여 지도력을 발휘했고, 만주로 망명함으로써 독자적인 지도자가 되는 기회를 얻을 수 있었다.

그런데 원칙적으로 이들의 망명은 혁신유림이자 독립운동가인 김대락, 황만영, 유홍석의 영향을 지대하게 받은 남편들의 망명 결정에 의한 동반 망명이었다. 세 작가의 망명은 남성의 만주망명에 동반해 간 것으로서 자신의 주체적인 의지에 의한 행보는 분명 아니었다. 당시의 여성 현실을 감안할 때 여성 스스로의 주체적인 망명 결정과 행보는 불가능했는데, 이 점은 윤희순의 경우라 하더라도 마찬가지였을 것이다. 이들은 만약 남편이 망명길에 오르지 않고 국내에 머물러 있었다면 남편과 더불어 독립운동 사회에 참여하고 활동하는 방식과 영역이 매우 제한적이었을 것이다. 아무리 여성 개개인이 독립운동 의지를 지니고 있었다 하더라도 국내에서는 기존의 관습과 관행대로 행동해야 하는 구속력이 있기 때문이다. 만주 망명이라는 지극히 특수한 상황이 여성에게 비록 독립운동 사회에 국한한 것이었지만 사회 참여의 기회를 제공한 셈이다.

망명 당시 젊은 20대 초반이었던 이호성은 논리적으로 망명 이유를 조목조목 설명하여 만주 망명이 자신의 주체적인 사고에 의한 것임을 나타내려 했다. 특히 남녀평등론을 피력함으로써 독립운동 사회, 즉 사회 참여에 대한 욕망을 강하게 드러내기도 했다. 혁신유림은 "옛날에 물들여진 더러운 습속이 다 維新하여 平等의 권리는 천한 사람에게까지 미치고, 自由의 종소리는 부인과 어린이에까지 미치어"[18]라고 하여 새롭게 대두된 남녀평등을 당연한 근대화의 과정으로 수용했다. 물론 이 당시 대다수 남녀평등론은 실질적 실천이 담보되지 않아 남녀평등론의 본질과 거리가 있는 추상적이고 선언적인 것에 불과한 것이었지만, 그 선언 자체만으로도 여성들의 인식에 미친 파급효과는 막대했다. 이호성은 비록 학교 교육을 통해 들은 것은 아니지만 집안의 혁신적 분위기와 학교에 다니는 남편의 영향으로 근대적 독서를 할 수 있었으며 남녀평등론을 좀 더 빠르게 섭취했던 것으로 보인다[19]. 그리하여 망명 당시 이호성은 독립운동 사회에 참여하고자 하는 욕망을 강하게 드러내게 되었다. 이와 같이 만주망명가사로서 〈위모사〉는 만주망명이 사회 참여에 대한 여성의 욕망을 강하게 자극했던 한 양상을 드러내 준다는 점에서 특징적인 작품이다.

역시 20대 초반이었던 평해황씨가 여성은 자신의 망명이 남편의 뜻에 따른 것이었음을 분명히 하고자 했다. 변화된 현실에서 담론화되는 근대적 여성상에 빠르게 견인되었던 이호성과 달리 평해황씨가 여성은 아직도 전통여성상에 기대고 있는 것이라고 할 수 있다. 그런데 평해황씨가 여성도 혁신유림이었던 황만영의 혁신적 사고와 대흥학교를 다녔던 남편의 현실 인식을 어깨너머로, 혹은 대화를 통해 섭취할 수 있었을 것이다. 사실 평해황씨가 여성이 따르고자 했던 남편은 근대적 학교 교육을 통해 남녀평등론을 수용

---

18 「共理會 趣旨書」癸丑(1913) 6월 "舊染汚俗, 咸與維新, 平等之權, 下逮厮養, 自由之鍾, 延及婦幼" 조동걸, 「백하 김대락의 망명일기(1911-1913)」, 『안동사학』제5집, 안동사학회, 2000, 219면.
19 이호성은 앞에서 인용한 가사에서 알 수 있듯이 나란 부인을 알고 있었는데, 나란부인전을 실제로 읽었는지 혹은 들어서 알고 있는지는 알 수 없지만, 가사에서 보여준 논리적인 태도로 보아 독서를 통해 알고 있었다고 본다. 〈羅蘭婦人傳〉은 대한매일신보사에서 1907년에 발행한 여성위인전이다.

했을 가능성이 매우 높다. 그런 의미에서 남녀평등론적 사고나 여
성의 사회참여 의식이 발현될 수 있는 기반이 이호성뿐만 아니라
평해황씨가 여성에게도 이미 주어져 있었다고 할 수 있다. 어쩌면
문중 어른이나 남편의 망명 결정에 대한 두 작가의 각기 다른 태도
는 시간차에 의한 외형적 차이, 즉 '드러내기'의 시간적 차이일 가
능성도 있다. 〈위모스〉의 이호성은 조금 빨리 남녀평등론을 섭취
하고 이에 따라 망명 당시 자신의 주체적 사고임을 드러내고 싶었
던 것이고, 〈원별가라〉의 작가는 남녀평등론의 직접적인 섭취가
늦은 가운데 애써 여성으로서의 순응성을 내세웠던 것이라고 할
수 있다.

이렇게 두 여성은 망명 결정에 대한 태도가 서로 다르게 나타지
만, 만주 망명 경험을 통해 모두 자아 정체성의 변화를 겪게 된다.
이호성은 이미 만주로 출발하면서부터 주체적 여성 인식이 지닌
사회 참여의 욕망을 강하게 지니고 있었으며, 애국계몽운동가와
독립운동가의 면모를 드러냈다. 그리고 만주에 도착해서는 자신의
정체성을 여성 독립운동 지도자로 두고 있었다. 출발 즈음에는 남
편에 순응하는 전통적 여성성을 견지하고 있었던 〈원별가라〉의 작
가는 만주망명 길에서 내면에서 자라나고 있는 저항성과 투쟁성의
잠재적인 힘을 폭발시키기도 하면서, 만주에 도착하여 생활하는
가운데 여성 지도자로서의 면모를 드러냈다. 〈원별가라〉의 작가는
1911년 만주로 출발하여 1916년 가사를 창작했으므로 〈위모스〉의
작가보다는 만주생활 기간이 길었다. 시간이 지남에 따라 점차 전
통적 여성상에서 벗어나 독립운동가로서 자기 정체성을 갖추는 방
향으로 나아간 것이다. 이러한 정체성의 변화는 진술 양식에도 그
대로 반영되고 있다. 〈원별가라〉는 부모와 고국을 그리워하는 한탄

의 서정성이 작품 전체를 주도하지만, 성장과 결혼, 만주 망명 노정, 만주 생활 등 자기 삶을 술회한 서사성과 애국·독립계몽성[20]도 아울러 지닌다. 그런데 서정, 서사, 계몽의 진술양식이 혼용되는 가운데서도 작품의 후반부로 갈수록 독립계몽적 진술이 두드러지게 많아지는 경향을 보인다. 만주망명 경험과 생활이 동포사회, 혹은 독립운동사회에 당당하게 참여하는 자기 정체성을 확립해주어 진술 양식에도 그것이 반영되어 나타난 것이라고 할 수 있다.

이와 같이 젊은 두 작가는 사회 참여에의 욕망을 감추고 있든, 아니면 드러내고 있었든 간에 만주망명 경험에 의해 사회에 참여하는 여성 지도자상으로 변화해 나갔다. 이러한 자아 정체성의 변화는 작가 내면의 '힘'을 아울러 성장시키고 있다. 이들에게 만주 망명길은 의식했든 안 했든 간에 폐쇄적 가정에서 벗어나 사회(독립운동사회) 참여로 이어지는 길이었다. 그리하여 망명 자체가 남성에게만 허용했던 사회 참여의 기회를 가져다 줄 것이라는 기대 심리를 촉발하기도 했다. 그리하여 이들의 자아 내부에는 에너지가 넘쳐나고 있었고, 그 순간만큼은 자기 주도적으로 삶을 살아가는 여성이 되어 있었다. 〈위모스〉와 달리 아직도 〈원별가라〉에서 주체적 입장과 타자의 시선이 끊임없이 갈등을 겪고 있는 점이 발견되긴 하지만, 이들의 내면은 응축된 힘으로 가득 차 있었다.

그런데 이들의 힘은 만주로 망명하는 결정을 내리는 순간, 혹은 만주를 향해 여행하는 십여 일 만에 스스로 내면에서 생성한 것이

---

20 '애국계몽'과 '독립계몽'은 시기와 관련하여 구분해 사용할 수 있다. '애국계몽'은 국권 상실 이전에 풍미했던 사상담론의 총칭이라고 할 수 있다. 그리고 국권 상실 이후에 구국의 주제가 독립 쟁취로 일원화되고 있어서 20세기 초 일제 강점 이전의 애국계몽과 구분하여 독립계몽이라는 용어를 사용할 수 있다. 한말 애국계몽주의는 그 사고의 한계에도 불구하고 독립계몽주의를 형성하고 발전시켜나가는 데 기초가 되었다.

었다. 그리고 만주에 도착하여 독립운동 동포사회에 편입되면서 독립운동가와의 동지 의식을 바탕으로 스스로 이 힘을 성장시켜 나갔다. 만주 망명 경험은 하루아침에(상징적인 표현이다) 젊은 두 여성의 자아 내부에 힘을 부여한 것이다. 이렇게 식민 초기에 창작된 〈위모스〉와 〈원별가라〉는 작가의 자아 정체성의 변화와 힘의 상승이 급속하게 이루어진 양상을 보여준다. 이러한 양상은 혁신유림이 전통에서 근대로 혁신해 나아간 급속한 양상과 일치한다. 전통에서 근대로의 혁신은 다양한 경로와 속도로 이루어졌다. 그 가운데 혁신유림 문중에서 창작된 두 작품은 전통에서 근대로의 혁신이 얼마나 급속하게 이루어질 수 있었는지를 전형적으로 보여준다는 의미를 지닌다.

두 젊은 여성 작가와 달리 윤희순은 사회 참여가 실현되어 지도자로서의 사회적 힘을 부여받았다. 윤희순에게 독립운동은 목숨과도 같이 중요한 일이었고, 이미 외부에서 주어진 힘을 지니고 있었다. 그런데 윤희순은 가사에서 사회적 힘을 지닌 지도자의 문학적 표현이 흔히 그렇듯이 조직원들을 향한 독립계몽과 같은 거대 담론에 관심을 기울이지 않았다. 대신 자신 내부의 서정을 응시하는 데에만 집중했다. 이러한 점은 망명 초창기 젊은 두 여성 작가가 독립계몽적 발언으로 나아가는 양상과 매우 대조적인 것이다. 이와 같이 〈신시탄령〉이 만주망명가사로서 지닌 특징은 독립계몽적 진술이 보이지 않는다는 점과 아울러 몸이나 밥과 같은 미시 담론에도 관심을 기울였다는 점이다.

그러면 몸·밥과 같은 생활적이고 미시적인 것에 대한 시선은 여성이 독립운동 사회에 참여할 때 주어진 역할의 허용 범위가 그런 것에만 한정되었기 때문에 나올 수 있었던 것일까? 결론을 먼저 말하면 그렇지 않다고 본다. 윤희순은 이미 조직과 재정에 책임이 있는 지도자로서 실제 윤희순의 관심이 거대담론을 포기하고 있었다고 볼 수는 없다. 따라서 〈신식특령〉에서 보여준 몸과 밥에 대한 시선은 윤희순의 관심과 의식이 미시담론에까지 확산되어 있었기 때문에 나온 것으로 해석할 수 있다. 사회적 힘을 부여받은 자가 어머니로서의 자질, 여성적 생활력을 동시에 발현한 것이다. 윤희순은 지도자로서 조직원을 대할 때 그들의 몸과 밥을 걱정하는 어머니의 자세로 다가갔다. 사회 참여로 여성지도자가 되었지만, 여성으로서의 여성성을 포기하지 않은 것이다. 〈신식특령〉은 만주망명과 독립운동이라는 특수한 상황에서 지도자가 될 수 있었던 한 여성의 '여성적 힘'을 드러내고 있다. 이렇게 〈신식특령〉에서 보여준 여성의 힘은 새롭게 모색해야 할 여성의 정체성, 진전된 여성의 정체성을 보여주고 있다는 의미를 지닌다.

세 작품에 나타난 여성의 힘은 만주망명 이후 시간적 경과에 따라 그것이 이동하고 변화하는 것을 보여준다. 젊은 두 작가의 경우는 만주 망명 초창기의 상황을 대변한다. 망명 초기 두 젊은 여성은 내부의 힘으로 넘쳐나는데, 이 힘의 성격은 어떤 것이었을까. 힘은 외부에서 주어지는 것과 내부에서 나오는 것이 있다. 그런데 이들이 지닌 '힘'은 외부에서 그들에게 주어진 것이 아니었고, 그들 자신의 내부에서 나온 것이었다. 이들은 스스로 여성 지도자로서의 정체성을 확립해 나가는데, 사실 그 누구도 이들에게 그러한 자격을 부여한 적은 없었다. 이들은 외부에서 그들에게 준 힘은 없었으나 스스로 내면에서 생성한 힘으로 여성 지도자가 될 꿈을 꾼 것이었다. 이후 이들에게 펼쳐질 세계는 동포사회가 이들에게 사회적 힘을 부여하여 내면적 욕망을 실현하는 세계, 아니면 동포사회가 이들에게 사회적 힘을 부여하지 않아 욕망이 좌절되는 세계 두 가지가 놓여 있었다. 이 두 여성의 이후 삶이 불분명하여 어떤 결과가 있었는지 알 수 없다. 다만, 이호성의 경우 힘차게 건너간 만주였지만 그리 오래 있지는 못하고 다시 안동 내앞으로 돌아왔다.[21] 추측건대 이들은 욕망하던 사회적 힘을 외부에서 부여받지 못한 것으로 보인다. 윤희순의 경우는 망명 후 10여 년이 지난 상황을 대변한다. 용케도 윤희순은 젊은 두 여성과는 달리 두 핵심적 남성의 사망으로 그들을 대신하여 지도자가 될 수 있었다. 그리하여 윤희순은 사회참여를 실현한 한 여성지도자의 모습을 반영한다. 막상 지도자가 된 윤희순의 모습은 남성과는 다르게 나타났다. 몸과 밥에 집중한 모습은 사회 참여가 깊이 이루어진 시점에서 여성 지도자의 '힘'이 어느 곳에 위치하는지를 보여준다. 지도자의 정체성과 여성적 정체성을 동시에 갖추어 위기상황을 헤쳐나가는 강한 힘을 보여준다. 이러한 점이 그를 오랫동안 독립운동 지도자로 있게 만든 원동력이었지 않나 생각해 본다.

이호성, 평해황씨가 여성, 그리고 윤희순은 유교적 가치관을 내면화하고 있었던 전통여성이었다. 그런데 이들은 만주망명과 독립운동 현장에의 참여를 통해 하루아침에 지도자로서의 정체성을 확립하고 자아 내면에 힘을 형성할 수 있었다. 이들이 이럴 수 있었던 것은 혁신유림 문중의 여성이었기 때문이다. 혁신유림의 혁신적 사고는 문중 내 권위에 힘입어 모든 문중인이 만주 망명에 동참하게 하였다. 혁신유림 문중인들은 일제 식민 강탈이 부당하고 탈식

---

21 이후 이호성은 시어머니를 모시고 3남 1녀를 두고 살았다. 그러다가 1941년경에 다시 만주 안동현으로 온 가족이 이주해 살았다. 그러나 이것도 얼마 가지 않아 해방 직전에 다시 안동 내앞으로 돌아왔다.

민을 위해 자주독립의 그날까지 투쟁을 실천한다는 '절대 善 가치'를 신봉했다. 세 여성 작가도 '절대 善 가치'를 당연하게 받아들이고 철저히 내면화할 수 있었다. 그리고 세 여성은 명문 유림 문중의 일원인 자신들이 사회지도층으로서 사회적 힘과 책임이 크다고 생각했다. 만주망명가사는 근대기 민족의 위기 상황에 대응하여 유교적 가치관을 내면화한 정통 유림이 어떤 사고로 나아가고 현실대응력을 발휘했는지를 구체적으로 보여주는데, 그 가운데 세 가사 작품에 나타난 '여성의 힘'은 전통유림 문중 여성들의 사고의 변화와 현실대응력의 긍정적 양상을 보여준다는 의미를 지닌다.

06 맺음말

근대기 가사문학에서 국망의 현실에 대한 개탄은 주로 남성의 가사 작품에서 나타난다. 그런 의미에서 세 가사 작품은 '망명 체험을 통해 여성이 역사사회 현실에 대한 분노와 비분강개함을 드러냄으로써 여성이 남성과 함께 역사 현실 앞에 전경화된다'[22]는 의미를 지닌다. 그런데 앞에서 살펴본 바와 같이 세 가사 작품은 단순히 역사사회 현실에 대해 분노하는 것에 머무르지 않고 역사사회 현실에 참여하는 독립운동가로서의 정체성을 확립하여 내부의 힘을 축적해나가거나 독립운동 지도자로서의 힘을 발휘하는 양상도 드러낸다. 만주망명 독립운동 사회에 참여한 여성의 보기 드문 당

---

22 이 논문은 한국고전여성문학회 제34차 정기 학술대회에서 발표된 것이다. 지정 토론자로 질의를 해주신 백순철 선생님이 지적한 말로서 여기에 요약적으로 인용했다. 토론해 주신 백순철 선생님께 감사드린다.

대적 표현이라는 점에서 이 가사 작품들의 문학사적 의의는 평가될 만하다.

〈위모ㅅ〉, 〈원별가라〉, 〈신시ㅌ령〉는 만주에서 창작되었지만, 만주 동포사회에서의 향유와 유통은 활발하지 못했던 것 같다. 〈위모ㅅ〉와 〈원별가라〉의 경우 만주동포 여성들을 향한 발언 내용으로 보아 동포여성들에게 향유되었을 것으로 보이지만, 그것을 확인할 수 있는 기록이나 이본은 발견되지 않고 있다. 현재 〈위모ㅅ〉가 역대·집성본 유일본이 전하며, 〈원별가라〉는 역대본과 가사문학관본 등 2개의 이본이 전하고 있을 뿐이다.[23] 남아 전하는 이본 상황을 볼 때 이 두 가사 작품은 고국의 고향인 안동과 울진에 전해져 그곳 여성들에게 향유되고 유통되었는데, 그나마 그것도 그리 활발하지는 못했던 것으로 보인다. 가사의 창작과 향유 전통이 강한 경북 지역에서 상대적으로 나이가 젊은 두 여성의 가사 작품이 그 권위를 확보받지 못하여 인기를 얻지 못했을 가능성이 있다. 〈신시ㅌ령〉은 문중에서 윤희순의 독립운동가로서의 삶과 의병가 및 서간을 정리하면서 함께 수용된 자료로, 필사본 형태로는 유일본이 전한다.[24] 현재 독립군시가집 자료[25]에 〈신시ㅌ령〉도 수용되어 있기는 하지만, 실제로 이 가사가 독립군 사회에서 향유되고 유통되

23　〈위모ㅅ〉: 임기중 편, 『역대가사문학전집』 제50권, 아세아문화사, 1998, 74~87면. 단국대 율곡기념도서관, 『한국가사자료집성』 제9권, 1997, 526-539면(『한국가사문학전집』 50권에 실린 것과 동일본이다).
　　〈원별가라〉: 임기중 편, 『역대가사문학전집』 제43권, 아세아문화사, 1998, 373~393면(역대본). 한국가사문학관 홈페이지(가사문학관본).

24　〈신시ㅌ령〉: 『외당선생삼세록(畏堂先生三世錄)』, 박한설 편, 강원일보사, 1983, 273~278면.

25　활자본으로는 『독립군시가집-배달의 맥박』(독립군시가집 편찬위원회 편, 송산출판사, 1986, 312~313면), 『항일가요 및 기타』(연변대학교 조선문학연구소, 김동훈·허경진·허휘훈 주편, 보고사, 2007, 293~296면) 등에 실려 있다.

었는지는 의문이다. 후대에 윤희순의 자료를 구분 없이 함께 수록한 것이 아닐까 추측이 된다. 윤희순이 지은 의병가가 군가 형태로 향유되었던 것과는 달리 〈신식튼령〉의 필사본은 간직되기만 한 채 유통되지는 못했던 것이 아닐까 생각한다.

이 논문에서는 세 작품에 나타나는 여성의 힘을 논의하되 사회에 대한 여성 주체의 힘에 초점을 맞추어 논의했다. 전통시대에 여성의 힘은 문중, 시댁, 친정, 남편, 자식 등과 주로 연관하여 발휘된다. 세 가사 작품에서는 가정 내 여성 주체의 현실이나 힘의 문제가 많이 나타나지 않는 편이어서 이 부분은 극히 일부분에 한정하여 다룰 수밖에 없었다.

제5장
만주망명가사의 작품세계와 미학적 특질

01 머리말

일제강점기에도 가사문학은 양산되었다. 이 시기에 생산된 가사문학은 관습적인 글쓰기에 의한 천편일률적인 작품들도 많았지만, 일제강점기 역사에 대응해 개인의 리얼한 경험과 인식을 수용한 작품들도 있었다. 후자의 대표적인 것으로 만주망명가사가 있다. 최근 이 유형의 작품들이 소개되어, 작가를 알 수 없었던 작품들의 작가가 규명되었다. 만주망명가사의 작가는 〈분통가〉의 김대락을 제외하고 모두 독립운동가 문중의 여성[1]이다. 그리고 만주망명가

1　〈慎痛歌〉는 독립운동가 白下 金大洛(1845-1914)에 의해 1913년에, 〈위모사〉는 김대락 문중의 며느리인 李鎬性(1891-1968)에 의해 1912년 초여름 무렵에, 〈조손별서〉와 〈간운사〉는 독립운동가 石洲 李相龍의 부인이자 김대락의 여동생인 金宇洛(1854-1933)에 의해 1914년 전후에, 〈원별가라〉는 독립운동가 黃萬英 문중

사에 대한 유형적 논의²도 활발하게 이루어졌다. 담당층이 혁신유림과 그 문중 여성임이 밝혀졌으며, '만주 디아스포라 의식'이나 '여성의 힘'의 시각으로 작품을 바라보는 논의도 이어졌다.

그동안 한국문학사에서 전통장르인 가사문학은 일제강점기 즈음에 이르러 그 시적 생명력을 다했다고 보는 시각이 지배적이었다. 물론 가사문학이 이 시기에도 양산되기는 했지만, 그 작품세계는 천편일률적이어서 더 이상 특별한 것이 없다고 보았기 때문이다. 그런데 일제강점기에 창작된 가사 작품의 실상을 면밀히 살펴보면 이 시기의 가사문학은 그 생명력을 유지함은 물론 시로서의 가능성도 충분히 지니고 있었음을 발견하게 된다. 그리하여 이 연구는 가사문학의 생명력과 시로서의 가능성을 구체적으로 보여주는 논의가 있어야 한다는 문제의식에서 출발한다. 그리하여 만주망명가사의 작품세계가 이룩한 미학적 성과에 주목하고자 한다.

한 가사 유형의 미학적 특질을 규명하기란 쉽지 않은 일이다. 만주망명가사는 창작된 이후에 우선 작가가 속한 문중을 중심으로 당대의 독자들에게 향유되었는데, 이본의 수에 따라 추정해 볼 때 향유가 활발했던 작품도 있고, 그렇지 못했던 작품도 있다. 그런데 이 작품들이 당대의 독자에 의해 읽혔을 때와 오늘날 독자에 의해 읽혔을 때 그 미학적 특질은 다르게 나타날 수 있다. 만주망명가사

의 며느리에 의해 1916년경에, 〈신세타령〉은 여성독립운동가인 尹熙順(1860-1935)에 의해 1923년에, 그리고 〈눈물 뿌린 이별가〉는 독립운동가 權準義의 며느리인 金羽模(1874-1965)에 의해 1940년에 창작되었다.

2 고순희, 「일제 강점기 만주망명지 가사문학 - 담당층 혁신유림을 중심으로」, 『고시가문학연구』 제27집, 한국고시가문학회, 2011, 37~68면. 고순희, 「만주망명가사와 디아스포라」, 『한국시가연구』 제30집, 한국시가학회, 2011, 165~193면. 고순희, 「만주망명과 여성의 힘」, 『한국고전여성문학연구』 제22집, 한국고전여성문학회, 2011, 103~132면.

의 미학적 특질을 논함에 무엇보다 중요한 것은 이 텍스트가 현대의 독자와 만나 실현화될 때 어떠한 특질을 발현하는가 하는 것이다. 만주망명과 독립운동이라는 역사의 특수한 사연을 담은 만주망명가사가 현대의 독자들에게 읽힘으로써 드러나는 미학적 특질은 무엇인가를 중심으로 논의가 이루어질 필요가 있다.

미학적 특질을 규명하기 위해서는 작품세계의 양상을 객관적으로 살필 필요가 있다. 객관적 분석을 위해 이 연구에서는 진술양식의 분석틀을 사용하고자 한다. 만주망명가사는 신변탄식류 가사의 창작 전통 속에서 생산된 것이다. 진술양식에 의한 분석은 신변탄식류 가사의 지속과 변용의 양상을 보다 객관적으로 드러내 보일수 있다. 한편, 진술양식에 의한 분석은 남성작 만주망명가사인 〈분통가〉나 '만주망명인을 둔 고국인의 가사'와의 비교 논의에서 더욱 선명한 구도를 부각시켜줄 수 있다.

이 연구는 만주망명가사를 대상으로 하여 작품세계를 분석하고 그 미학적 특질을 규명하는 데 목적을 둔다. 연구의 대상은 만주망명가사 가운데 대부분의 작가를 구성하고 있는 여성의 작품이다. 우선 2장에서는 작품세계를 서정적 세계, 서사적 세계, 그리고 교술적 세계로 나누어 그 양상을 객관적으로 분석하고자 한다. 3장에서는 이 논의들을 종합하여 만주망명가사의 미학적 특질을 규명하고자 한다. 그리고 만주망명가사의 미학적 특질이 남성이 창작한 만주망명가사인 김대락의 〈慎痛歌〉와 일제강점기에 여성들에 의해 창작된 '만주망명인을 둔 고국인의 가사'의 것과 어떤 차이를 보이고 있는지 살펴본다.

만주망명가사는 이본[3]마다 작품명이 다른 경우가 있다. 이 논문

---

3 각 작품의 확인된 이본과 그 소재지를 소개하면 다음과 같다.

에서 사용하는 작품의 제목은 현대어로 고친 대표 작품명이다. 유일본이 아니고 여러 이본이 있는 경우, 이 논문에서 인용하는 텍스트는 〈憤痛歌〉는 김용직본, 〈원별가라〉는 역대본, 〈조손별서〉는 집성본, 〈신세타령〉은 외당선생삼세록본, 〈눈물 뿌린 이별가〉는 낭송가사집본이다.

〈憤痛歌〉- 김용직, 「분통가·분통가의 의미와 의식」, 『한국학보』 5권2호, 일지사, 1979, 204~225면 ; 고려대학교 중앙도서관 소장 『癸丑錄』, 44~54면(憤痛歌 김용직본). ; 『백하 김대락 선생-추모학술강연회』, 안동향교·안동청년유도회, 2008, 210~225면(憤痛歌 가장본). ; 『백하 김대락 선생-추모학술강연회』, 안동향교·안동청년유도회, 2008, 59~66면(활자본)
〈위모亽〉- 임기중 편, 『역대가사문학전집』 50권, 아세아문화사, 1998, 74~87면(역대·집성본). ; 단국대 율곡기념도서관, 『한국가사자료집성』 제9권, 1997, 526-539면(『한국가사문학전집』 50권에 실린 것과 동일본이다).
〈조손별서〉- 임기중 편, 『역대가사문학전집』 45권, 아세아문화사, 1989, 300~313면(조손별서라 역대본). ; 단국대율곡기념도서관 편, 『한국가사자료집성』 2권, 태학사, 1997, 131~141면(죠손별셔가 집성본). ; 한국가사문학관 홈페이지(조손별서 가사문학관본1) ; 한국가사문학관 홈페이지(조손별셔 가사문학관본2). ; 권영철, 『규방가사각론』, 형설출판사, 1986, 569-571면(뉴실 보아라 권영철본).
〈간운亽〉- 권영철, 『규방가사-신변탄식류』, 효성여대 출판부, 1985, 568-573면.
〈원별가라〉- 임기중 편, 『역대가사문학전집』 43권, 아세아문화사, 1998, 373~393면(원별가라 역대본). ; 한국가사문학관 홈페이지(원별가라 가사문학관본).
〈신세타령〉- 박한설 편, 『畏堂先生三世錄』, 강원일보사, 1983, 273~278면(신시투령 외당선생삼세록본). 독립군시가집 편찬위원회 편, 『독립군시가집-배달의 맥박』, 송산출판사, 1986, 312~313면(신세타령 독립군시가집본). 독립군시가집본은 『항일가요 및 기타』(연변대학교 조선문학연구소, 김동훈·허경진·허휘훈 주편, 보고사, 2007, 293~296면)에도 실려 있다.
〈눈물 뿌린 이별가〉- 이대준 편저, 『낭송가사집』, 세종출판사, 1986, 179~183면(눈물 뿌린 이별가 낭송가사집본). ; 박요순, 「근대문학기의 여류가사」, 『한국시가의 신조명』, 탐구당, 1994, 302~306쪽(눈물 뿌려 이별사 박요순본).

02 작품세계의 양상

1) 서정적 세계의 양상

① 고국인과 고국에 대한 서정

만주망명가사의 일차적 창작 동기는 대부분 고국에 두고 온 사람들에 대한 이별의 슬픔과 그리움을 표현하고자 하는 것이었다. 그리하여 작품 전체를 지배하는 것은 고국인에 대한 서정의 세계이다. 작가가 이별하거나 그리워하는 주요 대상은 〈위모사〉와 〈원별가라〉에서는 친정부모, 〈간운사〉에서는 형제자매, 〈조손별서〉에서는 손녀, 〈눈물 뿌린 이별가〉에서는 가일마을의 여성들이다. 그리고 작가들은 고국의 산하나 고향에 대한 서정도 아울러 표출했다.

고국인을 그리워하는 서정은 작품의 서두에서부터 잘 드러난다. "부모님요 드러보소 위모ᄉ 한곡조로 / 송교힝 화답하여 이별회포 말흐리다"라는 첫 구절로 시작하는 〈위모ᄉ〉는 친정부모를 이별하고 그리워하는 서정을 중점적으로 표출했다. 그리고 '산아산아, 물아물아, 초목금수' 등을 일일이 부르면서 조국의 산하에 대한 이별의 서정도 처절하게 표현했다. 서두를 "슬푸다 나의 부모임아 어나씬나 / 다시 만날고"라고 시작한 〈원별가라〉는 친정부모와 동기친척을 그리워하는 서정을 펼쳤다. 특히 친정부모와 이별하는 대목을 서사적으로 길게 읊어 생이별의 슬픈 서정을 사실적으로 묘사했다. 그리고 '고향땅, 한반도, 강수' 등을 부르며 다시는 오지 못할 고국에 대한 이별의 서정도 처절하게 서술했다. "슬푸다 아예들아 형의소회 드려셔라"라는 첫 구절로 시작하는〈간운亽〉는 고국에 남아 있는 5남매를 향한 그리움의 서정을 표현했다. "슬푸다 아예들아"나 "슬푸다 내일이야" 등을 가끔씩 섞어 가며 고국의 형제들, 특히 여동생 둘⁴을 향한 그리움의 서정을 표현하고, 그들을 영영 보지 못하는 자신의 처지를 한탄했다. "어엿분 이아히야 할미소회 드러셔라"라는 첫 구절로 시작하는〈조손별서〉는 장손녀를 그리워하는 서정적 사연을 계속 펼쳐 나갔다. "어와 벗님내야 내말쌈 들어보소"라는 첫 구절로 시작하는〈눈물 뿌린 이별가〉는 가일마을과 그곳에서 평생을 같이 살던 부인네를 이별하는 슬픈 서정을 읊었다⁵.〈신세타령〉도 자신의 신세를 한탄하는 서정이 중심을 이루는데, 그리워하는 대상은 다만 '고향'⁶으로 되어 있다.

혁신유림은 나라가 독립되지 않는 한 살아서는 고국에 돌아가지 않겠다는 각오로 망명했다. 작가들이 속한 문중에서 망명을 주도한 김대락, 이상룡, 유홍석 등은 만주에서 사망하여 고국에 돌아오

4　작가 김우락의 형제는 7남매였다. 순서대로 김대락, 김효락, 김소락, 김우락(본인), 김정락, 김순락(여), 김락(여) 등 4남 3녀이다. 이 중 장남인 오빠 김대락이 같이 망명해 있었고, 고국에 있는 오 남매를 향한 그리움을 표현한 것이다. 작가는 장녀로서 밑으로 김순락, 김락 등 두 여형제를 두었다. 여동생 김순락은 姜沔에게, 김락(독립운동가)은 李中業(독립운동가)에게 시집을 갔다.〈간운亽〉의 내용에 "가이업고 통곡이야 장흥실亽 항亽션싱 / 위츔고졀 늠늠흐亽 문문산과 亽쳡산 / 일모비힝 쯧쯧흐亽 무식흔 나의마음 / 고금亽을 싱각흐니 그이업고 통곡이야"라고 하여 '향산선생' 즉 響山 李晩燾(1842-1910)의 순절을 기리며 그의 죽음을 안타까워하는 대목이 있다. 여기서 이만도를 읊은 것은 이만도가 막내 여동생 김락의 시아버지가 되기 때문이다.

5　이 가사는 가일마을과 마을 여성들과의 이별 당시를 주로 읊었지만, 가사의 말미에 수삼일만 지나면 오른 기차에서 내려 아들과 손자를 볼 수 있을 것이라고 기대하는 대목이 서술되어 있어, 가일마을 여성들에 대한 서정은 떠나온 그들을 그리워하는 서정으로도 볼 수 있다.

6　이 가사에서는 부분부분 다음과 같은 구절로 표현했다. "이둘도ᄃ 후년이ᄂ 고향성묘 졀히볼ᄏ"; "어느떠ᄂ 고향갈ᄏ 주군고혼 고향갈ᄏ"; "어느떠ᄂ 고향ᄀ서 엔물하고 亽ᄅ볼고"

지 못했다. 이렇게 작가들의 만주행은 죽음을 담보로 한 것이었기 때문에 만주망명가사에서 펼친 고국인에 대한 서정에는 비장함이 짙게 묻어나올 수밖에 없었다. 친정부모의 만수무강을 축원하면서 이제 딸은 잊어버리고 잘 계시라는 발언[7]에서, 그리고 이제 가면 다시 보기 어려울 것이라고 통곡하는 친정어머니의 발언[8]을 추억하는 데서 친정부모님에 대한 이별과 그리움의 서정에 뼈에 사무친 비장함이 드리워져 있음을 알 수 있다. 특히 창작 당시 환갑 즈음이나 환갑을 넘긴 작가들은 자신이 살아서는 고국에 돌아갈 수 없으리라는 것을 예감했다. 〈간운사〉의 작가는 자신도 곧 죽을 것이니 천당에서나 다 함께 모여 즐거운 시간을 가지자고 술회[9]하는데, 형제자매를 그리워하는 서정이 비극적인 심적 상태에서 전개되고 있음을 알 수 있다. 〈조손별서〉에서도 김우락은 손녀에게 자신의 나이를 생각하면 다시 만나기는 어렵다는 사실을 거듭 상기시켰다[10]. 〈눈물 뿌린 이별가〉는 작품 전체가 상여소리의 문체와 정조를 유지하는데, 작가의 나이가 67세여서 살아서 돌아오지는 못하리라는 작가의 예감이 작용한 결과로 볼 수 있다.[11]

---

7 "부모님요 줄계시요 녀남손 녀송빅은 / 만슈무강 축원이요 쌀린싱각 이져불고 / 틱평안낙 지닉시면 쳔틱수 불노초로 / 구로지언 갑푸리다"(〈위모사〉)

8 "슬푸다 야히야 인졔가면 언졔볼고 / 너의닉외 다시보기 어려울다"(〈원별가라〉)

9 "일싱일수 은일인의 상식어든 / 닌들엇지 면흐깃나 쳔당의 도라가셔 / 부모슬하 다시모혀 손잡고 눈물쑤려 / 쳡쳡소회 다한후의 요지연 견여즁의 / 우리도 함긔 모혀 희소담락 흐오리다"(〈간운수〉) 그러다가 연이어 "비사고어 고만두고 히망부쳐 말흐리라 / 쳔긔이슈 알깃드냐 나도나도 귀국흐여 / 고거을 다시츳즈 잇쌔 쳔상 회셜흐고 / 열친졍화 흐리로다"라고 하여 희망적인 생각으로 마음을 고쳐 먹고자 애쓰는 모습을 보이고 있다.

10 "닉나을 싱각흐니 일일이 쇠희지니 / 다시보기 미들손야"(〈조손별서〉)

11 작가는 자신의 만주행을 저승행과 동일시하는 것처럼 "간다간다 나는간다 그 어데로 가난길고"라 하여 상여소리의 문체로 표현했다. 그리고 붕우 및 가일마을과의 이별을 읊는 부분에서 망자가 화자가 되어 이승의 사람들에게 발언하는 상여소리의 문체로 말을 건넨다. "재미나게 살자더니 오늘이 웬일이냐 / 생사를

② 나라의 현실에 대한 서정

만주망명가사는 일제에게 강탈당한 나라의 현실에 대한 분노와 나라 잃은 백성의 서러움을 직·간접적으로 드러냈다. 작가들은 만주망명 독립운동가의 아내 혹은 어머니로서 조국의 현실에 대한 인식과 독립운동의식을 철저히 독립운동가인 남성들과 공유했다. 그러므로 만주망명가사에 조국의 현실에 대한 분노와 망국민의 서러움이 표출된 것은 너무도 당연한 일이었다.

〈원별가라〉, 〈위모사〉, 〈신세타령〉, 〈눈물 뿌린 이별가〉 등에서는 조국의 식민지배 현실에 대한 분노와 망국민의 서러움을 직접적으로 표출했다. 〈위모사〉에서는 경술국치 직후 식민지 조국의 상황을 일제의 학정에 초점을 맞추어 서술했다. 우리 동포가 가배(?) 안에 물고기나 푸줏간의 고기와 같다, 집에서 키우는 가축에게는 겨라도 주지만, 왜놈은 조선인에게 겨조차 주지 않고 부려먹기만 한다고 했다[12]. 마구 쏟아 부은 것 같은 순 우리말 어투의 서술에서 작가의 분노가 적나라하게 드러난다. 〈원별가라〉에서도 경술국치의 충격에서 아직 벗어나지 못한 작가의 분노가 여실하게 드러난다. 우리 민족이 하인의 노예가 되었고 지독한 원수놈이 조선의 금수강산을 소리 없이 집어 먹었다고 하면서[13] 나라의 현실에 대한 분노

___

같이하자 철석같이 믿었더니", "이별별자 누가낸고 못할것이 이별일세", "가일아 잘있거라 다시볼수 있겠느냐", "가기야 가지마는 오기도 할것인가" 등의 구절에서 드러나듯이 상여가 마을을 돌면서 하는 소리할 때의 사설이 계속 이어진다. "가일동네 저못뚝에 行喪위에 높이누어 / 너화넘차 소리듣고 先塋階下 가렸더니"라 하여 상여의 구체적인 묘사까지 등장하고 있다.

12 "우리나라 종묘사직 외인인게 사양하고 / 강순은 의구ᄒᆞ디 풍경은 글너시니 / 불상할수 우리동포 사라날길 젼혀업소 / 가비안예 고기갓고 푸됴깐예 희싱굿치 / 살시리고 빅골파도 세금독촉 셩화갓고 / 아니히도 증녁가고 다ᄒᆞᄌᆞ니 굴머죽고 / 학경이 니러ᄒᆞ니 살스람 뉘가잇소 / 집집이 ○○계견 겨이라도 쥬졔마난 / 져눈이 우리스람 즘싱만 못ᄒᆞ여셔 / 겨됴ᄎ 아니쥬고 부리기만 엄을닉이 / 수비딕 한 소리예 샹혼실빅 놀나죽고"(〈위모사〉)

를 직접적으로 표출했다. 〈신세타령〉에서는 1920년대 조선의 상황을 읊었는데, 왜놈들이 득세하고 어리석은 백성들은 저가 죽을 줄도 모르고서 왜놈의 종이 되었다[14]고 했다. 1940년에 창작된 〈눈물 뿌린 이별가〉에서는 물 건너 왜놈들이 건너와서 五逆・七賊과 합세하여 이 나라를 빼앗았다, 정치를 한다는 것이 백성을 도탄에 빠지게 했다, 살 수 없는 조선인 중에서 간도로 이주해 나가는 이가 수도 없이 많다[15]고 읊었다. 이와 같이 만주망명가사 대부분은 나라의 현실을 직접적으로 서술했는데, 욕설마저도 불사하는 분노의 서정을 적나라하게 표출했다.

〈간운사〉와 〈조손별서〉에서는 조선의 현실을 간접적으로 드러냈다. 살아서는 고국에 돌아갈 수 없다는 심정에서 고국의 형제와 손녀에게 가사를 쓰고 있는 것, 독립을 간절히 희구하고 있는 것, 만주 독립운동가인 오빠 金大洛, 남편 이상룡, 그리고 경술국치로 자결한 李晚燾 등에 대한 존경심을 드러내놓고 표현한 것, 만주망명

---

13 "실푸다 국운이 망극ᄒ니 민졍도 / 가련하다 이쳔만 우리민죡 무삼죄로 / 하인의 노예되고 사쳔연 젼늬하든 죵묘ᄉ쇽 / 압쥭의 드럿난가 쳔운이 슌환ᄒ고 / 인심이 회기ᄒ야 국젹을 회복할걸 / 엇지하야 우리민죡 슈하노예 윈일인고 / 이국자의 츙셩과 의리ᄌ의 열심히 / 각도열읍 고을마다 학교를 셜입ᄒ야 / 인쥐을 보랏더니 지독한 원슈놈이 / 삼쳘이 금슈강산 소리업시 집어먹고 / 국늬에 모든거슬 졔임으로 폐지ᄒ고 / 학교죠ᄎ 폐지하니 가련ᄒ다 이쳔만의 쳥연ᄌ졔 / 학교죳ᄎ 업셔지미 무어스로 발달되리"(〈원별가라〉)

14 "우리조선 어디ᄀ고 외놈드리 득식ᄒᄂ / 우리인군 어디ᄀ고 외놈듸장 활기치ᄂ / 우리으병 어디ᄀ고 외놈군듸 득식ᄒ니 / --- / 어리서근 빅셩드른 외놈압픠 죵이되여 / 져주굴줄 모루고서 외놈죵이 되역꾸ᄂ"(〈신세타령〉)

15 "물건너 왜놈들이 그틈타서 건너오네 / 오역과 칠젹들과 합세하여 나라뺏어 / 졍치를 한다는게 백셩이 도탄이라 / 서럽도다 서럽도다 망국백셩 서럽도다 / 아무리 살려해도 살수가 바이없네 / 충군애국 다팔아도 먹을길 바이없고 / 효우를 다 팔아도 살아날길 바이없고 / 서간도나 북간도로 가는사람 한량없네"(〈눈물 뿌린 이별가〉) 원래의 텍스트에는 "오역(五逆)과 칠적(七賊)들과 합세(合勢)하여 나라뺏어"와 같이 괄호 안에 한자를 병기했다. 이 논문에서는 편의상 한자를 생략하고 인용했다.

으로 친정식구 모두와 생이별한 손녀에 대한 연민을 표현한 것 등 군데군데 미세하게나마 나라의 현실을 간접적으로 드러냈다.

2) 서사적 세계의 양상

만주망명가사는 만주로의 여행 과정과 만주 생활을 서술하고 있어 서사적 세계를 비교적 풍부하게 구현하고 있다. 서사적 세계는 망명을 중심으로 당대에 벌어졌던 망명서사와 자신의 삶을 추억하고 기억하는 가운데 드러나는 결혼서사로 이루어진다. 망명서사는 일제강점기에 만주로 망명한 독립운동가들의 망명경로, 최초의 정착지, 만주에서의 생활 등에 대한 생생한 서사이다. 결혼서사는 성장, 결혼, 신행, 귀령부모와 같이 과거 자신의 결혼을 중심으로 펼쳐진 서사이다.

먼저 만주망명가사에는 풍부한 망명서사가 들어 있다. 가장 풍부하게 망명서사의 세계를 갖추고 있는 작품은 〈원별가라〉이다. 〈원별가라〉는 망명을 결심하면서부터 만주에서 생활하는 데까지를 시간적 순서에 따라 읊었다[16]. 망명결심 과정, 망명에 대한 친정식구의 반응, 망명 경로, 만주 생활 등 망명을 중심으로 작가가 경험한 모든 것이 망명서사를 구성하며 펼쳐졌다. 작가의 망명경로를 표시하면 '울진군 기성면 사동리의 시댁 출발 → 인근의 친정 방문과 이별 → 동해안 가를 따라 삼사일간 남하 → 영천 도착 → 기차 승차 → 일주일 만에 신의주 도착 → 사오일 유숙 후 압록강 도강 → 만주 안동현 도착 → 배에 승선하여 북상 →십여 일 만에 회인현 홍

---

16 〈원별가라〉의 서술구조는 다음과 같다. ①서사 ②성장 및 결혼 ③한일합방 ④만주망명 결심 ⑤시댁 출발 ⑥친정 식구 이별 ⑦만주 도착 여정 ⑧만주생활 ⑨결사

도촌 도착'이다. 남편의 망명 권유에 작가가 응하여 망명이 이루어진 일, 작가와 친정 식구가 마지막으로 이별한 일, 영천의 기차역에서 왜경이 감시를 펼친 일, 만주 안동현에서 뱃삯을 정해 배를 타고 간 일, 배를 타고 가던 중 광풍이 일어 위험에 처한 일, 만주 도착 이후 회인현에서 농사를 지으며 살다 통화현으로 이주해 또 일 년을 살고 유하현으로 옮겨 삼사 년을 생활하게 된 일, 만주 도착 후 동포사회에 편입하여 생활한 일[17] 등의 망명서사가 비교적 소상하고 풍부하게 나타난다.

〈위모사〉도 〈원별가라〉보다는 다소 소략하지만 작가의 망명과정과 망명생활을 서술했다. 작가의 망명 경로를 표시하면 '안동의 내 앞마을 출발 → 경부선을 타고 한양 도착 → 경의선을 타고 의주 도착 → 압록강을 거슬러 올라가 통화현 도착'이다. 서술은 상대적으로 짧지만 〈원별가라〉의 작가와 거의 유사한 망명 루트를 선택했음을 알 수 있다. 이러한 망명 루트 외에도 자신의 주체적인 뜻으로 망명이 결행된 일, 친정어머니의 애끓는 걱정이 있은 일, 만주 도착 이후 동포사회에 편입해 생활한 일 등의 망명서사가 펼쳐져 있다[18].

〈간운사〉와 〈조손별서〉는 직접적으로 망명서사를 서술하기보다는 형제나 손녀를 향한 서정적 진술 속에 단편적인 망명서사가 묻어 나오는 식으로 서술했다. 〈간운사〉에서는 남편이 경술국치를 당하자 건국의사단을 결성하기 위해 만주로의 망명을 결심한 일, 안

---

17 "만쥬짱 건너오신 우리동포 이넌말숨 드러보소"나 "우리여즈 만쥬에 거름ᄒ는 여러형제"라는 구절로 시작하는 서술 부분에서 알 수 있듯이 작가는 만주 도착 후 동포사회에 편입하여 생활했다.

18 "이밧게 다못할말 원근간 붕우님ᄂᆝ / ᄂᆝ입만 쳐다보소 독닙연회 계셜ᄒ고 / 일쟝 연셜 하오리라" 작품 말미의 이와 같은 발언은 작가가 만주 도착 이후 동포사회에 편입하여 생활하였음을 말해준다.

동의 대종택을 포함한 모든 것을 버리고 망명한 일, 여동생의 시아
버지인 이만도가 24일간 단식하다가 순절한 일, 독립운동가인 큰
오빠 김대락도 만주에 같이 있는 일, 노구인 작가가 만주에서 백 여
리씩이나 보행하기도 한 일, 자신을 위해 며느리가 가사를 읊으면
손자들은 노래한다고 조롱하고 남편은 시끄럽다고 짜증을 낸 일,
고국으로 가는 인편이 있어 가사를 지어 편지로 대신한 일 등이 당
대의 망명서사에 해당할 수 있다. 〈조손별서〉에서는 동학난 이후
은거하던 남편이 경술국치로 망명한 일, 남편과 작가 일행이 망명
날짜를 서로 다르게 하여 출발한 일, 작가 일행도 일경의 감시를 피
하기 위해 서로 흩어져서 망명길을 잡은 일, 이때 작가가 북편 길로
오느라 손녀의 하회시댁을 들르지 못한 일, 북편 길로 가다가 구담
주점에서 사위의 전송을 받은 일, 임청각의 종손 대행으로 삼은 조
카가 만주로 종종 들어온 일, 아들 이준형이 군자금을 마련하기 위
해 고향 안동을 방문한 일, 그때 손녀의 만주행을 권했지만 오지 않
아 서운했던 일, 조카가 고향으로 돌아갈 때 급히 가사를 써서 준
일 등이 망명서사를 구성한다.

　〈신세타령〉에서는 작가의 서정적 진술[19] 속에 의병들의 생활이
서술되어 서사적 세계를 구성한다. 의병들이 이곳저곳을 옮겨 다
닌 일, 서간도의 얼음을 뚫고 행진하여 수염에 고드름이 달린 일,
배고프고 추운 지경에서 다음날 아침거리를 걱정해야 하는 일 등
의병들의 처참한 생활이 서사적으로 펼쳐진다. 〈눈물 뿌린 이별가〉

19　"이닉몸도 슬푸련믄 우리으병 불숭ᄒ다 / ᄀ는고시 닉뚱 이요 ᄀ는고시 닉집이
ᄅ / 빅곱푼들 머거볼ᄀ 춥ᄃ훈들 춥ᄃ홀ᄀ"; "이둘도ᄃ 우리으병 불숭ᄒᄃ / 이
역말리 찬ᄇ룸이 발작ᄆᄃ 어름이요 / 발끗ᄆᄃ 빅서리ᄅ 눈숩ᄆᄃ 어름이ᄅ /
수염ᄆᄃ 고드ᄅ미 눈동ᄌ는 불빗치ᄅ"; "엄동설안 츤ᄇ룸이 잠을준들 잘수인
나 / 동쪽ᄒ늘 밝거진니 조셕꺼리 걱정이ᄅ / 이리ᄒ여 ᄒ루ᄉ리 술ᄌ하니 밋친
거시 외놈이ᄅ"

에서는 서간도 이주민 사이에 백발인 작가 부부가 끼게 된 일, 아들과 손자가 만주에 먼저 가 있어 기차에서 내려 이들의 마중을 받은 일 등이 망명서사를 구성한다.

한편, 만주망명가사에는 작가나 육친의 결혼서사가 서술되기도 했다. 결혼으로 인한 1차적 이별도 슬픈데 엎친 데 덮친 격으로 망명으로 인한 2차적 이별이 있었음을 강조해 서술한 것이다. 〈원별가라〉에서는 자신의 성장 및 결혼을 장장 82구[20](전체 546구)에 걸쳐 읊었다. 〈조손별서〉에서는 서두에서 장장 102구(전체 315구)에 달하는 손녀의 성장과 결혼을 읊었다. 〈간운사〉에서는 서두에서 간단히 형제들의 성과 결혼, 그리고 그로 인한 이별을 읊었다. 〈위모사〉에서는 아주 짧게 자신의 성장과 결혼을 서술했는데[21], 친정어머니가 〈송교행〉에서 자신의 결혼서사를 장황하게 서술했기 때문에 여기서는 간략하게 서술한 듯하다.

3) 교술적 세계의 양상

20대의 젊은 작가가 쓴 〈원별가라〉와 〈위모사〉에는 논리적·애국계몽적 서술이 두드러지게 나타난다. 서간도로 망명하는 이유에 대해 자신의 주관을 논리적으로 피력하거나 만주를 향해 여행하고 만주에 도착해 생활하면서 독립운동가로서의 애국계몽적 발언을 서술한 경우이다. 논리적으로 설득하려 한다거나 구체적 대상을 향해 애국계몽을 권고한다는 점에서 교술적 작품세계라 할

---

20 〈원별가라〉와 〈조손별서〉의 구수는 2음보를 1구로 계산했다.
21 "금지옥엽 나의몸이 불힝이 쓸노나셔 / 친가이난 유익업시 부모이 이물이라 / 검문식이 츌등지화 신수회에 명에잇고 / 빅연희로 부부되야 부귀복낙 긔약ㅎ고 / 소년청춘 조흔시절 봉황원앙 짝얼지어 / 부모고국 원별ㅎ고 만쥬로 건너갈졔"

수 있다.

〈위모사〉의 전반부에서 작가는 여성이지만 서간도로 가는 것이 합당한 이유를 제시했다. 핍박받는 조선의 현실에서는 살 수 없다는 점, 난세에 타관으로 이주한 과거의 예가 있다는 점, 서간도가 그리 나쁘지 않은 곳이라는 점, 그리고 이제는 남녀평등의 시대라 아녀자도 어디든 갈 수 있다는 점 등을 들었는데, 그 서술 태도가 매우 논리적이다. 작가가 근대계몽주의사상의 자양분을 흡수하여 세계를 자신의 시각으로 바라보고자 하는 주체적 인식을 형성하고 있었음을 말해준다. 특히 작가는 남녀평등론을 격앙된 어조로 힘주어 개진했다[22]. 그리고 작가는 만주에 다가가면서 독립투사의 발언도 서슴지 않고 했다. 동기친척들에게는 자제를 교육하여 조국정신을 배양해서 조국의 독립을 이루게 하자, 동포들에게는 이전 관습을 개혁하고 신문물을 받아들이고 자제를 교육하며 문명의 진보를 꾀해 하늘을 감동시키자[23], 만주에 사는 붕우들에게는 독립연회를 개설하고 일장연설을 하겠으니 자기 입만 바라보라고 서술했

[22] "남녀가 평등되니 심규이 부인네도 / 금을 버셔불고 이목구비 남과갓고 / 지각경눈 마챵인되 지분되로 사업이야 / 남여가 다르기소 극분할사 이전풍속 / 부인늬 일평싱은 션악을 물논ᄒ고 / 압직밧고 구속ᄒ미 젼중살이 그안니요 / 사름으로 삼겨나셔 홍낙이 무어시오 / 셰계을 살펴보니 눈ᄉ우역이 변젹ᄒ고 / 별별이리 다 잇구나 구라파 주열강국 / 예여도 만흘시고 법국이 나란부인 / 되쟝긔을 압세우고 독입젼칭 성공ᄒ고 / ○○○○ ○○○○ ○○이 집을써나 / 동셔양 뉴롬ᄒ고 되학교이 졸립ᄒ서 / 천한월겁 봉식하니 여학교을 살펴보면 / 긔졀한 직화들이 남ᄌ보다 충문낫소 / 지못되고 민ᄌ식이야 말홀굿도 업지마ᄂ / 발고발근 이셰샹이 부인예로 싱겨나셔 / 이전풍속 직히다가 무슨죄로 고샹할고"

[23] "동긔친척 잘계시오 다각각 본심되로 / 지리실화 마르시고 ᄌ졔을 교양하여 / 조국정신 비양ᄒ면 독닙긔휘 두른쪄 / 졔셰국민 그안니요 / 동포들아 이전관습 계혁ᄒ고 / 신공긔을 흡슈ᄒ여 영웅ᄌ여 산싱하며 / 학교졸립 시긔시요 타국풍도 살펴보면 / 일슨문명 진보되야 우슝열미 져공예가 / 거울갓치 발가이소 잠시릭도 노지말고 / 츳츳로 젼진하오 무수한 져쳔운이 / 인심을 짜릭 가이 우리나라 이 광경이 / 모도다 ᄌ취로다 회과ᄒ고 계량ᄒ면 / 하날인들 엇지ᄒ리"

다[24]. 독립운동가로서의 자아 정체성을 지니고 동기친척, 동포, 그리고 붕우들을 향해 권고와 선동의 발언을 하고 있는 것이다.

〈원별가라〉의 작가도 만주에 다가가면서 독립운동가로서의 자아 정체성을 확립해갔다. 만주땅에 도착하자마자 청년들을 향해 늙지 말고 독립국을 바라면서 춤을 추고 놀아보자[25]고 하고, 만주에서 추위에 고생하는 동포들을 향해 끝까지 참으며 애국심을 발휘하여 無家客을 면하자[26]고 하고, 만주에 들어온 여성들을 향해 어리석은 행위들은 다 버리고 남의 뒤를 따르지 말고 독립을 쟁취하는 날 같이 승전고를 울리면서 고국으로 돌아가자[27]고 했다. 자신을 독립운동의 당당한 주체로 인식하고 동포들에게 권고하고 있는 것이다.

두 작품 외에 나이가 연로한 작가들의 작품에는 교술적 진술이 거의 드러나지 않는다[28]. 다만 〈조손별서〉에서 손녀를 향한 권고와

---

24 "이밧게 다못할말 원근간 붕우님닉 / 닉입만 처다보소 독닙연회 게설ᄒ고 / 일쟝 연셜 하오리라"

25 "우리청연 늘지마소 독입국 시졀바릐 춤을츄고 노라보싴"

26 "만쥬쟝 건너오신 우리동포 이닉말슴 드러보소 / 산고 곡심한 이곳을 엇지왓나 / 다졍한 부모동기 이별ᄒ고 / 분결갓흔 삼쳘이 강산을 하직ᄒ고 / 찬바람 씰씰 불고 찬눈은 쌀쌀소리 치ᄂᄃ / 딕국쟝 만쥬지방 무어시 ᄌ미잇나 / 여보시요 동포님 견졍을 싱각ᄒ여 / 고싱을 낙을삼고 참고참기 미양ᄒᄋ야 / 월왕구쳔 이상신 삼 쏜을바다 / 인닉역 힘을써셔 ᄋ국의 ᄉ승두어 / 어셔어셔 젼진하야 육쳘이 동삼셩에 무가긱을 면합시다"

27 "우리여ᄌ 만쥬에 거름ᄒᄂ 여러형졔 / 어리셕은 힝위 다바리고 지금 이시딕 이십셰기 / 문명한 빗흘어더 남의뒤을 쌀치말고 / 만쥬일딕 부인 왕셩ᄒ여 독입권을 갓치밧고 / 독입기 갓히들고 압녹강을 건너갈졔 / 승견고을 울이면서 죠흔노릭 부을젹에 / 딕한독입 만만셰요 딕한 부인들도 / 만셰을 놉히 부르면셔 / 고국을 ᄎᄌ가셔 풍진을 물이치고 / 몃몃히 그리든 부모동기와 / 연아쳑당 상봉ᄒ고 그리든졍회 셜화ᄒ고 / 만셰영낙 바라볼가"

28 〈간운사〉에서 형제들에게 "원이한 우리남믹 싱ᄉ간의 잇지마라"라고 권유한 진술도 서정성을 바탕으로 한 진술이다. 〈신세타령〉에서도 자신, 의병, 그리고 나라의 처지가 슬프고 서럽다는 데 서술의 초점이 있어 교술적인 서술은 드러나지 않는다. 〈눈물 뿌린 이별가〉도 교술적 진술은 전혀 드러나지 않고 있다.

319

사위 및 외손자에 대한 덕담을 서술[29]하고 있는데, 만주의 친정 식
구를 그리다가 마음이 상해 있을 손녀를 위로하고자 하는 의도로
서술한 것으로, 본격적으로 교술적 서술태도를 지니고 있는 것은
아니었다.

03 만주망명가사의 미학적 특질

이상으로 만주망명가사에 나타난 서정적, 서사적, 그리고 교술
적 작품세계의 양상을 살펴보았다. 만주망명가사의 작품세계에서
가장 중심을 이루고 있는 것은 서정의 세계이다. 작가들은 낯선 서
간도에서 혹은 서간도로 떠나가면서 고국과 고국인을 이별하고 그
리워하는 심정을 비장하게 서술하고, 떠나갈 수밖에 없게 된 나라
의 현실에 분노하는 심정을 서술했다. 서사적 작품세계는 망명서
사와 결혼서사로 이루어졌다. 망명서사는 직접적으로 서술되기도
하고, 서정적 진술 속에 묻어서 표출되기도 했다. 교술적 작품세계
는 젊은 작가의 가사에서 발현되었다. 젊은 작가의 작품은 논리적
으로 자신의 견해를 피력하거나 특정 대상을 향해 애국계몽적 발

---

29 "어엽분 이아히야 효봉구고 승슌군자 / 가너에 화목ᄒ고 비복에게 덕을어더 / 금
지옥엽 너에믐을 일일이 조심ᄒ여 / 악담이 잇지말며 직임에 참작ᄒ여 / 나ᄃ치
말지어다 너에집 선비가풍 / 넌들엇지 못하긴노 말이젼졍 너을두고 / 비사고우
부지럽다 쳔우상조 하오리라 / 龍鳳갓흔 柳셔랑도 교흉바다 발달ᄒ여 / 문즁사
업 게입ᄒ여 길인각 능우ᄃ에 / 난셰랄 평졍ᄒ고 第一切臣 될거시요 / 초목과 곤
충드리 그덕을 흠앙ᄒ여 / 양가영화 쾌활시고 산두복녹 이려ᄒ나 / 더구할기 무
어신야 남천보옥 우리정하 / 일최월장 자라나셔 장너셩최 볼싹시면 / 이퇴게에
쳘학과 최고운에 문자와 / 이충무에 장약과 정다산에 상치가와 / 한석봉에 명필
을 일신상에 구비ᄒ야 / 셩덕겸젼 하엿셔라 우리나라 늬인만물 / 셰계만국 숭비
ᄒ야 딩모에 삼쳔교흉 / 어느누가 효측ᄒ랴"

언을 함으로써 교술적 작품세계를 보인다. 이렇게 만주망명가사는 서정적 세계가 전편을 지배하여 씨실을 이룬 위에 서사적 세계와 교술적 세계가 날실로 얽혀져 하나의 텍스트를 구성하고 있다.

그러면 이러한 서정적, 서사적, 교술적 세계가 서로 얽혀 만들어 낸 텍스트인 만주망명가사의 미학적 특질은 무엇일까. 만주망명가사는 일제강점기 당대를 살아갔던 작가들이 그 당시에 창작한 가사이다. 그런 의미에서 만주망명가사는 시이면서 생생한 실기문학이기도 하다. 만주망명가사는 현대 독자들에게 시로 읽히면서 실기문학의 감동도 주게 된다.

만주망명가사의 가장 뚜렷한 미학적 특질로 현실성(리얼리티)을 들 수 있다. 만주망명가사에서 현실성은 망명서사의 세계를 통해 확보된다. 만주망명과 독립운동은 우리 역사의 한 페이지를 장식한 매우 특수한 부분이었다. 이 특수한 역사의 주체들은 무수히 많은 희생과 고통을 감수했다. 하지만 현대인은 그 주체들의 희생과 고통을 피부에 와 닿을 정도로 느끼지 못했던 것이 사실이다. 과거 우리의 아픈 역사를 책에서나 배웠던 현대의 독자들은 만주망명가사를 읽으며 살아 있는 역사의 현장을 체험하게 된다. 현대의 독자는 만주망명가사에서 펼쳐진 작가 개인의 사연을 접하고 그 현실성에 감동을 받게 되는 것이다. 특히 이들 가사는 일제강점기에 독립운동의 현장에 있었지만 이름을 남기지 못한 여성의 사연을 담고 있다. 민초를 대변하는 여성들의 사연이었기 때문에 그 현실성은 더욱 부각되어 나타난다.

한편, 젊은 작가가 보여준 교술적 작품세계는 기존의 교훈가사와는 달리 독자들에게 신선한 충격으로 다가온다. 〈위모사〉의 작가가 힘주어 진술한 남녀평등론은 지금 보아도 매우 진보적이다. 작

가의 논리적 서술은 다소 아전인수격인 감은 있지만 자신의 시각
으로 세계를 해석하고자 하는 의욕에 넘쳤다. 그리고 치기 어리긴
하지만 만주망명을 사회참여의 기회로 삼고자 한 작가의 욕망은
현대적 관점에서 바라볼 때 신선한 충격으로 다가온다. 두 젊은 여
성은 애국계몽적 진술을 통해 독립운동가의 기질을 유감없이 발휘
하기도 했다. 실제로 젊은 두 여성의 애국계몽적 발언이 얼마나 객
관적인 힘을 지녔는지는 알 수 없지만, 작품에 나타난 그들의 발언
에는 힘이 있었다. 이러한 두 여성의 교술적 세계는 집단의 이데올
로기를 일방적으로 서술한 교훈류 가사의 교술적 세계와는 그 미
학적 특질을 다르게 드러낸다. 두 여성의 교술적 진술은 집단이 아
니라 당대를 살아간 한 개인의 목소리이다. 근대개화사상의 자양
분을 흡수하거나 문중의 독립운동의식을 체화하고 있었던 한 여성
의 목소리였다. 그런 의미에서 두 여성의 교술적 세계는 당대 근대
개화사상과 독립운동의식을 흡수했던 여성의 인식을 반영한다. 현
대의 독자는 이 두 가사 작품을 읽으며 당대 역사의 소용돌이에서
역사의 주체로 서고자 했던 젊은 두 여성을 발견하고 신선한 충격
을 받게 된다. 그리고 두 여성의 목소리를 통해 당시 나라를 잃은
상황에서 잠재된 '민족의 힘'이 어느 정도였는지를 생생하게 체감
하게 된다. 이렇게 두 여성의 교술적 세계는 당대 격변하는 역사·
사회 속에서 여성의 인식이 변화되어 간 양상을 반영한다. 이와 같
이 두 젊은 여성의 교술적 세계는 당대 역사·사회 현실에 적극적
이던 두 여성의 모습을 발견하게 한다는 점에서 작품의 현실성을
강화해주는 역할을 한다. 당대 여성의 새로운 모습을 발견한 신선
한 충격은 작품의 현실성을 높이는 데 기여하게 되는 것이다. 이렇
게 만주망명가사에서 현실성은 가장 덕목 있는 미학적 특질로 나

타난다.

만주망명가사에서 현실성은 서정적 세계의 진정성을 견인하는 역할을 하게 된다. 만주망명가사에서 가장 중심을 이루는 것은 서정적 세계이다. 작가는 고국과 고국인에 대한 서정의 세계와 나라의 현실에 대한 서정의 세계를 때로는 비장하게 때로는 분노하며 드러냈다. 작품 전편을 통해 고국에 두고 온 육친을 그리워하고, 고국을 등지고 만주 땅에 들어서면서는 거듭해서 고국과 고국의 산하에 대한 자신의 서정을 토로했다. 이러한 작가의 비장한 서정과 분노에 대해 독자들은 전혀 그 진정성을 의심하지 않으며 공감한다. 그 이유는 작품 안에 서정의 세계와 더불어 직접적이든 간접적이든 당대의 망명서사가 펼쳐져 있기 때문이다. 작품에 구현된 서사적 세계가 현실성을 확보해 준 바탕 위에서 서정적 세계가 재현되어 그 진정성이 살아 숨 쉬게 된 것이다.

만주망명가사의 미학적 특질인 현실성과 진정성은 시적 긴장을 유지해주는 기능도 담당한다. 가사문학은 4음보가 연속되는 장르적 특성상 평면성을 면치 못해 시적 긴장이 떨어지는 것이 보통이다. 만주망명가사도 가사 장르의 기본적 특성상 평면성을 일정 정도 지니고 있음을 부인할 수 없다. 하지만 여타 가사에 비해 상대적으로 시적 긴장을 어느 정도 유지하는 미학적 특질을 드러낸다. 이들 가사가 현대 독자와 만나 실현화될 때 작품세계의 현실성과 진정성은 독자들로 하여금 시적 긴장의 끈을 놓치지 않게 하기 때문이다. 특히 만주망명가사는 잃어버린 조국을 위해 의연하게 만주로 망명했던 많은 사람들 중에서도 이전에는 거의 알지 못했던 여성의 서정, 서사, 그리고 교술을 담고 있다. 독자들은 망명 여성들의 사연을 읽으며 가사의 현실성과 진정성의 미학을 체감하는 가운데 시적 긴장감도 계속 유지하게 되는 것이다.

한편, 만주망명가사는 소박하면서도 생생한 문체를 사용하여 시적 생동감이 있다는 미학적 특질을 드러낸다. 〈간운사〉와 〈조손별서〉의 작가는 비교적 규방가사의 창작과 향유에 능숙하여 전체적으로 볼 때 세련되고 유려한 가사 문체를 사용하고 있지만, 종종 관습적 문체에서 탈피하여 자신의 심정을 소박하게 표현하기도 했다. 〈위모사〉, 〈원별가라〉, 〈신세타령〉의 작가는 평범한 일상어의 표현이 두드러지는데, 순우리말이나 근대적 용어를 사용하기도 하고 심지어는 욕설조차도 그대로 표현하는 문체를 구사했다. 한편 〈눈물 뿌린 이별가〉의 작가는 평범한 문체를 사용하는 가운데 작품의 전체에 걸쳐 상여소리를 중심으로 하는 민요적 문체를 사용했다. 이렇게 만주망명가사는 평범하지만 다채롭고 자유로운 문체를 구가하여 시적 생동감을 지닌다.

이와 같이 만주망명가사는 독자들과 만나 실현화될 때 다양한 미학적 특질을 드러낸다. 만주망명가사는 가사 장르의 기본적 특성상 시적 평면성을 어느 정도 지니고 있는 것은 사실이다. 하지만 작품의 서사적·교술적 세계는 현실성을 지니며, 이 현실성의 힘으로 서정적 세계의 진정성도 확보되고 있다. 이러한 현실성과 잔정성은 다소 평면적일 수 있는 만주망명가사에 시적 긴장을 불어넣어 주고 있다. 한편, 만주망명가사는 여성 특유의 소박하면서도 생생한 문체로 말미암아 시적 생동감을 획득하고 있는 미학적 특질을 드러낸다.

여성이 창작한 신변탄식류 가사는 누군가를 이별하고 그 대상을 그리워하는 서정의 세계를 기본으로 하면서 결혼서사를 서술하는 경향이 있다. 만주망명가사도 서정의 세계를 중심으로 하면서 결혼서사를 포함하고 있다. 그런데 결혼서사는 비록 망명으로 인한 2차 이별을 강조하고자 하는 문맥적 맥락이 있어서 서술된 것이지만, 작품에서 중점적으로 드러내고자 했던 만주망명의 세계와 견줄 때 다소 이질적이다. 이렇게 서정적 세계를 중심으로 하면서 결혼서사를 포함하고 있는 점은 만주망명가사가 신변탄식류 가사의 창작 전통을 계승한 결과라고 볼 수 있다. 그런데 만주망명가사는 신변탄식류 가사의 전통을 계승하여 창작되었음에도 불구하고 그 작품세계와 미학적 특질은 상당히 다르게 나타난다. 신변탄식류 가사는 누군가를 그리워하는 서정이 중심을 이루는데, 시간적·공간적 서술 구조 안에서 작가의 서정이 중첩적으로 서술된다. 그리하여 쏟아낸 서정의 총량이 엄청남에도 불구하고 단일한 서정의 중첩이 주는 피로감으로 인해 그 진정성과 시적 긴장이 떨어지는 것이 사실이다. 그런데 만주망명가사는 신변탄식류 가사와 달리 작가의 관심이 역사·사회 문제로 확장되어 현실성을 확보하고 서정 세계의 진정성을 획득했다. 그 결과 작품 전체의 시적 긴장도 어느 정도 유지되는 성과를 이루었다고 할 수 있다. 이러한 만주망명가사는 일제강점기에도 신변탄식류 가사가 지속된 한 양상을 보여주는 동시에, 전통 장르인 가사문학이 일제강점기에도 시적 가능성을 충분히 지니고 있었음을 확인시켜준다는 의미가 있다. 더욱이 일제강점기 역사에 대응해 가사문학이 이룩한 미학적 성과가 여성에 의해 이루어졌다는 점은 매우 주목할 만한 점이다.

　만주망명가사 중 유일하게 남성이 쓴 가사로 〈분통가〉가 있다. 이 가사도 여성 작 만주망명가사와 마찬가지로 서정, 서사, 교술로 이루어진 작품세계를 지닌다. 이 가사는 고향을 이별하고 망국의 현실에 분노하며 독립을 희망하는 서정이 작품의 전편을 지배한다. 그리고 망명과정을 서술한 서사적 세계와 독립운동 의식을 고취하는 교술적 세계를 아울러 지닌다. 그리하여 〈분통가〉는 독자들과 만나 실현화되었을 때 만주망명가사와 마찬가지로 현실성과 진정성의 미학을 지닌다. 그런데 〈분통가〉의 교술적 세계에는 여성 작가들의 것과 다른 점이 발견된다. 한말 인사들의 행적을 나열한다든가, 우리 역사상 충신의사들을 일일이 추모한다든가, 중국 역사상 老將軍의 예를 나열한다든가 하는 등 작가가 알고 있는 지식의 나열적 진술이 상당히 비중 있게 나타난다[30]. 그리고 문체에서도 여성 작 가사와 다른 점이 발견된다. 김대락은 작품 전체에 걸쳐 4·4조를 거의 정확하게 지키고, 어렵고 건조한 한자투성이의 한문문체를 사용했다. 지식의 나열적 진술과 건조한 한문투의 문체는 시적 긴장을 방해하고 시적 생동감을 떨어뜨리는 결과를 초래한다. 여성 작 만주망명가사와 마찬가지로 〈분통가〉가 현실성과 진정성의 미학을 지녔음에도 불구하고, 유림인 남성이 창작하여 시적 긴장과 생동감의 미학은 획득하지 못한 한계를 노정했다고 할 수 있다.

한편, 일제강점기에 창작된 가사로 '만주망명을 둔 고국인의 가사'가 있다. 모두 여성에 의해 창작된 '만주망명인을 둔 고국인의 가사'의 작품세계는 서정의 세계와 서사의 세계로 구성된다. 서정의 세계는 만주에 간 육친에 대한 그리움과 한탄의 서정이 중심을 이루면서 나라의 현실에 대한 서정과 여성의 처지에 대한 서정도

---

30 〈분통가〉의 서술구조는 다음과 같다. ①서언 → ②성장과 포부 → ③國亡의 현실과 망명 결심 → ④출발 전 준비와 하직 인사 → ⑤고향 출발과 육친 이별 → ⑥서간도 도착 과정 → ⑦망명지의 지세와 감회 → ⑧한말 인사들의 심판과 항일열사 추모 → ⑨역사상 충신의사 → ⑩一死報國 의지의 고취 → ⑪老將의 敵 섬멸 의지 → ⑫독립 후의 세상 → ⑬결어.

드러난다. 결혼서사와 망명서사로 구성된 서사적 세계는 대부분 그리움과 한탄의 서정을 표현하는 어구 속에 묻혀서 발현된다. 만주망명가사와 마찬가지로 이 유형은 망명서사의 세계를 서술하여 현실성이 확보되고 따라서 서정적 세계의 진정성도 획득하고 있다. 그러나 이 유형은 만주망명가사와는 다르게 서정적 세계의 서술이 지나치게 중첩되어 서정성의 과잉 상태를 보이며, 관습적인 문체를 전적으로 사용하고, 결혼서사나 친정나들이와 같은 관습적인 내용 요소의 비중이 높게 나타난다. 따라서 이 유형은 현대의 독자와 만나 실현화될 때 상대적으로 시적 긴장이 떨어지는 미학적 특질을 보인다. 이 유형에서는 자신이 여성이기 때문에 만주에 갈 수 없다는 '여성의 처지에 대한 한탄의 서정'이 나타난다. 만주망명가사에서는 고국에 가지 못하는 자신의 처지를 한탄하면서도 '어디에도 갈 수 없는 여성의 처지에 대한 인식'은 드러나지 않는다[31]. 이러한 차이는 육친과 함께 만주로 망명하지 못하고 집안에만 갇혀 지내야 했던 처지와 동반 망명하여 나라의 독립이라는 절대 명제의 중압감에서 벗어나지 못한 처지의 차이에서 나온 결과라고 할 수 있다. 그리고 이 유형에서는 교술적 세계가 전혀 드러나지 않아 만주망명가사와 차이를 보인다. 이 차이점은 규중에 갇힌 작가들의 폐쇄성과 규중을 벗어나 여행한 자유의 차이가 작용한 결과라고 할 수 있다.

---

31 만주망명가사에서 여성으로서의 인식은 주로 초기에 만주 망명에 대한 입장을 표현한 데서 간단하게 나타난다. 〈위모사〉의 작가는 남녀평등론자였다. 〈원별가라〉의 작가는 자신은 규중의 여자로 아무것도 모르고, 다만 여필종부라 하니 남편을 따르겠다는 입장을 보인다. 〈간운사〉의 작가는 자신은 무식한 여자라 나라를 위한 忠義烈心도 없어 만주 망명이 마음과는 맞지 않았지만 남편을 따라야 하는 삼종지도가 있어서 올 수밖에 없다고 했다. 그러나 만주망명가사에는 여성으로서의 처지를 한탄하는 서정의 세계가 보이지 않는다.

04 맺음말

만주망명가사는 신변탄식류 가사의 서정성을 십분 활용하면서도 자신의 체험을 기록한 기록성도 보여 실기문학으로서의 성격도 지닌다. 만주망명가사의 여성 작가들은 만주로 망명하여 독립운동에 직·간접으로 기여했지만 역사상 전혀 이름을 남기지 못한 민초를 대변한다. 현재 일제강점기에 독립운동의 현장에 있었으면서도 역사의 뒤안길로 사라진 민초, 특히 여성의 기록은 거의 찾아볼 수 없다. 만주망명가사는 만주 독립운동에 참여했던 당대 여성의 생생한 기록으로서의 가치도 지닌다고 하겠다.

제6장

만주망명인을 둔 고국인의 가사
-미학적 특질을 중심으로-

---

01 머리말

　최근 일제강점기 '만주망명가사'에 이어 '만주망명인을 둔 고국인의 가사'가 유형화되어 연구되기 시작했다. 전자가 대부분 만주로 동반 망명한 여성에 의해 만주에서 창작된 반면, 후자는 만주에 동반 망명하지 못한 여성에 의해 고국에서 창작되었다. 그리하여 '만주망명인을 둔 고국인의 가사'는 만주로 가서 돌아오지 않는 남편, 아들, 부친, 딸 등을 그리워하며 자신의 신세를 한탄하는 서정을 표현했다. 최근의 연구에서 작가가 없이 별도로 유통되었던 〈별한가〉가 〈감회가〉를 지은 金義李氏(1855-1922)의 작품임이 밝혀졌으며, 그것을 바탕으로 두 가사의 작품세계가 다루어졌다[1]. 이어 이

1　고순희, 「만주망명인을 둔 한주종택 종부의 가사문학-〈감회가〉와 〈별한가〉」,

들 가사가 유형화되어 자료가 제시되었으며, 그 작가의 생애도 구체적으로 재구성되었다². 그런데 최근의 유형적 연구는 이본을 포함한 자료를 수집·제시하고 작가의 생애를 재구성하는 데 중점을 둔 것이었다. 그리하여 이 유형의 작품세계를 분석하고 그 미학적 특질을 규명하는 별도의 논의가 필요하다고 판단했다.

신변탄식류 가사는 전통적인 가사유형으로서 자신의 성장과 결혼을 읊은 다음, 이후 친정 부모나 형제를 보지 못해 슬퍼하는 사연, 집을 나가 돌아오지 않는 남편을 그리워하며 신세를 한탄하는 사연, 남편과 사별하고 그를 그리워하며 자신의 신세를 한탄하는 사연 등을 각각 담는 경우가 중심을 이룬다. 그리고 여성의 신세에 대한 한탄이 곁들여지는 경우도 있다. 이러한 신변탄식류 가사는 결혼한 여성들 사이에서 강력한 공감대를 형성하면서 꾸준히 확대 재생산되었다.

근대기로 접어들면서 역사·사회 상황이 급변하게 됨에 따라 여성의 삶도 미세한 수준이지만 변화를 겪게 되고 다양해지기 시작했다. 여성 삶의 다양성은 근대기 신변탄식류 가사에 수용되어 나타났다. 그런데 근대기 신변탄식류가사의 작품세계는 근대기를 살았던 작가의 의식과 변화된 근대기 사회의 풍경을 담았다 하더라도 전통적인 가사의 창작 관습 속에서 창작되어 전통적 요소도 강력히 지니고 있었다. '만주망명인을 둔 고국인의 가사'도 일제강점

『고전문학연구』제40집, 한국고전문학회, 2011, 91~122면.
2 〈송교행〉은 安東權氏(1862-1938)가 51세 때인 1912년에, 〈답사친가〉는 固城李氏(1894-1937)가 21세 때인 1914년에, 〈감회가〉와 〈별한가〉는 全義李氏(1855-1922)가 59세 때인 1913년과 61세 때인 1915년에, 〈단심곡〉은 1893년 서울의 명문가에서 장녀로 태어나 18세에 영남의 명문가에 시집을 간 여성이 30세 무렵인 1922년경에, 〈사친가〉는 1900년 장녀로 태어나 20세에 결혼하여 18년간 결혼 생활을 한 여성이 37세 무렵인 1936년에 창작했다.

으로 인해 굴곡진 각 작가의 삶을 수용하면서도 전통적인 신변탄
식류 가사의 창작 관습 안에서 그것을 표현했다. '만주망명인을 둔
고국인의 가사'에 대한 미학적 특질을 규명함으로써 근대기 가
사문학의 지속과 변모 양상을 구체적으로 살필 수 있을 것으로
보인다.

이 연구는 〈송교행〉, 〈답사친가〉, 〈感懷歌〉, 〈별한가〉, 〈단심곡〉, 〈사
친가〉 등 '만주망명인을 둔 고국인의 가사'를 대상으로 하여 작품
세계의 양상을 분석하여 그 미학적 특질을 규명하는 데에 목적을
둔다. 먼저 2장에서는 서정적 작품세계의 양상을 분석한다. 그리움
과 한탄의 서정, 나라의 현실에 대한 서정, 그리고 여성의 처지에
대한 서정으로 나누어 그 양상을 객관적으로 분석한다. 3장에서는
서사적 작품세계의 양상을 분석한다. 결혼서사와 망명서사로 나누
어 그 양상을 객관적으로 분석한다. 그리고 4장에서는 앞의 논의를
종합하여 '만주망명인을 둔 고국인의 가사'의 미학적 특질을 검토
한다.

이 연구에서 인용하는 각 가사의 텍스트는 다음과 같다. 〈송교
행〉은 역대·집성본, 〈답사친가〉는 집성본, 〈감회가〉는 견문취류본,
〈별한가〉는 가사문학관본 1, 그리고 〈단심곡〉과 〈사친가〉는 유일본
인 권영철본이다. 이 논문에서 제목 표기는 현대어로 고친 대표 명
칭을 사용하기로 한다[3].

---

3 '만주망명인을 둔 고국인의 가사' 6편의 자료 현황(이본 수, 이본 소재, 작품명)
은 이 책의 「만주망명인을 둔 고국인의 가사문학-자료 및 작가를 중심으로」에
자세히 정리되어 있다.

02 서정적 작품세계의 양상

1) 그리움과 한탄의 서정

6편의 가사에서 가장 지배적으로 펼쳐지는 서정은 육친을 그리워함과 동시에 자신의 신세를 한탄하는 '그리움과 한탄'의 서정이다. '그리움과 한탄'의 서정은 작품 전체에 걸쳐 거듭하여 표현됨으로써 중첩적 성격을 지닌다.

서정의 중첩성이 확연히 드러나는 작품은 상대적으로 장편에 해당하는 〈감회가〉와 〈별한가〉이다. 두 가사에서 작가가 그리워하는 대상은 남편과 아들이다. 작가는 대체적으로 시간적 흐름에 따라 구조화된 매 서술단락마다 거듭거듭 그들을 그리워하고 자신의 애타는 심정을 토로했다[4]. 그런 데다가 매 서술단락 안에서도 그리움과 한탄의 서정을 중첩적으로 드러냈다. 〈감회가〉에서 신년 즈음의 감회를 읊은 부분은 단 이틀간의 서술이다. 그런데 작가는 舊臘 아침, 그날 밤, 신년 아침, 다시 그날 밤 등 이틀의 시간을 쪼갠 순간마다 온통 남편과 아들에 대한 생각에 빠져 그것을 표현했다. 〈별한가〉에서 어느 봄날의 감회를 읊은 부분은 만 하루가 조금 넘는 짧은

---

4 〈감회가〉의 서술구조는 다음과 같다(4음보를 1구로 계산). ① 여자의 본분(1~17구), ② 가장·자식과의 이별 素懷(18~40구), ③ 新年의 감회(41~92구), ④ 정월 대보름및 아들 생일날의 감회(93~134구), ⑤ 仲春의 감회(135~185구), ⑥ 晚春의 감회(186~242구), ⑦ 가을·겨울의 감회(243~252구), ⑧ 인생무상과 친정 방문(253~287구), ⑨ 결어(288~297구)
〈별한가〉의 서술구조는 다음과 같다(4음보를 1구로 계산). ① 여자의 애석한 삶(1~22구), ② 남편의 항일 활동과 望夫恨(23~73구), ③ 남편 생일날의 감회(74~105구), ④ 봄날 望子의 감회(106~165구), ⑤ 여름날 望子의 감회(166~248구), ⑥ 친정 방문 및 船遊의 감회(249~336구), ⑦ 望父子의 한(337~360구).

기간의 서술이다. 여기에서도 작가는 닭 우는 새벽, 늦게 일어난 아침, 달 뜬 저녁 등 만 하루의 시간을 쪼갠 순간마다 남편과 아들에 대한 생각에 몰두했다. 그리고 작가는 술에 취한다든가 불면의 밤을 보내는 등 심리적·정서적으로 불안정한 상태에 자주 빠지곤 했다. 이렇게 작가의 서정은 '그리움'이 '병'이 된 심적 상태에서 펼쳐진다[5].

〈답사친가〉에서 작가가 그리는 대상은 만주로 간 친정 식구들인데 그 가운데서 중심은 부모이다. 친정 식구의 망명 시, 송별 후 집으로 돌아왔을 때, 가을날에, 이후 계절의 순환마다, 부친이 환국했을 때, 조모의 환갑날을 맞이했을 때 등 매 서술단락마다 거듭하여 부모를 그리는 서정을 토로했다[6].

> ① 춘싱추실 이수뒤로 낙엽이 시름돕고 / 만화방창 봄물싴이 나을 보고 비웃난듯 / 오날이나 소식올가 뇌일이나 사람올가 / 기다리난 이세월이 얼푸시 십삼셩상 / 말이야 십건만은 일일평균 십이시의 / 기다리난 이간장이 실낫갓치 결엿구나 / 삼십이 넘어서니 자미업난 거울뒤히 / 이용을 고시ᄒ니 반이나 슉든모습 / 뉘을위히 이러한고 / 홀잇쳐 싱각ᄒ니 규중을 셜쳐나셔 / 남복을 기착ᄒ고 일쳑챵마 치을 쳐서 / 운산을 넘고넘고 하슈을 건너건너 / 님을ᄎᄌ 뇌가가셔 쳔슈

만슈 믹친원망 / 낫낫치 풀어볼가〈단심곡〉

②이십년 긴세월이 흉중이 싸인원한 / 구의산 구름갓고 환하수 물
과갓해 / 산고해심 싸힌회포 울고울고 쏘울어도 / 한이업난 셜음이라
〈사친가〉

〈단심곡〉에서 작가가 그리는 대상은 남편이다. 작가는 남편이 망
명했을 때, 가을날에, 봄날에, 그리고 동짓날에 거듭하여 남편을 생
각하며 시름에 젖었다[7]. ①은 봄날의 서정을 담은 〈단심곡〉의 구절
이다. 작가는 봄이 오자 봄물색이 자신을 비웃는 것 같다고 했다.
그리고 오늘이나 소식 올까 내일이나 사람 올까 남편을 기다리는
세월이 어언 십삼 년이 흘러 기다리다 졸아버린 간장이 '실낫' 같이
걸려 있다고 했다. 삼십이 넘도록 기다리다 늙은 자신의 모습을 거
울에 비춰보는 것도 시들하여, 차라리 남복을 하고 만주를 찾아가
서 맺힌 원망을 풀어 볼까라는 생각을 하기도 했다. 남편을 기다리
다 늙고 지쳐가는 작가의 모습이 우울하게 펼쳐진다. 〈사친가〉에서
작가가 그리는 대상은 부친과 친정 식구이다. 어느 봄날에 자신의
일을 생각하며 길게 감회에 젖다가 지난 세월을 회고하기 시작하
는데, 3 · 1운동으로 부친이 망명했을 때, 그로부터 한 달도 되지 않
아 신행을 갔을 때, 그즈음 초여름에, 계절이 순환하여 18년 세월
에, 그리고 다시 봄에 거듭하여 부친과 친정 생각에 몰두했다[8]. ②

---

7 〈단심곡〉의 서술구조는 다음과 같다(2음보를 1구로 계산). ① 성장과 결혼(1~21
   구), ② 남편의 망명과 소회(22~63구), ③ 가을날의 감회(64~80구), ④ 봄날의 감
   회(81~106구), ⑤ 동짓날의 감회(107~120구), ⑥ 앞날의 기약(121~151구), ⑦
   가친과 동생 생각(152~159구), ⑧ 서울 친정나들이(160~203구), ⑨ 결어
   (204~210구).
8 〈사친가〉의 서술구조는 다음과 같다(2음보를 1구로 계산). ① 봄날의 감회(1~64
   구), ② 부친의 망명과 소회(65~105구), ③ 신행날의 감회(106~180구), ④ 초여름

는 18년 동안 부친을 그리워한 사연을 담은 〈사친가〉의 구절이다.
이십 년[실제로는 십팔 년]이나 오지 않는 부친을 그리다가 흉중에
원한이 산처럼 높고 물처럼 깊어져서 울고 울어도 한없는 설움이
밀려온다고 했다. 작가는 부친의 망명 직후 모친과 어린 남동생을
남겨두고 신행길에 오를 수밖에 없었던 터라 그들을 돌보지 못하
는 안타까운 서정도 줄곧 드러냈다.

〈송교행〉에서는 이별의 슬픔을 비교적 짧게 표현했는데[9], 그마저
도 떠나는 딸을 위해 좋게 생각하고자 하는 부분을 뒤에 첨부했
다[10].

이와 같이 '그리움과 한탄'의 서정은 매 서술구조에서, 또 매 순
간 중첩적으로 서술되어 가사 전편의 서정성을 압도적으로 지배하
고 있다. 그런데다가 "희음업시 통곡이야", "쳔슈만슈 미친원망",
"흉중이 싸인원한" 등과 같은 처절하고 애끓는 극한적 수준의 어구

의 감회(181~215구), ⑤ 계절의 순환과 18년 세월(216~247구), ⑥ 봄날의 감회
(248~278구).

9 "산천은 적막ᄒ고 풍속은 싱소한ᄃᆡ / 너모음 철셕인들 어미싱각 오죽할가 / 슬푸
도다 슬푸도다 모녀이별 슬푸도다 / 금지옥엽 ᄂᆡ의혈육 이역고동 ᄃᆡ단말가 / 월
ᄐᆡ화용 고언얼골 어ᄂᆞ시월 보존말고 / 낭낭유음 연한슈족 어ᄂᆞ시월 듯즌말고 /
구순듀령 몃겹인고 유슈중강 몃구빈고 / 헛쟉도다 헛쟉도다 / 달발쇼 바람불ᄻᅵ
그럭ᄃᆡ고 빗쳐볼가 / 동지야 권권밤이 꿈의ᄂᆞ 만ᄂᆞ볼가 / 청천이 홍안되야 나ᄅᆡ
로나 만나볼가 / 전기승 둘이되야 번기로나 차ᄌᆞ갈가 / 철노에 윤ᄎᆞ도야 연긔로
나 차저갈가 / 아모리 싱각히도 속절업시 이별이라"

10 〈송교행〉의 서술구조는 다음과 같다(2음보를 1구로 계산). ① 딸의 출가와 서간
도행(1~27구), ② 딸의 성장, 결혼, 그리고 사위(28~93구), ③ 서간도와 딸에 대한
걱정(94~109구), ④ 이별의 슬픔(110~132구), ⑤ 서간도행에 대한 생각 전환
(133~158구), ⑥ 결어(159~164구). "한탄히도 구쳐업고 원망한들 유익잇나 / 야
히야 잘(가)거라 여힝이 이러하니 / 부모싱각 너모말고 시터잡아 복밧ᄎ면 / 그
계역시 사읍이요 금동옥남 산싱하면 / 남이시조 될그시요 그곳소문 드러보고 /
싱이가 좃타하면 우리역시 갈것시이 / 낙토가 아니되고 고국이 무ᄉᆞᄒ면 / 너이
ᄂᆡ외 볼것이니 아녀자인 간중으로 / 샹회랄 너무말고 열역풍상 ᄒ고보면 / 장ᄂᆡ
이 조흔지라 너도너도 아녀ᄌᆞ로 / 심규의 싱쟝ᄒ여 봉황원앙 짝을지어 / 말ᄂᆡ를
유람하면 구경인들 오죽할가 / 남ᄌᆞ로 싱겨나도 졔마다 못할구경"

들을 총동원하여 표현하고 있다. 그리고 〈감회가〉나 〈별한가〉에서 단적으로 드러나듯이 그리움과 한탄의 서정이 '마음의 병'이 된 심적 상태를 보여주기도 했다. 그리하여 대부분의 '만주망명인을 둔 고국인의 가사'는 서정성의 과잉상태를 이루고 있다.

2) 나라의 현실에 대한 서정

'만주망명인을 둔 고국인의 가사'에서 작가들이 그리고 있는 대상은 모두 만주 독립운동가이다. 작가들은 고향집에서 홀로 외롭고 고통스러운 나날을 보내고 있지만 집 떠난 육친을 존경했으며, 그들과 독립운동의식을 공유했다. 그리하여 이들 가사에서는 일제가 강점한 나라의 현실에 대해 슬퍼하고 분노하는 서정을 직·간접적으로 드러냈다.

〈송교행〉에서 나라의 현실에 대한 서술은 "예의동방 이조션이 서간도가 어딕잇노 / 일조이 광풍부러 삼철이 원일일셰"와 같이 간단하게 언급하는 정도에 그쳤다. 그런데 작가는 "츈광이 화창그든" 딸과 함께 "틱평연회 ᄒᆞ옵시다"라는 결구에서 드러나듯이 딸과 사위와의 재회를 위해서 조국의 독립을 기원했다. 실제로 작가는 이때 경술국치의 충격으로 고향을 떠나 세상을 피해 살고 있었기 때문에 나라의 현실에 대한 분개나 감회가 없을 수 없었다. 族叔 李晚燾와 族兄 李中彦이 순국했다는 소식을 들은 남편이 더 이상 古基를 지킬 뜻이 없어 고향을 떠나 春陽의 鶴山으로 들어가 살고 있었던 터였다[11].

---

11 고순희, 「만주망명인을 둔 고국인의 가사문학-자료 및 작가를 중심으로」, 『고시가연구』 제29집, 한국고시가문학회, 2012, 45~46면.

오홉다 此歲月은 天運이 盡하민지 / 國運이 다하민야 홍망이 무슈
ᄒᆞ니 / 인연으로 어이하라 국파군망 이원일고 / 신민에 쳔붕지통 日
月도 無光하다 / 추로東方 君子國에 호즁天地 되단말가 / 五千万年 우
리나라 億万世上 長春으로 / 堯舜갓흔 임군으로 게게승승 나실적에 /
여일지승 여월지향 여쥭일월 하시기을 / 틱산갓치 밋어쎠니 무관문
물 잇ᄂᆞ지둥 / 水上부평 듸여잇고 三千里 져江山은 / 타국압제 되어
구나

위는 〈답사친가〉의 서술단락 ②의 전문이다. '타국압제'가 된 나
라의 현실을 안타까워하며 개탄하는 서정을 드러내놓고 표현했
다. 유교적 담론에서 벗어나지는 못했지만 나라의 현실을 직설적
으로 표현하고 애통해했다. 조부, 조모, 부친, 모친, 남동생 등 모든
친정 식구가 만주에서 독립운동을 하는 상황에서 작가의 민족 현
실에 대한 인식은 전선에 나선 독립운동가의 것과 같을 수밖에 없
었다. 마지막 결구에서[12] 나라의 독립을 간절히 기원했으며. 어린
남동생을 향한 덕담에서는 "보국졔민 셜분"[13]을 제시했다. 특히 작
가는 조부와 부친에 대한 존경심을 가사의 곳곳에서 표현했다. 조
부가 "위국편심"과 "딕장부에 충분"을, 그리고 부친은 "위국졍친"
과 "기산딕졀"을 지녔다고 했으며, 두 분의 망명 행위는 절개로 유

---

12 "회포가 만단이나 다할슈 잇긴난야 / 복원복망 하나임젼 쳔호만축 하옵나니 / 상
　쳔이 늣기소셔 자고역딕 영웅인사 / 죠곤하미 상시로다 쥬문왕에 유리지역 / 팔
　빅연 향국지신 유명만셰 ᄒᆞ압시고 / 공부자에 양화지익 쳘환쳔하 ᄒᆞ셧스니 / 성
　상이 슈고ᄒᆞ사 요쳔일월 되압소셔 / 우리고국 보국ᄒᆞ사 시화셰풍 되압소셔"
13 "여룡여호 나에남졔 손쏩아 나을혜니 / 방연이 구셰로다 쥰쥰한 풍칙와 / 긔득한
　작인이 그립고 보고져라 / 산두갓한 기상잇셔 경윤딕직 품어스니 / 보국졔민 셜
　분ᄒᆞ고 사직동양 부되되여 / 출장입신 창염ᄒᆞ여 화형 인각ᄒᆞ고 / 명슈 쥭빅ᄒᆞ고
　죠션을 현양ᄒᆞ고 / 열친쳑 지쳥회ᄒᆞ야 오미에 나에소원 / 범연이 듯지말고 경심
　게지 ᄒᆞ여셔라"

명한 소부와 허유, 백이와 숙제 등의 행위와 같다[14]고 그 의의를 부
여했다.

〈감회가〉와 〈별한가〉의 작가도 독립운동가인 남편을 존경했다.
작가는 자신의 애타는 처지가 근본적으로 일제의 강제 점령에서
비롯되었음을 잘 알고 있었다. 작품의 곳곳에서는 작가가 일제 강
점으로 고통 받는 민족의 현실에 분노하고, 독립의 그날을 고대하
며, 독립운동가인 남편을 존경하고 있음이 드러난다[15]. 〈감회가〉에
서 작가는 신년을 맞아 상제님 전에 축사[16]를 지어 바쳤다. 남편과
아들이 무사히 고국으로 생환할 수 있도록 도와달라고 축사를 지
은 것이다. 나라의 현실, 남편에 대한 존경심, 독립에의 기원 등을
서술한 축사는 그 간절함 때문에 작품 전체의 서정성에 기여하게
된다.

---

14 "틱산갓한 父母은이 하히갓흔 父母은이 / 썰치고 도라오니 이별리 이왼일고 / 저
힝차 무삼일고 동남동여 안이시니 / 마고션여 싸라가오 동정호 발근달에 / 악양
누 차즈시오 소상강 구진비에 / 상군죠상 가시난가 안이로다 이힝차난 / 기산영
슈 괴씨슴과 슈양산 치미가알 / 우리父母 효측ᄒ여 三角山아 다시보자 / 堂闕三拜
통곡ᄒ니 日月도 無光ᄒ고 / 山川도 장읍ᄒ니"

15 "국운도 말슬ᄒ고 쳔은도 다진ᄒ니 / 츙분니 강민ᄒ야 와심샹담 이원슈랄 / 어느
날 갑흘쇼야 호풍셰월 언제만나 / 회운니 도라와셔 일월이 다시밝가 / 틱극이 놉
흔고듸 즈유종 울일쩌예 / 우리쇼쳔 환구ᄒ여 명명한 져챵쳐니 / 용셔치 아니시
면 속졀업슨 이별야 / 여호들만 편만ᄒ고 셰풍진 요란하니 / 이별이 숭흔간쟝 마
즈단졀 ᄒ리로다(〈별한가〉)"

16 "新年을 맞아 祝辭를 지어낼졔 / 上帝님은 살피소서 萬人間을 指導하사 / 善惡을
報應하고 生死젼을 쳔사하니 / 暗昧한 蒼生들이 犯罪함이 있더라도 / 上帝님 物件
이니 불택젼악 하압시고 / 우리家君 孝悌忠信 盛世人民 되었던들 / 聖君을 도울것
을 天運이 打盡하야 / 世界動振 요란하여 綱常이 떨어지고 / 社稷이 陷沒하야 滄桑
世界 되었도다 / 當時에 英雄없어 輔國安民 할길없어 / 속졀없이 血淚뿌려 魯仲連
을 欽慕하니 / 海外萬里 依託하여 四顧無親 子子不知 / 東西南北 何處家요 北寒天 不
毛之地 / 流離風霜 비보라에 白鬚紅塵에 君臣之會가 / 몽혼이 놀랐는지라 明天이
惟感有하사 / 大慈大悲하사 妻子의 懇切한 至願을 / 어여삐 여기사 堯舜聖代 새로
만나 / 生還故國하야 萬歲安寧 하압기를 / 감히 天以地下에 伏乞之祝 하나이다(〈감
회가〉)"

〈단심곡〉에서는 남편과 이별하는 자리에서 남편에 대한 존경심과 나라의 현실을 표현했다. "쒸여난 포부지화"를 지닌 남편이 "치국평천 경운으로" 고국산천을 떠나갔다 했다. 슬픈 자신의 심정을 남편에게 투사하여 표현[17]함으로써 자신의 이별과 나라의 현실에 대한 서정을 동시에 드러냈다. 한편 "가친의 학향도덕 셰인이 추앙터니 / 쳘리원슈 슬픈서름 구곡이 싄어질 듯"이라는 구절에 의하면 작가의 친정아버지는 세인이 추앙하던 당대 유림지도자로 만주 등지에서 독립운동을 하다가 사망한 독립운동가로 보인다. 그런 부친에 대한 존경심을 "학향도덕"이나 "슬픈서름" 등과 같은 짧은 어구 속에 녹여서 표현했다.

> 삼쳘리 조션강토 시진한 운수던가 / 기미모춘 당도하니 조션의 삼쳘리가 / 도탄에 우즈질째 갈곳일은 조션동포 / 누구가 구원할고 열난한 실진쳥연 / 션빈지도 부르지져 유아의 자모마남 / 대한의 윤예 갓치 구토를 차질젹의 / 장하신 우리야야 큰쯧은 품어시고 / 북으로 압녹강을 훌훌니 건너시니 / 당신의 가신쯧과 가신곳 어대런가 / 만사를 쩔치시고 즁원의 너른산하 / 포부를 펼치시려 협소한 죠선강산 / 뒤이두고 가셧건만 우미한 세낫가족 / 아모것도 몰낫스니 삼일이 지난후에 / 그제야 소식듯고 일가가 난리드라

위는 부친의 망명을 서술한 〈사친가〉의 구절로, 작가는 부친에

---

17 "경술연 변복세상 쒸여난 포부지화 / 치국평천 경운으로 신혼부부 만난정을 / 헌신갓치 쩌쳐부고 부상의 이별회포 / 서리서리 서리담아 십삼도 고국산천 / 도라보고 도라볼젹 봄바람 잔물결의 / 낫서른 이역의서 고독시름 어이훌가 / 아침이슬 어렷스니 사향흉은 눈물인가 / 져역연긔 씨엿스니 슬픈한숨 토함인가 / 고독인셰 한탄으로 간장이 엇더실고"

대한 존경심과 나라의 현실에 대한 서정을 동시에 표현했다. 기미
년 3·1운동으로 조선의 삼천리가 도탄에 빠지고 조선동포는 갈
곳을 잃었다고 했다. 그때 작가의 "장하신" 부친은 '큰 뜻을 품으시
고' '북으로 압녹강을 훌훌이 건너' 갔다고 했다. 3·1운동에 가담
한 부친이 도망 다니다가 결국 만주로 망명해 갔는데, 작가의 가족
은 삼일 후에야 이 사실을 알았다고 했다.

이와 같이 '만주망명인을 둔 고국인의 가사'의 작가들은 만주로
망명한 육친을 존경하고 그들과 독립운동의식을 공유했기 때문에
이들 가사에는 직접적이든 간접적이든 일제가 강점한 나라의 현실
에 대한 서정이 드러날 수밖에 없었다. 이러한 나라의 현실에 대한
서정은 대부분 육친을 그리워하며 자신의 신세를 한탄하는 서정과
동시에 표출되었다.

3) 여성의 처지에 대한 서정

'만주망명인을 둔 고국인의 가사' 중에는 여성의 처지에 대한 한
탄을 드러내는 경우도 있다. 육친을 보고 싶지만 볼 수 없고, 친정
을 보살피고 싶지만 보살필 수 없는 여성의 처지에 대한 서정을 표
출하는 경우이다.

〈감회가〉와 〈별한가〉는 서두와 말미를 여성의 처지에 관한 서술
로 장식했다. 〈감회가〉에서는 여성의 평생이 남편에게 달려 있음을
말하는 것으로, 〈별한가〉에서는 여기서 더 나아가 여성의 삶이란
평생에 자유권이 없는 삶이라고 말하는 것으로 시작한다. 그리고
두 가사의 말미에서는 모두 후생에 남자가 되는 것을 소망하는 것
을 서술했다. 작가는 자신이 자유가 없는 여성이기 때문에 남편과

아들이 있는 만주로 가지 못한다고 본 것이다. 이렇게 여성으로서
의 자의식을 견지하고 있는 작가는 "쟝부의 너른쯔질 쥬리즙아 가
정지낙을 / 요구할빈 아니로듸"라고 하여 남편이 지향하는 민족적
책임과 작가가 간절히 소망하는 개인의 행복 사이에서 갈등하는
모습을 드러내기도 하고, "報國하기 틀렸으나 故國가자 울어다고"
라 하여 남편의 뜻에 상반하는 발언도 서슴지 않고 말했다[18]. 작가
는 그리움과 한탄의 서정이 마음의 병으로 옮아갈 정도로 가슴에
상처를 안고 있었다. 독립운동을 하는 남편과 아들을 존경하고 인
정하는 것과는 별도로 집안의 뜻에 따라야 하는 종부로서 규중에
갇혀 만주로 갈 수 없는 자신의 처지에 대한 인식이 자유가 없는 여
성의 신세를 한탄하는 서정으로 나아간 것이다.

> 신행젼 이뇌몸이 무지졍을 신속하여 / 기미사월 초구월이 할일업
> 시 써나간다 / 날보뇌난 우리자친 어린듯 졍신일고 / 단상이 모힌친
> 쳑 사람마다 눈물이라 / 어화세숭 사람들아 여자의 삼종지도 / 누구
> 가 마련햇노 셤셤약질 우리어마 / 주장업난 허다가사 날과의논 하시
> 더니 / 이몸마자 보뇌시고 란마갓흔 거창가사 / 누와의논 하시니오
> 고혈한 모자분을 / 엇지두고 써나갈가 방문밧 썩나셔니 / 흐르나니
> 눈물이요 충게를 나려셔니 / 나오나니 통곡이라 엇지참아 써나갈가 /
> 억울한 여자유행 이길업시 못사난가 / 대문밧 나셔보니 할일업시 가
> 는구나 / 셩인의 어진예법 나에게 원수로다

〈사친가〉의 작가는 서두에서부터 "규중행지"가 "졀통하다"고 하

---

18 고순희, 「만주망명인을 둔 한주종택 종부의 가사문학-〈감회가〉와 〈별한가〉」, 앞
　　의 논문, 110~114면.

면서 여성의 처지에 대해 한탄했다[19]. 위는 〈사친가〉에서 부친이 망명한 지 한 달도 못되어 신행길에 올랐던 사실을 서술한 부분이다. 3·1운동 직후 부친의 망명으로 친정집은 인사불성이 되었지만 작가는 미리 정해놓은 4월 9일에 친정을 떠나 신행길에 올라야 했다. "여자의 삼종지도 누구가 마련햇노"라는 서술은 그것을 거부해서 한 말이라기보다는 그것을 수용해서 나온 말이다. 작가는 친정어머니를 두고 차마 발길이 떨어지지를 않아 통곡했다. 그리하여 "억울한 여자유행 이길업시 못사난가"라고 절규하고, "셩인의 어진예법 나에게 원수로다"라고 단언함으로써 자신의 기막힌 서정을 토로할 수밖에 없었다. 작가는 이후 18년의 긴 세월을 겉으로는 좋은 기색으로 시집살이를 하면서 살아갔지만, 남모르게 밀실에 앉아 눈물과 한숨으로 밤을 지새우며 지내야 했다[20]. 이렇게 〈사친가〉에서는 친정에 큰 우환이 있어도 정해진 시집을 갈 수밖에 없고, 시집살이 중에 친정집에 대한 걱정도 맘 놓고 할 수 없는 여성의 처지를 한탄하는 서정이 작품 전체를 지배했다.

이와 같이 '만주망명인을 둔 고국인의 가사' 중에는 여성의 처지를 한탄하는 서정을 보이는 작품도 있다. 사실 5명 작가는 여자유행과 삼종지도를 전적으로 수용했다. 그런데 그 수용은 머리로 수용한 것이지 마음으로까지 수용한 것은 아니었다. 결혼과 동시에

---

19 "어화닉일 가소롭소 규중행지 졀통하다 / 여자의 가련하미 원부모 이형제와 / 만니원정 가신가업 감지지공 속졀업고"
20 "고로의 나의편친 고초막심 셜음이라 / 이십년 긴세월이 흉중이 싸인원한 / 구의산 구름갓고 환하수 물과갓해 / 산고해심 싸힌회포 울고울고 쏘울어도 / 한이업난 셜음이라 억울한 여자유행 / 조흔닷 날이가나 밀실의 홀노안자 / 숨은눈물 긴 한숨에 장우장한 밤을시와 / 아침의 이러나면 흔젹업시 조은기식 / 남우스면 나도웃고 히로익락 째를싸라 / 감각이 여상하나 그러하나 일편단심 / 주야장천 오미불망 이즐길이 잇셧든가"

친정출입도 자유롭게 못 하며 고된 시집살이를 할 때 여성이 자신의 처지가 불합리하다고 느끼는 것은 인지상정이었다. 세 가사에서는 육친을 만나러 자유롭게 가정을 떠날 수 없고, 곤란한 상황에 빠진 친정을 매정하게 몰라라 할 수밖에 없는 것이 자신이 여성이기 때문이라는 것을 잘 알았으므로 그에 대한 한탄이 터져 나왔던 것이다.

03 서사적 작품세계의 양상

1) 결혼서사

작가들은 그리움과 한탄의 서정을 펼쳐 나가는 가운데 육친과의 추억을 떠올리며 그것을 서술하기도 했다. 작가들이 기억 속에 보존하고 있는 서사는 주로 결혼을 중심으로 펼쳐진다.

〈송교행〉에서 전반부의 서술은 아예 딸의 성장, 결혼, 그리고 사위에 대한 서술로 구성되어 있다. 작가는 서두 단락에서 이미 여자가 결혼을 면할 수 없음을 말하고 딸의 결혼과 서간도행을 말했다. 그런데 두 번째 서술단락에서도 작가는 다시 장황하게 딸을 키워 결혼시킨 일을 기억하여 서술했다. 서두에서는 세상 사람을 향해, 그리고 두 번째 단락에서는 딸을 향해 옛일을 기억하며 말한 것인데, 친정어머니가 딸의 성장과 결혼을 대신 서술한 셈이다. 작가는 삼십에 딸을 낳아 애지중지 키운 사연, 딸을 요조숙녀로 키워낸 일, 내앞김씨 문중의 김문식을 사위로 본 일, 그리고 딸의 출가 후 자주 보기를 희망했던 일 등을 읊었다. 서간도로 가면 영영 이별을 하는 상황이 닥치자 애지중지 키웠지만 딸이라서 시집을 보낼 수밖에 없었고, 그렇기는 하지만 그래도 자주 볼 줄 알았다는 문맥 안에서 이 부분이 길게 서술된 것이다.

〈답사친가〉에서는 친정식구들의 망명을 배웅하고 와서 자신의 성장과 결혼을 짧게 서술했다. 부모의 애지중지로 자라났으나 여필종부와 삼종지도를 자신도 면하지 못하여 명문지가의 군자와 짝을 지었다고 했다. 그래도 부모를 가까이서 자주 볼 줄 알았는데, 그만 생이별이 되고 말았다는 것이다. 〈단심곡〉에서는 서두에서 자신의 성장과 결혼을 짧게 말했다. 화산 아래 대명가에서 부모의 사랑 속에 성장하여 영남의 명문가 남편과 결혼하여 아이 낳고 잘 살아보려 했는데, 그만 경술국치로 남편이 신혼부부의 정도 헌신 같이 떨쳐버리고 망명해 버렸다고 했다.

〈감회가〉와 〈별한가〉에서는 작가의 나이가 많았던 터라 자신의 성장과 결혼 사연보다는 주로 결혼 후의 사연을 중심으로 결혼서사가 펼쳐졌다. 작가는 친정아버지가 자신의 생일을 당하면 壽富貴多男子를 빌곤 했던 일, 아들이 태어난 일, 남편을 만난 첫날과 이별한 날, 고된 시집살이 중에 길쌈을 못한다고 남편에게 핀잔받았던 일, 아이들을 가슴 졸이며 키웠던 일 등 남편 및 아들과 함께한 인생의 중요 국면을 기억하면서 자신의 서정을 펼쳐나갔다. 이러한 결혼 생활 속 기억과 서사는 작가의 서정성을 거듭 환기시키는 계기로 작용하며 서정성의 반복·중첩에 기여하게 된다.

이와 같이 '만주망명인을 둔 고국인의 가사'의 많은 작품에서는 결혼서사를 펼치고 있다. 이러한 결혼서사는 결혼으로 인해 친정과 1차 이별을 한 데다가 망명으로 인해 2차 이별까지 당했다는 맥락에서, 혹은 결혼으로 인해 믿을 사람은 남편밖에 없는데 그 남편이 망명하여 없다는 맥락 안에서 서술되고 있다.

2) 망명서사

'만주망명인을 둔 고국인의 가사'에는 육친의 만주망명과 관련하여 벌어진 사연들이 서술되기도 했다. 육친에 대한 서정을 표현하는 가운데 육친의 망명 시 그리고 망명 이후 벌어졌던 당대적 사실들이 드러나게 되어 서사를 구성하기도 했다. 이러한 망명서사가 비교적 풍부하게 드러나는 가사는 장편에 해당하는 〈답사친가〉, 〈감회가〉, 〈별한가〉 등이다.

〈답사친가〉에는 비교적 풍부한 망명서사가 펼쳐졌다. 조부가 기유년(1909년)에 감옥에 투옥되었다가 풀려난 일[21], 시집간 지 얼마 되지 않은 신해년 정월에 친정 식구 모두가 망명한 일, 만주에 조부, 조모, 부친, 모친, 아홉 살 나이의 남동생 등이 모두 있는 일, 조모의 환갑을 맞아 강숙모가 만주로 귀령부모한 일, 부친이 군자금 모집을 위해 안동에 귀향하여 몇 개월을 지내고 간 일, 부친과 이별하고 통곡하는 며느리에게 시아버지가 위로하며 자신도 삼년 탈상을 하면 서간도로 가겠노라고 한 일 등 당대 망명 현실과 관련한 서사가 비교적 풍부하게 서술되고 있다.

〈감회가〉와 〈별한가〉에는 남편과 아들의 망명 이후 작가의 일상적 생활서사가 많이 펼쳐졌다. 송구영신을 맞아 청소를 하고 명불복불을 놓고 소원을 축수하는 풍속, 축사를 짓고 길흉을 점쳐보는

---

21 "己酉年 冬十月에 낙미지익 당흐시고 / 무옥고초 되어구나 되장부에 충분으로 / 감기지심 참연난가" 항일 지도자인 이상룡을 匪徒와 연결되었다는 명목으로 잡아다 고문했지만 별다른 단서를 잡지 못하고 있던 차에 시민들이 몰려들어 석방을 주장하며 시위하자 3월에 풀어준 사건을 말한다.

일, 사당에 배알하고 세객을 접대하는 일, 대보름날 연을 띄우고 달구경을 하는 일, 봄밤에 취하도록 술을 마시는 일, 효자효부[만주로 가지 않은 큰아들과 그 며느리]의 효도를 혼자만 받는 일 등 작가의 일상적 생활서사가 펼쳐지는데, 이들 서사는 남편과 아들의 망명 및 부재와 연관되어 있는 것이다. 그리고 남편이 망명한 사실, 막내아들도 작가가 아픈 중에 부친이 있는 만주로 건너간 사실, 남편과 아들이 봉천성에 있는 사실, 청나라와 일본이 전쟁을 하게 되면 도로도 막힐 거라는 사실, 막내며느리가 만주로 떠나간 남편을 기다리며 자식도 없이 홀로 지내는 일 등은 만주망명과 관련한 당대의 망명서사를 구성한다.

〈단심곡〉에서는 신혼부부일 때 남편이 망명한 사실, 덕망이 높았던 친정아버지가 천 리 밖에서 사망한 일 등이 망명서사로 펼쳐졌다. 〈사친가〉에서는 3·1 운동으로 도망치듯 부친이 망명한 일, 식구들은 삼일 후에야 이 사실을 알았던 일, 부친의 망명이 있은 지한 달도 안 되어 정해진 신행길에 올라 친정을 떠나 시댁에 도착했던 일, 시댁에서 밀실에 혼자 앉아 눈물로 밤을 새우고도 아침에는 흔적 없이 좋은 기색으로 지내던 일, 작가 남매가 부친의 충절에도 불구하고 먹고살기 위해 타도타행으로 다니는 일[22] 등의 당대적 망명서사가 펼쳐졌다. 〈송교행〉에서는 딸과 사위가 함께 망명한 일, 자신도 서간도가 살기 좋다고 하면 가겠노라고 한 일 등이 망명서사에 해당할 수 있다.

---

22 "고혈한 우리남민 그셔름을 엇지할가 / 완촉이 구든충졀 만고죽빅 드러온들 / 지하지도 우리남민 쳐도유한 단쳔지통 / 엇지참고 견대리오 그려도 사랏스니 / 먹고입고 살깃다고 할일이 못할일을 / 것침업시 능당하며 타도타행 단니면셔 / 져살기만 골몰하니 이목구비 이수하나 / 금수나 다를소냐 삼강오륜 몰낫스니 / 신체발부 큰은혜를 아나냐 모르나냐"

이와 같이 '만주망명인을 둔 고국인의 가사'에는 작품에 따라서 정도의 차이는 있지만 만주망명과 관련한 당대의 망명서사가 펼쳐졌다. 육친의 만주망명 당시를 서술한 망명서사는 어느 정도의 서사적 편폭을 지녔다고 할 수 있다. 하지만 나머지 망명서사는 대부분 서술의 전면에 드러나지 않은 채 그리움과 한탄의 서정을 표현하는 어구 속에 묻혀서 발현되는 경향을 지닌다.

O4 만주망명인을 둔 고국인의 가사 : 그 미학적 특질

'만주망명인을 둔 고국인의 가사'의 작품세계는 주로 서정의 세계와 서사적 세계로 이루어졌다. 6편 가사의 작품세계를 압도적으로 지배하는 것은 서정의 세계이다. 서정의 세계는 세 층위로 구성되어 있는데, 그리움과 한탄의 서정, 나라의 현실에 대한 서정, 그리고 여성의 처지에 대한 서정이 그것이다. 그리움과 한탄의 서정이 작품 전체의 표면을 지배하면서 그 근저에 나라의 현실에 대한 서정과 여성의 처지에 대한 서정이 깔려 있다고 할 수 있다. 한편, '만주망명인을 둔 고국인의 가사'의 작품세계는 결혼서사와 망명서사로 구성된 서사적 세계도 지닌다. 단연 서정적 세계에 무게 중심이 쏠려 있는 작품세계에서 서사적 세계가 차지하는 비중은 그리 크지 않다. 성장과 결혼을 중심으로 하는 결혼서사는 망명으로 인한 2차적 이별을 강조하기 위해, 결혼 후 생애의 한 국면들에 관한 결혼서사는 작가의 서정을 거듭 환기시키기 위해 펼쳐진다. 망명서사는 육친의 망명과 그 이후의 사연을 중심으로 펼쳐지는데 대부분 그리움과 한탄의 서정을 표현하는 어구 속에 묻혀서 발현된다. 그런데 '만주망명가사'와는 달리 근대 애국계몽적 서술은 미미한 수준으로만 드러나 거의 없다고 할 수 있다. 이 점은 작가들이 규문에 갇힌 채 생활고에 시달려야 했으므로 그러한 작가의 폐쇄성이 작용한 결과가 아닌가 생각된다.

'만주망명인을 둔 고국인의 가사'의 작품세계를 전적으로 지배한다고 해도 과언이 아닌 것은 그리움과 한탄의 서정이다. 그리움과 한탄의 서정은 중첩적으로 서술되면서 극한적 수준의 표현 어구도 겹쳐져 매우 처절한 느낌이 든다. 서정적 작품세계는 상처받은 한 영혼의 내면세계를 드러낸다. 작가들의 심적 상태는 울고 기절하고 불면의 나날을 견디면서, 경우에 따라서는 우울증과도 같이 마음의 병이 들기도 했다. 그리하여 이들 가사 대부분은 감정의 과잉상태를 보인다. 이러한 중첩적 서정과 감정의 과잉 상태는 신변탄식류 가사에서 흔하게 나타나는 문학적 세계이다.

'만주망명인을 둔 고국인의 가사'는 근대기에 창작된 가사임에도 불구하고 전통적이고 관습적인 가사 문체를 거의 답습하고 있다. 만나보고 싶은 마음을 '날개 돋친 학이 되어 날아가서 보고 싶다, 만리장천 명월 되어 비춰보고 싶다, 동짓날 긴긴밤에 꿈에나 만나볼까' 등으로 표현한다든가, 이별의 감회를 '부상의 이별 회포, 운산의 회포 같고 장강의 눈물 같다, 요동의 화포주난 일모향관 어데런고' 등으로 표현하여 전통적인 관습적 문구의 사용이 두드러진다. 사용한 용어도 '학향도덕, 오상고절, 추로동방, 여자유행, 군자호구, 요조숙녀, 고절절행, 추로지향, 추월춘풍, 부귀다남' 등과 같이 가사문학에서 관습적으로 쓰인 것들로 가득했다. 그리고 인용하는 인물도 '소부와 허유, 백이와 숙제, 공부자, 요순, 노중련, 상산사호, 진시황' 등과 같이 중국의 관습적인 인물이 거의 대부분이

었다. 〈송교행〉에서 '전기승'과 '철로'와 같은 근대적 용어와 당시
의 풍속적 속담 등[23]이 겨우 관습적인 가사문체에서 벗어난 경우라
고 할 수 있다. 이러한 관습적 문체의 사용은 창작 당시 작가의 나
이가 60세 전후였던 〈감회가〉와 〈별한가〉에서나 20대 초반이었던
〈답사친가〉에서나 동일했다. 〈답사친가〉의 작가와 나이가 비슷한
작가가 쓴 〈단심곡〉과 〈사친가〉도 다소 평이한 어구를 사용한 것 외
에는 관습적 문체의 사용을 유지했다.

　한편, 이들 가사에는 관습적인 내용도 수용되었다. 자신의 성장
과 결혼을 서술한 결혼서사는 작가가 문제 삼고 있는 육친의 만주
망명과 기다림이라는 중요 사안과 견주어 볼 때 다소 뜬금이 없다
는 느낌이 들 수 있다. 물론 작품 안에서는 2차 이별을 강조하기 위
해 1차 이별을 장황하게 서술하여 그 문맥적 의미를 분명하게 지닌
다. 하지만 여성의 삶에서 결혼을 가장 중요한 분기점으로 잡는 규
방가사의 내용적 관습이 작용한 결과로도 생각된다. 결혼으로 인
한 친정과의 1차적 이별은 여성에게 가장 핵심적인 문제였기 때문
에 성장과 결혼 모티브는 규방가사의 관습적 내용 요소가 되어 규
방가사에 흔하게 나타났던 것이다. 한편, 작품세계의 내용 요소 중
에 관습적인 것으로 친정나들이가 있다. 〈감회가〉, 〈별한가〉, 〈단심
곡〉 등에서는 친정나들이와 놀음을 서술했다. 작가들은 만주에서
독립운동을 하는 남편이나 아들의 안위에 대해 걱정하는 서술은
가급적 피했다. 아마도 일제의 감시가 있었던 터라 독립운동을 직
접적으로 말하기 어려웠기 때문일 것으로 보인다. 작가들은 남편

---

23 "전기승 들이되야 번기로나 차즈갈가 / 철노에 윤츠도야 연긔로나 차저갈가",
　"아춤검희 들을치면 너의소문 들니는듯 / 남쪽쏸〇 우〇면 너의셔봉 다치난듯
　/ 사립간의 〇 ㅎ고 즈로보기 바릭드니"

과 아들이 언제 죽을지 모르는 사지에 있었으므로 그들의 안위를 늘 걱정하고 있었는데, 소식을 애타게 기다리는 것도 그것 때문이 었다. 그런데 사지에서 독립운동을 하고 있는 남편이나 아들을 생각할 때 작가들의 친정나들이와 한바탕 놀음은 어울리지 않는 면이 있다. 그럼에도 불구하고 작가들은 이것을 아무렇지 않게 서술했다. 이들 가사에서 친정나들이는 친정부모를 생각하는 마음에서 출발하지만, 궁극적으로는 마음의 우울함을 달래주는 기능을 담당한다. 친정 나들이는 규방에 갇힌 여성들이 한바탕 놀음을 통해 마음의 응어리를 푸는 기능을 담당하여 규방가사에서 흔하게 표현되었던 관습적 내용 요소이다.

이와 같이 '만주망명인을 둔 고국인의 가사'에 드러나는 서정의 중첩과 서정성의 과잉, 관습적인 문체, 관습적인 내용 요소 등은 신변탄식류 가사의 관습 안에서 창작된 결과로 해석할 수 있다. 그리고 이러한 점들은 작가들이 신변탄식류 가사를 창작하고 향유하는 전통 안에 깊이 개입되어 있다는 것을 말해준다. 5명의 작가는 대부분 영남 지역 유림 문중의 여성들이다. 안동권씨는 안동의 원촌마을, 고성이씨는 안동의 하회마을, 전의이씨는 성주의 한개마을에 사는 여성이다. 〈단심곡〉의 작가도 안동지역에 사는 여성으로 보이는데, "영남의 틔셩ᄎᄌ 출가입승 ᄒ여보니"라는 구절, 작품 내에 안동의 내앞마을에 살았던 이호성이 지은 〈위모ᄉ〉의 구절을 수용하고 있는 점 등으로 보아 안동에 사는 여성일 가능성이 많다[24]. 안동을 중심으로 한 영남 지역 유림 문중의 여성들이었던 작

---

24 〈위모ᄉ〉와 같은 구절이 많이 발견된다는 것은 작가가 〈위모ᄉ〉를 보고 읽었다는 것이다. 〈위모ᄉ〉의 유통이 그리 활발하지 않아 유일본만 남아 전하는 상황에서 〈위모ᄉ〉가 속한 내앞 김씨 문중의 일원일 가능성이 많다고 보인다. 〈단심곡〉에서 〈위모ᄉ〉의 구절과 같은 구절은 다음과 같다. "부상의 이별회포 서리서리

가들은 근대적 교육에 노출되지 못한 채 교양의 하나로 가사문학을 향유하며 창작을 익혔다. 그리하여 작가들은 근대기 일제강점과 육친의 만주망명이라는 현실에 대응하여 그동안 익숙했던 신변탄식류 가사의 문학적 장치와 관습을 십분 활용하여 가사 속에 자신을 표현한 것이다.

서정의 중첩과 서정성의 과잉, 관습적인 문체, 관습적인 내용 요소 등은 신변탄식류 가사에서 흔하게 볼 수 있는 것으로 상투적 성격을 지닌다. 이러한 상투성은 이들 가사가 독자와 만나 실현화할 때 시적 참신성과 진정성의 획득을 방해할 수 있다. 사실 '만주망명인을 둔 고국인의 가사'의 미학적 특질 면에서 볼 때 시적 참신성의 결여는 분명히 지적할 수 있는 부분이다. 그러나 시적 진정성 면에서는 전혀 그렇지 않다. 물론 지속적인 서정의 중첩으로 서정성의 과잉 상태를 보이면 독자는 똑같은 서정의 반복이 주는 피로감으로 인해 그 진정성을 간파하기 쉽지 않게 된다. 그런데 '만주망명인을 둔 고국인의 가사'는 독자와 만날 때 그 진정성 면에서는 전혀 의심을 받지 않는다. 서정성의 과잉 상태와 관습적 내용과 문체의 사용에도 불구하고 그 시적 진정성을 의심받지 않는 이유는 무엇일까. 그 이유는 이들 가사의 작품세계 내에 마련되어 있다고 할 수 있다. 즉 이들 가사에서는 나라의 현실에 대한 서정 세계와 일제강점기 만주 독립운동과 관련한 망명서사의 세계를 함께 보여주고 있기 때문에 독자들은 작가들의 서정을 진정성 있게 받아들일 수

서리담아 / 십삼도 고국산천 도라보고 도라볼적"; "날갓치 어린간장 부모동긔 원별ㅎ고 / 추풍의 낙엽체로 이곳와 상심함을 / 아조이져 딘졋난가 운산은 회포 갓고 / 장강은 눈물갓다 요동의 화포주난 / 일모향관 어듸연고 황학을 불관하고 / 빅운만 유유하다 하날은 일쳔이라"; "산아산아 잘잇ᄃᆞ가 만쳡쳥산 풀으러서 / 님이늘아 오시는밤 중중쵹쵹 환영ᄒ리라 / 초목금슈 잘잇다가 춘거추실 이슈듸로 / 삼쳔리 강토안의 너의본ᄉᆡ 일치말고 / 님의환국 ᄒᆞ은날의 형형ᄉᆡᆨᄉᆡᆨ 환영ᄒ리라"

있다. 이들 가사의 상당수에서는 육친의 만주망명 사실을 직접적으로 적고 있다. 그리고 육친을 존경하는 서술 속에서 그들의 육친이 독립운동을 위해 서간도로 향한 것이라는 점을 드러냈다. 육친의 망명사실에 대한 직접적인 서술, 나라의 현실에 대한 직·간접적인 서정, 그리고 짧지만 군데군데 드러나는 망명 관련 서사는 이 가사의 현실성(리얼리티)를 확보하게 해주는 중요한 요소로 작용한다. 그리하여 독자들은 만주 독립운동가 집안의 여성들이 겪었을 끝을 알 수 없는 깊이의 고통을 가사 한 편의 중첩적 서정으로 대신하여 받아들이게 된다. 부친, 남편, 사위, 시어른에 이르기까지 이들 가사가 거론한 인물들에 대한 찬양적 서술이 가사문학에서 흔하게 드러나는 가문 자랑으로 느껴지지 않는 것은 거론한 이들이 모두 독립운동가이자 독립운동을 마음으로 응원하는 인물들이기 때문이다. 이와 같이 '만주망명인을 둔 고국인의 가사'는 시적 참신성을 확보하는 데까지 이르지는 못했으나, 시적 진정성은 획득한 미학적 특질을 지닌다.

05 맺음말

'만주망명인을 둔 고국인의 가사'는 신변탄식류 가사의 서술양식, 문체, 내용을 지속시킴으로써 관습성을 강하게 발현했다. 그리하여 '만주망명인을 둔 고국인의 가사'의 미학적 특질은 신변탄식류 가사가 지니는 미학적 특질을 계승하여 그것의 연장선상에 있다. 그런데 신변탄식류가사와 '만주망명인을 둔 고국인의 가사'의 미학적 특질이 구별되는 지점은 후자가 당대의 역사·사회에 대응한 현실성과 진정성을 확보하고 있다는 점에 있다. 물론 이전의 신변탄식류 가사도 여성 현실을 문제 삼아 현실성이 없는 것은 아니었다. 그러나 이전의 현실성은 여성의 일상적 문제에 국한하여 역사·사회 문제로까지 그 범위가 확대된 것은 아니었다. 이들 가사의 작가는 사실 독립운동의 주역도 아니었고, 일개 여성으로서 당대 역사에 의해 굴곡진 삶을 살아야 했던 민초를 대변한다. 이들의 처절한 서정 속에서 역사 속으로 사라져간 당대 민초들의 당대 서사가 묻어 나왔기 때문에 역설적으로 이들 가사의 서정성이 현실성과 진정성을 확보할 수 있게 되었다고 할 수 있다. 이렇게 '만주망명인을 둔 고국인의 가사'는 신변탄식류 가사의 관습성 안에서 당대에 대응한 현실성을 구현하고 있다는 점에서 근대기 가사문학의 지속과 변모 양상을 보여준다.

'만주망명인을 둔 고국인의 가사'에 나타나는 나라의 현실에 대한 서정과 당대의 망명서사는 근대기 일제강점에 대한 식민지 민족의 저항과 고통을 간접적으로 보여준다. 그런데 이들 가사의 작품세계에서 관습성의 자장이 워낙 강력하게 작용하고 있기 때문에 식민지 민족의 저항과 고통의 현실은 웬만큼 자세히 읽지 않으면 간과되기 쉬운 것이 사실이다. 일제강점기의 문학사와 정신사를 총체적으로 이해하기 위해서는 이들 가사에 대한 보다 자세한 읽기와 분석이 이루어져야 할 것으로 보인다.

만주망명과 가사문학 연구

참고문헌

[자료]

강명관·고미숙 편,『근대계몽기 시가 자료집 3』, 성균관대학교 대동문화연구원, 2000, 319~320면.

고려대학교 중앙도서관 소장『西征錄』〈癸丑錄〉, 44~55면.

권대용,『國譯 巢谷世稿』, 대보사, 2009, 891면.

권영철 편,『규방가사-신변탄식류』, 효성여대출판부, 1985, 463~468, 568~573, 578~583면.

권영철,『규방가사각론』, 형설출판사, 1986, 569~571면.

권오헌,『꽃노래』, 소책자본, 1992, 1~29면.

김용직,「분통가·분통가의 의미와 의식」,『한국학보』제5권 2호, 일지사, 1979, 204~225면.

단국대 율곡기념도서관 편,『한국가사자료집성』제2권, 태학사, 1997, 131~154면.

단국대 율곡기념도서관 편,『한국가사자료집성』제3권, 태학사, 1997, 443~466면.

단국대 율곡기념도서관 편,『한국가사자료집성』제9권, 태학사, 1997, 519~526면.

독립군시가집편찬위원회 편,『독립군시가집-배달의 맥박』, 송산출판사, 1986, 64~65면.

독립기념관(http://i815.or.kr) 〉 한국독립운동사 정보시스템 〉 독립운동가

박한설 편,『畏堂先生三世錄』, 강원일보사, 1983, 273~278면.

『星山李氏世譜』권4, 740~741, 863~870면.

안동권씨부정공파보소,『안동권씨부정공파보』1권, 1994, 270~271면.

『안동권씨참의공파세보』, 160, 184면.

안동독립운동관 편,『국역 석주유고 상』, 경인문화사, 2008, 478~479, 564면.

안동독립운동관 편, 『국역 석주유고 하』, 경인문화사, 2008, 11~55, 597~599, 611~613면.

안동독립운동기념관 편,『국역 백하일기』, 경인문화사, 2011, 122~124, 186 · 204 · 257 · 274 · 327 · 370 · 390 · 395 · 396 · 484면.

연변대학교 조선문학연구소, 김동훈 · 허경진 · 허휘훈 주편,『항일가요 및 기타』, 보고사, 2007, 293~296면.

영천시,『규방가사집』, 1988, 48~49면.

『義城金氏大同譜』, 卷之三, 136, 1222~1223면.

이규석 소장〈술회가〉.

이규석 소장〈逑懷歌〉.

이기원,『三洲先生文集』乾권, 삼봉서당, 1989, 1~463면.

이기원,『三洲先生文集』坤권, 삼봉서당, 1989, 1~372면.

이기인,『白溪文集』, 백계문집간행소, 1986, 1~246면.

이대준 편저,『낭송가사집』, 세종출판사, 1986, 179~183면.

이상룡,『石洲遺稿』, 고려대학교출판부, 1973, 178, 209면.

이승희,『韓溪遺稿』제7권〈韓溪先生年譜〉, 한국국사편찬위원회, 1980, 527~564면.

이승희,『韓溪遺稿』제8권〈墓碣銘〉, 한국국사편찬위원회, 1980, 550면.

이우성 편, 『서벽외사해외수일본 15 운하견문록 외 5종』, 아세아문화사, 1990. 609~642면.

이원오 편저,『遠臺景慕世蹟錄』人권, 1997, 324~326면.

이정옥,『영남내방가사』제2권, 국학자료원, 2003, 98~137면.

이준형,〈東邱李濬衡先生年譜〉,『東邱遺稿』, 석주이상룡기념사업회, 1996, 518~519면.

이화여자대학교 한국어문학연구회,「내방가사자료-영주 · 봉화 지역을 중심으로 한-」,『한국문화연구원논총』제15집, 이화여대 한국문화연구원, 1970, 367~484면.

이휘 편저, 조춘호 주석,『견문취류』, 2003, 이회, 92~103면.

임기중 편,『역대가사문학전집』제8권, 동서문화원, 1987, 62~81면.

임기중 편,『역대가사문학전집』제23권, 여강출판사, 1992, 74~87면.

임기중 편,『역대가사문학전집』제25권, 아세아문화사, 1998, 67~74면.

임기중 편, 『역대가사문학전집』 제26권, 아세아문화사, 1998, 519~561면.

임기중 편, 『역대가사문학전집』 제39권, 아세아 문학사, 1998, 39~50면.

임기중 편, 『역대가사문학전집』 제43권, 아세아문화사, 1998, 373~393면.

임기중 편, 『역대가사문학전집』 제45권, 아세아문화사, 1998, 300~313면.

임기중 편, 『역대가사문학전집』 제50권, 아세아문화사, 1998, 74~87면.

임기중 편, 『한국가사문학주해연구』 제1권, 아세아문화사, 2005, 56~59, 245~249면.

임기중 편, 『한국가사문학주해연구』 제8권, 아세아문화사, 2005, 508~512면.

임기중 편, 『한국가사문학주해연구』 제11권, 아세아문화사, 2005, 66~68면.

『全義李氏副正公派譜』 제2권, 115~116, 710면.

진성이씨원촌파보 간행위원회, 『진성이씨원촌파세보』, 1982, 112~113면.

『豊山柳氏世譜』 卷之三, 234~5, 237면.

〈韓溪先生年譜〉, 『韓溪遺稿』 7권, 한국국사편찬위원회, 527~564면.

한국가사문학관 〉 가사 〉 답사친가.

한국가사문학관 〉 가사 〉 답삿친가.

한국가사문학관 〉 가사 〉 ᄉ답가ᄉ친가.

한국가사문학관 〉 가사 〉 『별한가한별곡』 11~50면, 별한가.

한국가사문학관 〉 가사 〉 별한가.

한국가사문학관 〉 가사 〉 조손별서

한국가사문학관 〉 가사 〉 조손별셔

한국가사문학관 〉 가사 〉 원별가라

한국정신문화연구원 고전자료편찬실 편, 『규방가사Ⅰ―가사문학대계③』, 1979,
      189~195면.

[연구논저]

강윤정, 「한말·일제강점기 가일마을의 사회경제적 양상과 정치적 동향」, 『천혜
      의 땅 의연한 삶, 가일마을』, 민속원, 2007, 37~55면.

강윤정, 「백하 김대락의 민족운동과 그 성격」, 『백하 김대락 선생 - 추모학술강연회』,
      안동향교·안동청년유도회, 2008, 26~29면.

고순희, 「윤희순의 의병가와 가사 - 여성주의적 성격을 중심으로」, 『한국고전여성

문학연구』 창간호, 한국고전여성문학회, 2000, 241~270면.

고순희, 「규방가사 〈추월감〉 연구 : 한 여인의 피난생활과 좌우 갈등」, 『고시가연구』 제10집, 한국고시가문학회, 2002, 21~48면.

고순희, 「만주 망명 여성의 가사 〈위모사〉 연구」, 『한국고전여성문학연구』 제18집, 한국고전여성문학회, 2009, 32~37쪽.

고순희, 「만주 망명 여성의 가사 〈원별가라〉 연구」, 『국어국문학』 제151호, 국어국문학회, 2009, 154~157쪽.

고순희, 「만주망명 가사 〈간운〉 연구」, 『고전문학연구』 제37집, 한국고전문학회, 2010, 110~116쪽.

고순희, 「일제강점기 가일마을 안동권씨 가문의 가사 창작-항일가사 〈꽃노래〉와 만주망명가사 〈눈물 뿌린 이별가〉」, 『국어국문학』 제155호, 국어국문학회, 2010, 133~158쪽.

고순희, 「만주망명인을 둔 한주종택 종부의 가사문학-〈감회가〉와 〈별한가〉」, 『고전문학연구』 제40집, 한국고전문학회, 2011, 91~122쪽.

곽미선, 「김택영의 문학에 나타난 디아스포라와 정체성」, 『한국고전연구』 제20집, 한국고전연구학회, 2009, 335~367면.

구사회, 「〈공무도하가〉의 가요적 성격과 디아스포라」, 『한민족문화연구』 제31집, 한민족문화학회, 2009, 7~25면.

구장률, 「낭객 신채호와 정명의 문학 – 디아스포라적 위치성을 중심으로」, 『민족문학사연구』 제44집, 민족문학사학회, 2010, 72~98면.

권영철, 『규방가사연구』, 이우출판사, 1980, 113면.

권영철, 『규방가사각론』, 형설출판사, 1986, 49~50, 569~572면.

금장태, 「한계 이승희의 생애와 사상(1)」, 『대동문화연구』 제19집, 성균관대학교 대동문화연구원, 1985, 5~21면.

김건태, 「독립·사회운동이 전통 동성촌락에 미친 영향-1910년대 경상도 안동 천전리의 사례」, 『대동문화연구』 제54호, 성균관대학교 대동문화연구원, 2006, 41~74면.

김동훈·허경진·허휘훈 주편『항일가요 및 기타』, 연변대학교 조선문학연구소, 보고사, 2007, 293~296면.

김문기, 「여성의병 윤희순의 가사 고찰」, 『퇴계학과 한국문화』 제22집, 경북대학교 퇴계학연구소, 1994, 69~87면.

김봉희, 「개화기 번역서 연구」, 『근대의 첫경험 -개화기 일상 문화를 중심으로』, 홍선표 외, 이화여자대학교 출판부, 2006, 73면.

김수경, 「신변탄식류 규방가사 〈청츙가〉를 통해본 여성적 글쓰기의 의미」, 『한국 고전여성문학연구』 제9집, 한국고전여성문학회, 2004, 85~116면.

김승룡, 「김택영의 송도 복원 작업의 의미 - 방법으로서의 디아스포라」, 『고전문 학연구』 제29집, 한국고전문학회, 2006, 105~138면.

김시업, 「근대전환기 한문학의 세계인식과 민족적 자아 - 동산 유인식과 심산 김 창숙의 경우」, 『대동문화연구』 제38집, 대동문화연구원, 2001, 161~180면.

김양, 「중국에서 항일독립투쟁」, 『윤희순의사항일독립투쟁사』, 의암학회 편, 2005, 97~147면.

김희곤, 「안동의 모스크바, 가일마을」, 『안동 가일마을-충산 들가에 의연히 서다』, 안동대학교 안동문화연구소, 예문서원, 2006, 205~232, 340~341면.

김희곤, 「가일마을과 민족운동」, 『장산자락에 드리운 절의』, 한국국학진흥원 · 한 국유교문화박물관, 2009, 189~190면.

김희곤, 『안동 독립운동가 700인』, 영남사, 2001, 1~325면.

김희곤, 「이육사와 원촌마을 독립운동가들」, 『안동 원촌마을 - 선비들의 이상향』, 안동대학교 안동문화연구소, 예문서원, 2011, 197~199면.

김희곤, 『안동의 독립운동사』, 안동시, 1999, 1~451면.

김희곤, 『안동사람들의 항일투쟁』, 지식산업사, 2007, 1~612면.

김희곤, 『만주벌 호랑이 김동삼』, 지식산업사, 2009, 1~235면.

나정순 외, 『규방가사의 작품세계와 미학』, 역락, 2002, 1~324면.

류연석, 『한국가사문학사』, 국학자료원, 1994, 373~374, 412~413면.

리타 페터 지음, 유영미 옮김, 「냉철한 공화주의자 마리 잔 롤랑」, 『불멸의 여성 100』, 생각의 나무, 2006, 136~139면.

박경주, 『규방가사의 양성성』, 월인, 2007, 1~294면.

박경주, 「남성화자 규방가사 연구」, 『한국시가연구』 제12호, 한국시가학회, 2002, 253~282면.

박미영, 「재미 작가 홍언의 시조 형식 모색과정과 선택」, 『시조학논총』 제18집, 한 국시조학회, 2002, 163~202면.

박미영, 「재미 작가 홍언의 몽유가사・시조에 나타난 작가의식」, 『시조학논총』 제
　　21집, 한국시조학회, 2004, 77~110면.

박미영, 「미주 시조 선집에 나타난 디아스포라 시조론」, 『시조학논총』 제30집, 한
　　국시조학회, 2009, 53~90면.

박민일, 「한말 최초의 의병가와 의병아리랑 연구」, 『한국민요학』 제6집, 한국민요
　　학회, 1999, 163~200면.

박영석, 「석주 이상룡 연구-임정 국무령 선임 배경을 중심으로」, 『역사학보』 제89
　　호, 역사학회, 1981, 133~165면.

박영석, 「일제하 재만한인사회의 형성-석주 이상룡의 활동을 중심으로」, 『한민족
　　독립운동사연구』, 일조각, 103면.

박요순, 「근대문학기의 여류가사」, 『한국시가의 신조명』, 탐구당, 1994, 291~322면.

박원재, 「석주 이상룡의 현실인식과 유교적 실천론-정재학파의 유교개혁론(1)」,
　　『오늘의 동양사상』 제11호, 예문동양사상연구원, 2004, 381~403면.

박원재, 「후기 정재학파의 사상적 전회의 맥락 - 이상룡과 유인식의 경우를 중심으
　　로」, 『대동문화연구』 제58호, 성균관대학교 대동문화연구원, 2007, 419~448면.

박춘우, 「가사에 나타난 이별의 양상」, 『한국 이별시가의 전통』, 역락, 2004,
　　147~191면.

백순철, 「규방가사에 나타난 여성의 가족인식」, 『한민족문화연구』 제28집, 한민
　　족문화학회, 2009, 12~13면.

백순철, 「규방가사의 작품세계와 사회적 성격」, 고려대학교대학원, 박사학위논
　　문, 2000, 85~86면.

백순철, 「규방가사와 근대성 문제」, 『한국고전연구』 제9집, 한국고전연구학회,
　　2003, 39~68면.

서영숙, 『한국여성가사연구』, 국학자료원, 1996, 1~413면.

서중석, 「청산리전쟁 독립군의 배경」, 『한국사연구』 제111호, 한국사연구회, 2000,
　　4면.

서중석, 『신흥무관학교와 망명자들』, 역사비평사, 2001, 266-272쪽, 356~357면.

손승철, 「의병장 유인석 사상의 역사적 의미」, 『강원의병운동사』, 강원의병운동
　　사연구회 편, 강원대학교출판부, 1987, 242~244면.

신용하, 『한국민족독립운동사연구』, 을유문화사, 1985, 1~532면.

신주백, 「한인의 만주 이주 양상과 동북아시아 : 농업이민의 성격 전환을 중심으로」, 『역사학보』 제213집, 역사학회, 2012, 238~239면.

안동대학교 안동문화연구소, 「퇴계 학맥의 마지막 봉우리 - 서산 김흥락」, 『안동 금계마을 : 천년불패의 땅』, 예문서원, 2000: 135쪽, 155쪽, 163~164면.

안동대학교 안동문화연구소 편, 『터를 안고 仁을 펴다-퇴계가 굽어보는 하계마을』, 예문서원, 2005, 245~291면.

안동독립운동기념관 편, 『국역 석주유고』 상 · 하권, 경인문화사, 2008, 11~55, 153~156면.

양태순, 「규방가사에 나타난 '한탄'의 양상」, 『한국시가연구』 제18호, 한국시가학회, 2005, 241~297면.

안동청년유도회, 『백하 김대락 선생-추모학술강연회』, 도서출판 한빛, 2008, 10~12, 42면.

엄경희, 「러시아 이주 고려인의 노래에 담긴 서정성」, 『동방학』 제14집, 한서대학교 동양고전연구소, 2008, 37~60면.

엄창섭, 「정직성과 남성다움의 시적 매력 - 심연수 시인의 시정신과 시세계를 중심으로」, 『한국문예비평연구』 제8집, 한국현대문예비평학회, 2001, 5~20면.

울진군, 『蔚珍郡誌 中』, 2001, 289면.

윤사순, 『한국유학사상사론』, 열음사, 209~212면.

윤인진, 『코리아 디아스포라』, 고려대학교출판부, 2004, 4~15면.

이동연, 「가사」, 『한국고전 여성작가 연구』, 이혜순 외, 태학사, 1999, 331~345면.

이동영, 「개화기 가사의 일고찰」, 『가사문학논고』, 부산대학교출판부, 1987, 123~169면.

이동영, 「규방가사 전이에 대하여」, 『가사문학논고』, 부산대학교출판부, 1987, 102면.

이상하, 『주리 철학의 절정 한주 이진상』, 한국국학진흥원, 2008, 157~158면.

이용일, 「트랜스내셔널 전환과 새로운 역사적 이민 연구」, 『서양사론』 제103호, 한국서양사학회, 2009, 323면.

이우성, 『한국의 역사상』, 창작과비평사, 1982, 307~308면.

이재수, 『내방가사연구』, 형설출판사, 1976, 1~204면.

이정옥, 『내방가사의 향유자연구』, 박이정, 1999, 1~388면.

이정옥, 「내방가사의 청자호명의 기능과 사회적 의미-영남의 내방가사를 중심으로」,『어문학』제78호, 한국어문학회, 2002, 441~466면.

이해동,『만주생활 칠십칠년』, 명지출판사, 1990, 1~221면.

이현희,『우리나라 근대인물사』, 새문사, 1994, 1~641면.

이형대,「근대계몽기 시가와 여성 담론」,『한국시가연구』제10호, 한국시가학회, 2001, 297~298면.

이희숙,「규방가사〈형뎨원별가〉연구」,『사림어문연구』제11집, 사림어문학회, 1998, 107~133면.

임종찬,「심연수 시조에 나타난 디아스포라 의식」,『시조학논총』제31집, 한국시조학회, 2009, 125~145면.

장석흥,「권오설의 민족운동 노선과 성격」,『한국근현대사연구』제19집, 한국근현대사학회, 2001, 207~234면.

정명섭,「안동권씨(참의공파) 집성마을 공간의 얼개와 한옥마을」,『안동 가일 마을 – 풍산 들가에 의연히 서다』, 안동대학교 안동문화연구소, 예문서원, 2006, 307면.

정의우,「조선후기 가일마을의 문학」,『천혜의 땅 의연한 삶, 가일마을』, 민속원, 2007, 209~217면.

조규익,『해방 전 재미한인 이민문학 1 연구편』, 월인, 1999, 1~383면.

조규익,『해방 전 재미한인 이민문학 2 작품편』, 월인, 1999, 1~395면.

조규익,『해방 전 재미한인 이민문학 3 작품편』, 월인, 1999, 396~805면.

조규익,「구소련 고려인 민요의 전통노래 수용 양상」,『동방학』제14집, 한서대학교 동양고전연구소, 2008, 7~36면.

조동걸,「전통 명가의 근대적 변용과 독립운동 사례-안동 천전 문중의 경우」,『대동문화연구』제36호, 성균관대학교 대동문화연구원, 2000, 373~415면.

조동걸,「한말계몽주의의 구조와 독립운동상의 위치」,『한국학논총』제11호, 국민대학교 한국학연구소, 1988, 47~98면.

조동걸,「백하 김대락의 망명일기(1911-1913)」,『안동사학』제5집, 안동사학회, 2000, 143~229면.

조동걸,「대한광복회 연구」,『한국사연구』제42집, 한국사연구회, 1983, 124~125면.

조동일,『한국문학통사 4』, 지식산업사, 1986, 108~109면.

채영국,『(서간도 독립군의 개척자) 이상룡의 독립정신』, 역사공간, 2007, 1~261면.

춘천시, 『윤희순의사항일독립투쟁사』, 도서출판 산책, 2005, 1~315면.

한주선생기념사업회, 『寒洲先生崇慕誌』, 대보사, 2010, 670~671면.

허은 구술, 변창애 기록, 『아직도 내 귀엔 서간도 바람소리가』, 정우사, 1995, 1~250면.

황규수, 「심연수 시조 창작과 그 특질」, 『한국문예비평연구』 제24집, 한국현대문예비평학회, 2007, 143~173면.

황규수, 「심연수의 삶과 문학」, 『한국문예비평연구』 제26집, 한국현대문예비평학회, 2008, 262~290면.

만주망명과 가사문학 연구

저자약력

▌고 순 희

부경대학교 국어국문학과 교수
한국고시가문학회 부회장
한국고전여성문학회 회장(2014~2015)
저서 :『고전시 이야기 구성론』,『교양 한자 한문 익히기』
공저 :『국문학의 구비성과 기록성』,『우리 문학의 여성성·남성성(고
    전문학편)』,『규방가사의 작품세계와 미학』,『고전시가론』,
    『세계화 시대의 국어국문학』,『한국고전문학강의』,『한국의
    해양문화(동남해역 下)』,『우리말 속의 한자』,『국어국문학 50
    년』,『부산도시 이미지』,『조선통신사 사행록 연구총서 7』

만주망명과 가사문학 연구

초판 1쇄 발행　　2014년 02월 28일
초판 2쇄 발행　　2015년 09월 07일

저　　　자　　고 순 희
발 행 인　　윤 석 현
발 행 처　　도서출판 박문사
책임편집　　최인노 · 김선은
등 록 번 호　　제2009-11호

우 편 주 소　　서울시 도봉구 우이천로 353 성주빌딩 3층
대 표 전 화　　02) 992 / 3253
전　　　송　　02) 991 / 1285
홈 페 이 지　　http://www.jncbms.co.kr
전 자 우 편　　bakmunsa@hanmail.net

ⓒ 고순희, 2015. Printed in KOREA.

ISBN 978-89-98468-23-1　94810
　　　978-89-98468-22-4　94810(세트)　　　　　정가 26,000원